Dieter Schenk wurde 1937 geboren. Er war zwölf Jahre beim Hessischen Landeskriminalamt, überwiegend als Leiter der Rauschgiftzentralstelle, und acht Jahre Leiter einer Kriminalpolizeidienststelle. Seit 1981 war er Kriminaldirektor in der Stabsstelle Interpol des Bundeskriminalamtes Wiesbaden und beriet dort das Auswärtige Amt in Fragen der Sicherheit des diplomatischen Dienstes. Hierzu reiste er in über sechzig Staaten auf allen Kontinenten, überwiegend Dritte Welt und Krisenländer. In Afrika besuchte er zwanzig Länder. 1989 stieg er aus dem Polizeiberuf aus und lebt heute als freier Publizist in Waldhessen.

Dieter Schenk ist Autor mehrerer Romane, Jugendromane, Drehbücher und Reportagen.

Im Rowohlt Taschenbuch Verlag liegen ferner vor: «BKA. Die Reise nach Beirut. Ein politischer Tatsachenroman» (rororo Nr. 13589). In der Reihe rororo rotfuchs: «Der Wind ist des Teufels Niesen. Die Geschichte eines jungen Zigeuners» (Nr. 463), «Es geschah vor meinen Augen. Amnesty International: Isabels Geschichte» (Nr. 676) und zusammen mit Felicitas Naumann «Irgendwann komm ich aus dem Urwald. Die Geschichte eines afrikanischen Jungen» (Nr. 399).

Dieter Schenk

DER WEISSE ELEFANT

Ein Roman
aus dem diplomatischen Dienst
in Afrika

rororo

Rowohlt

Originalausgabe
Veröffentlicht im Rowohlt Taschenbuch Verlag GmbH,
Reinbek bei Hamburg, Mai 1995

Umschlaggestaltung Susanne Heeder
(Foto: ZEFA-Damm)
Lektorat Ingrid Grimm

Satz Garamond und Frutiger (Linotronic 500)
Printed in Germany
1490-ISBN 3 499 13632 5

I

Hans Corell ist tot. Ich kann es gar nicht glauben. Irgendein Idiot hat sogar das Gerücht in die Welt gesetzt, er habe sich mit einer Autobombe selbst in die Luft gesprengt. Jedenfalls hatte sich Kriminalrat Lothar Nonnenstiel vom BKA-Vize eilfertig die Dienstreise für mich genehmigen lassen.

«Im letzten Vierteljahr sind in Urumbura zwei Deutsche ermordet worden, der Atomphysiker Prof. Dr. Degenhardt und vor wenigen Tagen der Sicherheitsbeauftragte unserer Botschaft, Hans Corell...» sagt mein Chef wichtigtuerisch. «Was Professor Degenhardt angeht», fährt er fort, «bahnte sich ein Beratervertrag für den Bau eines Kernkraftwerks in Urumbura an. Aber die Hintergründe seiner Ermordung liegen genauso im dunkeln wie der Anschlag auf Corell, der, soweit wir wissen, seiner normalen Arbeit als Sicherheitsbeauftragter an der Botschaft nachging...»

Ich lasse Nonnenstiel reden, zünde eine Zigarette an, was der Nichtraucher mit Stirnrunzeln hinnimmt, und betrachte derweil die Schiffsbilder an der Wand seines Büros, denn er war vor seiner BKA-Zeit acht Jahre bei der Bundesmarine. Den Offizierston hat er nie richtig ablegen können.

«Finden Sie die Motive raus, Urban, das kann in Schwarzafrika von Politik über Korruption bis zur Liebe reichen...»

Ich finde neben der griechischen Bireme die Hansekogge am ästhetischsten, auch das englische Drei-Mast-Linienschiff hätte mir gefallen können, wenn es nicht mit vierzig Kanonen an Bord ausgestattet gewesen wäre.

«Wahrscheinlich werden Sie über Nairobi fliegen müssen.»

Da er jetzt anfängt, sich meine Gedanken zu machen, erhebe

ich mich. Ich gehe in mein kleines Büro mit dem großen Gummibaum, der meinen Schreibtisch mit der Weltzeituhr zur Tür hin mit einem grünen Blättervorhang tarnt. Regenzeit in Urumbura, das wird keine Lustreise werden, heiß und hohe Luftfeuchtigkeit.

Ich vertiefe mich in die Akten Degenhardt und Corell. Bei Degenhardt sind es vier Funksprüche der Botschaft Urumbura, die das AA an das BKA weitergeleitet hat. Ich werde das Gefühl nicht los, daß die Botschaft mehr weiß, als sie geschrieben hat. Und bei Corell scheint es umgekehrt, da wissen sie nichts und kaschieren es in dem einzigen Funkspruch mit weitschweifigen, nichtssagenden Ausführungen.

Warum mußten die beiden sterben? Gibt es einen Zusammenhang? Verdammt, der Corell war doch eigentlich ein ganz harmloser Mensch. Okay, er stand auf afrikanische Frauen, nannte sie öfter ‹Tropic-Mäuschen›. Mich hat das immer abgestoßen, überhaupt sein Machogehabe. Doch in den Tagen unserer Zusammenarbeit in Accra habe ich auch sympathische Züge an ihm entdeckt. Gegenüber seinen Mitarbeitern war er sehr gerecht. Und hilfsbereit. Besonders gegenüber Einheimischen. Er verhielt sich ihnen gegenüber humorvoll, oft liebenswürdig. Und die Ghanaesen gaben es ihm mit freundlicher Miene zurück. Das versöhnte mich mit Corell, weil es ihn von vielen Kollegen im Diplomatischen Dienst unterschied, die mich mit ihrem unverhohlenen Rassismus immer wieder vor den Kopf stießen, sich gar nichts dabei zu denken schienen, wenn sie von den ‹Mohren› oder den ‹Schwatten› redeten oder, eigentlich noch schlimmer, auf ganz subtile Weise ihr Herrenmenschentum zum Ausdruck brachten: «Ich möchte durchaus behaupten, daß ich mit Mister Soundso befreundet bin, soweit man mit einem Schwarzen befreundet sein kann.»

Morgen also fliege ich.

Im Hotel Sambesi entdeckte ich in einer Nachttischschublade eine vergilbte Touristik-Broschüre mit der Überschrift: ‹In Urumbura ist alles anders!› Das ist wahr, fast überall herrscht Chaos. Nur mein Hotel scheint eine Oase der Ordnung, Ruhe und Sicherheit zu sein. Zwar läuft die Dusche nicht, aber der Swimmingpool ist wirklich Extraklasse, das macht selbst die brütende Hitze erträglicher. Absurd freilich, daß das Hotel über eine Sauna verfügt.

Gleich nach meiner Ankunft erfahre ich, daß Botschafter Hinzinger wegen des Mordes kurzfristig nach Bonn berufen wurde und sein Vertreter, Botschaftsrat Dr. Zielinsky, nach Papua-Neuguinea versetzt worden ist. Die Vertretung wird zur Zeit von Kanzler Gundolf Grund geführt, einem kompetenten Mann. Wenn mich mein Gefühl nicht täuscht, kann ich auf die beiden Chefs verzichten.

Ausgesprochenes Pech ist, daß Marion Klose abreisen mußte. Ich weiß noch nicht so richtig, was los ist, aber sie scheint nicht freiwillig gegangen zu sein. Diese Frau muß eine Menge wissen, denn sie hat – wie mir gesagt wurde – in den letzten Monaten bei Hans Corell gewohnt, vielleicht sogar mit ihm gelebt. Sie war Entwicklungshelferin beim hiesigen Gewerkschaftsverband UTU. Das ist merkwürdig, denn Gewerkschaften unterstützen in solchen Ländern, nach meiner Erfahrung, direkt oder indirekt die Opposition, und wenn eine Deutsche dort arbeitet, deutet das auf eine heiße Sache hin.

Ich stehe noch ziemlich am Anfang meiner Untersuchungen und habe mit Einverständnis von Grund zuerst Corells Büro und dann das von ihm bewohnte Haus durchsucht. Hans Corell war nicht gerade das, was ich mir unter einem ordentlichen Beamten vorstelle. Ich beginne seine Sachen zu ordnen. Persönliches und Dienstliches sind nicht in jedem Fall auseinanderzuhalten. In seinem Tagebuch herrscht ein wildes Durcheinander. Seine privaten Dinge liegen herum, als hätte er gerade eben kurz das Haus verlassen und müsse jeden Augenblick zurückkommen. Auf Corells Schreibtisch lachen mir seine Kinder entgegen. Die Fotos, fein gerahmt, mit Filzstift signiert: Ralf, Sabine.

Ich habe alles, was mir wichtig scheint, in einen seiner Koffer gepackt und den Botschaftsfahrer Mike gerufen.

In meinem Hotelzimmer habe ich alle Vorgänge und Papiere

zu zwei Haufen aufgetürmt. Die dienstlichen Akten habe ich schon durchgesehen, nichts deutet darauf hin, daß er irgend etwas gewußt oder geahnt haben könnte. Ahnungslos scheint er in den Tod geschickt worden zu sein. Seine Sicherheitskonzeption für die Botschaft beeindruckt mich, saubere Arbeit, ich werde sie vielleicht übernehmen können. Aber nichts Verdächtiges. Kein Hinweis.

Man erwartet den üblichen Bericht von mir: Daten, Fakten, Beweise. In Corells Tagebuch lese ich jedoch von Gefühlen. Der Bericht soll logisch und schlüssig sein. Ich erinnere mich an das, was ich längst vergessen glaubte: Das kriminalistische Denken ist streckenweise rein logisches Denken. Logisch denken bedeutet deduzieren, folgern, schließen, beweisen. Mein Gott, was Hans zu Papier gebracht hat, kommt mir aber total widersprüchlich vor. Welchen Beweiswert hat der Widerspruch?

Ich krame in dem Haufen Aufzeichnungen und fliegenden Blättern, Skizzen und Notizen, in mehreren Mappen mit Papieren, dem Tagebuch. Im Taschenkalender vom vergangenen Jahr finde ich neben seinen Terminen kleine Notizen, Namen, Telefonnummern, Adressen. Corell hat eine winzige, aber gut zu lesende Handschrift.

Ich zucke zusammen, als ich meinen Namen entdecke. ‹Disput mit Wolfgang, netter Typ vom BKA. Bar des Beach-Hotels in Accra. Kennt Afrika. Kritisiert, daß ich den Schwarzen zu wenig zutraue. Warf mir sogar Rassismus vor. Lächerlich. Bin nur realistischer als er.›

Ich suche in seinem Tagebuch unter gleichem Datum. Tatsächlich. Zunächst, wohl aus dem Kalender übernommen, die gleiche Eintragung. Dann aber ausführlicher: ‹Wolfgangs romantische Sicht der Dinge liegt mir nicht. Er wäre ein guter Personalrat oder Sozialarbeiter. Ha – ich glaube, er schreibt! Hab so was gehört. Kinderbücher, Hörspiele, Gedichte. Mein Gott, das kann doch nicht gutgehen! Ein schreibender Polizist und obendrein noch ein Weltverbesserer. Ist ja fast unverzeihlicher als ein singender Bundespräsident.›

Ich muß laut lachen, lese weiter: ‹Wie soll das enden, der Mann tut mir ehrlich leid. Ein Polizist, der zwischen Dichtung und Wahrheit nicht unterscheiden kann. Wird bestimmt vorzeitig aus dem Dienst ausscheiden müssen. Stirbt nicht der Polizist in ihm – dann der Schriftsteller. Oder er selbst. Wäre schade um ihn, er ist erst 39.›

Ich bin also ein Polizist, der zwischen Dichtung und Wahrheit nicht unterscheiden kann? O Corell! Ruhe in Frieden! Das ist eine ganz vulgäre Polizeiphilosophie. Schade, daß ich dir nicht mehr beweisen kann, wie oft du selbst in deinen Berichten die Wahrheit unterdrücken mußtest. Genauso wie ich. Und wenn ich die Wahrheit schrieb und sie den Vorgesetzten nicht ins Konzept paßte, wurde ich zensiert. Vom BKA. Zensur findet nach dem Grundgesetz nicht statt. Aber: Was hat die Polizeiberichterstattung mit dem Grundgesetz zu schaffen? Außerdem ist das gar keine Zensur, hat man mich belehrt, sondern eine inhaltliche Anpassung an die politische Terminologie des Hauses.

Aber ich werde Hans Corells Geschichte aufschreiben. Ich werde die Wahrheit über ihn suchen, indem ich seine Geschichte erzähle. Ich glaube schon, daß ich zwischen Dichtung und Lüge unterscheiden kann. Erzählerische Imagination, realistische Phantasie, Erfahrung und Menschenkenntnis. Daraus ist Wahrheit zu gewinnen. Was dagegen ist ein Polizeibericht? Ein Faktenfriedhof. Die Wahrheit liegt zwischen, hinter und unter den Fakten. Und sie steht auch über ihnen. Erst Geschichten werden zur Geschichte.

Ich werde einen Polizeibericht und einen Tatsachenroman schreiben. Es wird sich zeigen, was Dichtung und was Wahrheit ist. Und ob ich sie nicht auseinanderhalten kann.

1

Hans Corells Kopfschmerzen verstärkten sich schlagartig, als er die wacklige Gangway hinunterschritt. Es war ein langer Flug gewesen, und jetzt diese Wand tropisch-heißer, nach Kerosin stinkender Luft und die Blendwirkung der starken Scheinwerfer, welche die Lufthansa-Boeing gleißend anstrahlten. Wie durch einen Schleier registrierte er das rotleuchtende WELCOME IN URUMBURA an der Fassade des Flughafengebäudes. Einige der Buchstaben hatten ihre Leuchtkraft bereits eingebüßt. Welcome in Urumbura.

Er haßte es, bei Dunkelheit in einem ihm fremden Land anzukommen, und schlängelte sich auf dem öligen Asphalt an einigen Pfützen vorbei, soweit das Spalier schwer bewaffneter Soldaten dafür Raum ließ. Die Militärs beeindruckten Corell wenig, ihm war die Absperrung einfach nur lästig, wie die Autobahnbaustelle kurz vor dem Frankfurter Kreuz vor etwa 17 Stunden. Auf andere Fluggäste jedoch hatten die Soldaten durchaus die beabsichtigte einschüchternde Wirkung. Dabei waren die Sicherheitsvorkehrungen hier eigentlich absurd, denn der Fußweg bis zum Terminalgebäude war kurz, und mit einem von der bunt bevölkerten Besucherterrasse geschleuderten Molotow-Cocktail hätte man das Vorfeld samt Flugzeug sofort in ein Flammenmeer verwandeln können.

Stau am Eingang der Arrival-Halle. Es war brütend heiß. Der Schweißfleck auf Corells Rücken wurde immer größer. Er reckte sich, aber niemand von der Botschaft war zu sehen. Abholer begrüßten ihre Heimkehrer: sie tanzten, winkten, riefen, warfen mit Blumen. Von der Aussichtsterrasse wurde sogar plötzlich eine Flasche Palmwein an einer Schnur heruntergelassen, die dann in einem Kreis schwarzer Flugpassagiere die Runde machte.

In Deutschland hatte sich Hans Corell auf Afrika gefreut. Die hinter ihm liegenden zwei Monate Heimaturlaub hatten ihn eher verwirrt, er blickte daheim nicht mehr richtig durch nach über zwölf Jahren im Diplomatischen Dienst in Afrika. Immer stärker hatte er nur noch an Flucht gedacht, zurück in die Tropen.

Die Warteschlangen vor vier Abfertigungsschaltern der Paßkontrolle rückten nur zentimeterweise vorwärts. Er machte erst gar nicht den Versuch, auf diesem Flughafen – in dieser gottverlassenen Ecke Afrikas – einen Extraschalter für Flugpersonal und Diplomaten ausfindig zu machen. Wenigstens hätte ihn jemand von der Botschaft abholen können.

Die roten Anhänger an seinem Handgepäck wiesen ihn als Erste-Klasse-Passagier aus. Als rangniederer Diplomat konnte er dieses Privileg ausschließlich bei Dienstantrittsreisen beanspruchen. Corell spürte, wie er angestarrt wurde. Er drehte sich zu den beiden schwarzen Reisenden um und empfand deren Feindseligkeit. Offensichtlich wirkte er reich, wie fast alle Ausländer, die nach Urumbura reisen, um dort vielleicht noch reicher zu werden. Unauffällig riß er die roten Anhänger von seinem Gepäck.

Bei der Zwischenlandung in Nairobi hatte ihn im Transitraum Friedrich Neugebauer überrascht, der vor Ewigkeiten mit ihm den Einführungslehrgang absolviert hatte.

«Hallo, Hans, ich wollte dir viel Glück in Urumbura wünschen!»

«Mensch, Fred, ich freue mich, wie kommst du denn überhaupt hier rein?»

«Ich wäre ein schlechter Botschaftskanzler, wenn ich mir keinen Flughafenausweis besorgen könnte.»

«Und wie ist es so in Urumbura?»

«Herzliches Beileid, mein Lieber, es hätte dich kaum schlimmer erwischen können.» – Und Neugebauer erzählte ihm von den Kollegen in der Botschaft Urumbura, die alle paar Wochen zum Einkaufen nach Nairobi kamen. «Versorgungsflüge, dienstlich genehmigt, du verstehst, aber sie sagen alle, sie wollten schnell wieder zurück in ihr Urumbura, bei uns in Nairobi gefalle es ihnen nicht.»

«Dann wird es so schlimm auch wieder nicht sein.»

«Das größte Risiko dort ist, in eine der häufigen Schießereien zu geraten. Oder von den sogenannten Sicherheitskräften beraubt zu werden. Oder auch ermordet.»

«Hör auf, Fred, du malst den Teufel an die Wand.»

«Dort herrscht nackte Gewalt, mit all ihrer Willkür. Vor zwei Wochen wurden drei Schweizer und ein Engländer umgebracht. Moment bitte, ich hole uns noch zwei Kaffee.» Und als er zurückkam: «Mach dir selbst ein Bild, Hans.»

Corell schob sein Gepäck einen Meter weiter. Er sah sich um, unter den vielen Menschen der unterschiedlichsten Nationalitäten fielen ihm vor allem Frauen auf. Frauen, die sich lachend unterhielten, eine von ihnen in einem engen, die Figur betonenden weinroten Lederkostüm. Schwarze Frau im Trainingsanzug. Schwarze Frau, die gedankenverloren mit einem Holz ihre Schneidezähne polierte. Schwarze Frau mit kunstvoller Perücke, in die Silberfäden geknüpft waren. Schwarze Frau... Corell schloß die Augen, zwei Monate nach seiner Scheidung in Deutschland, zwei Monate Enthaltsamkeit. Sein Schädel hämmerte.

Noch immer war er über zehn Meter von der Paßkontrolle entfernt. Mit lautem Knall wurden Einreisen und Aufenthaltsgenehmigungen in Pässe gestempelt. Die beiden Uniformierten blickten mürrisch. Wichtiger waren die Typen in Zivil, einer, der in einiger Entfernung hinter ihnen stand und die Situation überwachte, und der zweite, der auf der anderen Seite der vier Kontrollschalter alles im Blick hatte. Er mußte der Chef sein. Dahinter der unauffällige Spiegel an der Wand zu einem Büro, Corell kannte diese Glasfronten, durch die man unbemerkt von innen nach außen blicken kann.

Hinter der Paßkontrolle die kleinen Räume mit dem schwarzen Vorhang. Devisenkontrolle. Bei diesem Tête-à-tête war alles machbar, wenn man nur eine Summe anbot, die hoch genug war.

Und dann noch die Zollkontrolle. Corell stöhnte leise. Er dachte wieder an Fred Neugebauer und die Geschichte von den erschossenen Schweizern. Sie seien auf eine Straßensperre gestoßen, die etwa zehn Schwarzafrikaner in der Uniform der Special Forces durch Querstellen eines Datsun-Kleinlieferwagens errichtet hatten. Die Männer hätten die Schweizer mit ihren Kalaschnikow-Sturmgewehren gezwungen, sich mit dem Gesicht nach unten in das Gras des Straßenrands zu legen, dann seien ihnen Armbanduhren und Bargeld abgenommen worden. Fünf Minuten später sei zwei weiteren Schweizern mit einem Golf das gleiche Schicksal widerfahren. Einer der Täter habe einen Fotoapparat geholt und eine Aufnahme von den am Boden liegenden Opfern geschossen. Zwischendurch hätten sie Funksprechverkehr in Kiswahili geführt und Bier getrunken, das sie im Kofferraum des Golf vorfanden. Als der Golf nicht ansprang, hätten sie ihn angeschoben und dann die beiden anderen Fahrzeuge gestartet. Danach seien sie an ihre Opfer herangetreten und hätten aus nächster Nähe mehrere Salven auf sie abgefeuert. Nur einer der vier habe mit schweren Verletzungen überlebt. Wenige Kilometer weiter kam ihnen ein Brite mit seinem Toyota-Jeep entgegen, sie stoppten das Fahrzeug und erschossen auch ihn, ohne Vorwarnung. Auch dieses Fahrzeug nahmen sie mit und fuhren unbehelligt davon.

Corell hatte die Story kaum glauben wollen, doch Neugebauer beschwor deren Authentizität.

Da hatte er nur noch gesagt: «Bangemachen gilt nicht.»

Ein dünner, aber erstaunlich zäher Mann bahnte sich plötzlich eine Gasse durch die Menge. An dem Aktendeckel des AA, den er trug, erkannte Corell ihn als Kollegen. Na endlich. Corell winkte heftig mit seinem blauen Diplomatenpaß. Es war unerfindlich, warum der Mann die Versetzungsverfügung mit zum Flughafen gebracht hatte, so als ob hier mit dem Eintreffen irgendein Hoheitsakt besiegelt werden mußte.

Er begann mit den üblichen Floskeln: «Willkommen in Urumbura, Herr Corell. Ich bin Botschaftsrat Marcel Zielinsky. Hatten Sie einen guten Flug?» Und dann ging's vorbei an den Warteschlangen, bei Paß- und Devisenkontrolle. Auch beim Zoll wurden sie durchgewinkt. Hinter ihnen machten einige

Wartende ihrem Ärger über die zur Schau gestellten Privilegien hörbar Luft, darunter auch eine erboste Deutsche. «Eine Unverschämtheit, ausgerechnet deutsche Diplomaten! Wir müssen in der Hitze schmoren, es ist wirklich eine Schweinerei!» Mit dem linken Zeigefinger schob sie ihre auf dem schweißnassen Gesicht verrutschte Brille zurecht. Ihre blonden Haare klebten auf der Stirne, der Pferdeschwanz hatte sich zur Hälfte gelöst.

Corell und Zielinsky kamen in den Bereich hinter der Zollkontrolle, dort war die Hölle los. «Taxi, Sir!» – «Coffee-Tree-Hotel!» – «Hotel Sambesi!» – «You need my special service, Mister!» – Es war unmöglich, festzustellen, wer hier wartete, um jemanden abzuholen, wer ein Geschäft tätigen wollte oder wer sich aus purer Neugierde oder einfach, um die Zeit totzuschlagen, am Flughafen herumtrieb.

«Das ist unser Fahrer Mike!» Mike sagte: «Jambo.» Corell nickte. Zielinsky bat Mike, die Einreiseformalitäten mit dem Paß von Corell zu erledigen und dessen beide Koffer zu besorgen. «Komm dann zur VIP-Lounge.»

Längst hatte sich Zielinsky bei Corell für seine Verspätung entschuldigt. Ein liegengebliebener Lkw hatte einen schrecklichen Unfall verursacht, und sie hatten im Stau gesteckt.

Durch schmale, hohe und oft verwinkelte Gänge liefen sie zur VIP-Lounge. «Dort treffen wir auch unseren Botschafter», kündigte Zielinsky an. «Der holt einen Professor aus München ab. Der Chef hat sich aber auch verspätet. Der urumburische Wirtschaftsminister kümmerte sich unterdessen um den Gast.» Und nach einer Atempause: «Das Treffen ist eine Geheimsache, aber ich nehme doch an, daß Sie verschlußsachenermächtigt sind?»

Hans Corell ließ es sich nicht anmerken, aber er war lustlos, wollte eigentlich auf dem schnellsten Weg in sein Hotel und erst einmal schlafen.

«Wir sind froh, daß Sie da sind, Kollege, denn bei uns ist wirklich der Teufel los», fuhr Zielinsky fort. «Nicht nur, daß in Urumbura fast jeden Tag was passiert und wir uns im Grunde ausschließlich mit unserer eigenen Sicherheit beschäftigen könnten. Jetzt hat auch noch der Außenminister seinen Besuch angesagt, Herrgott, so kurz vor Weihnachten. Ich brauche Ihnen nicht zu sagen, was das bedeutet, und der Chef, na ja, Sie werden ihn ja gleich kennenlernen. Ich bin übrigens sein Vertreter. Wenn er mich mal läßt.»

Endlich erreichten sie die VIP-Lounge. Der Raum war mit rotem Plüsch geradezu überladen, allerdings waren die Bezüge der beiden Sitzgruppen zerschlissen, und in die Polster versank man etwa einen halben Meter tief. Auf einem Tisch bei der Theke war gebrauchtes Geschirr gestapelt. Eine Katze mit Tigerfell leckte Essensreste von den Tellern und Schüsseln. Ein Kellner servierte Getränke.

Corells Blick fiel auf die einheimische Frau von etwa Mitte Dreißig, die hinter der Theke Gläser polierte. Ihr Anblick lockte ihn ein wenig aus seiner Schläfrigkeit. In der Luft hing der Geruch von kaltem Rauch. Die Aschenbecher liefen über. Außerdem erzeugte eine Klimaanlage auf Hochtouren frostige Temperaturen. Die Frau würdigte ihn keines Blickes.

Zielinsky erklärte Corell, daß Botschafter Hinzinger der Mann sei, der ihnen den Rücken zuwandte, links, der mit dem Berliner Dialekt, das sei Manfred Buchta, der Leiter der Deutsch-Urumburischen-Handelskammer, der Mann daneben sei Professor Dr. Degenhardt, der Atomwissenschaftler aus München, und der mittlere der drei Einheimischen der hiesige Wirtschaftsminister. Die anderen kenne er nicht.

Corell bedauerte, daß ihm jetzt die attraktive Bardame den Rücken zudrehte. Sie blätterte in einer Zeitschrift und achtete nicht auf das, was im Raum geschah. Wie immer, wenn jemand deutlich an sein Glas klopft, trat eine plötzliche, etwas künstliche Stille ein.

«Herr Professor Degenhardt, Excellency, dear Manfred», hob der Wirtschaftsminister an, «ich freue mich, Sie, lieber Professor, in meinem Land begrüßen zu dürfen. Wir sind dankbar, daß Sie den Zwischenstop einschieben konnten, trotz aller Beschwernisse. Und es ehrt Urumbura, daß ein Vorstandsmitglied des...», der Minister nahm ein Blatt auf und las ab, «des in München ansässigen Verbandes deutscher Atomenergie e. V. ...», er legte das Blatt Papier auf den Tisch zurück, «auch ich habe schon einmal das wunderbare Oktoberfest erleben dürfen – äh..., daß Sie jedenfalls den Fuß auf die rote Erde meiner Heimat gesetzt haben.»

Der Minister nahm wieder Platz, und Corell dachte übermüdet, daß er selbst jedenfalls bisher nur den schmierigen Asphalt des Flughafens und keine rote Erde betreten habe.

Während ein zweiter Kellner Getränke servierte, drehte sich Botschafter Hinzinger zu Zielinsky und Corell um und begrüßte den Neuankömmling mit einer jovialen Handbewegung. Corell beneidete die Katze, die sich mittlerweile zwischen den Tellern eingerollt hatte und eingeschlafen war. Er beschloß abzuschalten, hörte nur noch Bruchstücke der Unterhaltung.

Die tiefe Stimme des schmächtigen Mannes, es war der, den der Minister mit ‹dear Manfred› angeredet hatte, ließ ihn wieder aufhorchen: «Ein Kernkraftwerk ‹Made in Germany›, die sind nun mal Weltspitze!»

Da nickte auch der Professor und sagte gelassen: «Strom bedeutet Industrialisierung, und Industrialisierung bedeutet Wohlstand.»

Der Minister bedankte sich für die Bereitschaft des deutschen Experten, trotz seines dichten Terminplans gleich am nächsten Morgen den Standort des geplanten Kernkraftwerks zu begutachten: «Als ersten Schritt einer fruchtbaren Zusammenarbeit. Also trinken wir auf ‹Made in Germany›, meine Herren! Cheers!»

Alle hoben die frisch gefüllten Gläser und tranken.

In Sekundenschnelle verzerrten sich die Gesichtszüge Professor Degenhardts, er rang nach Luft, sank ohnmächtig zu Boden. Erschrocken sprangen alle auf. Corell war plötzlich hellwach.

Die Bardame kam mit Eiswürfeln herbeigerannt. Degenhardts Gesicht lief blau an. Das sieht nicht gut aus, dachte Corell und riß ihm Krawatte und Hemd auf. Botschafter Hinzinger verlor den

Kopf, er brüllte immer wieder: «Mike! Mein Funkgerät! Wo ist Mike?» Die Bardame hielt Eiswürfel auf die Stirn des Professors. «Det ist 'n Herzinfarkt!» sagte Manfred Buchta kühl. Corell sah Zielinsky bereits am Telefon und hörte, daß er Kiswahili sprach. Er legte Degenhardts Beine hoch. Es stand nicht gut um ihn. Neugierige versammelten sich im Raum. Die Bardame stieß den Tisch beiseite, schaffte Platz. Dann begann sie mit einer Herzmassage. Sie hat verdammt schöne Beine, dachte Corell. Der Botschafter stürmte hinaus. Marcel Zielinsky kam vom Telefon und sagte: «Es gibt einen Krankenwagen hier auf dem Flughafen. Sie müssen gleich da sein, ich habe außerdem nach einem Arzt suchen lassen.» Corell löste die Bardame bei der Herzmassage ab. Sie sagte: «Das ist kein Herzinfarkt.» Corell rief: «Jemand müßte Mund-zu-Mund-Beatmung machen», und Zielinsky fragte, wer sich da vielleicht auskenne. Degenhardt gab kein Lebenszeichen mehr von sich. Zwei Sanitäter erschienen mit Trage, sie hatten auch ein Sauerstoffgerät dabei. Degenhardt wurde abtransportiert. «Der Mann ist tot», sagte die Barfrau bestimmt.

Langsam leerte sich die VIP-Lounge, auch Manfred Buchta war verschwunden. Zielinsky hielt es für das beste, den Botschafter zu suchen.

Corell sagte der Frau, daß sie wirklich gut reagiert hätte. «My name is Liza.» Sie streckte ihm ihre Hand hin. Er stellte sich als Hans vor.

«Ich denke, es war doch ein Herzinfarkt, vielleicht kommt er durch.»

«Wenn es ein Mann meiner Rasse wäre», antwortete sie, «wüßte ich genau, ob er wirklich tot ist. Ein Herzinfarkt jedenfalls führt nicht so schnell zum Tod.»

«Und was könnte es sonst gewesen sein?»

«Ich bin Managerin der VIP-Lounge und keine Ärztin. Ich weiß es nicht.»

Hans gab zu, sie einfach für eine Bardame gehalten zu haben.

«Mir ist das egal, auch Bardamen können sehr interessante

Frauen sein, leider werden sie oft in einem Atemzug mit Prostituierten genannt, ich finde das dumm.»

Hans Corell dachte über etwas ganz anderes nach. «Darf ich die sechs Gläser mitnehmen, aus denen getrunken wurde?» Liza gab ihm eine Plastiktüte, er packte die Gläser vorsichtig hinein und verstaute sie in seiner Umhängetasche.

Sie waren jetzt allein, auch die Katze war verschwunden. «Tiere gehen, wenn der Tod kommt», sagte Liza. Er war jetzt hellwach und bedauerte es fast ein wenig, als Mike erschien, um ihn abzuholen. Liza machte zum Abschied eine freundliche Handbewegung.

Mike fuhr, was der gepanzerte Mercedes hergab, und das, obwohl die Straße am Rand nicht befestigt war und er tiefen Schlaglöchern oft im letzten Moment ausweichen mußte. «Schneller!» trieb ihn der Botschafter an und wiederholte wie beschwörend, daß der Professor doch nicht tot sein könne und es sich um eine der seltenen Tropenkrankheiten handeln müsse.

An Corell gewandt, sagte er: «Da sehen Sie mal, was für ein Land das ist! Hier geht es drunter und drüber! Sie kommen wie gerufen, Sie werden sich um unsere Sicherheit kümmern, ich setze alle meine Hoffnungen in Sie!»

«Jawohl, Herr Botschafter», erwiderte Corell dienstbeflissen.

«Germa, kommen!» brüllte Hinzinger wiederholt in das Funkgerät.

«Herr Botschafter», sagte Zielinsky, «heute hat Nachtwächter Jackson Dienst, glaube ich. Der kann nur zehn Worte Deutsch, und das Funkgerät hat er bestimmt nicht eingeschaltet.»

«Ich habe aber angeordnet, daß das Funkgerät in der Kanzlei Tag und Nacht zu laufen hat. Den Moser benachrichtigen, das wird er doch wohl noch können, dieser Trottel!»

«Besser, Sie rufen Ihre Frau in der Residenz.»

«Die schläft garantiert schon. Germa 2 für Germa 1, kommen.» Und nach einer Pause: «Sag ich doch, daß sie schläft.»

Hans Corell hielt diese Diskussion für überflüssig.

«Germa 2, kommen», rief der Botschafter ins Mikrofon. Endlich meldete sich eine dünne, schüchterne Stimme. «Ja?»

«Maria, wecken Sie sofort meine Frau, sie soll Regionalarzt Dr. Moser anrufen und ihn zum City-Hospital schicken. Sofort, sage ich! Ende.»

«Schneller!» rief der Botschafter ungeduldig.

Jetzt hatte die rote Erde Afrikas auch Corell wieder. Stückweise war der Asphaltbelag der Straße zwischen Flughafen und Hauptstadt von einer Lehmpiste unterbrochen. Der Mercedes wirbelte Staubwolken auf, so wie die anderen Fahrzeuge vor ihnen. Der Boden hatte den letzten Regenguß längst aufgesogen. Nach etwa zwanzig Kilometern waren sie an der Peripherie der Stadt. Corell verfluchte die immer dichter aufeinanderfolgenden Kontrollen durch bewaffnete Militärs. So ein Roadblock tauchte meist überraschend aus der Dunkelheit auf, wer einfach vorbeifuhr, mußte mit einem Geschoßhagel rechnen. Zwar hatte der Botschafter befohlen weiterzufahren, aber Mike hielt dennoch jeweils kurz an, sprach ein paar Worte in Kiswahili über den Außenlautsprecher und gab wieder Gas. Der Botschafter nahm diese Mißachtung seines Befehls tatsächlich hin. Corell wunderte sich und schloß, daß zwischen dem Alten und seinem Fahrer ein besonderes Verhältnis bestehen müsse.

Am Notaufnahme-Eingang des Hospitals stand noch der Krankenwagen mit laufendem Motor, eingeschaltetem Blaulicht und offenen Türen.

«Es geht ihm bestimmt schon besser!» sagte Hinzinger.

Sie fragten den Pförtner, Ärzte, Schwestern, aber niemand wußte, wo Degenhardt behandelt wurde. Zielinsky und Corell stürmten zum OP-Raum. Im Vorzimmer saßen eine Schwester und ein Krankenhelfer und tranken Kaffee. Auf der Treppe trafen sie die beiden Sanitäter, die den Krankenwagen gefahren hatten, mit Cola-Büchsen in der Hand. «Listen, Mista...» huben sie an und berichteten umständlich, daß sie den Professor noch am Flughafen künstlich beatmet und ihm eine Kreislaufspritze gegeben hatten, aber schon da sei er wahrscheinlich tot gewesen.

«Wir wollen wissen, wo er jetzt ist!»

«Ja, wird er denn nicht bei der Notaufnahme versorgt?»

«Offensichtlich nicht.»

Sie eilten zurück zur Emergency. «Listen, Mista», die Sanitäter deuteten auf die leere Trage. «You can believe it, hier, die ist aus unserem Krankenwagen, da hat er draufgelegen.»

Die Schwester von der Notaufnahme sagte: «Ich habe sofort Dr. Babwanu angerufen, und als ich wiederkam, war die Trage leer, ich habe mich schon gewundert...»

Dem Botschafter platzte der Kragen. «Ist denn niemand in diesem Sauladen in der Lage, festzustellen, wo gerade ein Patient behandelt wird?»

Mike sagte, vielleicht sei der Mann wieder zu sich gekommen und einfach weggegangen.

«Aber das ist ausgeschlossen», erwiderte einer der Sanitäter. «You can be sure, ich mache diesen Job seit über zehn Jahren, ich sage Ihnen, der Mann war tot. – Tot, Mista.»

Marcel Zielinsky schüttelte fassungslos den Kopf. «Ich würde sagen, das ist ein Fall für die Polizei. Ich rufe General Fekesi an.»

2

Hans Corell stand am Fenster seines neuen Büros im zweiten Stockwerk. Von hier aus hatte er einen phantastischen Blick über die weite Landschaft: üppiges Grün, Gruppen von Palmen, die aussahen wie Riesenfarne, rot und gelb blühende Bäume, dazwischen, weit gestreut, weiße Häuser.

Rechts unter seinen Füßen, einem Krebsgeschwür gleich, Armut: Hütten aus Wellblech und Karton, schmutzige Kinder, streunende Hunde.

Er schaute auf die Einfahrt der Botschaft links unten. Das massive, elektrisch gesteuerte Schiebetor wurde gerade geöffnet, Neumann und zwei einheimische Wachtposten hatten sich aufgereiht und salutierten dem einfahrenden Mercedes des Botschafters. Das Fahrzeug hielt im Innenhof, der glatzköpfige Neumann eilte herbei und öffnete dem Botschafter die Wagentür, dann ging Hinzinger mit leicht hängenden Schultern, gefolgt von Mike, in das Gebäude. Corells Blick schweifte wieder in die Ferne.

In der Pförtnerloge, wo zwei weitere einheimische Wachmänner strammstanden und im Chor «Good morning, Excellency!» sagten, knallte Hinzinger seine Aktentasche auf einen kleinen Tisch, eilte die Treppe hinauf auf das großformatige Poster mit Schloß Neuschwanstein zu und schwenkte dann nach rechts in Richtung Heidelberger Schloß. Mike ergriff die Aktentasche und eilte hinter ihm her.

Corells Blick wanderte nach links zu den Hecken, die den Innenhof begrenzten, dort beobachtete er, wie der Küchenjunge Jesus und zwei Gärtner sich genauso wie Sicherheitsortskraft Neumann und seine Wächter aufreihten und unter dem großen Gelächter weiterer Farbiger das Salutieren nachäfften.

Dann sah Corell, daß sie einen zweiten Mercedes einließen, dem ebenfalls salutiert wurde. Das Fahrzeug hielt auf einem der Parkplätze. Militärattaché Henning von Witzke saß in Zivil am Steuer.

Hans Corell bastelte gerade an seinem Klimagerät herum, als Zielinsky in sein offenstehendes Zimmer trat. «Ich will dieses lausige Ding abstellen, aber es will einfach nicht aufhören, arktische Kälte in den Raum zu blasen.»

«Ich würde das lieber lassen», sagte Zielinsky, «bestimmt wird heute vormittag wieder der Strom ausfallen, wie immer kurz vor der Mittagszeit, dann kann man es in den Räumen hier wirklich kaum aushalten. Wir können ohnehin immer froh sein, wenn wir zum Dienstbeginn Elektrizität haben, die URA in der Nacht also mal keinen Strommast gesprengt hat. Dann wird es verdammt stickig hier, denn unser Notstromaggregat ist zu schwach für die Klimatisierung. – Kommen Sie, Kollege, es ist kurz vor neun, wir gehen zur Morgenbesprechung.»

Auf dem Weg dorthin erläuterte Zielinsky kurz die Theorien

über den Mord an dem Atom-Professor Degenhardt, die er gerade mit Botschaftskanzler Grund erörtert hatte. Es sei entweder sozusagen ein Mord von Amts wegen oder durch die illegale Urumbura Resistance Army. Oder es hat mit Korruption zu tun, weil da einer, der zu kurz zu kommen glaubt bei dem Milliardengeschäft, die Notbremse gezogen hat. Oder es hängt mit den Stammesfeindschaften zusammen, besonders zwischen den Teso und den Nkole. Die hohen Militärs der Regierung sind Teso und setzen sich einfach über die Nkole hinweg, und die zeigen, daß sie sich das bei solchen Projekten nicht gefallen lassen.

Corell fragte: «Die URA, wie gefährlich ist sie?»

«Genauso gefährlich wie Geheimpolizei und Militär, genauso skrupellos gegenüber der Bevölkerung, genauso brutal gegenüber ihrem Feind. Immerhin beherrschen sie mehr als ein Drittel des Landes im Süden.»

«Folter und Mord?»

«Und explodierende Minen», sagte der Kanzler, «die meisten Verletzungen durch Minen erleiden Frauen und Kinder.»

Sie betraten die heilige Halle, die Bibliothek.

An einer freien Wand die Ahnengalerie, Porträts aller vorangegangenen Botschafter, die ersten mit Tropenhelm, Schnauzer und der trutzigen Physiognomie der Kolonialherren. Ein anderer mit Zwicker und Vatermörder, die Lücke zwischen 1933 und 1945 – das alles kannte Corell schon, wie überhaupt die ganze Bibliothek, in der üblicherweise die Morgenbesprechung stattfindet. Meterlange Bücherfronten mit den Bundesgesetzblättern, Gesetz- und Verordnungsblättern, dem Staatsanzeiger.

An der Stirnseite des Konferenztisches saß bereits gelangweilt der Botschafter und blätterte in Corells Versetzungsvorgang; Zielinsky nahm ihm gegenüber Platz. Hans Corell setzte sich zwischen Grund und Gesa von Linden an die eine Längsseite des Tisches, gegenüber von Chefsekretärin Claudia und dem Militärattaché. Corell musterte Grund aus den Augenwinkeln, er wirkte auf ihn überhaupt nicht wie ein typischer Diplomat. Er war rundlich, die Weste spannte sich über seinem Bauch, als würde sie gleich platzen. Seine Kleidung war altmodisch, das Gesicht gutmütig. Er hatte rotfleckige Wangen, eine rote Nasenspitze und kleine, lebendige, fast listige Augen und sah wie ein Pfälzer Weinbauer aus, den es in die Tropen verschlagen hat. Tatsächlich stammte er, wie Corell später erfuhr, aus der Gegend von Worms.

Für Corell überraschend, erhob sich der Botschafter, streckte ihm die Hand hin und sagte fast feierlich: «Ich begrüße Sie in Urumbura, Herr Corell.» Da das Klimagerät schepperte, mußte er sehr laut reden. Dann sprach Hinzinger die anderen Mitarbeiter an: «Ich darf Ihnen Herrn Corell vorstellen, er kommt von unserer Vertretung aus Accra.» Darauf setzte er sich wieder hin, Corell ebenfalls. «Wir freuen uns, lieber Corell, daß Sie die Lücke in unserer Gemeinschaft endlich schließen. Nieding wurde ja schon vor drei Monaten zurück in die Zentrale versetzt, aber so ist das Auswärtige Amt, Sie kennen das ja, die in Bonn sorgen immer zuerst für sich selbst.»

Corell grinste verständnisvoll.

«Ich kämpfe schon seit Jahren um die Stelle eines entsandten Pförtners. Die sagen: Nehmt Einheimische! Dabei sollten sie doch eigentlich wissen, daß so eine Ortskraft die Pförtnerloge zu seiner Hütte umfunktioniert. Die richten sich einfach häuslich ein, arbeiten wollen sie auch nicht, und mit der deutschen Sprache hapert es. Verlangen Sie mal von denen, ein Funkgerät zu bedienen oder eine vernünftige Auskunft am Telefon oder gegenüber einem Besucher zu geben.»

Niemand in dem Kreis schien der Rede des Botschafters zuzuhören. Corell dachte, welche Qualität der Arbeit man wohl verlangen kann, wenn man einem Schwarzen umgerechnet höchstens drei Mark pro Tag bezahlt.

Sein Blick schweifte vom Botschafter über die Anwesenden und blieb gelangweilt am «Wobster-Handbuch für die Bundesverwaltung» hängen. Corell unterdrückte ein Gähnen. Die Reise steckte ihm noch in den Knochen, die Zeitverschiebung betrug zwar nur zwei Stunden, aber die Klimaveränderung machte ihm zu schaffen, und in der ohnehin kurzen Nacht hatte er nicht gut geschlafen.

Der Botschafter sprach ihn nun wieder an: «Sie sind also ab heute unser hauptamtlicher Sicherheitsbeauftragter. Sie werden viel zu tun haben, denn unsere Sicherheit ist ein fast unlösbares Problem in diesem Land – als Staat kann man ja Urumbura schlecht bezeichnen. Darüber hinaus werden Sie, sagen wir zu einem Drittel, in der Rechts- und Konsularabteilung arbeiten und Frau von Linden unterstützen. Und außerdem ist es Ihre Aufgabe, den Wirtschaftsreferenten zu vertreten. Wir sind, wie Sie wissen, ein kleines Team. Ich stelle mir vor...»

Hans Corell musterte Gesa von Linden. Sie trug Jeans und Stöckelschuhe und wippte die ganze Zeit nervös mit ihrem Bein. Nach seinem Geschmack war sie weder besonders hübsch noch besonders häßlich. Ihr Parfum erinnerte ihn an das seiner geschiedenen Frau. Sofort stiegen unangenehme Erinnerungen in ihm auf.

Niemand weiß genau zu sagen, ob das Auswärtige Amt für Adlige besonders interessant ist oder ob Adlige das Auswärtige Amt anziehen, es ist wie mit der Henne und dem Ei. Jedenfalls gab es noch einen blaublütigen Kollegen: Militärattaché Henning von Witzke, der eine helle Sommerhose mit messerscharfen Bügelfalten und ein penibel geplättetes Hemd trug. Er hatte einen Notizblock vor sich liegen und stenografierte ab und zu etwas mit. Corell ging durch den Kopf, daß die Militärattachés im Auswärtigen Dienst als Verteidigungsattachés bezeichnet werden.

Corell blickte in das Gesicht von Zielinsky, der sah gedankenverloren in die Ferne, rührte sich nicht und war vollkommen teilnahmslos.

Der Botschafter riß Corell aus seinen Beobachtungen: «Ich möchte, daß Sie sich darum kümmern, Herr Corell, daß angesichts des bevorstehenden Besuchs des Ministers von nun an wirklich jeder Besucher genauestens durchsucht wird! Und das Funksprechgerät hat Tag und Nacht in Betrieb zu sein!»

Ohne eine Reaktion von Corell abzuwarten, wandte sich Hinzinger an den Kanzler: «Und Nachtwächter Jackson wird entlassen. Wir stellen ab sofort nur noch Einheimische ein, die einigermaßen Deutsch verstehen.»

«Herr Botschafter», sagte jetzt der Kanzler, «die Pförtnerloge ist nicht klimatisiert, und das Funkgerät fällt wegen Überhitzung immer wieder aus. Wir können es nicht ununterbrochen laufen lassen. Und Jackson zu entlassen würde überhaupt nichts bringen. Die meisten Einheimischen sind Analphabeten, und zum Sprachkurs im Goethe-Institut können wir sie schließlich nicht schicken.»

«Ich will diesen Jackson nicht mehr hier sehen.»

Grund war schon sein Leben lang ein gerecht denkender Mann. Seit zwei Jahren führte er einen Schriftverkehr mit der Zentrale und forderte, in die Pförtnerloge müsse ein Klimagerät eingebaut werden. Nichts geschah. Grund sah nicht ein, daß jemand in der stickigen, heißen Luft der engen Pförtnerkabine arbeiten sollte. Auch eine Ortskraft nicht, und wenn der Sachbearbeiter der Zentrale tausendmal wiederholte, daß die Schwarzen das Klima von klein auf gewöhnt seien. Außerdem war es nicht Jacksons Schuld, wenn er keine Schule besuchen konnte und kaum Englisch und kein Deutsch verstand.

Aber Grund war sich im klaren darüber, daß er dem Chef gegenüber anders argumentieren mußte. «Jackson ist ein Nkole», sagte er ganz ruhig. «Alle unsere Wächter gehören diesem Stamm an. Wir müßten schon einen triftigen Grund für eine Entlassung haben, sonst könnte es unangenehm werden.»

«Ich lasse mich doch nicht von einem Kaffernstamm unter Druck setzen», polterte Hinzinger, «der wird entlassen, punktum!»

Grund blieb weiterhin ruhig. «Sie würden eventuell in den nächsten Wochen einen Einbruchsdiebstahl in Ihrer Residenz riskieren.»

«Das wäre ja noch schöner!» brüllte der Botschafter.

Nun meldete sich von Witzke mit erhobenem Arm, wie ein

Schuljunge. Diese Militärs sind Außenseiter der ‹Familie› der Diplomaten, dachte Corell. Alle anderen verbinden gemeinsame Wurzeln: die gleiche Ausbildung, das gleiche Fachwissen, häufig ähnliche Ansichten und vergleichbare Lebensweisen. Aber diese Soldaten! Richtige Fremdkörper, Eindringlinge. Sie treten stets schneidig auf, ihr Dienstbereich ist lückenlos durchorganisiert, sie planen zielgerecht, drücken sich unmißverständlich aus, und sie führen das, was sie sagen und wollen, auch tatsächlich aus – wenn auch alles ein bißchen blutleer und ohne Gefühl zugeht. Die Diplomaten scheinen für diese Militärs der reinste Gammelhaufen zu sein.

Noch in seine Betrachtungen vertieft, hörte er von Witzke sagen: «Ich bin auch der Auffassung, daß unsere Wachtruppe selbst primitivsten Mindestanforderungen nicht genügt.»

«Sie sagen es, Herr Oberstleutnant!» pflichtete ihm Hinzinger zufrieden bei.

Von Witzke kritzelte wieder in seinen Notizblock. Corell fragte sich, was der in seinen verschnörkelten Hieroglyphen wohl aufschrieb. Wahrscheinlich macht er von jeder Besprechung ein Protokoll und schickt es an seine Vorgesetzten. Corell war aufgefallen, daß sich die Miene von Witzkes verdüstert hatte, als der Botschafter nicht den Militärfachmann, sondern ihn, den Neuen, zum Sicherheitsbeauftragten ernannt hatte.

Kanzler Grund flüsterte jetzt mit ihm. Er mochte nicht laut sagen, daß es Sicherheit bedeute, einen Nkole als Nachtwächter zu haben, selbst wenn er im Dienst schlafe. Nie würden die Nkole an der Arbeitsstelle eines ihrer Stammesbrüder einbrechen oder gar noch Schlimmeres anrichten. Denn die Nkole würden unterdrückt, gejagt und verfolgt von den Teso. Bessere Wächter als die Nkole könne man gar nicht finden, denn die Teso seien noch unzuverlässiger. Die britische Vertretung drüben beschäftige ebenfalls Nkole, und es wäre höchst ungeschickt, Teso-Leute einzusetzen, denn die Wachmannschaften der beiden Vertretungen würden sich dann hier ihre Fehden liefern. Deswegen sei die ganze Diskussion ein Quatsch, und er würde einen Teufel tun, Jackson zu entlassen. Wer das als Weißer in Afrika nicht begriffen habe, daß man bei der Beurteilung von Menschen Stammesrivalitäten oder religiöse Gegensätze berücksichtigen müsse, dem sollte man keine Verantwortung übertragen. Schließlich gehe das schon seit dem vorigen Jahrhundert so, mit aller Brutalität und immer wieder neuen Massakern der Teso-Minderheit an der Nkole-Mehrheit.

Von Witzke hatte noch eine andere Frage, die alle aufhorchen ließ: «Herr Botschafter, es wird über einen Mord an einem deutschen Professor geredet, dessen Leiche verschwunden ist?»

«Schmarrn», brummte Hinzinger, dessen Sprache oft eine bayerische Klangfarbe annahm, wenn er sich ärgerte. «Wenn jemand aufgrund einer Tropenkrankheit einen Anfall erleidet, ist des koa' Mord. Und wenn jemand zu irgend ein'm Urwalddoktor gebracht wird, ist er nicht gleich als Leiche verschwund'n.»

«Aber», insistierte der Militärattaché, «die Begleitumstände...»

Mit einer Handbewegung schnitt ihm der Botschafter das Wort ab. «Es gibt keine Begleitumstände!» Dann fuhr er fort: «Wie Sie wissen, haben wir noch viel zu tun, um den Ministerbesuch vorzubereiten. Wir werden uns später darüber unterhalten, jetzt habe ich keine Zeit.» Er stand abrupt auf und verließ den Raum.

Im Hinausgehen sprach von Witzke Zielinsky auf den Fall Degenhardt an. «Chefsache, Herr Oberstleutnant», erwiderte Zielinsky spöttisch.

Hans Corell blieb zurück. Er nahm einen Brockhaus-Band aus dem Bücherschrank und schlug unter dem Stichwort Urumbura nach:

URUMBURA, amtl. Republic of Urumbura
248 510 km^2; 16,1 Mio. Einwohner
gleichnam. Hauptstadt Urumbura 210 000 Ew.
Binnenstaat in Zentralafrika
Unabhängigkeit seit 1979. Seither 3. Militärregierung. Präsident zugleich Regierungschef u. Oberbefehlshaber d. Streitkräfte

Verfassung suspendiert
Westlich-kapitalistisch orientiert, auch freundschaftl. Beziehungen zu Libyen
Militär-Diktatur. Regierung wird vom Minderheitenstamm der Teso gestellt
Tribalismus (Schaukelpolitik aufgrund der vielen Stämme)
Korruption, Menschenrechtsverletzungen
Gegner von Südafrika. Opposition (südl. Stämme) in URA (Urumbura Resistance Army) organisiert
Militanter URA-Flügel von China unterstützt. URA beherrscht ⅓ des Landes im Süden
Äquator-Nähe, subtropisches Klima
Über 200 Stämme, ebenso viele Sprachen / Dialekte
Wichtigste Sprache: Kiswahili, Amtsspr. Engl.
durchschn. Lebenserwartung: 48 Jahre
Geschichte:
Um 1500 aus Völkern, vom Victoria-See kommend, gegründet. Um 1600 mächtigster Staat dieses Raums. Zweite Hälfte des 19. Jhd. rangen Großbritannien u. Frankreich um herrschenden Einfluß als Kolonialmacht, später auch Deutschland (Streit beigelegt im Helgoland-Sansibar-Vertrag). Nach Unabhängigkeit übernahm Militär die Macht, z. Z. kein Tourismus, da permanent instabile Lage, hohe Arbeitslosenquote, hohe Inflationsrate, hohe Delinquenz.

«Was suchen Sie denn im Lexikon, Herr Corell? Haben Sie das Stichwort ‹Innere Demokratie einer Botschaft› aufgeschlagen oder ‹Wie herrsche ich, ohne die Meinung meiner Mitarbeiter zu beachten›?»

Corell drehte sich erschrocken, wie ertappt, um. Es war Gesa von Linden, die zwar scheinbar ernst sprach, aber mit den Augen lächelte. Ausdrucksvolle Augen, dachte er. Eigentlich wußte er selber nicht, warum er das im Brockhaus nachlas. Vielleicht, um eine offizielle Bestätigung dafür zu finden, in was für ein schreckliches Land er für zwei oder drei Jahre geraten war. Vielleicht war es Selbstmitleid, vielleicht eine Art Masochismus. Oder auch alles das nicht. Er fühlte sich nicht wohl und wußte selbst nicht, warum.

«Ich bin zurückgekommen, um Ihnen die RK-Abteilung vorzuführen.»

«Ja, sicher, äh gern, ich freue mich», stotterte er und dachte, daß sie Gauloises Blondes raucht und doch nicht wie seine Frau roch. Sie gingen zusammen in das Erdgeschoß, wo sie ihm die Büros mit dem Abfertigungsschalter zeigte.

«Hier findet etwa die Hälfte des gesamten Publikumsverkehrs statt, so um die 50 Visa-Anträge pro Tag. Heute ist geschlossen, in Urumbura ist ‹Tag der Streitkräfte›, ein Feiertag.» Dann kamen sie in den Besucherwarteraum. Zuerst fiel sein Blick auf das Poster mit der verschneiten Schwarzwaldlandschaft, dann auf eine wartende Frau, offensichtlich eine Deutsche, die ein viel zu warmes, bis an die Fußfesseln reichendes Kleid trug und verschwitzt aussah. Sie stand auf und musterte Hans Corell.

«Sie sind doch der Mann vom Flughafen. – Ich finde es ziemlich unverschämt, wenn alle Menschen in der Hitze warten müssen und Sie mit Ihrem Diplomatenpaß elegant über alle Koffer hinwegsteigen, um unkontrolliert das Weite zu suchen.» Gereizt stieß sie ihre rutschende Brille nach oben. «Wissen Sie eigentlich, wie unangenehm diese Devisenkontrolle ist? Sogar in meinen Slip hat so eine Geheimdienst-Frau reingeschaut. Ich finde Ihre Diplomaten-Privilegien, also ehrlich gesagt, zum Kotzen.»

«Wer sind Sie denn?» fragte Gesa von Linden.

«Ja genau, wer bin ich denn, mehr fällt Ihnen dazu nicht ein. So habe ich mir das vorgestellt.»

Hans Corell konnte sich an eine Begegnung mit dieser Frau auf dem Flughafen nicht erinnern. «Es stimmt schon, was Sie sagen, ich sehe das ein, es muß aus Ihrer Sicht sehr ungerecht wirken.»

«Was heißt aus meiner Sicht? Es *ist* total ungerecht, um nicht zu sagen dekadent.»

«Es tut mir leid.» Hans wußte nichts anderes zu sagen. Er musterte die Blonde mit dem Pferdeschwanz. Sie war einen halben Kopf größer als er, das konnte er eigentlich nicht leiden, denn nach seiner Erfahrung sahen größere Frauen nicht nur mit ihren

Augen auf ihn herab. Außerdem schien die hier auch noch dieses gewisse unausstehliche Überlegenheitsgefühl herauszukehren. Ihr Gesicht fand er ganz hübsch. Er stellte es sich für einen kleinen Moment ohne Brille vor.

«Aber deswegen sind Sie doch sicher nicht hierher gekommen? Wer sind Sie? Was kann ich für Sie tun?» Gesa von Linden, wahrscheinlich gleichaltrig mit dieser Frau, blieb betont freundlich.

«Ich heiße Marion Klose, ich bin Entwicklungshelferin. Hier ist mein Paß. Ich brauche einige Bestätigungen von Ihnen, mit Stempel und so, weil ich meine Aufenthaltsgenehmigung beantragen muß.»

«Dann kommen Sie erst mal mit rüber in mein Büro.»

Jeeps des Modells Cherokee haben, anders als auf bundesdeutschen Straßen, in Urumbura tatsächlich ihre Existenzberechtigung. Daß Hans Corell ab und zu bis unter das Wagendach geschleudert wurde, konnte nur an mangelnden Fahrkünsten des Kanzlers Grund oder an supertiefen Schlaglöchern liegen. Hier kam beides unheilvoll zusammen.

Die Landschaft erinnerte ihn an die Schweiz, so als hätte man den Schweizer Jura mit Palmen bepflanzt. Es ging unentwegt bergauf und bergab, denn die Hauptstadt Urumbura erstreckt sich über fünf Hügel und die umliegenden Täler. Ein repräsentatives Stadtzentrum gibt es nicht. Zunächst die kleinen steilen Sträßchen in dem properen Villenviertel in Hanglage, dann die Allee aus Schirmakazien, deren Wipfel in vielleicht acht Metern Höhe zusammengewachsen sind, so daß man wie durch einen Tunnel fährt. Dann wird die Straße breiter und belebter, die Teerdecke ist an den Rändern ausgefranst, manchmal bis zur Mitte, so daß sich zwei Fahrzeuge nicht begegnen können, ohne daß eins der beiden auf den rotbraunen Randstreifen ausweicht und eine Staubwolke verursacht oder bei Regen im Schlamm leicht ins Rutschen oder Schleudern gerät. Es herrscht das Recht des Stärkeren, Pkws müssen generell Lkws weichen. Rechts und links Felder mit mannshohen Stauden, Kaffee, Zuckerrohr oder Mais, und an den etwas höher gelegenen Hängen Bananenplantagen.

Die am Wagenfenster vorbeiziehenden Bilder interessierten Corell nicht besonders, sie ähnelten denen in Ghana: der Mann mit dem weißen Hemd, ein Stück Zuckerrohr kauend; die aneinandergereihten Läden, niedrige offene Buden aus einem rohen Holzgerüst, bedeckt mit rostigen Wellblechplatten; überall Unrat, Gerümpel, ein Feuerchen; ein verwegen aussehender Typ, schlafend in einem Haufen Zucchinis; flatternde Wäsche, Gewirr von Telefonkabeln; eine Gruppe großer, schlanker Frauen, Bündel aus Holzreisig auf dem Kopf balancierend; kloakenhafte, stinkende Rinnsale, modrig-schwarz entlang der Straße; Wände aus rotem Lehm mit abgeplatztem weißen Putz; ein Pick-Up mit einem guten Dutzend Menschen auf offener Ladefläche. Dazwischen immer wieder üppiges Grün. Neu für ihn im Vergleich zu Accra waren hier die Gestalten in zerlumpter Uniform an den Roadblocks.

Corell schaute nur dann näher hin, wenn schlanke schwarze Frauen in seinen Blickwinkel gerieten, die zumeist helle Kleidung aus gebleichten und gestärkten Stoffen trugen, beinlange Röcke, blusige Oberteile, deren Puffärmel wie aufgeblasen nach oben standen. Puffärmel schienen hier der letzte Schrei zu sein.

Plötzlich schien Kanzler Grund wie auf Luftkissen zu fahren. Erstaunlich, die Straße war frisch geteert und einwandfrei. «Deutsche Wertarbeit», sagte Grund, «Firma Weit-Breit, sehr geschäftstüchtig in dieser Region dank Herrn Buchta, Deutsch-Urumburische Handelskammer. Aber das dicke Ende kommt noch.» Sie fuhren etwa zwei Kilometer, dann hörte die befestigte Straße vollends auf und ging mit einer Bodenwelle in eine feldwegartige rote Erdpiste über. Grund trat auf die Bremse.

«Schauen Sie sich das an.»

Es gab hier kurz vor Ende der Asphaltstraße eine richtig schöne deutsche Fußgängerampel mit Zebrastreifen. Eingeborene liefen hin und her, kümmerten sich weder um den artifiziell wirkenden Gehweg, noch beachteten sie die Ampel. Zwei Kinder veranstalteten am Rande ihr Hüpfspiel auf den schwarz-weißen Streifen.

«Alles nach Normen der deutschen Straßenverkehrszulassungsordnung und bezahlt durch deutsche Entwicklungshilfe.» Grund gab wieder Gas. «Sie können sich das jeden Tag anschauen, es ist der Weg zu Ihrem Haus, von hier ab noch fünf Kilometer. Bei nächster Gelegenheit zeige ich Ihnen mal die Kfz-Zulassungsstelle, sie wurde auch von uns gebaut, voll eingerichtet mit allen technischen Schikanen, schon vor mehr als zwei Jahren. Aber noch immer nicht in Betrieb genommen. Sand und Rost haben sie inzwischen zu einer Ruine zerfressen.»

Corell grinste, was sollte er dazu sagen, *déjà-vu*, alles schon mal gesehen in den letzten zwölf Jahren in Afrika. Sie fuhren, eine rote Staubwolke hinter sich, durch eine Bananenplantage, dann tauchten rechts und links villenartige Häuser auf.

«Das ist der Stadtteil Mantana, hier wohnen wir alle. Bis auf den Botschafter. Unser Alarmierungssystem erkläre ich Ihnen noch. Hoffentlich gefällt Ihnen das ehemalige Haus von Herrn Nieding.»

Eine hohe weiße Steinmauer, gekrönt mit Stacheldrahtrollen, ein großes abweisendes Eisentor. Grund hupte, es verging eine halbe Minute, dann öffnete der schwarze Gärtner beide Flügel, sich devot verbeugend. «Das ist Walter. Das heißt, er nennt sich Walter, na ja, ein bißchen seltsam. Aber er ehrt damit seinen früheren Chef.»

Zwei Schäferhunde umsprangen bellend das Fahrzeug. Im Hintergrund ein herrschaftliches Landhaus mit blendend weißer Fassade, davor eine große, teilweise ausgetrocknete Rasenfläche, in deren Mitte ein flammend roter Firetree in seiner ersten Blütenpracht. Überall haushohe Palmen und Akazien entlang des Weges. Grund fuhr unter die überdachte Auffahrt.

«Wir müssen hinten reingehen, das Scherengitter des Haupteingangs ist eingerostet. Aber die große Terrasse hier vorne können Sie ohnehin nicht benutzen, das wäre nach Einbruch der

Dunkelheit zu gefährlich. Dafür haben Sie einen schönen Balkon im ersten Stock.» Die beiden Hunde umwinselten Gundolf Grund, leckten ihm die Hände und beschnupperten Corell.

Sie gingen um das Haus. «Alle Fenster sind ziemlich massiv vergittert. Wo man die Fassade erklettern könnte, habe ich Stacheldraht anbringen lassen. Die Tür hier ist mit Stahlblech verstärkt.» Sie betraten nun einen Raum, in dem sie eine angenehme Kühle umfing. «Normalerweise haben Sie entweder nur Wasser oder nur Strom, vielleicht an zehn Tagen im Jahr klappt beides, das geht uns allen so. Mit Wasser sind Sie etwas schlechter dran, weil das Haus höher liegt, dafür haben Sie ab und zu ein frisches Lüftchen. Stromausfälle sind ganz praktisch, weil Elektrizität sauteuer ist, rechnen Sie mit zwölfhundert Mark im Monat, aber nur, wenn Sie die Aircon nachts abschalten. Sie sollten aber immer ein paar Lampen brennen lassen. Drinnen und draußen.»

Den Balkon im ersten Stock konnten sie nur ganz kurz betreten. Die sengende Hitze und der grell blendende Marmor trieben sie in das Haus zurück. Dem eindrucksvollen tropischen Gartenpanorama gönnte Corell kein lobendes Wort.

Grund setzte seine Führung fort. «Welche der etwa zehn Zimmer von Ihnen benutzt werden, können Sie selbst entscheiden. Nur bei dem Schlafraum sind Sie festgelegt, den habe ich als ‹safe haven› ausbauen lassen. Hierhin können Sie sich bei Gefahr zurückziehen, falls mal eine Bande ins Haus eindringt. Dort ist auch das Funkgerät angeschlossen. Die Stahlläden am Fenster sollten Sie nachts immer schließen, leider wird es dann heiß. Auf keinen Fall dürfen Sie bei Gefahr das Klimagerät laufen lassen, sie haben bei Überfällen schon Tränengas in die angesaugte Luft geleitet. Die Tür ist übrigens schußsicher.»

Sie gingen in die Küche, wo erwartungsvoll, scheu und neugierig Mama Sara und Sono auf den neuen Hausherrn warteten. Grund stellte ihm Köchin und Mädchen vor und erwähnte auch, daß beide seit Jahren hier arbeiteten und Nieding ganz zufrieden mit ihnen gewesen war. Corell blickte bei seinen Worten grüblerisch auf den Kadaver einer offensichtlich kurz zuvor in der Küche erschlagenen Kakerlake. Grund sagte: «Mama Sara versteht kein Deutsch mit Ausnahme des Worts ‹Bratkartoffel›.» Da lachte Mama Sara tief und schallend. Der Händedruck von Mama Sara fühlte sich männlich fest an, der von Sono war zaghaft und knöchern.

«Monatliche Unkosten für die beiden, für Walter und den Nachtwächter belaufen sich auf insgesamt ungefähr vierhundert Mark», rechnete Grund vor, und Corell nickte. «Einverstanden.»

«Da gibt es noch ein Problem. Herr Nieding hat mir die beiden Hunde sehr ans Herz gelegt, er hing an den Tieren, konnte sie aber unmöglich mitnehmen nach Bonn. Er bittet Sie, die beiden zu übernehmen, andernfalls müßten sie erschossen werden. Ich würde es schon alleine wegen der Sicherheit empfehlen, denn die Schwarzen haben höllische Angst vor unseren Hunden, und die können die Eingeborenen nicht riechen.»

Wieder nickte Corell. «Geht in Ordnung. Ich nehme das Haus, die Leute und auch die Hunde.» Er wirkte jetzt leicht erschöpft.

Der Kanzler, der trotz seines vor Hitze hochroten Kopfes weder Anzugjacke noch Weste ausgezogen hatte, zeigte sich erleichtert. «Das Amt trägt den üblichen Mietzuschuß, so daß Sie nicht viel über tausend zu bezahlen haben.»

Auch das war für Corell selbstverständlich. Sie gingen nach draußen, um die Unterkünfte der Bediensteten und das Notstromaggregat mit dem vollen Diesel-Tank zu besichtigen. Mama Sara und Sono kicherten hinter der Fensterscheibe der Küche.

Das barackenähnliche, längliche Gebäude, in dem die Bediensteten wohnten, wurde durch einen Zaun mit Tür vom Grundstück getrennt, eine Hecke verhinderte jede Sichtverbindung.

Vor dem Haus hing Wäsche auf einer Leine, standen mehrere Aluminiumtöpfe auf Holzkisten in der Sonne zum Trocknen, lagen zwei blaue Plastikschüsseln auf dem teilweise mit Rasen bewachsenen Boden. Drüben lehnte ein älteres Fahrrad an der Wand.

Als Grund und Corell an der Hecke auftauchten, spielten mehrere Kinder vor dem Haus, im Schatten saßen zwei Männer auf Stühlen, einer davon war wohl der Nachtwächter. Blitzartig verschwanden alle in die Zimmer, die größeren Kinder schleppten flink und sehr geschickt ihre kleineren Geschwister weg, sie verschwanden hinter den Türöffnungen, in denen Gardinen oder bunte Tücher hingen. Nur vor der Toilette war eine Holztür.

Im Näherkommen roch Corell eine strenge Mischung aus Knoblauch, Fisch, ranzigem Fett und Safran. Damit ihm nicht schlecht wurde, versuchte er nur noch durch den Mund zu atmen.

Die Leute kannten Grund. Er schob den Vorhang eines Raumes beiseite, drinnen standen sechs bis acht Kinder wie die Orgelpfeifen, blickten teils ängstlich, teils neugierig. Er sagte ein paar verbindliche Worte in Kiswahili und stellte Hans Corell vor, dem eher nach Weggehen zumute war. Er begriff, daß in diesem Häuschen etwa vierzig Menschen leben mußten, und ihm wurde plötzlich bewußt, daß sie alle irgendwie von ihm abhingen und von seinem Hiersein existierten. Und das Unbegreifliche war, daß sie sich in diesen mehr als bescheidenen Verhältnissen glücklich zu fühlen schienen. Es war ihm unheimlich.

Grund führte Corell nun zu dem kleinen Notstromaggregat, die Hunde kamen ihnen entgegengelaufen. «Die sollten Sie nachts im Haus einsperren», empfahl Grund. «Den von Hausmeister Fechter haben Einbrecher vergiftet, und bei Bandenüberfällen werden sie erschossen oder mit Macheten erschlagen. Haben Sie übrigens eine Waffe?»

«Nein.»

«Das ist kein Problem, das regeln wir über Polizei-General Fekesi. Wissen Sie, es macht einen sehr guten Eindruck, wenn Sie so alle vier Wochen auf Ihrem Grundstück ein paar Probeschüsse auf eine Zielscheibe abgeben, möglichst mit großem

Kaliber. Sie müssen nicht unbedingt treffen, es kommt auf den Krach an, das spricht sich bei den Localos rum.» Corell lächelte.

German Embassy.» Corell hatte es wohl ein dutzendmal ausgesprochen, obwohl das CD-Kennzeichen eigentlich genügt hätte, ihn durchzuwinken. Aber viele der jungen Burschen hatten nie etwas von einem Diplomatenkennzeichen gehört. Ohne den Schutz des gepanzerten Mercedes und alleine in einem VW fühlte er sich von diesen bewaffneten Horden bedroht. Gundolf Grund hatte ihm eindringlich geraten, niemals mit den Typen zu streiten, immer die Armbanduhr in die Hosentasche zu stecken und einen 20-Dollar-Schein in der Hemdentasche griffbereit zu haben. Geradezu tödlich sei es, einen solchen Kontrollposten zu ignorieren oder einfach wegzufahren. Immer Blickkontakt, hatte Grund empfohlen, ruhig wirken, nicht überlegen und nicht ängstlich reagieren. Und wenn sie ihm das Fahrzeug abnehmen wollten, dann sollte er den Schlüssel stecken lassen, einfach aussteigen und weggehen. Keine Diskussion, schon gar keinen Widerstand. Zielinsky und Regionalarzt Dr. Moser war vor Wochen auf diese Weise ihr Auto geraubt worden. «Die Wahrscheinlichkeit, daß irgendwann irgendwas passiert, ist größer, als unbehelligt zu bleiben», hatte Grund gesagt. «Da heißt es: kühlen Kopf bewahren! Schief ging es immer dann, wenn jemand den Helden spielen wollte. Natürlich, wenn es einen ganz einfach treffen soll, wie neulich die Schweizer, trifft es einen. Da kann man nun mal nichts ändern.»

Corell gab Gas, den Tower des Flughafens konnte er schon sehen. Der Botschafter hatte zwar angeordnet, wann immer möglich, den Mercedes-Panzer zu nehmen, das heißt, sich von Mike fahren zu lassen, aber heute früh war der Chef selbst unterwegs. Der VW-Käfer von seinem Vormieter Nieding hatte verschiedene Beulen und Roststellen, war also für ein Car-Napping nicht besonders attraktiv. Das wirkte beruhigend. Aber er war natürlich auch nicht klimatisiert, so daß auch ohne Angstschweiß Corells Hemd bereits vor Nässe triefte.

Er freute sich auf Liza, die Chefin der VIP-Lounge. Er hatte immer an sie denken müssen. Den Auftrag, sich um den Fall des verschwundenen Professors zu kümmern, hatte er sich selbst gegeben und seine Kompetenz von der Funktion des Sicherheitsbeauftragten abgeleitet.

Die VIP-Lounge hatte die Atmosphäre einer Nachtbar bei Tageslicht: schwerer Geruch kalten Rauchs gemischt mit dem Aroma von Bohnerwachs hing in der Luft, Stühle standen auf dem Tisch.

«Hallo, Mister Hans!» Liza trug eine hochgeschlossene Bluse mit einem Leopardenfellmuster, was ihn enttäuschte, weil er das kitschig fand. Später erst erfuhr er, daß Chui, der Leopard, von ihrem Stamm der Nkole verehrt wird, sein Fell tragen die Chiefs, weil es ihnen die Kraft des Jägers verleiht. Und wer einen solchen Stoff trägt, empfängt – wenigstens ein wenig – von dessen Eigenschaften.

«Hallo, Liza! Bleiben wir bei den Vornamen?» Sie kamen sofort zur Sache. Corell erstaunte nicht, daß sie vom Verschwinden der Leiche wußte.

«Glaubst du, daß die Sanitäter wirklich nichts gemerkt haben oder nichts wissen? Ich meine, so einfach kann doch nicht von einer Minute zur anderen eine Leiche verschwinden?»

«Als die beiden vom Hospital zurückkamen, haben sie bei mir einen Espresso getrunken. Übereinstimmend sagten sie, sie hätten sich nur eine Cola geholt, und als sie wieder unten waren, sei der Professor schon verschwunden gewesen. Sie fanden es unglaublich, aber ob das alles so stimmt? Ich kann natürlich nicht in ihrer Seele lesen.»

Hans erinnerte sich, daß die beiden tatsächlich mit Cola-Dosen die Treppe herunterkamen.

«Warum hast du die Gläser mitgenommen?» Sie fragte das eher beiläufig.

«Ich weiß es selbst nicht so genau.» Corell wollte ihr dazu nicht mehr sagen. Er fragte zurück: «War die Polizei bei dir? Was wollten sie wissen, was haben sie herausgefunden?»

«Hier war noch keine Polizei.»

«Wie bitte?»

«Nein, die Polizei war nicht hier.»

«Zielinsky hat doch sogar den General angerufen. Die müssen doch ermitteln, Untersuchungen anstellen, Zeugen fragen.»

Liza schüttelte den Kopf. «Du bist in Urumbura, Afrika», sagte sie vieldeutig.

«Das verstehe ich nicht.»

«Doch, das verstehst du, du bist lange genug auf diesem Kontinent. Hier haben sie ihre eigenen Methoden, wie du weißt.»

Hans schoß durch den Kopf, daß sie nicht wissen konnte, wie lange er schon in Afrika auf Posten war. Seltsamerweise vergaß er es gleich wieder.

«Und du, was hältst du von der Sache?» wollte er wissen.

Sie sagte hintergründig lächelnd: «Hier habe ich schon einige VIPs umfallen sehen: durch Whisky, durch Dollars, durch eine Frau. – Aber verschwunden ist noch niemand.»

Ich sage mal, Herr Botschafter, für den Außenminister kommt nur die Residenz in Frage. Im Gästehaus der Regierung hat's Läuse und Wanzen, und das Hotel Sambesi ist zu unsicher», sagte der Militärattaché.

«Na bitte, völlig richtig, also haben wir nicht nur den Empfang, sondern auch noch die Unterbringung zu organisieren. Darüber ist sich meine Frau wohl auch noch nicht im klaren. Was machen wir mit der Ministergattin?» Hinzinger sah seinen Kanzler an.

«Die läßt der doch so gut wie immer zu Hause.» Grund erntete einen strafenden Blick des Militärattachés.

«Der Zustand der Residenz ist jedenfalls eines deutschen Außenministers nicht würdig.» Der Botschafter räusperte sich. «Also rufen Sie die Zentrale an, da soll gefälligst einer herkommen und sich das vor Ort anschaun. Hat sich denn noch keiner von den ‹Guten-Morgen-Augusts› gemeldet?» Hinzinger blätterte ungeduldig in einer Akte.

«Das wäre zu früh für unser Protokoll», antwortete der Kanzler, «es ist ja noch drei Wochen hin.»

«Auf jeden Fall bedarf es eines zweiten Telefonanschlusses in der Residenz», sagte von Witzke, «der Herr Minister muß ungestört telefonieren können.»

«Und zwei Stunden auf die Verbindung warten!» bemerkte Zielinsky trocken.

Hans Corell hatte bisher schweigend dagesessen, er hing seinen Gedanken an Liza nach. Ihr Gesicht war fein geschnitten, schmal und länglich, eingerahmt von mindestens hundert kunstvoll gesteckten, dünn geflochtenen schwarzen Zöpfchen. Das betonte ihre großen Augen mit den langen Wimpern. Sie erinnerte ihn an die Algerierin...

Der Botschafter monologisierte immer noch darüber, was alles in seiner Residenz verbesserungsbedürftig sei. Hans dachte plötzlich an Warimu, die in Accra im Erziehungsministerium arbeitete. Sie war immer für ihn da, wenn er sie brauchte, und sie verschwand auch wieder – bis zum nächstenmal. Ganz nach Bedarf. Aber als er ihr bei dem letzten Zusammensein beiläufig mitteilte, daß er in wenigen Tagen – für immer – abreise, da fühlte sie sich benutzt und weggeworfen. Sie wurde zornig, schlug nach ihm. Als er zurückschlug, hatte sie die Nachttischlampe genommen und an die Wand geworfen.

Afrikanische Frauen, dachte Corell, sind unberechenbar. Zwei Fehler durfte man auf gar keinen Fall machen: eine Frau in einer Disco suchen oder eine Sittsame mit Familie. In der Disco ist es zwar leicht, es gibt dort bildhübsche Frauen, und sie sind keineswegs Prostituierte, doch sie lieben heute hier und morgen dort. Und seinem Leben spätestens nach fünf Jahren durch HIV positiv ein Ende zu setzen war nicht das, wozu er Lust hatte, obwohl er sich mit seinen Achtundfünfzig oft steinalt fühlte und manchmal auch sehr müde.

Aber auch die mit der sittsamen Familie können das Todesurteil bedeuten. Wenn man so eine nicht heiratet, obwohl man mit ihr geschlafen hat, wird man vom Bruder umgebracht. Diese

Mädchen, die den Männern mit dem lieblichen Gesicht, wie von der Titelseite eines GEO-Heftes, in die Augen blicken, sind unwiderstehlich, aber gefährlich.

Hans Corell sah sich um. Im Rücken von Hinzinger hing ein Foto von Franz-Josef Strauß mit einem dünnen, schon ziemlich ausgebleichten Trauerflor, daneben ein etwa gleichgroßes Porträt des Bundespräsidenten.

Auf einem Tischchen in der Ecke neben einer Sitzgarnitur, umringt von weiteren Porträts, die teilweise mit persönlichen Widmungen versehen waren, etwa «Meinem lieben Franz Xaver Hinzinger, Dein Alfred Dregger» oder deutlich förmlicher: «Herrn Botschaftsrat Hinzinger, Ihr Kurt Waldheim», eine Erinnerung an seinen vorausgegangenen Dienstposten bei der Botschaft in Wien. Die Fotografien von Heinrich Lübke und Kardinal Ratzinger waren nicht gewidmet.

Der übergroße, mit schweren barocken Möbeln eingerichtete Raum war dem fülligen Botschafter wie auf den Leib geschnitten.

Hinzinger entwickelte inzwischen seine Gedanken darüber, wie der Besuch des deutschen Außenministers politisch umgesetzt werden könne. Corell konzentrierte sich. Empfang beim Staatspräsidenten natürlich, man sollte auf einer Ehrenformation der Palastgarde mit Nationalhymnen bestehen, unser Minister mit seiner weltweiten Reputation sei mindestens so gewichtig wie viele Staatsoberhäupter Afrikas. Der urumburische Außenminister werde seinem berühmten Kollegen garantiert ein Festbankett geben.

So wie es aussieht, dachte Corell, werde ich dorthin ohne weibliche Begleitung gehen müssen. Und für die Sicherheit des Ministers werde ich wohl oder übel auch ein Stück Verantwortung tragen müssen.

«Schlage vor», meldete sich der Militärattaché wieder zu Wort, «wir fordern zweihundert Mann Bundesgrenzschutz an, auf den BGS ist wenigstens Verlaß. Die könnten dann gleich hierbleiben, zum Schutz der deutschen Gemeinde, nach allem, was hier passiert. Wir sollten nicht kleckern, sondern klotzen!»

Das Klingeln des Telefons ersparte Corell eine Reaktion auf diesen nach seiner Meinung unsinnigen Vorschlag. Hinzinger brüllte in den Hörer: «Der Buchta doch nicht, was soll der Schmarrn, sofort reinlassen!»

Kurze Zeit später erschien Manfred Buchta mit diesem gewinnenden Lächeln, dem etwas Hinterhältiges anhaftet. «Morgen, meine Herren, na, beim Kaffee-Plausch?»

«Waidmannsheil, Manfred, da setz dich hin, wir sind gleich fertig», begrüßte ihn der Botschafter freundschaftlich.

«Mista, I have strictly order!» äffte Buchta nach und schüttelte sich vor Lachen.

«Jackson ist ein Rindvieh, Manfred, der war das doch wieder?»

«Jackson ist heute nicht im Dienst, Herr Botschafter», sagte Corell trocken. «Ich habe Neumann und dem gesamten Wachpersonal Anweisung gegeben, jeden – ohne Ansehen der Person – vorm Betreten der Kanzlei zu kontrollieren. So hatte ich auch *Sie* verstanden.»

«Aber doch nicht Freunde des Hauses, lieber Corell.»

«Dieser Schwatte wollte mich mit seinem Piepser befummeln. Det ist doch hier nicht der Rhein-Main-Flughafen.» Buchta wieherte.

«Das zwar nicht, aber die Leute müssen wissen, woran sie sind», sagte Corell.

Jetzt wurde Buchta ernst. «Dann nehmen Sie bitte zur Kenntnis, Herr Kollege, daß *ich* mich jedenfalls von so einem Mohren nicht anfassen lasse, schon gar nicht in unserer Vertretung! Das ist deutsches Territorium!» Buchta entnahm seiner Kroko-College-Mappe eine «Süddeutsche Zeitung» und schob sie mit der Bemerkung, «So funktioniert unser Lufthansa Service», dem Botschafter zu. «Auf der dritten Seite, ich habe es angestrichen.»

Hinzinger schlug auf und las: «Deutscher Professor auf dem Weg nach Pretoria vermißt». Er überflog den Artikel und packte ihn zu seinen Akten.

«Was hältst du davon, Franz?» wollte Buchta wissen.

Hinzinger blickte in die Runde. «Ja, meine Herren, wir wären soweit fertig, wenn Sie keine Fragen mehr haben, können wir Schluß machen.»

Zielinsky, Grund und Corell hatten keine Fragen, schoben ihre Stühle geräuschlos auf dem Teppichboden zurück und gingen.

Franz Xaver Hinzinger blickte ihnen nach und wartete, bis auch die zweite Tür geschlossen war.

«Wer ist der Neue?»

«Corell? Er kommt aus Accra. Ich habe ihn beauftragt, Zielinsky in Wirtschaftssachen zu vertreten. Du mußt ihn dir mal anschaun.»

«Also, was ist mit Degenhardt? Die ‹Süddeutsche› schreibt, daß er auf dem Weg zum in Pretoria stattfindenden Kongreß der Internationalen Union zur friedlichen Nutzung der Kernenergie war. Die Zwischenlandung bei uns ist anscheinend geheim geblieben. Aber in München gab es schon im Vorfeld der Reise Wirbel, die Grünen haben dagegen protestiert.»

«Das weiß ich, aber er hatte die Rückendeckung der bayrischen Staatskanzlei. – Also dem AA habe ich getelext, daß der Professor an einer unbekannten Tropenkrankheit lebensbedrohlich erkrankt ist. Verstehst du, mehr nicht. – Zusätzlich habe ich das bayrische Landesbüro in Bonn angerufen und ihnen reinen Wein eingeschenkt. Der Professor ist tot und die Leiche weg, basta. Ich kann es auch nicht ändern.»

Buchta warnend: «Du weißt, daß sie hier das Telefon abhören.»

«Ist mir egal.»

«Wie du meinst.» Buchta verschloß mit einem aggressiven Ruck den Reißverschluß seiner Tasche. «Und welche Version soll ich nach Pullach melden?»

«Am besten beide.» Hinzinger lachte schallend.

«Det find ich gar nicht witzig. Was sagen denn die Uris?»

«Das sieht schlecht aus, Manfred. Der Wirtschaftsminister hat mir ausrichten lassen, nach dem Vorfall sei das KKW-Projekt gestorben, es sei politisch nicht mehr durchzusetzen.»

«Scheiße.»

II

Es beginnt mit Schüttelfrost. Wenn man in den Tropen krank wird, beginnt es immer mit Schüttelfrost, das kenne ich schon. Ich habe mich in mein Hotelzimmer verkrochen, mehrere Tanacomp eingeworfen als Stoßtherapie und bin erschöpft eingeschlafen. Horst und Jens, die beiden vom Bundesgrenzschutz, haben mir Cola und Salzstangen besorgt, das ist meine Geheimwaffe, bewährt in vielen heißen Regionen der Welt. Zwei Tage nichts anderes essen und trinken, dann ist man wieder fit.

Wenn einem so richtig elend ist, weit weg von zu Hause, kommt man sich ganz schön verlassen vor. Schlimm die Nächte. Da gingen mir nur noch trübe Gedanken durch den Kopf. Zum Beispiel, daß das Regierungshotel Sambesi noch vor einem Jahr, bevor es total renoviert worden ist, Headquarter des Geheimdienstes USS gewesen ist. Man könnte auch Deadquarter sagen. Eine gute Nacht konnte ich mir da wünschen, mit all dem Grauen und Entsetzen, welches die Wände stumm herauszuschreien schienen. Nichts ließ sich übertünchen, weder das Blut noch die urumburische Spezialität, genannt «Kandoya» oder «Three-piece-tying», eine Methode der dreifachen Fesselung der Oberarme straff hinter dem Rücken, was Schocktod, Atemnot oder Amputation der Arme verursacht.

Am dritten Tag war ich wieder auf den Beinen und machte kurz nach Sonnenaufgang auf dem Hotelgrundstück einen Spaziergang, versuchte, mich zu zerstreuen und daran zu erfreuen, daß wenigstens die Natur noch im Gleichgewicht schien. Die große Rasenfläche zwischen Hotelgebäude und Pool war schwarz-weiß betupft mit Vögeln, helle, so groß wie Möwen, und schwarze rabenähnliche, die ständig schimpften und stritten. Dazwischen stolzierten gravitätisch einzelne Marabus. Im Brunnen badeten Geier, sich erst im Wasser suhlend, um dann lässig die ausgefächerten Flügel zum Trocknen in die Sonne zu hängen. Ein riesiger Baum war schwarz beklumpt mit Fledermäusen, die wie Trauben an den Ästen hingen.

Heute hat mich Jens schon wieder abgeholt. Die beiden vom BGS sind seit Weihnachten hier, da war Degenhardt schon tot. Eigentlich sind sie für den Objektschutz zuständig, werden aber darüber hinaus für alles mögliche eingesetzt, zum Beispiel dafür, die Kurierpost abzuwickeln.

«Das Lieblingscafé von Herrn Corell war das Arusha», sagte Jens.

«Okay, dann fahren wir dorthin.» Ich will es langsam angehen lassen.

Dann sitzen wir im Hintergrund des Gastraumes, die großen Schiebetüren zur Straße stehen offen, draußen eilen Leute vorbei, die untergehende Sonne des Spätnachmittags wirft lange Schatten. Ein Perlenvorhang wirkt wie eine Bühne: wir sind das Publikum, hinter dem durchsichtigen Vorhang das große Welttheater. Um uns herum schwarze Männer, die zu zweit an Brettspielen sitzen und von anderen beobachtet werden, die lautstark die Spielhandlung kommentieren. Der heiße Pfefferminztee aus frischen Blättern tut meinem lädierten Magen gut.

«Was war Hans Corell für ein Mann?»

Jens scheint von der Frage nicht im geringsten überrascht zu sein. «Er ist unser Chef gewesen. Er hat als Sicherheitsbeauftragter nicht viel gesagt, aber wenn, dann hatte es Hand und Fuß. Ganz anders der Militärattaché.»

Oberst von Witzke hat mich gestern im Hotel besucht, das fand ich sehr fürsorglich von ihm. «Außer Gefecht gesetzt, Kamerad?» hat er gemeint und eine Tüte Mangos auf den Nachttisch gelegt. Er war beruhigt, daß es mir offensichtlich besser ging.

«Wie schätzen Sie die Sicherheit der Vertretung ein, Kollege?» frage ich Jens.

«Wir haben alles im Griff, Herr Urban.»

Das klingt selbstbewußt. Aber in der Tat, die beiden machen einen guten Job, so etwas erkenne ich bereits nach wenigen Stunden.

Ich überlege, daß es zur Zeit um die Sicherheit der Botschaft wirklich nicht schlecht bestellt ist. Es wurde einiges umgebaut, die Außenmauer erhöht. Das Einfahrtstor ist sehr gut, auch das Wachhaus. Ich werde in meinem Bericht eine Eingangsschleuse bei der Pförtnerloge vorschlagen. Ich muß gähnen, das ist alles ziemlich langweilig. Trotzdem kann ich mit meiner BKA-Aufgabe leben, für die Sicherheit von Menschen zu sorgen. Das Salz in der Suppe sind die beiden Mordfälle. Na ja, vielleicht darf man es so auch nicht bezeichnen.

«Warum ist Hans Corell umgebracht worden?» frage ich.

Jens nimmt sich eine Zigarette und hält mir seine Packung hin. Ausgerechnet in diesem Moment, wo es um Hans geht. Ich greife zu, trotzig fast, er gibt mir Feuer.

«Das ist mir unbegreiflich, er war doch in der Botschaft ein sehr unauffälliger Mensch und hat auch sonst gar nichts gemacht. Sehr hilfsbereit ist er gewesen, wir konnten zum Beispiel seinen VW haben, wann immer wir ein Auto brauchten. Ich habe ihn gemocht.» Jens juckt sich am Auge, so als wolle er dort unauffällig eine Träne wegwischen.

Ich inhaliere tief den Rauch, das tut mir unendlich gut. Jetzt fühle ich mich wieder gesund. Drei Tage habe ich verloren, keine Zeugen gefragt, sein Tagebuch nicht weitergelesen, keine Beweise gefunden. Aber das hole ich wieder auf.

«Und der Mord an Degenhardt?» frage ich.

Jens räuspert sich, seine Stimme klingt belegt: «Das war vor meiner Zeit, keine Ahnung.»

Dieser Atomprofessor war ein wichtiger Mann in der deutschen Nuklear-Industrie. Ich habe da vor meiner Abreise von Wiesbaden aus ein paar Erkundigungen eingeholt. Er war eine treibende Kraft, als es darum ging, die Wiederaufbereitungsanlage in Wackersdorf durchzuboxen. Ein dritter Kraftwerksblock in Biblis, Block C, stand auf seinem Programm. Im französischen La Hague saß er in irgendeinem wissenschaftlichen Beirat.

So ein Blödsinn, denke ich, ein Kernkraftwerk ausgerechnet hier in Afrika, wo es Wasserkraft in Hülle und Fülle gibt. Aber der Degenhardt wollte Milliardengeschäfte machen. Seine Devise: Deutsche KKWs sind die zuverlässigsten und sichersten auf der ganzen Welt. In Brasilien hat er mitgemischt und in Taiwan.

Ich schlürfe einen zweiten Pfefferminztee und rauche eine zweite Zigarette. Die ältere Frau, die den Tee gebracht hat, lächelt mich an. Es ist ein ganz feines, leises Lächeln. Sie hat eine ungewöhnliche Ausstrahlung, irgendwie edel. So könnte ich mir eine Stammesfürstin vorstellen.

Ein junger Mann schiebt den Perlenvorhang beiseite und humpelt rein, auf dem Arm ein Bündel Zeitungen. Ich kaufe ihm die «New Vision» ab. Er trägt unter dem linken Knie eine Prothese, vermutlich ist er auf eine Mine getreten. Ein Opfer der Guerilla.

Die Zeitung liegt unbeachtet von mir auf dem Tisch. Jens und ich, jeder hängt seinen Gedanken nach. Es kann sein, daß Jens an Hans Corell denkt, denn er sieht jetzt traurig aus.

Ich frage mich, warum bei meiner Reisevorbereitung auch im Auswärtigen Amt niemand davon gesprochen hat, daß in Urumbura gefoltert wird. Ich wurde auf alle möglichen Sicherheitsprobleme aufmerksam gemacht, aber das Wort Folter ist wie eine heiße Kartoffel, die man nicht in die Hand nimmt. Daß es im BKA ein Tabu ist, Folterregime beim Namen zu nennen, bin ich ja gewöhnt. Aber vom AA müßte man eigentlich eine andere Gesinnung erwarten. Das müßte doch in jedem Lagebericht der Botschaft stehen. Außerdem kann ihnen doch unmöglich verborgen bleiben, daß zum Beispiel in dem Berliner Rehabilitationszentrum für Folteropfer Menschen aus Urumbura Patienten sind. Das weiß man ja bereits als Zeitungsleser. Oder wenn man sich mit Informationen von amnesty international befaßt.

Daß der Außenminister Gesprächsangebote des deutschen Generalsekretärs von amnesty international ignoriert, bedarf eigentlich keines Kommentars.

Sachzwänge contra Menschenrechte, die Rangfolge ist klar. Deutsche Diplomatie bekennt keine Farbe, das scheint dem Wort diplomatisch konträr zu sein. Man will es sich mit einem Staat nicht verderben, das sollen andere tun, daraus kann man nur Vorteile ziehen. Sollen andere Syrien oder den Iran der Folter bezichtigen, wir machen statt dessen Geschäfte. Und wenn der deutsche Außenminister auf Dienstreise geht, hat man dem Counterpart längst vorher in einem non paper signalisiert, daß es unumgänglich sei, auch ein Lippenbekenntnis zu den Menschenrechten abzulegen, danach würde man aber schnell zur eigentlichen Tagesordnung übergehen, und im Gefolge des Ministers Herr Generaldirektor X, Herr Konzernchef Y...

«Herr Urban», Jens holt mich aus meinen Gedanken zurück, «ich habe Herrn Corell wirklich sehr gemocht.» Er nimmt aus seiner Brieftasche ein Foto und gibt es mir. «Das Foto habe ich geschossen.»

Das Bild zeigt Hans Corell und eine weiße Frau. Sie trägt Jeans und eine Bluse mit Puffärmeln, wie man sie hier häufig bei schwarzen Frauen sieht. Sie lehnt am VW. Irgendwie lässig. Sie schaut in die Kamera, ihren Mund umspielt ein spöttischer Zug. Neben ihr steht Hans, er lacht sie an. An einem Finger dreht er den Autoschlüssel.

«Wer ist die Frau?»

«Das ist Marion Klose», antwortet Jens.

Ich habe es mir gedacht und wollte seine Bestätigung. Diese Marion gefällt mir. Irgendwie sieht sie stolz aus. Das mag auch an ihrer Figur liegen: hochgewachsen, schlank, lange Beine.

«Hatten die beiden etwas miteinander?» Ich merke, daß meine Frage plump klingt. «Ich meine, ein Verhältnis oder so.»

«Sie hat bei ihm gewohnt, mehr will ich dazu nicht sagen, weil ich es nicht weiß, ich war ja nicht dabei. Aber die Marion war schon interessant, er müßte andernfalls blöd gewesen sein...» Jens schweigt wieder eine Zeitlang, dann fährt er fort: «Aber ob sie den Hans auch attraktiv fand, ist schwer zu sagen, das war keine Frau, die man mit dummen Sprüchen ins Bett kriegt. Mich hat sie verunsichert, weil sie so gescheit war.»

Ich betrachte ihr Gesicht. «Sie sieht wie eine Intellektuelle aus.»

Jens nickt. «Schade drum, daß man sie aus Urumbura rausgeworfen hat.»

Ich bin gespannt auf Marion Klose, denn ich werde sie ja in Deutschland sprechen.

«Da steckt eine Riesensauerei dahinter, sage ich Ihnen, was da mit Hans und Marion gelaufen ist!» Jens steckt das Foto mit einem zornigen Griff ein. Eigentlich hätte ich es gerne gehabt, aber ich spüre, daß ich das von Jens nicht verlangen sollte. «Ich möchte», sagt Jens bestimmt, «daß das aufgeklärt wird. Wie wollen Sie das schaffen?»

Gute Frage. Ich überlege lange.

«Ich hatte mal einen Kriminalistiklehrer, den ich verehrte, weil er klug und human war. Er hat mich gelehrt, daß sich ein Verbrechen nicht nur in der deliktischen Handlung erschöpft, sondern fast immer eine Vorgeschichte hat, Nebenerscheinungen eine Rolle spielen und Randereignisse ablaufen, Nachwirkungen eintreten und Folgen zu erwarten sind. Das alles versuche ich hier in Urumbura zu erkunden, was dabei herauskommt, weiß ich noch nicht. Aber ich werde es schaffen.»

3

Das Funkgerät knackte von Zeit zu Zeit und weckte Hans Corell mehrmals in der Nacht. Er wälzte sich dann stundenlang schlaflos und durchgeschwitzt und fragte sich, wie hoch der Preis für Sicherheit eigentlich sein müsse, ob er sich das antun wolle und auf welcher Seite der Gitter seines 10-Zimmer-Palastes denn nun die Freiheit am größten sei. Es durfte natürlich kein normaler Stacheldraht sein, nein, Nato-Draht hatte der Militärattaché anschaffen lassen, tonnenweise verschifft aus Deutschland. Er haßte die kleinen, in den Draht verwobenen Blättchen, teuflisch scharf wie Rasierklingen. Und hinter schußsicherem Stahlblech zu schlafen oder nicht zu schlafen hatte für ihn Knastcharakter. Irgendwann war er wieder eingeschlafen.

Die Eingangshalle – groß und unpersönlich. In dem sich anschließenden Salon kam er sich auch ziemlich verloren vor, zumal es ihm widersinnig erschien, die große Terrasse nicht betreten zu können. Sono hatte ihm im Eßsalon den Tisch gedeckt. Das war eigentlich auch Quatsch, nur zum Speisen den stromfressenden Airconditioner laufen zu lassen. Also traf er eine grundsätzliche Entscheidung, packte das Bettzeug in das Gästezimmer und richtete sich tagsüber im Balkonzimmer ein.

Abends, zwischen sechs und sieben, wenn innerhalb von zwanzig Minuten die Nacht eingefallen war, begann es ein wenig abzukühlen. Dann strahlte zwar der Marmor des Balkons noch Wärme ab, aber er setzte sich trotzdem mit einem Sherry Seco in die monströse Hollywoodschaukel, die zwar albern aussah, aber irgendwie bequem war. Ausladende Zweige eines Avocadobaumes mit sattgrünen Blättern vermittelten Frische, die Lichtbündel von Halogenlampen, die vom Garten aus das Haus in ihren Bann schlugen, blendeten ihn. Der das gemacht hat, muß ein Witzbold gewesen sein, dachte er, wenn hier schon Sicherheit oberste Priorität besitzt, dann hätte er die Strahler wenigstens nicht auf die Zielscheibe richten dürfen.

Corells Gedanken wanderten zu Liza. «See you next week»,

hatte sie wie ganz selbstverständlich zum Abschied gesagt. Jeder im Flughafen schien sie zu kennen, so gut wie immer zauberte ihre bloße Anwesenheit ein Lächeln auf das Gesicht anderer Leute. Auf der Rückfahrt zur Botschaft träumte Hans davon, auch einmal diese Wirkung hervorrufen zu können. Einfach beliebt zu sein, ohne genau zu wissen, woran es liegt, das muß ein tolles Gefühl sein. Und wahrscheinlich schaukelte sich das gegenseitig hoch: Wenn man gern gesehen ist, geht es einem gut, man strahlt das auch aus und bekommt es wieder zurück. Nicht, daß er sich abgelehnt fühlte, aber immer erzeugte er ungewollt eine gewisse Distanz. Fahrer Mike war auch so ein Typ, der allen gefiel.

Managerin der VIP-Lounge zu sein ist eine Vertrauensstellung, dachte Hans. Um den Job zu kriegen, muß man sicher klug sein oder mit dem Flughafendirektor schlafen. Oder man muß wie Liza sein. Aber vielleicht schlief sie ja wirklich mit dem oder mit einem General oder mit einem Staatssekretär. Das ist wohl in Bonn auch nicht viel anders.

Das Telefon klingelte, er ging ins Haus und hob ab. «Mister Corell», hörte er eine männliche Stimme sagen, «lassen Sie die Schnüffelei, das ist besser für Sie, sonst werden Sie bald einen Unfall haben. Das ist kein Witz.» – Eingehängt.

Wie hat er es formuliert, was genau hat er gesagt?» fragte Gundolf Grund.

«Er sagte ‹don't snoop around› und zum Schluß ‹this is not a joke›.»

«Und den Unfall bezeichnete er als ‹accident›?»

«Genau. Sekunden später klingelte es erneut, es meldete sich aber niemand. Ich legte auf, wollte Sie anrufen, und da war mein Anschluß gestört.»

«Na ja, das ist ein alter Trick, der hat dann selbst nicht aufgelegt und blockiert damit den angerufenen Teilnehmer. Vielleicht wird es besser sein, wenn Sie Mike für eine gewisse Zeit mit dem Panzer von zu Hause abholt.»

«Nein», antwortete Corell entschieden, «das will ich nicht, ich fahre weiter mit meinem VW.»

Sie saßen im Salon des Kanzlers, einer Art Pfälzer Bauernstube. Der Kontrast zur afrikanischen Umgebung fiel sogar Corell auf, dessen Interesse nicht gerade der Wohnkultur galt. Die wertvolle silberne Teekanne, die das Mädchen hereinbrachte, war auch ein gewisser Stilbruch, aber noch kontrastreicher wirkte natürlich das schwarze Dienstpersonal. Frau Grund war sehr besorgt und schlug vor, daß Corell vorübergehend doch auch bei ihnen wohnen könne.

Das aber hielten beide Männer nicht für unbedingt geboten. «Aber was mich interessiert», wollte Corell wissen, «gab es andere Fälle mit Drohanrufen?»

«Die Amerikaner haben so was öfter. Vor etwa zwei Jahren ist deren Botschaftsrat nach solchen Anrufen erschossen worden, man munkelte, er sei ein CIA-Mann gewesen. Buchta hatte solche Anrufe, einmal auch Nagel. Familie Nagel ist noch im Heimaturlaub, die kommen erst nach Weihnachten wieder zurück. Es ist schwer zu sagen, wie man solche Drohungen einschätzen soll. In Ihrem Fall sehe ich den Zusammenhang mit dem Verschwinden des toten Professors, und das ist mysteriös genug.»

«Ich bin für business as usual.» Corell wollte die Sache jetzt abhaken, ihr keine größere Bedeutung als notwendig beimessen. Eigentlich wollte er schon gehen.

«Aber Sie bleiben doch noch ein Stündchen?» bat Frau Grund. «Wie wäre es mit einem Pfälzer Freinsheimer?» Er konnte der Einladung und dem Charme dieser Frau nicht widerstehen. Sie war so, wie sich vermutlich die meisten Kinder ihre Mutter erträumen. Herzlich, fürsorglich, ein hübsches rundes Gesicht, das Gutmütigkeit ausstrahlte, faltenlos mit lieben Augen. Und sie hatte einen großen Busen, an den gedrückt zu werden man sich insgeheim wünschte.

«Gut, Sie können mir ja morgen einen Aktenvermerk dazu schreiben, der Botschafter sollte entscheiden, ob wir ein Fernschreiben an die Zentrale schicken.» Damit hatte auch der Kanzler das Thema zunächst abgeschlossen. Und dann fragte er zur Überraschung Corells: «Was halten Sie eigentlich von unserer Vertretung?»

«Meine ersten Eindrücke über den Chef und seine Entscheidungen sind, mit Verlaub gesagt, negativ», antwortete er prompt.

Grund schien mit so viel Offenheit nicht gerechnet zu haben. Lächelnd sagte er: «Ach wissen Sie, Herr Corell, er ist halt kein Karriere-Diplomat.» Damit glaubte er das Problem der Inkompetenz des Botschafters umfassend beantwortet zu haben. Aber Hans wollte es nicht dabei belassen.

«Der Fisch stinkt vom Kopf», sagte er.

«Wie meinen Sie das?»

«Ich hatte angeordnet, daß jeder Besucher ohne Ausnahme beim Betreten der Kanzlei durchsucht wird. Hinzinger hat mich kalt desavouiert, sogar vor einem Außenstehenden, dem Buchta. Hinzinger hat Informationen über den Fall Degenhardt blokkiert. Hinzinger hat gegen alle Vernunft befohlen, den Wächter Jackson zu entlassen.»

Gundolf Grund lachte. «Sie glauben doch nicht wirklich, daß ich Jackson entlasse!»

«Und das läßt sich der Botschafter bieten?»

«Ich tue es einfach nicht; Sie werden es erleben, er verliert es aus den Augen, er ist viel zu sprunghaft, um eine Sache bis zu ihrem Abschluß zu verfolgen.»

«Jeder hatte Fragen zum Fall Degenhardt, als der Buchta kam, aber alle sind aufgestanden und rausgegangen.»

«Weil es peinlich ist, so einen Chef zu haben. Und weil man besser geht, wenn der Buchta kommt. Aber es stimmt nicht ganz, daß alle kuschen, die Interessenlagen sind halt verschieden, das werden Sie noch selbst herausfinden.»

«Was hat denn der Hinzinger vorher gemacht?»

«Landtagsabgeordneter in München. Seine Sternstunde wäre gekommen, wenn Franz-Josef Strauß Außenminister geworden wäre, damals wurde er als Staatssekretär gehandelt. Aber das ist

passé. Sie wissen doch, Kollege, manchmal ist der Diplomatische
Dienst der Mülleimer der Politik. Hinzinger kann sich viel erlau-
ben, denn die FDP im AA zieht den Schwanz ein, wenn die CSU
auf den Tisch haut. Das kann im Einzelfall sogar positiv für uns
sein, in erster Linie natürlich für Hinzinger selbst. Für Dackel
Konrad wurde sogar das Halsband bezahlt.»

«Das verstehe ich nicht.»

«Ich schicke grundsätzlich alles nach Bonn, was der Hinzinger
für sich beantragt. Und da ist er, sagen wir mal so, nicht kleinlich.
Und der Botschafter hat gesagt, sein Dackel sei ein Schutzhund.
Selbstverständlich, habe ich geantwortet, Konrad ist ein Schutz-
hund. Also kann man sein Fressen, das Halsband, die Leine und
anderes von Bonn bezahlen lassen, Sicherheits-Titel 51701. Das
alles habe ich für den Botschafter weisungsgemäß beantragt, für
sonntags sogar ein zweites Halsband, ein sogenanntes Ausgeh-
halsband.»

Frau Grund erschien mit einer Platte, auf der sie Fischhäpp-
chen angerichtet hatte. «Greifen Sie zu, Herr Corell, ich habe die
Maid weggeschickt, sie hat einen der Frühstücksteller zerbro-
chen, nun ist das schöne Service leider nicht mehr komplett.»
Man sah ihr an, wie sie sich bemühte, den Ärger runterzuschluk-
ken.

Corell wollte ablenken und fragte den Kanzler: «Ist es denn
wahr, daß es in der Stadt wieder Cholera-Fälle gibt?»

Grund zuckte mit der Schulter. «Wer will das wissen, sie mel-
den es ohnehin nicht an die WHO. Trinken wir lieber noch ein
Glas Pfälzer, der hilft zwar nicht gegen Cholera und andere
Krankheiten, aber er schadet auch nicht.»

Plötzlich sprang Hannelore Grund auf und rief: «Mein Gott,
heute ist ja Mittwoch!» Sie schaltete den Grundig-Weltempfän-
ger ein, Deutsche Welle, Wunschkonzert. «Ich spiele doch da-
heim weiter Lotto», sagte sie, «entschuldigen Sie bitte, Herr Co-
rell, aber jetzt müssen Sie ohnehin hierbleiben, mitten in der
Nacht bis zu Ihrem Haus zu fahren wäre zu gefährlich.»

Corell war ärgerlich. Neumann wollte seine Anweisungen offensichtlich nicht verstehen. Er mußte sehr deutlich werden: «Mir geht es darum, daß Sie für das Wachpersonal verantwortlich sind, und weder ein Taxi noch sonst ein fremdes Auto haben etwas auf unserem Compound zu suchen.»

«Vielleicht wissen Sie nicht, Herr Corell, daß ich mal Hauptmann bei der deutschen Wehrmacht war. Daß wir den Krieg mit Rußland...»

«Herr Neumann! Ich bitte Sie!»

«Ich will nur sagen, ich kenne andere Zeiten –» dabei fuhr sich der Veteran unbewußt über seinen Glatzkopf – «Zeiten, junger Mann, in denen trotz allem Disziplin und Gehorsam ihren Sinn hatten. Aber mit den Schwatten hier, da ist kein Krieg zu gewinnen. Niemals nicht. Das werden Sie als Sicherheitsbeauftragter auch noch lernen, je schneller, desto besser für Sie und unser Vaterland.»

Corell wollte ihn loswerden und stand nun auf. «Ich komme später runter und rede selbst mal mit den Leuten.»

Neumann humpelte zur Treppe, auf der gerade Marion Klose erschien.

«Hallo», sagte Corell.

«Ich suche Frau von Linden.»

«Wenn ich nicht irre, ist sie kurz weggefahren, möchten Sie in meinem Büro warten?»

Sie wirkte unschlüssig, dann willigte sie ein.

«Darf ich die Sache vom Flughafen mit einer Tasse Kaffee wiedergutmachen? Oder mögen Sie Tee?»

Sie hatte sich zwar unaufgefordert gesetzt, stand aber sofort wieder auf, so, als wolle sie gehen. Sie sah Corell an, als läge ihr auf der Zunge zu sagen: Sie haben wirklich nichts begriffen. Doch sie schwieg und trat an das Fenster, sah hinaus auf das nahe Slumgebiet.

«Kaffee oder Tee?»

Sie starrte auf eine Frau zwischen den Baracken. Knöcheltiefer Schlamm. Die Frau saß im Schmutz, vor sich eine fleckige Emailschüssel, sie knetete mit den Händen in einer undefinierbaren weißen Masse.

«Es ist kalt hier.» Marion legte ihre Arme überkreuz vor ihre Brust, als wolle sie sich wärmen. «Einen Tee», entschied sie.

Hans Corell zog den Stecker des Aircon raus.

«Danke.»

«Was machen Sie in Urumbura, Frau Klose, ich meine, welche Art Entwicklungshilfe?»

Sie schien sich zu wundern, daß er noch ihren Namen wußte. «Zur Zeit beschäftigen mich nur der Papierkrieg und die Suche nach einem kleinen Haus oder einer Wohnung. Können Sie mir helfen?»

«Ich müßte mal den Kanzler fragen, ich selbst kenne mich noch nicht gut aus. Wo wohnen Sie denn jetzt?»

«Im Sambesi, aber das ist unerträglich und außerdem zu teuer. Man hat mir gesagt, es sei die einzige Möglichkeit, als Frau ohne Gefahr unterzukommen. Und Sie?»

«Ich habe nur eine Nacht im Sambesi verbracht und dann das Haus eines Kollegen übernommen, der nach Bonn versetzt worden ist.»

«Natürlich, die Diplomaten...»

«Sie könnten mir trotzdem sagen, was Sie hier vorhaben.»

Marion schob mit dem linken Zeigefinger die Brille hoch. «Wenn ich irgendwann dazu kommen sollte, will ich hier beim Aufbau der Gewerkschaftsarbeit helfen.»

«Interessant.»

«Das ist weniger interessant als sehr mühselig.»

«Mit interessant wollte ich sagen, daß ich bewundere, was Sie als Frau in einem solchen Land wagen.»

«Mut ist für Sie Männersache, stimmt's?»

«Das habe ich nicht gemeint.»

«Sie streiten sich wohl nie?»

«Warum sollte ich?»

«Aber eigentlich sehen Sie gar nicht so konfliktscheu aus, Ihr Gesicht – da gibt es Spuren zu lesen. Wenn man durch diese Botschaft geht, na ja, die sehen alle aus, wie direkt von einem CDU-Parteitag nach Afrika verschickt.»

«Sie unterschätzen die FDP.»

Marion mußte lachen. «Das stimmt.»

Diese Frau hat Haare auf den Zähnen, dachte er, trotz ihres sinnlichen Mundes, der vollen, weichen Lippen, ich muß vor ihr auf der Hut sein. Außerdem wollte er sich nicht daran erinnern lassen, schon gar nicht jetzt und von ihr, welche Ereignisse und Lebenserfahrungen Falten in sein Gesicht gegraben hatten.

«Jedenfalls paßt es zu Diplomaten, sich nicht zu streiten, das wird denen doch antrainiert», sagte Marion mit leicht verächtlichem Unterton.

«Da täuschen Sie sich. Ich kenne Psychologen, die in ihrem Beruf die besten Ratschläge geben, aber mit ihrem Privatleben restlos scheitern.»

«Unser Gespräch läuft doch wohl auf Ihrer Berufsebene, oder nicht?»

«Das weiß ich nicht, in einem solchen Land kann man Dienst und Privatleben nicht immer trennen, aber ich werde mich darum kümmern, Ihnen zu einer eigenen Behausung zu verhelfen. Ich werde unseren Fahrer Mike und den Dolmetscher Bosaka fragen.»

Dann wollte sie doch nicht länger auf Gesa von Linden warten, und Corell brachte sie bis zum Tor. Er blickte ihr nachdenklich hinterher, bis sich die Hibiskushecke vor ihre hochgewachsene Gestalt schob.

Als er sich gerade umdrehte, hupte es, und auf der Außenseite des Schiebetors hielt ein Mercedes-Geländewagen – Neumann stand stramm. Hans Corell war erstaunt, denn am Steuer saß ein Schwarzer. Es hupte erneut, aber der Wächter in dem Häuschen dachte nicht daran, den Knopf zu drücken, um das Tor in Bewegung zu setzen. Neumann behielt seine Habachtstellung bei und schrie den Wächter an. Das sah merkwürdig aus, weil sich Neumann trotz seiner Erregung bemühte, die zum Gruß an den Glatzkopf erhobene Hand in korrekter Haltung zu belassen.

Der Wächter hatte für diese Komik offensichtlich keinen Sinn, wußte nicht, was er tun sollte, und blickte hilflos zwischen Neumann, seinem Chef, und Corell, dem Sicherheitsbeauftragten, hin und her. Er hatte offensichtlich klar erkannt, daß er es – so oder so – falsch machte.

Der Mann am Steuer war inzwischen ausgestiegen und trat lachend an das Tor. «Polizei-General Fekesi», stieß Neumann hervor und dann laut: «Good morning, general!» Die Respektbezeugung überforderte ihn so, daß er es versäumte, Corell vorzustellen. Der übernahm das selbst und bat Fekesi hereinzukommen.

«So, Sie sind der neue Security-Chief, es weht wohl ein neuer Wind bei den Germans?» Fekesi grinste und sagte dann, daß er in Eile sei und eigentlich nur dem Mister Chancellor habe mitteilen wollen, daß die Polizei alles tue, um den Tod und das Verschwinden des deutschen Professors aufzuklären. Man werde sich bei nächster Gelegenheit ausführlicher unterhalten können. Dann sprang er in den Geländewagen, dessen Motor die ganze Zeit über die Luft verpestet hatte, und gab Gas, daß die Räder durchdrehten und roten Staub aufwirbelten.

4

Das Restaurant George & Dragon war laut Botschafter Hinzinger im ungastlichen Urumbura eine Oase, ein Ort der feinen Lebensart mit britischem Management. Regelmäßig speiste er dort abwechselnd Sirloin-Steak und Lobster. Das empfahl er auch seinen Begleitern und schüttelte verständnislos den Kopf, als sich Hans Corell eine Seezunge bestellte.

Mike hatte vor ein paar Tagen seinem Chef gesagt, daß es besser sei, den George & Dragon vorerst zu meiden, aber der Botschafter hatte das brummig mit «Schmarrn!» abgetan. Den Mercedes-Panzer hatte Mike am Hinterausgang geparkt, dort saß er erst eine Weile im Wagen und hörte sich eine Kassette an, zuerst zur Abschreckung ein paar Minuten die mit den deutschen Märschen, dann schob er eine andere in den Recorder, die ihm Corell geschenkt hatte, Mick Fleetwood aus Ghana, Drums und Percussion. ‹Rattlesnake Shake›.

Mike war unruhig. Die Kassette lief weiter, während er um das Gebäude schlenderte. Er sprach kurz mit den beiden Wächtern am Haupteingang. Sie trugen die blauen Sheriff-Uniformen des Bewachungsunternehmens Guard-Division. Dann blickte er durch die Scheiben, sah den Botschafter, Manfred Buchta und Hans Corell, kauend und sprechend, mit ziemlich ernsten Gesichtern – ein eher langweiliger Anblick. Am Nachbartisch war mehr los, da saßen Angehörige der australischen Botschaft, sie hatten offenbar auch schon einiges getrunken, steckten die Köpfe zusammen, wie man es beim Witzeerzählen tut, und brachen dann in brüllendes Gelächter aus.

Mike ging langsam zum Wagen zurück, stieg ein. ‹Cassiopeia Surrender›.

Buchta schlug dem Botschafter vor, man müsse den Corell mal «einordnen», damit er die deutschen Wirtschaftsinteressen angemessen vertreten könne. Buchta unterschied dabei in «Business ordinär» und «Business de Luxe». Im Verlauf der Unterhaltung verfiel er Corell gegenüber ganz unvermittelt in ein vertrauliches Du, woraufhin ihn Corell seinerseits einfach Manfred nannte.

«Das sieht so aus: Unter de Luxe versteh ich die Geschäfte, die mit deutscher Entwicklungshilfe finanziert werden. Verstehst du, da stimmen die Kohlen, da ist eine ordentliche Gewinnmarge drin, da kannst du unsere Firmen ins Land holen, und es gibt kein Problem mit der Zahlungsmoral. Außerdem kenne ich unseren Entwicklungshilfeminister persönlich, den Jonny, ein Pfundskerl – und ein Spezi unseres Botschafters. Also null Problemo. Dann muß man noch wachsam sein, was man von der EG und von UNO-Sonderprogrammen absahnen kann, das erfahrt ihr von der Botschaft schneller als ich. Und nun ganz anders die Geschäfte ordinär. Da kann zwar das Auftragsvolumen viel höher sein, aber es fängt schon damit an, daß du fünf

Prozent Schmiergeld von vorneherein einkalkulieren mußt. Das kann natürlich ein verlorener Zuschuß sein, wenn sie den Auftrag trotzdem der Konkurrenz geben, da kriegst du nicht etwa einen Teil zurück, das stecken die kaltlächelnd ein. Die Uris sind überschuldet, haben riesigen Importüberschuß, miserable Zahlungsbilanz, mit anderen Worten, du rennst immer hinter deiner Kohle her. Gewiß, Hermes-Bürgschaft ist die Notbremse, aber bis das greift – und dann die vielen Formulare...»

Mike hielt es wieder nicht im Auto aus. Ein Jaguar-Coupé bog ein mit dem Chef von IBM in Urumbura, einem Kanadier, mit seiner Frau. Mike grüßte mit einer unauffälligen Handbewegung den Fahrer. Auf der Straße war es sonst ruhig. Eine Fledermaus taumelte durch den Lichtkegel der Lampe, die von Hunderten Insekten umschwärmt war. Mike ging wieder zurück zum Mercedes. ‹Not fade away›.

Hinzinger und Buchta tranken einen Beaujolais primeur, Corell einen Chablis. Sie stießen mit den Gläsern an. «Waidmannsheil, Manfred», sagte der Botschafter. «Waidmannsdank, Franz-Xaver», erwiderte Buchta.

Dann fuhr er fort: «Zwischen der Deutsch-Urumburischen Handelskammer und der Konrad-Adenauer-Stiftung gibt es eine arbeitsteilige Taktik, wäre ja blöd, wenn wir uns Konkurrenz machen würden. Getrennt marschieren, vereint schlagen, das ist die Devise, verstehst du.»

Corell nickte, es langweilte ihn ein bißchen, er kannte das alles schon aus Ghana und von früheren Posten. Aber der Fisch war ausgezeichnet und der Wein von edler Säure, damit konnte er es aushalten. Der Botschafter schien überhaupt nicht zuzuhören und widmete sich intensiv seinem Essen.

«Immer, wenn die im CDU-Haus in Bonn auf Trab gebracht werden müssen, hat die Konrad-Adenauer-Stiftung den direkten Draht. Ein Telefax genügt manchmal, und du kannst ein Millionending anschieben. Zum Beispiel die fünfzig Mercedes-Geländewagen für die Polizei, das war ein Ding, was, Franz-Xaver?»

Hinzinger grunzte nur in sich hinein.

«Damit so was reibungslos über die Bühne geht, mußt du den Mercedes-Fritzen natürlich klarmachen, daß sie einundfünfzig Stück liefern. Der Fekesi kriegt einen extra, so ein General ist immens wichtig. Außerdem bauen sie für die Polizei eine Werkstatt, da läßt sich das wieder reinholen, da ist das besser zu verschleiern.»

‹Walk a thin line›. Mike schaltete den Recorder aus. Es waren jetzt etwa zwei Stunden vergangen, der Botschafter ging, wenn möglich, nicht spät zu Bett. Er schaute durch die Scheiben, nach Aufbruch sah das noch nicht aus. Auf der Straße hielt ein Lkw, die Scheinwerfer wurden gelöscht, es stieg aber niemand aus. Das kam Mike merkwürdig vor.

«Für welche Produkte gibt es denn Export-Chancen?» wollte Corell wissen.

«Das sind in erster Linie Kaffee und Tee. Dann Baumwolle, Kupfer. Wir stehen an dritter Stelle hinter England und USA. Zum Totlachen ist das nicht, von den 310 Millionen Dollar sahnen wir 85 Millionen ab.»

Der Lkw hatte über der Ladefläche eine Plane, darunter hörte man Stimmen. Im Führerhaus glomm eine Zigarette auf. Mike bewegte sich im Schatten von Hecken näher heran.

«Was ist jetzt mit dem Kernkraftwerk, Franz-Xaver, immer noch gestorben?»

«Beerdigt, mein Freund», antwortete Hinzinger.

«Leider habe ich auch keine bessere Information. Ich hab mich mit Nii Youdelman getroffen und noch was draufgelegt, aber umsonst. Politisch ist der Deal out.»

Fünf, sechs Personen sprangen von der Ladefläche des Lkw, drei kamen aus dem Führerhaus. Sie trugen Gewehre. Wortfetzen in Kiswahili. Lautlos und so schnell er konnte schlich Mike unter den Büschen zurück. Kleine Äste knackten. Er wußte, wenn sie ihn bemerkten, würden sie sofort schießen.

«Also feststeht, Franz-Xaver, sie brauchen mehr Energie. Und wenn sie Kernenergie nicht wollen, müssen sie eine andere Lösung finden. Darüber habe ich nachgedacht. Ich werde ihnen eine Offerte machen, wenn nicht Atom, dann eben Kohle. Im Saarland wollen sie zwei ausgediente Kohlekraftwerke verkaufen, die hole ich nach Urumbura, was meinste!»

Mike war noch fünf Meter vom Restauranteingang entfernt. Er spurtete los, rief den beiden Wächtern zu: «Achtung, Überfall!», war schon in der Tür und dann im Vorraum mit der Garderobe.

«Die Idee ist nicht schlecht», sagte Hinzinger, «kann man denn eine ganze Fabrik einfach so abbauen, verschiffen und hier wieder aufbauen?»

Die Tür zum Restaurant flog auf. Draußen fielen Schüsse. Corell hörte das Wort «Überfall!», erkannte Mike, der flog förmlich auf sie zu, sein Gesicht war vor Anstrengung verzerrt, sein Körper wurde immer größer. Mein Gott, Überfall, was ist los, es kann doch nicht sein, daß uns Mike überfällt. Der war bei ihnen angelangt, hechtete auf sie, riß sie alle drei zu Boden, der Tisch stürzte um, Corell spürte einen Schmerz in der Hüfte, Schreie im Raum, dann mehrere Salven, schrecklich laut, das Trommelfell dröhnte, Totenstille.

«Alle Männer hierhin, alle Frauen dort! Hände hoch!» Lähmendes Entsetzen verhinderte, daß dem Befehl Folge geleistet wurde. Stinkende Pulverschwaden hingen in der Luft.

«Wird's bald!» Ein Schuß peitschte in die Decke. Langsam bewegten sich die etwa zwanzig Personen in die befohlenen Richtungen, einige saßen noch am Tisch, andere lagen auf dem Boden. Hinzinger, Buchta, Mike und Corell krochen hinter dem umgestürzten Tisch hervor. Mike blutete unter dem linken Auge. Der Botschafter war mit Essensresten überschüttet worden. Corell humpelte, sah sechs bewaffnete Schwarze, die durch Schlagen mit den Gewehrschäften ihrer Anordnung Nachdruck verliehen, zur Eile antrieben. Zwei Australier am Nachbartisch blieben auf dem Boden liegen. Es roch nach Blut. Corell kannte diesen Geruch seit der Sache in Baden-Baden. Es würgte ihn. Kein Widerstand, alles machen, was sie sagen, nicht den Helden spielen. Er hörte die Stimme des Kanzlers, war ohnehin unfähig, den Helden zu spielen. Die bewaffneten Typen begannen alle Gäste zu durchsuchen. Nahmen ihnen alles ab, was ihnen wertvoll erschien. Corell hielt die Hände hoch, roch den widerlichen Atem des Mannes in der Uniform des Militärs. Geldbörse, Uhr. Mehr hatte er nicht. Blickkontakt, hatte der Kanzler gesagt. Das konnte er nicht, wollte er nicht. Sekunden wurden zu Minuten.

«Alle auf den Boden legen!» Jetzt sah er, daß an einer anderen Stelle eine Frau in ihrem Blut lag. Würden sie jetzt erneut schießen? Corell schloß die Augen, bewegte keinen Muskel seines Körpers. War das das Ende? Baden-Baden, das Zimmer, das endlose Hantieren mit den Schlüsseln, bis endlich die Tür offen war. Ein einzelner Schuß. Er hallte in seinen Ohren, ging über in einen schmerzenden Hochfrequenzton. Die Männer verließen hörbar das Restaurant. Ihre Stimmen entfernten sich. Langsam erhoben sich die auf dem Boden Liegenden. Hinzinger ging auf Mike zu, umarmte ihn lange und herzlich. Dann gaben ihm Buchta und Corell die Hand. Sie sahen, daß die beiden Australier und die Frau tot waren. Kaum jemand sagte ein Wort. Entfernt hörte man eine Sirene. Sie gingen vor das Haus und mußten über die Leichen der beiden Wachposten hinwegsteigen.

Mike holte den Mercedes, ein Krankenwagen mit schriller Sirene begegnete ihnen in der Ausfahrt.

Hinter Militärattaché Henning von Witzke standen zwei mannshohe Fahnen, die deutsche und die urumburische. Corell bewunderte auf dem Schreibtisch eine Kolonne kleiner Panzermodelle. «Haben Sie Kinder?» fragte er, seinen spöttischen Unterton schlecht verbergend.

Witzke ignorierte die Frage. «Es sind keine Panzer, sondern Panzerspäh- und Panzerkampfwagen. Vielleicht wissen Sie nicht, daß die meisten Kriege von der Panzertruppe entschieden werden. Ich hatte ohnehin vor, Sie einmal bei mir zu Hause einzuladen, da erkläre ich Ihnen, wenn Sie wollen, die Fechtweise der Panzertruppe, auch was zu einer Gefechtskompagnie, zum Abteilungsstab und zum Regiment gehört.»

«Man kann immer dazulernen», sagte Corell, ohne sich festzulegen.

«Nun haben Sie also Ihre Feuertaufe hinter sich, setzen wir uns doch.» Witzke deutete auf eine Besucher-Sitzgruppe, über der an der Wand die Landkarte von Urumbura hing, gespickt mit Nadeln, Fähnchen, eingemalten taktischen Zeichen. «Schauen Sie nicht genau hin, die Karte ist eigentlich eine Verschlußsache», sagte der Militärattaché wie beiläufig, meinte es aber vermutlich nicht ernst, denn sonst würde er sie im Panzerschrank aufbewahrt haben.

«URA-Fire-Line», las Corell.

«Ich habe dem Botschafter immer wieder gesagt, daß er sich außerhalb nur bewegen darf, wenn wir Personen- und Objektschutz stellen. Solange das die Bundeswehr nicht darf, brauchen wir den BGS.»

«Wir haben hier aber keinen BGS, dafür marodierende Truppen.»

«Das waren keine Truppen, sondern die URA. Typische Vorgehensweise dieser Kommunisten, hinterhältiger Angriff auf ein kapitalistisches Luxus-Restaurant.» Witzke rief seinen Hauptfeldwebel herbei, damit er ihm die Liste mit Überfällen und Sprengstoffanschlägen der URA hole. «Die Urumbura Resistance Army wird – damit Sie's wissen – von China unterstützt.»

Eigentlich hatte Hans Corell mit dem Militärattaché über die Vorbereitung des Außenministerbesuchs sprechen wollen. Der aber verarbeitete noch den Überfall: «Die Sicherheit ist ein einziger Sündenfall bei dieser Vertretung. Schauen Sie sich die Begrenzungsmauern an, besonders an der Schwatten-Siedlung, dem Rattennest.»

«Aber es ist doch Stacheldraht...»

«Nato-Draht!»

«Ja, dieser Nato-Draht drauf, sogar in Rollen.»

«Na und? Da braucht man doch nur einen Lkw neben die Mauer zu fahren, schon springen sie drüber, sag ich mal.»

«Wir können uns doch nicht vollkommen einmauern.»

«Aha, ein Ästhet», witzelte von Witzke. Dann im Ernst: «Mehr Nato-Draht und Gitter! Mechanischer Widerstand! Sicherheit genießt gegenüber Ästhetik eindeutige Priorität!»

Corells Geduld ging spürbar zur Neige. «Herr von Witzke, was schlagen Sie vor, sagen Sie ohne Umschweife, welchen Schutz unser Außenminister außerhalb der Kanzlei und der Residenz braucht. Sagen wir auf dem Weg zum Präsidenten-Palais oder zum Außenministerium?»

Der Militärattaché langte auf den Schreibtisch und begann in seinem Telefonverzeichnis zu blättern. «Ich rufe mal den Buchta an, der soll ein paar Dutzend BMW-Kräder lockermachen, wäre doch ein schönes Gastgeschenk unseres Außenministers an die hiesige Polizei und würde einen mehrfachen Zweck erreichen. Erstens hätten die Fahrten während des Besuchs einen würdigen Rahmen, außerdem erfüllte die Eskorte einen Sicherheitsauftrag.»

«Weiße Mäuse in Schwarzafrika, Oberstleutnant?»

Das Sambesi hat dank seiner eigenen Dieselaggregate immer Strom, und da es ein Regierungshotel ist, läuft dort auch fast immer Wasser. Fast immer. Und der resedaschimmernde Pool ist sehr gepflegt und einigermaßen sauber. Er ist der internationale Treffpunkt der Stadt, «for members only». Ist man kein Hotelgast, zahlt man $ 200 monatlich.

Wenn man dazugehören will, muß man sich hier sehen lassen, darf sich aus dem Kreis nicht ausklinken, der zwischen Partys und Empfängen, verschiedenen Clubs und Sportarten geschlossen ist.

Marion Klose fühlte sich von der Poolatmosphäre immer wieder angeekelt, andererseits freute sie sich täglich auf die wunderbare Erfrischung nach der Mittagshitze. Undurchsichtige Typen von der Terror-Spezialeinheit in ihrer schwarzen Uniform lungerten auf dem Barbecue-Platz, auf der kleinen Tanzterrasse, neben dem Frühstücksbuffet, an der Rezeption und in allen Gängen herum. Marion konnte und wollte nicht einfach davon absehen, was in den Köpfen dieser Leute vorgehen mochte. Und sie fand auch die aus einem Hängekorb üppig blühende Orchideenpflanze nicht mehr ansehenswert, wenn sich zufällig ein MP-Lauf in den Vordergrund des Bildes schob.

Hans Corell ging die fünf Minuten von der Botschaft bis zum Sambesi zu Fuß. Er durchquerte die Hotelhalle, die Kühle ließ ihm eine Gänsehaut auf die Haut rieseln. In der Kichwa-Tembo-Bar mußten sich seine Augen für einen Moment dem schummrigen Licht anpassen, sie war leer, Liza offensichtlich noch nicht eingetroffen. Hans beobachtete eine Weile einen Glaszylinder, in dem, durch unbekannte Kräfte veranlaßt, Tausende silbrig fluoreszierende Teilchen in einer dunkelblauen Flüssigkeit spiralförmig nach unten sanken, um dann wieder energievoll emporzusteigen. Ein Kreislauf, in dem er sich wiederfand, wobei er seine eigene Energie jedoch als immer schwächer empfand. Nachdenklich schlenderte er zur rückwärtigen Terrasse. Sanftes Spiel von Licht und Schatten durch fächernde Palmenwedel, angetrieben von großen Propellerflügeln an der Decke, deren Luftzug hier eine Serviette und an anderer Stelle die Speisekarte vom Tisch geweht hatte.

Sein Blick begegnete dem von Marion Klose. Für einen Sekundenbruchteil hatte er das Bestreben, in eine andere Richtung zu schauen und so zu tun, als hätte er sie nicht bemerkt. Sie jedoch deutete lächelnd auf den freien Stuhl.

«Es tut mir leid, was Ihnen passiert ist, das ist ja wie im Wilden Westen.»

Er wunderte sich, daß sie davon wußte.

«Jeder hier im Hotel weiß es. Mir hat es das Mädchen von der Rezeption erzählt. Der von der Botschaft, der erst eine Woche im Land ist, das konnten nur Sie sein. Wie geht es Ihnen?»

«So what», antwortete er lässig. Was ging es sie an? Er hatte die Nacht kaum geschlafen und versucht, den Schock mit Whisky zu betäuben, das war nicht gut, denn alle Probleme der letzten Jahre hatten wieder vor ihm gestanden.

«Ich kann mir nicht vorstellen, daß man das so einfach wegsteckt.» Sie schob mit dem rechten Zeigefinger ihre rutschende Brille hoch.

Doch, er wollte es einfach wegstecken, hatte bereits seine Verdrängungsmechanismen mobilisiert, einer davon hieß Liza. «Ich sehe das fatalistisch, für das Risiko werde ich bezahlt, es ist alles eine Frage von Glück und Zufall», sagte er trocken.

Sie blickte ihn zweiflerisch an und schwieg eine Weile. Er fühlte sich durchschaut und wäre am liebsten gegangen.

«Was waren das für Leute, die Sie überfallen haben?»

«Sie hatten Militäruniformen an. Aber die Militärs behaupten, es seien verkleidete URA-Mitglieder gewesen. Es ist das übliche Spiel der gegenseitigen Schuldzuweisung.»

«Eigentlich ist es egal», meinte sie, «wenn sie nicht töten würden, könnte man sogar verstehen, daß sie sich in so einem Luxus-Schuppen holen, was eigentlich ihnen gehört.»

Fast erleichtert registrierte Corell, daß sie wieder ihre übliche Kratzbürstigkeit herauskehrte. Mit einer verständnisvollen Marion konnte er nicht umgehen. Er wechselte das Thema: «Ich freue mich, daß Sie sich offensichtlich doch in dieser Hotel-Umgebung wohl fühlen, ist es nicht wie jeden Tag Urlaub?»

«Sie täuschen sich, ich finde das alles andere als angenehm. Außerdem wird das Loch in meiner Kasse immer größer.»

«Ich habe wegen der Wohnung mit Mike gesprochen, einem unserer Fahrer, er hört sich um.»

«Danke.»

«Vertragen Sie das Essen?»

«Einigermaßen.»

«Essen Sie keinen Salat und nur Früchte, die eine Schale haben. Das Wasser hier im Hotel ist ganz gut, zumindest kann man es zum Zähneputzen nehmen, aber Vorsicht, keine Eiswürfel.» Er fragte sich, warum er eigentlich so fürsorglich war.

«Können Sie mir eine Glühbirne besorgen?»

«Ich glaube schon, daß die Botschaft über ausreichend Glühbirnen verfügt, ich werde Ihnen unseren Hausmeister Fechter vorbeischicken.»

«Sie klauen in den Zimmern die Glühbirnen. Immer wieder. Bei Kerzenlicht habe ich noch mehr Angst vor den Ratten, seit ich weiß, daß es sie wirklich gibt. Sie kommen nachts durch die Kanalisation ins Bad, haben mir sogar einen Socken verschleppt. Ich habe etwas voreilig das Zimmermädchen verdächtigt, was ja Quatsch ist, denn was soll sie mit nur einem Socken. Sie hat gesagt, es wären die Ratten, ich solle mal den Käsetest machen. Und tatsächlich waren alle ausgelegten Käsestückchen über Nacht verschwunden, ist das nicht ekelhaft?»

«Mit Ungeziefer müssen Sie allerdings überall rechnen, da können Sie hinziehen, wohin Sie wollen.»

Er spürte plötzlich jemanden neben sich stehen, blickte auf nackte braunschwarze Oberschenkel, auf denen Wassertropfen nach unten flossen, dann auf den Ansatz einer Bikini-Hose mit Leopardenfellmuster, blickte nach oben, streifte das Bikini-Oberteil und landete bei nassen Wimpern und lustigen dunklen Augen.

«Hallo, Mister Hans», sagte Liza.

Daß Liza in die Unterhaltung mit Marion platzte, war ihm, wie er merkte, nicht ganz recht, und er war froh, daß sie ihm nur sagen wollte, sie sei unten am Pool. Als sie ging, blickte er ihr kurz nach und fühlte sich prompt von Marions spöttischem Lächeln ertappt.

«Ich bin mit dieser Managerin hier verabredet», erklärte er und ließ offen, was sie managte.

Marion trank ihren Kaffee aus und erhob sich. «Okay, ich muß sowieso jetzt gehen. Wenn Sie mir helfen könnten, aus diesem Hotel rauszukommen, würde ich Ihnen das, glaube ich, nie vergessen!»

Es klang wie eine Bitte, das freute ihn. Es wäre ihm lieber gewesen, wenn sich die beiden Frauen nicht begegnet wären.

Am Pool zog er seine Anzughose aus und hängte sie über einen Stuhl. Das Hemd knöpfte er auf, behielt es aber an, um zu verbergen, wie der Bund seiner Badehose eine Furche in den Bauch grub. Ein Hotelboy brachte ihm ein gelbes Badetuch, er bestellte ein Bitter-Lemon und rückte mit seinem Stuhl in den Schatten eines Sonnenschirms.

Manfred Buchta begrüßte ihn. Daß der kleine Mann auch einen kleinen lächerlichen Bauch hatte, den er allerdings ungeniert zeigte, tröstete ihn.

Hans Corell fragte, ob der Botschafter auch da sei.

«Dem Hinzinger ist das hier zu albern.»

Liza schwang sich aus dem Wasserbecken und kam gegen das Licht der schon tiefstehenden Sonne auf sie zu.

Buchta sagte: «Viel Schokolade hier», und tätschelte den nassen Oberarm von Liza. «Färbst du eigentlich ab, Kleene?»

Sie stieß seine Hand zurück und musterte ihn geringschätzig. «In welchem Monat sind Sie schwanger?»

Buchta schoß einen wütenden Blick auf sie ab und winkte sofort danach einem Mann freundlich zu. «Hi, Abraham!»

Die Residenz des Botschafters war in den offiziellen Empfangsteil im Erdgeschoß und den privaten Wohnbereich im Obergeschoß unterteilt. So gab es auch zwei Küchen, die im Erdgeschoß hätte einem mittelgroßen Hotel Ehre gemacht. Aus dieser Küche führte ein Hinterausgang auf den Hinterhof. Durch eine dichte Hibiskushecke war der Hof einerseits zur großen Terrasse und andererseits zu den Unterkünften der einheimischen Bediensteten, auch «Servant-Quarters» genannt, abgeschirmt.

Küchenjunge Jesus, der eigentlich auf der Lohnliste der Botschaft geführt wurde, aber weniger dort und mehr für den Botschafter privat arbeitete, saß im Schatten dieser Hecke neben der Küchentür und blies eine traurige Melodie auf seiner Flöte.

«Saa ngapi? – Wie spät ist es?» unterbrach ihn Koch Washington. Jesus zuckte mit der Schulter und wollte weiterspielen.

«Hör besser auf, du störst den Botschafter beim Mittagsschlaf, dann kommt der Tembo, Elefant, und macht uns Ärger.»

«Egal», sagte Jesus gleichgültig.

«Nichts ist egal. Dieser Tembo ist heimtückisch und vergißt nichts.»

«Ich weiß.»

Washington wurde wütend. «Ich weiß, ich weiß – gar nichts weißt du, jedenfalls verhältst du dich anders. Der Mund, der gut ißt, spricht nicht.»

Jesus stand jetzt auch auf. «Weil ich keine Lust habe, den ganzen Tag mit einem solchen Gesicht herumzulaufen, wie du es tust, so als hätten wir zwölf Monate im Jahr Regenzeit.»

Washington protestierte weiter: «Du und Mike, ihr tut gerade so, als seien die Weißen eure besten Freunde. In Wirklichkeit nutzen sie uns aus und behandeln uns schlecht. Nur Bibi Hinzinger hat ein Herz, ihr Mann ist ein Tembo mit so einer dicken Haut, daß Mitleid oder Freundlichkeit nicht durchkommen.»

Jesus klopfte mehrfach ungeduldig mit der Flöte auf seine Handinnenfläche, daß es klatschte. «Mike und ich, wir haben unsere eigene Methode. Ich nehme mir bei jeder Gelegenheit, was mir zusteht. Auch Mike bedient sich. So haben wir unseren Nutzen und können darüber lachen. Die Weißen meinen, wir lachen mit ihnen, aber oft lachen wir über sie. Und das macht mir gute Laune, verstehst du, Washington. Du bist ein guter Koch, du kannst besser kochen als alle Weißen zusammen, du kannst für hundert Leute kochen, ja für tausend Leute kochen. Und du kochst auch heimlich für uns. Das macht dich beliebt, deshalb sollst du dich nicht immer ärgern und mit so einem Gesicht herumlaufen!»

Jesus ahmte das Gesicht nach, dann setzte er sich wieder auf die Treppenstufe und spielte weiter. Die Melodie erzählte von dem kleinen Dorf, in dem Jesus geboren wurde, das, im tiefen Busch von Gestrüpp, Hecken und Lianen versteckt, dahinträumte, dessen Bewohner freiwillig nie ihr Dorf verlassen hatten, von der Geburt bis zum Tod. Dann hatte die neue Straße alles verändert, Fremde kamen, erzählten von der Stadt, von großen Häusern und reichen Menschen. Männer verließen ihre Frauen, gingen in die Stadt, manche kamen nie mehr zurück, und nichts war mehr wie früher in dem kleinen Dorf. Die Straße nannten sie «Pfad des Vergessens», weil diese Männer ihre Ahnen, ihre Toten, ihre Geister in den Bäumen vor der Hütte und ihre Lieben vergessen hatten. Jesus hatte nicht vergessen. Seine Finger glitten über die Löcher der Flöte aus Bambus, er hörte das Stampfen der Stößel, die in den ausgehöhlten Baumstumpf niederfuhren, um die Mahlzeit zu bereiten. Seine Finger übernahmen diesen Rhythmus. Washington hatte bisher neben Jesus gestanden, an den Türrahmen der Küche gelehnt, er verschwand jetzt im Dunkel der Küche, kehrte kurz darauf mit einer kleinen Bongo-Trommel zurück, er wußte, was Jesus da spielte, es war das Auf und Nieder, das Stampfen des Maises, seine Hände berührten fast zärtlich das Fell, fühlten sich ein, schlugen aus dem Handgelenk heraus den Takt, ließen den Ton auf- und niederschwellen, wechselten die Klangfarbe, Oktaven überspringend, so wie es Jesus auf der Flöte tat.

5

Also spricht der Narr: Der Umgang mit Menschen verdirbt den Charakter, sonderlich wenn man keinen hat.» Zielinsky trank mit einem großen Zug das Glas aus. «Das hat mein Geistesbruder Nietzsche gesagt.» Dann schenkte er sich nach. «Kennst du den Unterschied zwischen Black Label und Ballantine's? Es gibt keinen, es ist Whisky», er versuchte, langsam und kontrolliert zu sprechen, «und endet auf der letzten Silbe wie ich. Oder: Ich ende mit Whisky.»

Hans Corell gab es auf, mit Zielinsky ein ernsthaftes Gespräch zu führen, auf den Rat des stellvertretenden Chefs würde er wohl verzichten müssen. Was ist mit dem Fall Degenhardt? Wie kommen wir weiter? Sollte er sich mit Fekesi in Verbindung setzen, den sie den Folter-General nennen? Wer beantwortet das drängende Telex des AA mit dem ddd-Vermerk für ‹dringend›? Und vor allem, *was* sollte man eigentlich antworten?

Gewiß, es war schon eine Stunde über Dienstschluß, aber der Botschaftsrat hatte nicht erst jetzt zu trinken begonnen.

«Frag den Alten. – He, Hansy-Boy, hast du Charakter?»

«Jeder hat irgendeinen Charakter.»

«Nee, ich habe keinen.»

«Sie sind betrunken.»

«Ja, ich weiß. Nimm Platz in meinem Büro, denn der eine geht zum Nächsten, weil er sich sucht, und der andere, weil er sich verlieren möchte. Auch Nietzsche.»

Corell hatte von Anfang an das Gefühl gehabt, daß Zielinsky alkoholkrank war. Er erinnerte sich an die Untersuchung des AA-Personalrats über das Problem. Es gab viele Alkoholiker und überdurchschnittlich häufig Freitodfälle in ihren Reihen. Festgestellte Ursachen: Leben unter Sicherheitsrisiken, schwieriges Klima, dienstliche Probleme, Scheidung. Die Scheidungsrate ist im diplomatischen Dienst überaus hoch.

«He, Hansy-Boy, der Kanzler, der hat trotzdem Charakter.»

Corell gab keine Antwort, denn Grund bewies in der Tat Charakter und Zielinsky keinen, wenn er daran dachte, was der sich als Stellvertreter des Botschafters bieten ließ.

«Dieser Nietzsche, das ist mir zu verworren», sagte er dann und fand den Geruch in dem Büro penetrant.

«Schlechte Liebe zu einem selbst macht aus der Einsamkeit ein Gefängnis. Das hat der Nietzsche ebenfalls gesagt, schon vor hundert Jahren. – Weißt du, was ‹wewe mkarimu sana› in Deutsch heißt?»

«Ich geh jetzt mal lieber, also dann bis morgen.»

«Komm, trink noch einen, Hansy-Boy, one for the road.»

Hans Corell faßte sich an den Kopf. Welcher Teufel hatte ihn geritten, eine solche Entscheidung zu treffen. Diese Mischung aus Anziehung und Ablehnung trägt doch nicht auf Dauer, hätte er sich sagen müssen. Aber wenn eine Frau Schutz bei ihm sucht, seine Männlichkeit, seine Fürsorge gefragt sind, funktionieren die Sicherungen nicht. Das kannte er an sich, hatte er schon ein paarmal erlebt. Dann handelte er wie paralysiert, im Bewußtsein, daß es falsch war und gegen jegliche Vernunft.

Nachdem er Zielinsky in der Kanzlei zurückgelassen hatte, war er mit dem VW-Käfer in Richtung Mantana nach Hause gefahren. Ungefähr in der Mitte zwischen Botschaft und dem Sambesi befand sich in der Haile Selassie Ave ein Roadblock. Er fuhr bremsend an die Stelle heran, drei Öltonnen verengten die Straße. Zusätzlich waren quer zur Fahrbahn im Abstand von zwei Metern Bodenwellen betoniert, die man nur langsam überfahren konnte. Rechts neben den Mülltonnen stand ein kleines Militärzelt.

Eine Frau stritt mit dem Kontrollposten. Eine Weiße. Er erkannte sie beim Näherkommen sofort, es war Marion Klose. Sie war zu Fuß, wie immer, der Soldat faßte sie jetzt am Handgelenk und zog sie in die Richtung des Zeltes.

Corell hielt an. Verdammt, die Situation war hochgefährlich. Er drückte auf die Hupe und hielt seinen Diplomatenpaß aus dem Fenster. Der Mann wurde kurz abgelenkt, ließ Marion aber nicht los. In der anderen Hand hatte er einen Karabiner, mit dem er wütend in Corells Fahrtrichtung zeigte, begleitet von einem Wortschwall in Kiswahili. Hans Corell wußte, daß er unmöglich weiterfahren durfte. Blitzartige Gedanken. Ihm sein Auto anbieten, aussteigen, den Schlüssel übergeben? Aber aussteigen, den anscheinend schützenden Raum des Fahrzeugs verlassen? Würde der Typ sofort schießen, es als Angriff werten? Oder auch schon schießen, weil es seine Absicht, Marion zu vergewaltigen, störte? Für Marion das eigene Leben riskieren? Gas geben, abhauen? Ihm war eigentlich nur nach Flucht zumute. Sein Blick fiel auf den Feuerlöscher, weiß Gott, warum dieser gammelige Wagen einen Feuerlöscher hatte.

«Helfen Sie mir, Herr Corell!» rief Marion verzweifelt, weil der Soldat sie erneut in Richtung des Zeltes zog. Der ließ den Karabiner fallen und schlug ihr mit der frei werdenden Hand ins Gesicht.

Hans sah nur den einen Soldaten, obwohl an den Checkpoints eigentlich mindestens zwei stehen. Ein weiterer im Zelt? Jetzt hatte der Typ jedenfalls keine Waffe in der Hand.

Ohne Überlegung riß Hans den Feuerlöscher aus der Verankerung und stieg aus. «Hey, look, how marvellous!» Er drückte die Entsicherung der roten Flasche und dann auf den Auslöser und spritzte eine Fontäne Löschschaum hoch in die Luft. Lachend sagte er: «Ist das nicht toll, Mann?»

Der Schwarze war perplex und ließ kurz von Marion ab. Hans ging auf ihn zu, hielt ihm den Feuerlöscher hin. «Willst du es auch einmal versuchen? Try it!»

Der Atem des Mannes roch nach Fusel. Er war unschlüssig. Dann ließ er Marion los, ergriff den Feuerlöscher. Corell redete ihm zu, in die Luft zu spritzen. Der Soldat drückte den Sicherungshebel, der Versuch mißglückte. Corell zeigte ihm den Abzug, gleichzeitig sagte er zu Marion: «Setz dich in das Auto.»

Der Soldat spritzte Löschschaum in den Himmel, folgte der Fontäne mit seinem Blick und torkelte leicht. Corell stellte sich zwischen ihn und die am Boden liegende Waffe. Marion war mittlerweile im Auto.

«Sehr gut, mein Freund, wunderbar!» Es schneite Löschschaum in großfetzigen Flocken, bedeckte sie teilweise. Corell wußte, die Flasche war jetzt leer. Was jetzt, wie rauskommen aus der Situation? Den Karabiner würde er jedenfalls schneller in der Hand haben können als der Soldat. Er kannte die Waffe aber nicht. War sie durchgeladen, gesichert oder entsichert? Gab es einen zweiten Mann im Zelt?

Corell schüttelte sich vor Lachen. «Wie du aussiehst, Mann!» Er deutete auf die hellen Schaumflocken, die sie auf den Haaren und im Gesicht trugen.

«Wie wir aussehen!» brüllte der andere jetzt lachend. Corell hakte ihn unter und zog ihn zum Auto, was ihn wieder in gefährliche Nähe zu Marion brachte, andererseits weiter weg von dem Karabiner. Er drehte den Außenspiegel, forderte ihn auf, reinzuschauen. Der Soldat tat es, brüllte noch mehr vor Lachen.

«Du bist mein Freund, dir bringe ich morgen noch eine Flasche zum Spritzen!» Er streckte ihm die Hand hin, der Uniformierte ergriff sie und schüttelte sie.

«Okay, Mann, ich bin dein Freund, Mann, und morgen noch eine Flasche, Mann!»

«Bye, bye, my friend, see you tomorrow, dann spritzen wir das ganze gottverdammte Nest Urumbura zu, okay?» Hans wußte, daß jetzt die entscheidende Sekunde kam, er ging auf die Fahrerseite, lachte, griff in seine Tasche, warf ihm eine angebrochene Packung Marlboro zu. Der Soldat wollte sie auffangen, sie fiel aber zu Boden, und während er sich bückte, sprang Corell in den Käfer. Marion saß starr neben ihm. Er ließ den Motor an, fuhr langsam an, winkend und hupend, der Typ winkte leicht schwankend zurück, er stand noch immer etwa fünf Meter von seiner Waffe entfernt, jetzt gab Corell Gas.

Zuerst empfand er Erleichterung. Dann Aggression. «Ich habe dir neulich gesagt, verdammte Scheiße, daß du nicht zu Fuß rumlaufen, sondern ein Taxi nehmen sollst!»

Marions krampfartige Starre löste sich, und sie wurde von Weinen geschüttelt. «Das ist ein schreckliches Land», schluchzte sie. Aber bald schon obsiegte ihr Glücksgefühl, der Gefahr entronnen zu sein. Durch ihre Tränen blinzelnd, sagte sie: «Wenn du mich noch einmal so anbrüllst, sage ich wieder ‹Sie› zu dir.» Er mußte grinsen. Und als sie an der nächsten Ampel bei Rot hielten, schlang sie den Arm um seinen Hals und drückte ihn so heftig an sich, daß ihre beiden Brillen gegeneinanderstießen.

Hans Corell war ganz zufrieden mit sich. Daß ihm spontan die Idee mit dem Feuerlöscher gekommen war, machte ihn sogar ein bißchen stolz. Die Frage war nur, ob dieser Soldat fest an dieser Stelle eingesetzt war und ob er sich rächen würde. Sollte er ihm tatsächlich morgen einen weiteren Feuerlöscher zum Verspritzen bringen? Oder einfach etwas anderes, ein Geschenk? Was für ein Schwachsinn, ein Geschenk, wofür eigentlich? Er könnte auch für einige Zeit diesen Roadblock meiden oder morgen mit dem ‹Mercedes-Panzer› vorbeifahren, um die Lage zu peilen.

Corell brachte Marion zum Sambesi. Als sie aussteigen sollte, begann sie vor Angst zu zittern. Jetzt kam der Schock. Sie bat ihn, noch eine Weile zu bleiben, sie wisse nicht, wie sie es alleine in dem Hotel aushalten solle. Sie vermutete plötzlich hinter jedem Uniformierten einen Gewalttäter.

«Ich will hier nicht mehr wohnen. Diese Männer machen mir angst. Hast du nichts erfahren? Gibt es nichts, was ich mieten kann, wo keine blauen oder schwarzen Uniformen vor der Tür stehen?» Sie sprach im Stakkato, es klang verzweifelt. Sie tat ihm leid.

Und dann hörte er sich zu seinem Erstaunen sagen: «Du kannst zu mir ziehen, ich habe jede Menge Platz.»

Hans, der Ritter, der Gönner, der Beschützer, Herrgott, ich Idiot, fuhr es ihm durchs Hirn. Da habe ich sie zuerst aus den Klauen des Soldaten gerettet, und jetzt mußte ich noch eins draufgeben, weil ich in ihren Augen ganz besonders gut dastehen wollte.

Er dachte an Liza, sie hatten sich neulich am Pool sehr intim unterhalten, nachdem sie Manfred Buchta mit ein paar bissigen Bemerkungen vertrieben hatte. Er war mit ihr fürs Wochenende verabredet, jetzt konnte er sie, wie es aussah, nicht einmal ungestört mit nach Hause nehmen.

Marion packte ihre Sachen in zwei Koffer, mehr hatte sie nicht, das alles ließ sich sogar in seinem VW-Käfer verstauen. Beim Aus-Checken sorgte er dafür, daß ihr an der Sambesi-Kasse ‹diplomatic rate› berechnet wurde, der übliche Botschaftsrabatt.

Mama Sara und Sono begrüßten Marion als ihre ‹Schwester› und freuten sich. Wahrscheinlich würde er gegen die Macht dieser drei Frauen in seinem eigenen Haus nichts mehr zu melden haben.

Hans saß auf seinem Balkon, trank einen Sherry-Seco und blickte in den Sternenhimmel. Das Kreuz des Südens war so leuchtend und nahe, als könnte man es vom Himmel herunternehmen. Es stand fast senkrecht über ihm, umgeben von Kohlensack, Fliege, Zirkel und Centaurus.

Marion schlief inzwischen sicher im ‹safe haven›, umhüllt von beschußhemmendem Stahl, genau das richtige für sie. Das helle

Band der Milchstraße teilte sich am Ende des Horizonts zu seiner Linken, die Unendlichkeit der Sterne beruhigte ihn.

Kompliment, Herr Kollege, gute Arbeit!» lobte der Militärattaché. «In der Verbrechensbekämpfung wie bei den Panzern wird der Schlachterfolg demjenigen zufallen, der überlegen, straff und entschlossen handelt!»

Hans Corell hatte soeben in der Frühbesprechung die Sache mit den Gläsern erläutert, die er in der Mordnacht eingepackt und an das Sicherheitsreferat 118 des AA übersandt hatte. Heute morgen hatte die Zentrale mitgeteilt, daß sie die Gläser an das Bundeskriminalamt weitergeleitet hätte und das BKA in einem Glas Reste eines hochkonzentrierten Gifts nachgewiesen habe, das mit dem Pfeilgift Kurare verwandt sei, ein ‹Derivat des Curarin›, wie es hieß. Außerdem war es eindeutig Degenhardts Glas, denn clever, wie die beim BKA sind, haben sie Fingerabdrücke Degenhardts an dessen Schreibtisch in München gesichert und mit Fingerabdrücken auf dem Glas verglichen. Andere Fingerabdrücke seien an dem Glas nicht zu finden gewesen.

«Also ein Giftmord nach Art des Gastlandes», sagte Dr. Zielinsky.

«118 will weitere Informationen zu dem Fall», drängte Corell.

«Telexen Sie, daß die Ermittlungen der zuständigen Behörden in vollem Gange sind, das reicht», ordnete der Botschafter an.

«Außerdem wollte ich zwei BGS-Beamte zum Schutz der Vertretung beantragen», fuhr Corell mit einem Seitenblick auf den Militärattaché fort, «möglichst kurzfristig also, noch vor dem Ministerbesuch.»

«Drauf, dran, drüber! Nicht zwei, sondern hundert, sag ich mal!»

«Das ist unrealistisch, Herr Oberstleutnant», erklärte der Botschafter, «mit zwei Leuten bin ich einverstanden. Aber beantragen Sie gleichzeitig auch den entsandten Pförtner, wir müssen das so lange wiederholen, bis sie es da oben in Bonn kapiert haben! – Können Sie schießen, Corell?»

«Nein», sagte Corell überrascht, «oder besser gesagt, ich weiß es nicht so genau.»

«Ich meine, mit einer Flinte und Schrot. Was nicht ist, kann ja noch werden, damit fängt doch erst ein richtiger Mann an! Kommen Sie jedenfalls später mit.»

Blaff, blaff. Kurz hintereinander wurden die beiden Schüsse abgegeben, ohne zu treffen. Man konnte den Flug der Scheibe noch einen kurzen Augenblick verfolgen.

«Haarscharf daneben ist auch nicht getroffen», spottete Buchta.

Die Männer standen auf einer Anhöhe, überwiegend Urumburis, aber nur einige von ihnen trugen Flinten und hatten den Lauf, der bereits mit Schrotpatronen geladen war, abgeknickt. Einer war mit einem weißen T-Shirt bekleidet, auf das ‹I love Urumbura› gedruckt war, das Herz knallig rot. Jetzt schoß der Botschafter. Blaff, blaff, die Scheibe zerbarst, Scherben spritzten den Abhang hinunter.

Hans Corell schaute über die Stadt, sie lag beinahe verträumt zu Füßen der Tontauben-Schießanlage. Im Vordergrund Koniferen, ähnlich Eiben, dann Hügel mit aufgelockertem Grün von Baumgruppen oder Rasen, dazwischen dunkelrote Wege und hellrote Dächer, weiße Mauerflächen; je weiter die Dinge entfernt waren, desto mehr wurden sie von einem milchigen Dunst verschluckt, am Horizont wurden sie eins mit dem Himmel. Die Schüsse rissen Löcher in die Stille.

Blaff, verzögert blaff. Hinzinger beugte sich zu Buchta. «Koan Wunder, daß die nicht treffen, die Affen, schießen mit zwoa Millimeter Schrot anstatt mit zwoa-Komma-viere.»

Der Botschafter zog Buchta etwas auf die Seite. «Weihnachten geh ich nach Massai-Mara, wie du weißt. Aber im März, weißt, das Nashorn steckt mir in der Nase.»

«Das ist ein bißchen groß für deine Nase.»

«Im Ernst, Manfred. Das steht in Transvaal, es gibt ja nur noch neun von diesen Viechern.»

«Ach, du meinst die Albino-Breitmaulnashörner?» Buchta schien nicht begeistert zu sein.

«Ja, bevor sie alle sind, die Albinos.»

«Und wie willst du so einen Koloß aus dem Land rauskriegen?»

Der Botschafter lächelte süffisant. «Dazu hat unsereins seine Connections. Ich kenne einen Major von der Polizei und der einen Piloten von der South-African. Und wozu habe ich meinen Diplomaten-Umzugscontainer? Daheim in Garmisch kommt's in die Jagdhütten auf dem Oberkovel.»

«Ja dann.» Buchta schob die zusammengepreßten Lippen nach vorn und lud seine Flinte.

«Jambo», sagte General Fekesi zu Corell.

«Sijambo», antwortete Corell, der sich allmählich an die einheimische Begrüßungsformel gewöhnte. Der General trug Uniform. Er war ein stattlicher Mann, überragte ihn um Kopfeslänge. Er sah blendend aus.

«Sie schießen nicht, Mister Corell? Ich auch nicht, ich halte nichts von Schrot. Entweder die Smith & Wesson 629 Classic Hunter oder gar nicht. Bei Kaliber .44 Magnum sieht man wenigstens das Loch – falls man trifft! Ha, ha!»

Corell wußte, daß er jetzt auf keinen Fall das Thema anschneiden durfte, das ihn einzig interessierte. Also sprach er mit Fekesi übers Wetter und dann über urumburische Frauen und über Aids.

«Die Liebe», sagte der General und spielte am Knauf seines Revolvers, «ist heutzutage russisches Roulette.» Er lachte nochmals sein trockenes Ha, Ha und fügte nach einer Denkpause hinzu: «Passen Sie auf, wenn Sie losschießen!»

Corell schlenderte mit Fekesi zu dessen Mercedes-Geländewagen. Bevor der Bursche abfuhr, mußte er auf jeden Fall zur Sache kommen. Er begann zögernd: «Der Fall Degenhardt...»

«Ja?»

«Ich habe heute ein Telex nach Bonn geschickt, daß die Ermittlungen in vollem Gang sind.»

«So ist es, Mister Corell, hervorragend, so ist es, eine gute Formulierung; sehr gut.»

«Aber was ist mit dem Professor?»

Fekesi stieg in seinen Wagen und startete den Motor. «Was soll sein, wir neigen inzwischen dazu, daß es ein natürlicher Tod war. Der Professor hat sich auf seiner Reise übernommen, Afrika ist anstrengend für Weiße, er hätte im kühlen Norden bleiben sollen. Der Löwe brüllt doch auch nicht mit dem Schwanz. Kwa heri bwana, Corell. – Auf Wiedersehn, Corell.»

Blütenweiß stand das Empfangsgebäude des Yacht-Clubs unter der Nachmittagssonne. Ebenso weiß die Uniform des jungen schwarzen Portiers in Livree, der für Corell mit irgendeinem Manager telefonierte. Hans Corell wartete ungeduldig, während Liza mit einem kleinen Mischlingshund spielte.

«Sagen Sie ihm, daß meine Mitgliedschaft über die Deutsche Botschaft beantragt ist.»

«Okay, Sir, bitte, Sir.»

Die Tür öffnete sich, und sie konnten eintreten. Liza trug Shorts und Schuhe mit hohen Absätzen. Er ging kurz hinter ihr.

Sie spürte seinen Blick, und ihre Gefühle schwankten zwischen Traurigkeit und Zorn. Dieses Starren der weißen Männer war ihr nur allzu bekannt. Deshalb liebte sie Marylin Monroe wie eine Schwester, die auch nicht nur Projektionsfläche von Männern hatte sein wollen; in ihrem Schlafzimmer hing sogar ein Poster von ihr. Und weil sie Hans mochte, war sie jetzt etwas enttäuscht. Er ist wie alle anderen, dachte sie.

Dann saßen sie auf der Terrasse des Clubhauses, wiederum makelloses Weiß.

«Weiß ist bei uns auch die Farbe der Trauer», sagte Liza.

Hans war nervös. Auf dem Tisch fand er den Verschluß einer Flasche, er drehte und wendete die Kapsel zwischen seinen Fingern, drückte, während er redete, runde Muster mit zackigen Rändern in die Haut seines Armes, bohrte mit dem Daumennagel einen Stern auf die gummierte Innenseite und schnippte die Kapsel mit dem Finger über das Tischtuch. Sie trank mit provozierender Ruhe ihren Eistee und beobachtete ihn.

«Fünftausend Dollar Aufnahmegebühr, sagst du? Laß mich rechnen, das ist ungefähr mein Verdienst in drei Jahren.»

Sie sagte es ganz sachlich, ohne erkennbares Erstaunen oder Groll. «Kannst du dir das leisten?»

Sie gingen runter zum See, ein Hausboy, wie man ihn hier nannte, machte an einem der Motorboote, die entlang des Stegs lagen, die Taue los, wischte mehrmals mit einem großen Tuch über die Ledersitze und fragte, ob er steuern solle. Hans verneinte. Daraufhin erklärte ihm der Mann den Anlasserknopf, den Leerlauf, wie man die Schraube vor- und zurücklaufen läßt und über das Funkgerät die Station rufen kann. Ein Kellner brachte den Picknick-Korb und füllte den kleinen Kühlschrank mit Getränken.

Der Lake Nebasonko war kitschig schön. Das Boot teilte die spiegelglatte Fläche, zerschnitt das Bild des hügeligen bewaldeten Ufers, das sich im Wasser spiegelte. Mangroven-Wurzelhölzer ragten wie Skelette aus dem Wasser, ein Baum tunkte seine überladenen Blütenzweige hinein, wie geschmückte Taue hingen Lianen mit ihren Blättergirlanden aus der Höhe herunter. Zwei, drei Inseln erhoben sich Hüten gleich aus dem Wasser, kleine erloschene Vulkane, die Spitze eingedellt, der ehemalige Krater.

Hans fuhr nur mäßig schnell und steuerte auf eine der Inseln zu. Der leichte Fahrtwind ließ ihn wieder klarer denken.

Liza warnte ihn: «Man darf Füße oder Hände nicht zur Abkühlung ins Wasser halten, die Bilharziose-Parasiten dringen durch die Poren in die Venen ein und bringen dich um. Manche sagen, daß das Wasser die Menschen verseucht, ich glaube, daß die Menschen das Wasser vergiften.»

Liza saß auf der weißen Fläche des Bugs, stützte sich nach hinten mit den Armen ab. Er sah ihr Gesicht im Profil, den feinen Schwung des Nasensattels, die langen Wimpern. Ihre Bluse wurde vom Fahrtwind an den Körper gedrückt.

Jetzt hatte er die kleine Insel umrundet, aber es gab keine Bucht, nur steile Felsenküste und eine leichte Brandung, die gegen den Stein klatschte. Schade, zu seiner Vorstellung von diesem Ausflug gehörte eigentlich eine einsame Bucht mit weichem Sand...

Er steuerte das Boot von der Insel weg und stoppte im Abstand von etwa hundert Metern den Motor. Liza rückte in den Schatten unter dem Sonnensegel. Sie kehrte ihm den gekrümmten Rücken zu, hatte jetzt die Beine vor die Brust gezogen und mit den Armen umfaßt, ihr Kinn auf die Knie gestützt. Ihr Rückgrat glich einer Perlenschnur.

Corell kletterte in die Kombüse, öffnete den Kühlschrank und klapperte bewußt laut mit den Flaschen, um ihr zu signalisieren, was er machte. Er wählte eine Flasche Wein, fand auch den Korkenzieher, zog und zog, der Korken brach. Wütend stieß er den steckengebliebenen Rest in die Flasche und goß zwei Gläser voll.

Er reichte ihr das Glas und stieß mit ihr an. Der Wein schmeckte wie Essig, er hatte Korkstückchen zwischen den Zähnen, lachte etwas verlegen. Dann küßte er sie. Ein Korkstückchen wanderte zwischen Zähnen und Zungen hin und her, das störte ihn. Auch seine Brille.

Er legte die Brille ab und übergab das Korkstückchen mit seiner Zungenspitze einem seiner Finger. Sie löste das Band in ihrem Haar, schüttelte leicht den Kopf, und Hunderte kleine Zöpfchen bedeckten ihre Schulter.

Liza lehnte sich an ihn. Er witterte die Gefahr weiterer störender Korkstückchen und küßte sie auf den schlanken Hals. Dummerweise fiel ihm in diesem Moment seine Brille ein, die auf der leichten Schräge der glatten Holzplanken lag. Er fürchtete, sie könne ins Rutschen kommen, ein Ersatz der teuren Gläser wäre in Urumbura mit Sicherheit unmöglich zu beschaffen, er stellte das Glas davor.

Dann küßte er sie wieder. Das Boot schaukelte, ein rutschendes Geräusch über die Holzplanken, er schnellte hoch, das Klirren von Scherben. Liza fuhr ebenfalls erschrocken auf, dann lachte sie, das Weinglas war zerbrochen. Er kletterte beruhigt in die Kombüse, fand einen Besen und fegte die Scherben zusammen.

Als er das erledigt hatte und zu Liza zurückkehrte – war sie vollständig entkleidet. Hätte sie die Initiative nicht ihm überlassen können? Vorsichtig dachte er, daß heute seine Sterne nicht besonders günstig stehen konnten.

Bevor ihn düstere Gedanken übermannten, nahm er Liza in den Arm. Sie liebten sich.

Ein frischer Wind war aufgekommen, ermattet lagen sie unter dem Sonnensegel, blinzelten und versuchten, den Tag neu zu entdecken. Plötzlich krachte es. Sie spürten einen harten Schlag, der den Rumpf des Bootes erschütterte. Liza wurde von den Planken auf den Gang geschleudert. Corell konnte im Rutschen gerade noch einen Metallring ergreifen und sich daran festhalten, sonst wäre er auf sie gefallen. Dann sprang er hoch, stand auf beiden Füßen, stieß mit dem Kopf gegen einen Ast, registrierte den mächtigen Baum unmittelbar über ihnen. Das Boot machte erneut eine schlingernde Bewegung und krachte noch einmal gegen den Uferfelsen. Liza umfaßte inzwischen den armdicken Ast über sich und versuchte so, das Boot gegen die Brandung von der Felswand wegzudrücken. Hans startete den Motor, gab etwas zuviel Gas, so daß Liza beinahe von Bord gerissen worden wäre. Dann erreichten sie wieder freies Gewässer, und Hans stellte den Motor erneut auf Leerlauf. Sie umarmten sich, lachten wie Kinder, die noch einmal mit dem Schrecken davongekommen waren. Liza hatte leichte Hautabschürfungen auf dem Rücken, das Boot auf der Backbordseite eine größere Beule und kräftige Kratzer am Lack. Der Wind trieb ihnen nun die Auspuffgase direkt in die Nase, also wendete Hans und tuckerte langsam, mit Liza im Arm, in Richtung Yacht-Club zurück. Liza lachte zwar noch immer, doch in ihren Augen sah er eine leise Traurigkeit.

III

Jetzt bin ich fast zwei Wochen in Urumbura und habe zwar schon viel geschrieben, jedoch noch keine Zeile für meinen Bericht. Ich sammle Informationen, besser gesagt, ich versuche es, die Recherchen sind mühselig. Ich weiß nicht, ob es allein an der drückenden Hitze liegt, alle Leute wirken auf mich müde und verdrossen, auch ich fühle mich schlapp.

Mein Chef, Lothar Nonnenstiel, betont immer wieder, der Kriminalist müsse nach den sieben goldenen W vorgehen: wer hat was, wann, wo, wie, mit wem und warum getan? Und er meint tatsächlich, das funktioniere auch in Afrika. Über das Was, Wann und Wo komme ich aber – jedenfalls vorläufig – nicht hinaus.

General Fekesi trug so etwas wie einen Häuptlingsstab, als er mich empfing, er wollte damit offensichtlich Eindruck schinden. Diese Kerle sind sich in allen Diktaturen ähnlich, ich hasse den verschlagenen Gesichtsausdruck, den sie nur mühsam hinter der kollegialen Freundlichkeit verstecken.

Fekesis Schlagwort war «Computerising». Er wollte von mir unbedingt etwas über die Datenverarbeitung des BKA hören. Einzelheiten, wie er URA-Leute mittels Rasterfahndung jagen könnte, habe ich ihm verschwiegen. Trotzdem sprach er davon, daß es höchste Zeit sei, diese Technologien auch in Urumbura einzuführen. Natürlich mit meiner Hilfe, ich solle seine Wünsche als Entwicklungshilfeprojekt in Bonn vorschlagen und befürworten.

Nur mühsam brachte ich ihn dazu, auf mein Thema einzugehen, wenigstens konnte ich ihm ein paar gezielte Fragen stellen.

«Nein», antwortete der Polizei- und Geheimdienstchef bestimmt, «es gibt keine neuen Erkenntnisse im Fall Degenhardt. Sollte es kein natürlicher Tod gewesen sein, dann gehen wir davon aus, daß der ANC dahintersteckt, schließlich war Degenhardt ein Handlanger der Apartheid-Regierung in Pretoria.»

«Das ist eine für mich neue Version», bemerkte ich.

«Neu oder nicht neu, der Fall hat im Grunde mit unserem Land nichts zu tun.» Er grinste unverhohlen schlitzäugig.

«Und Hans Corell?»

«Corell? Wissen Sie, Mister Urban, dieses Verbrechen geht wie viele andere auf das Konto der Urumbura Resistance Army. Sagen Sie das dem BKA, damit sie uns endlich helfen, die Guerilla mit moderneren Mitteln zu bekämpfen, es fehlt uns sogar an konventioneller Ausrüstung, zum Beispiel an BMW-Motorrädern, aber insbesondere an Computern.»

Ich schenkte es mir, Fragen nach seinen Beweisen zu stellen. Aber ich wollte unbedingt den Fuß in der Fekesi-Tür lassen und kündigte deshalb einen weiteren Besuch bei ihm an.

Besser als die sieben goldenen W scheint mir in vielen Fällen der alte Kriminalistengrundsatz Cherchez la femme zu sein, der eigentlich von Alexandre Dumas geprägt wurde. Pech ist nur, daß beide Freundinnen Corells inzwischen in Deutschland sind. Die eine, die von allen nur Liza genannt wird, hält sich, wie mir gesagt wurde, in Bonn auf. Und die andere, Marion Klose, hat auf Betreiben von Manfred Buchta, dem Leiter der deutsch-urumburischen Handelskammer, Aufenthaltsverbot bekommen und wurde abgeschoben. Sie soll jetzt in Fulda leben, wie Frau von Linden zu berichten wußte. Die fand es im übrigen unbegreiflich, daß sich der Botschafter dieser Behandlung der Klose nicht widersetzte. Frau von Linden hegte sogar den Verdacht, daß Botschafter Hinzinger hinter den Kulissen sein Einverständnis für die Ausweisung signalisiert haben muß. Das aber sind private Informationen und für meinen Polizeibericht völlig ungeeignet.

Daß Corell etwas mit beiden gehabt hat, glaubt hier jeder. Hinzingers Sekretärin Claudia verriet mir hinter vorgehaltener Hand, was ich aus Hans' Tagebuch längst wußte, nämlich, daß Hans und Liza über Weihnachten ein Zimmer im Sambesi gebucht hatten, das sie drei Tage so gut wie nie verließen. Ich hätte der Sekretärin diese Offenheit gar nicht zugetraut, sie hat sich mir gegenüber sonst immer sehr förmlich, eher sogar zugeknöpft verhalten.

Nein, ein Held war Hans Corell nicht, allenfalls ein Frauenheld. Er ist gutmütig gewesen – und oft bis zur Grenze des Verantwortbaren leichtsinnig. Aber im Ernstfall auch verdammt mutig, wie die Aktion mit dem Feuerlöscher zeigt. Ich denke, daß er sowieso ziemlich durcheinander war, die Scheidung vor ein paar Monaten hat bestimmt allerhand hochgebracht. Seitenlang schrieb er in seinem Tagebuch von den Problemen mit seinen Kindern. Und Wurzeln hat so einer ja auch nicht, der in Deutschland längst nicht mehr und in Afrika wahrscheinlich nie zu Hause sein kann. Übrigens ist er auf Wunsch seiner Kinder hier begraben worden. Von Gundolf Grund habe ich gehört, es sei so gut wie nichts mehr von ihm dagewesen, er war genau im Zentrum der Zwanzig-Kilo-Bombe. Das, was sie als seine Asche in die Urne getan haben, ist rote Erde Afrikas gewesen. Schicht III, aus der, wie die Grabungen in der Olduway-Schlucht zeigten, der Homo erectus entsprungen ist: Der Mensch stammt aus der roten Erde Afrikas. Und er verwandelt sich in sie zurück. Er muß sie geliebt haben, diese rote Erde, denn bei jeder unserer Begegnungen hat er davon gesprochen. Und in seinen Notizen spielt sie eine Rolle. Seine Beerdigung kostete umgerechnet zwölf Deutsche Mark.

Ich bin richtig froh, daß Gundolf Grund mich so besonnen unterstützt. Er gehört zu der im Staatsdienst seltenen Spezies, die offen sagt, wenn sie etwas nicht weiß, und die nicht um den heißen Brei herumredet.

Auch Gesa von Linden ist ganz in Ordnung, ich sitze im Moment an ihrem Schreibtisch. Da ich diese unberechenbaren Kontrollen an den Roadblocks durch dumm-dreiste jugendliche Soldaten hasse, bin ich heute nachmittag lieber in der Botschaft geblieben und habe ein Telefongespräch nach Deutschland angemeldet, das wieder einmal ewig auf sich warten läßt.

Diese Roadblocks sind wirklich ein Problem für mich. Ich kann die Unterlagen von Hans nur zum Hotel transportieren, um dort zu arbeiten, wenn ich den ‹Mercedes-Panzer› zur Verfügung habe. Und mein Auftrag, Licht in die beiden Mordfälle zu bringen, treibt mir ohnehin dauernd den Schweiß auf die Stirn. Die Grundfrage: Mord, Selbstmord oder Unfall kann aufgrund der Gesamtumstände für beide Fälle eindeutig beantwortet werden: Unfall oder Freitod liegen nicht vor. Für meinen amtlichen Bericht kann ich mir als objektive Fakten notieren:

Fall Degenhardt: Pfeilgift Curare, eine Spezialität hiesiger Stämme.

Fall Corell: Telefonische Todesdrohung.

Das ist nicht viel. Aber ich habe inzwischen viel zusammengetragen, und alles beginnt sich zu einem größeren Bild zu formen, zu einem farbigen lebhaften Mosaik.

6

Die Möbel des Speise-Salons bestanden aus Rosenholz mit Glanzlacklasur. Der lange schmale Tisch gestattete im jetzigen Zustand, daß zwölf Personen daran Platz nahmen. Ausgezogen würde er beidseitig um je sechs Sitzplätze erweitert. Es war reichlich Platz für die beiden vorhanden, für den Botschafter am Kopfende und links daneben Hans Corell.

Vor dem Botschafter stand eine kleine silberne Tischglocke. Das heutige Mahl konnte nicht sehr üppig sein, wie die bereits gereichte Tomatencremesuppe mit einem Stich saurer Sahne und zerhackten Mandeln erwarten ließ. Hinzinger läutete, woraufhin der Majordomus erschien, einen Blick über den Tisch warf, die Suppentassen samt Untertellern abservierte und vorgewärmte flache Teller auftrug.

Der Majordomus war Institution, Respektsperson und niveauvoller Diener in einem. Er war namenlos, Titel und Funktion bezeichneten ihn ausreichend. Wenn er zu Lunch oder Dinner servierte, trug er *immer* die weiße Jacke mit dem goldenen deutschen Bundesadler auf dem Ärmel, was sonst nur bei Cocktails oder Empfängen dem gesamten Personal befohlen war. Nur wenn der Botschafter auf der Terrasse saß, zum Frühstück oder zum Tee, servierte er in schwarzer Hose und weißem Hemd. Sein Alter war unbestimmt, seine Stellung gegenüber den anderen Schwarzen in der Residenz unangefochten. Er war die Number One. Beliebt war er nicht, vor allem weil er sich in den Augen seiner Landsleute zu sehr an die Weißen angepaßt hatte.

Während der Tomatencremesuppe sprachen der Botschafter und Corell über Dackel Konrad, nämlich wie unerschrocken er sich in der Savanne verhalte, selbst Büffeln gegenüber. Hans rätselte unterdessen darüber, warum ihn der Botschafter zum Mittagessen eingeladen hatte, aber es ging wahrscheinlich um den bevorstehenden Außenminister-Besuch. Beim Hauptgericht, Leberknödeln mit Kapernsauce, wurde der Botschafter eher schweigsam, wie üblich, wenn seine Aufmerksamkeit der Mahlzeit galt. Corell erzählte ihm derweil, daß er eine Deutsche, Marion Klose, zumindest vorübergehend in seinem Haus beherberge. Er hatte sich überlegt, daß dies die Botschaft offiziell wissen sollte. Hinzinger brummte zustimmend, putzte sich mit der Serviette den Mund und klingelte mit dem Silberglöckchen. Nicht energisch, nicht ärgerlich, sondern einmal kurz. Der Majordomus brachte die Nachspeise, Mango natur mit Schlagsahne, denn in Urumbura hatte die Mango-Season begonnen.

«Was ich noch sagen wollte», hub der Botschafter an, und Corell dachte, daß dieser eigentlich noch gar nichts gesagt hatte: «Sie waren doch gestern im Yacht-Club, Herr Kollege?»

Corell wunderte sich. «Ja, richtig.»

«Mhm, Sie konnten das nicht wissen, Herr Kollege, es war für Sie das erste Mal, Sie waren in Begleitung einer Frau?»

Corell wunderte sich noch mehr. «Ja, und?»

«Also einer Schwarzen, einer Negerin. Sie müssen verstehen, Herr Kollege, der Yacht-Club hat eine sehr alte Tradition, und es ist eigentlich nicht üblich, in einer solchen Begleitung hinzugehen.»

In Corell stieg leiser Zorn hoch.

Hinzinger bemerkte es und sagte beschwichtigend: «Ich meine es ja nur gut, Herr Kollege, also frankly spoken, die haben mich angerufen und gesagt, daß man Ihnen keine Mitgliedschaft gibt, wenn Sie auch künftig die Absicht haben sollten, Ihre Begleiterinnen, na ja, Sie wissen schon... Und das berührt natürlich auch uns als deutsche Vertretung, wenn man jemandem von uns dort den Zutritt verweigert.»

«Herr Botschafter...»

«Nein, lieber Corell, sagen Sie jetzt nichts, Sie sollen mich auch nicht falsch verstehen, niemand verlangt von Ihnen, daß Sie es durch die Rippen schwitzen, ich kenne die Person ja aus der VIP-Lounge, reizendes Geschöpf. Es geht einzig um den Yacht-Club, vielleicht können Sie dort, sagen wir es einmal so, Ihren Umgang anders sortieren. Die Tommys haben eiserne Prinzipien, das akzeptiere ich, man muß bestimmte Traditionen hochhalten, das ist man sich nun einmal schuldig. Und Sie, Corell, haben es doch gar nicht nötig. Außerdem fällt so etwas auf uns als Botschaft zurück. Könnten Sie nicht einfach das nächste Mal diese deutsche Dame, die jetzt bei Ihnen wohnt, dorthin einladen? Ich sehe, Sie verstehen, Kollege, gehen wir auf die Terrasse und nehmen wir noch einen doppelten Espresso, wie sich das gehört.»

Als Corell nach Hause kam, war Marion schon dort. Irgendwie sah sie anders aus, aber er kam nicht gleich darauf.

«Sono hat einen Tee gemacht, willst du dich zu mir setzen?»

Sie winkte ihn mit einer lässigen Handbewegung herbei.

Plötzlich begriff er: «Mein Gott, jetzt trägst du auch so eine verrückte Bluse mit diesen scheußlichen Puffärmeln!»

«Ich finde sie schick, ich habe sie Sono abgekauft. Sie ist süß, sie nennt mich abwechselnd ‹Sista› und ‹Bi Marion›. Ich habe herausgefunden, daß in ihrer Sprache ‹Bi› Fräulein und ‹Bibi› Frau heißt.»

Corell wollte über was anderes reden: «Hast du denn heute den Gewerkschaftsboss kennengelernt?»

«Ja, ein netter Kerl.»

«Und ist er nun ein Guerillero?»

«Der? Wenn du dir einen kleinen rundlichen Mann von über sechzig mit einer Kalaschnikow vorstellen kannst? Nein, das Bild entspricht eher einem Anti-Guerillero. Richtig ist, daß er sich sehr kritisch über die Regierung geäußert hat. Dazu hat er auch allen Grund.»

«Wirst du mit ihm arbeiten können – und er mit dir?»

«Ich denke schon. Er hat mir ein bißchen auf den Zahn gefühlt. Da hat sich meine fünfjährige Basisarbeit bezahlt gemacht, obwohl es hier natürlich ganz anders als in Deutschland aussieht.»

«Aha! Und womit fängst du an?» Etwas spöttisch registrierte Corell, daß ihre Brille wie so oft auf der Nase nach unten gerutscht war, was manchmal rührend wirkte, ihr manchmal aber auch einen oberlehrerhaften Ausdruck verlieh.

«Er hat sich nicht festgelegt, er wollte nur Vorschläge hören. Ich habe ihm ein paar wichtige Bereiche genannt, aber... vielleicht langweilt dich das?»

«Mich?» Corell fühlte sich ertappt. Er war tatsächlich schlecht gelaunt. Aber er wollte in ihren Augen auf keinen Fall desinteressiert erscheinen. «Nein, erzähl nur weiter.»

«Einen Schwerpunkt sehe ich natürlich in der Ausbildung. Das heißt, zum Beispiel Training der Trainer, es gibt einen Mangel an Bildungssekretären. Geeignete Leute müssen in Didaktik, in Vortrags- und Redetechnik, in Sachthemen wie Arbeitsorganisation, Arbeitsschutz und Arbeitsrecht geschult werden. Auch die Ausbildung der Gewerkschaftsmitglieder unmittelbar, mit Schwerpunkt Vertrauensleuten und Betriebsratsarbeit, ist notwendig. Ein zweites Gebiet habe ich ihm mit dem Thema ‹Rekrutierung neuer Mitglieder› vorgeschlagen, also Werbekampagnen, Öffentlichkeitsarbeit, Präsenz in den Medien, Aktionen, die auch in die Betriebe hinein wirken. Einen dritten

Bereich sehe ich im Tarifrecht, nicht nur bessere Löhne, die ja Hungerlöhne sind, sondern auch Sozialleistungen, die auch mit gewerkschaftlichen Kampfmaßnahmen durchgesetzt werden müssen, besonders bei ausländischen Firmen, das liegt ja hier total im argen. Schließlich habe ich ihm noch gesagt, daß ich auch mal die urumburische Gewerkschaftsorganisation insgesamt analysieren könnte, eine Ist-Analyse sozusagen mit realisierbaren Soll-Vorschlägen. Ich habe ihn jedenfalls mit Vorschlägen eingedeckt. Er hat immer nur zustimmend genickt, ich hatte das Gefühl, daß ich ihn von meiner Kompetenz überzeugen konnte.»

«Das freut mich für dich.» Hans merkte, wie sich seine Kopfschmerzen nach und nach verstärkten, er wollte sich jetzt eigentlich zurückziehen. Marion schien es zu spüren. «Sag mal», sagte sie völlig unvermittelt, «was zahlst du eigentlich Mama Sara und Sono, ich wollte mich nämlich daran beteiligen, sie versorgen jetzt ja auch mich, sogar meine Wäsche bügeln sie. Außerdem haben wir noch nicht darüber gesprochen, wieviel Miete du von mir verlangst.»

Hans winkte ab. «Mir brauchst du nichts zu geben, und den beiden kannst du ab und zu was extra zahlen, dann freuen sie sich wie die Kinder.»

«Was bekommen sie von dir?»

Aha, dachte er, jetzt kommt gleich eine Lektion in Sozialpolitik.

«Umgerechnet hundert Mark im Monat, für jede.»

«Wie bitte?»

«In Dollar natürlich.»

«Was heißt in Dollar, so einen Hungerlohn zahlst du?»

«Freie Kost, Wohnen, auch Medikamente, kleine Geschenke. Einmal im Jahr dürfen sie sich etwas aus dem Quelle-Katalog aussuchen.»

«Schämst du dich nicht?»

«Ich weiß nicht, was du willst, das zahlt doch hier jeder, und die Leute sind dankbar.» Sie ging ihm jetzt allmählich auf die Nerven.

Marion wurde langsam wütend. «Ich weiß nicht, verdienst du

fünftausend oder zehntausend? So oder so, es ist doch jedermann bekannt, daß hier das Diplomatische Korps nur von seinen Zulagen lebt und jeder sein Gehalt zu Hause auf die hohe Kante legen kann!» Und dann kam, worauf er die ganze Zeit gewartet hatte: «Du beutest die Leute aus, Hans.»

Corell mußte in die Offensive gehen: «Ich könnte mir keine Köchin, kein Hausmädchen, keinen Gärtner und keinen Nachtwächter leisten, wenn ich andere als ortsübliche Löhne bezahlte. So aber garantiere ich den Lebensunterhalt von vier Familien, die außerdem auf diesem Grundstück wohnen. Es ginge ihnen verdammt schlecht, wenn sie diese Arbeit nicht hätten.» Er trank seinen Tee aus und stand auf.

«Du bist zynisch!»

«Unsinn, so funktioniert das hier. Entschuldige, ich habe noch etwas Wichtiges zu tun.»

«Ich nenne das Neo-Kolonialismus», rief sie aufgebracht hinter ihm her.

Eigentlich wollte er sie fragen, ob sie mit ihm zu dem Empfang des Botschafters gehen mochte, den der übermorgen aus Anlaß seines sechzigsten Geburtstags angekündigt hatte, Liza konnte er dorthin nicht mitnehmen, so weit wollte er nicht gehen. Aber so, wie es im Augenblick aussah, kam wohl auch Marion nicht in Frage.

USA treffen Vorbereitungen, mit Hilfe von Deutschland und Großbritannien Libyen anzugreifen›. So ein aggressiver Aufmacher war nicht auf die leichte Schulter zu nehmen, denn der «New Vision» war das Sprachrohr der urumburischen Regierung, das hatte Corell inzwischen begriffen.

Er stand mit Kanzler Grund am Fenster in dessen Büro, sie überlegten, was zu tun sei. «Schauen Sie, Kollege, der urumburische Polizist vor unserem Tor ist verschwunden, das Schilderhäuschen steht leer, seine Waffe hat er auch nicht wie sonst ans Tor gehängt, wenn er mit unseren Wachposten Tee trinkt. Am besten, Sie geben Anweisung, daß für heute alle Eingänge für den

Publikumsverkehr geschlossen bleiben. Ich informiere den Botschafter.»

Corell wandte sich ihm zu: «Außerdem werde ich mit dem Sicherheitsbeauftragten der britischen Botschaft Verbindung aufnehmen.»

Etwa eine Stunde später, noch bevor sich die große Hitze lähmend über die Stadt legte, kamen in Scharen Demonstranten. Es waren etwa fünfhundert Leute, sie trommelten und schlugen Stöcke in einem nervenden Rhythmus aneinander, trugen Spruchbänder, die sich gegen den US-Imperialismus und gegen die deutsche und britische Nato-Politik richteten. Die Demonstranten nutzten den Vorteil, daß beide Auslandsvertretungen Nachbarn waren, sie pendelten mit ziemlichem Lärm zwischen den Briten und den Deutschen hin und her. Zielinsky erkannte ein paar Männer von der Urumbura-Trade-Union, der links orientierten Gewerkschaft des Landes. Sehr gefährlich sah das alles nicht aus, es war ein Spaß für die Leute, denn sie gröhlten und lachten, die Stimmung war überhaupt nicht aufgeheizt, und zu keiner Zeit bestand Gefahr, daß sie auf das Botschaftsgrundstück eindringen wollten. Dann flogen aber doch noch ein paar Steine, und am Wachhaus ging eine Scheibe zu Bruch.

7

In der Nacht vor dem Empfang zum sechzigsten Geburtstag Hinzingers war ein Sprengstoffanschlag auf die Botschaft verübt worden. Neumann war durch einen Knall aufgewacht, hatte aber nur noch ein Auto wegfahren hören. Als er sich das Loch in der Mauer neben dem Tor ansah, traf gerade der britische Polizist vom Bewacherteam seiner Botschaft nebenan ein, um den Fall zu besprechen.

Der Ex-Hauptmann und der englische Staff-Sergeant kamen später gemeinsam zu folgendem vorläufigen Untersuchungsergebnis: Sprengstoffanschlag auf die Deutsche Botschaft mittels einer an der Einfriedungsmauer gezündeten Haftladung, kein Personen-, geringer Sachschaden; Anschlag auf die Britische Botschaft durch zwei aus einem vorbeifahrenden Pkw geschleuderte Handgranaten, keinerlei Schaden.

Der «New Vision», der zum Zeitpunkt der Ereignisse längst, wie jedem bekannt war, Redaktionsschluß hatte, berichtete bereits am nächsten Morgen von einem «Angriff» auf die beiden Vertretungen. Das Verteidigungsministerium beschuldigte in dem Artikel die URA «der Verletzung des internationalen Völkerrechts, welches die Unversehrtheit diplomatischer Einrichtungen garantiere».

Die Anschläge der vergangenen Nacht hinderten die Botschaft keineswegs daran, den abendlichen Empfang in der Residenz durchzuführen. Im Gegenteil, das Diplomatische Korps ließ sich grundsätzlich nicht von den Ereignissen im Gastland beeindrukken, was immer dort auch passierte, denn wie anders hätte man seinen nationalen Stolz und seine Unabhängigkeit demonstrieren sollen?

Hans Corell hatte Marion gebeten, ihn zu dem Empfang zu begleiten. Niemals hätte er ihr natürlich sagen können, daß sie nur die Ersatzfrau war. Schon allein deswegen, weil es für sie beleidigend gewesen wäre, aber auch, um sich der Diskussion mit ihr über die Frage zu entziehen, wieso er zu feige sei, eine Schwarze mitzunehmen, auch wenn es Schwierigkeiten geben würde. Marion suchte den Konflikt und würde nie akzeptieren, daß ihm an einem friedlichen Arbeitsklima in der Botschaft gelegen war. Er wollte nicht den Rebellen spielen und sich mit dem Botschafter anlegen. In einem solchen Land zu leben war nach seiner Meinung kompliziert genug.

Mike hatte sie mit dem gepanzerten Mercedes abgeholt, eine Vorsichtsmaßnahme wegen der angespannten Lage. Anschließend waren sie bei Grunds vorbeigefahren.

Als sie zusammen die Eingangshalle der Residenz betraten, stand das Botschafter-Ehepaar zwischen den geöffneten Türflügeln und begrüßte mit freundlichen Worten die eintreffenden Gäste. Es hatte sich ein kleiner Stau gebildet, weil drei Fahrzeuge gleichzeitig vorgefahren waren.

«Meine Untermieterin, Frau Marion Klose», stellte Hans Corell seine Begleiterin vor.

Marion fand Frau Hinzinger sogleich sympathisch. Ihn fand sie lächerlich mit seiner gebogenen Pfeife und dem Trachtenanzug, er hätte einer Szene aus den Oberammergauer Passionsspielen entsprungen sein können.

«Grüß Gott, Fräulein», sagte Hinzinger mit leichter Verbeugung und musterte sie. Marion fiel gerade noch ein, daß sein Geburtstag bereits einige Tage zurücklag, so daß sie nicht mehr gratulieren mußte. Erleichtert atmete sie durch.

Ihre Blicke wurden von einem Arrangement in der Mitte der Halle angezogen, das aus einer Art Staffelei bestand. Zwei Elefantenzähne, die von schmiedeeisernen Gestellen in aufrechter Lage gehalten wurden, bildeten einen zweiseitigen Halbbogen darum. Vor der Staffelei stand ein kleines Tischchen mit roter Samtdecke. Beim Näherkommen sah sie, daß dort das Gästebuch lag, in das man sich einschrieb. Ihr spukte durch den Kopf, sie müsse irgendeinen Spruch eintragen. Aber welchen? Panik ergriff sie, das war ja alles zum Davonlaufen. Aber da war sie schon in der kleinen Warteschlange an der Reihe, unausweichlich. Gerade hatte sie sich entschieden, einfach ‹Nicht für das Leben, für die Schule lernen wir› zu schreiben, da stellte sie erleichtert fest, daß ja nur ihre blanke Unterschrift gefordert war, einfach so, dokumentenecht, Marion was here. Sie schob mit dem linken Zeigefinger ihre Brille hoch und schaute anschließend auf die Staffelei, auf der eine Tafel mit kleinen Schildchen stand: SITZORDNUNG. Sie entdeckte ihr Namensschildchen, ziemlich am Ende des Tisches, neben sich Hans Corell und Dr. med. Moser zur Rechten.

Offensichtlich hatte sie sich etwas zu lange mit der Eintragung ins Gästebuch aufgehalten, denn hinter ihr entstand verhaltene Unruhe, sie schritt zur Seite, wo Hans mit einem ungeduldigen Gesichtsausdruck auf sie wartete.

«Was machst du denn so lange?» fragte er prompt. In diesem Moment eilte Jesus auf sie zu, bot auf einem Tablett verschiedene Getränke an. Marion ergriff einen ‹Cuba libre› und Hans einen ‹Sherry›. Dann schlenderten sie in Richtung Speisesalon.

Als sie sich ihren Plätzen näherten, kamen das Ehepaar von Witzke und Dr. Moser auf sie zu. Henning von Witzke machte sie alle miteinander bekannt.

Während sie plauderten, nippte Marion ununterbrochen an ihrem ‹Cuba libre›. Sie bemerkte, wie das Getränk sie beschwingte.

Der Salon füllte sich langsam, die Gäste schienen allmählich ihre Plätze zu finden, einzelne setzten sich. Marion sah nur Weiße.

Zwei Frauen, eine mit auffallend schriller Stimme, setzten sich Marion gegenüber an den Tisch, noch in ein Gespräch verwikkelt, das sich offensichtlich um die Frage drehte, ob man in dieser Region besser in Nairobi oder in Pretoria einkaufen könne. Die eine sagte dazu abschließend: «Für mich steht jedenfalls fest: Nairobi ist zu afrikanisch, da hat Pretoria mehr Chic.»

Schließlich kam auch der Botschafter an den Tisch und schien gar nichts dabei zu finden, daß einige Stühle unbesetzt blieben und peinliche Lücken in die Reihen seiner Gäste rissen. Frau Hinzinger rettete die Situation und sagte: «Liebe Freunde, rükken wir doch zusammen, aufgrund der jüngsten politischen Ereignisse sind unsere urumburischen Gäste heute abend leider nicht erschienen.» Der Vorschlag bedeutete zwar das Aus für die Sitzordnung, hatte aber etwas Befreiendes, so daß sogar Franz-Xaver Hinzinger zustimmend brummte.

Deutsche unter sich. Die zum Gegenüber von Marion gehörenden Ehemänner waren Manfred Buchta und Lufthansa-Stationsleiter Glattmann. Während das Essen aufgetragen wurde, beschrieb Dr. Moser Marion unauffällig die anderen Leute: Deutsche Schule, Goethe-Institut, Konrad-Adenauer-Stiftung, Firma Weit-Breit, Firma Siemens, Firma Hoechst und die von der Botschaft, die Marion weitgehend kannte. Andere Nationalitäten waren deshalb nicht vertreten, weil Hinzinger für das

Diplomatische Korps einen Extra-Geburtstags-Cocktail in Verbindung mit dem Neujahrsempfang geben würde. Dieser Abend sollte ein Ersatz sein für das sonst übliche Weihnachtsessen, da der Botschafter ja an Weihnachten in Massai-Mara jagen wollte.

Die Speisen wurden vom Majordomus, Mikes Frau Elsbeth, Jesus und Gärtner Walter, der von Hans Corell ausgeliehen war, aufgetragen. Sie alle trugen weiße Handschuhe, was Jesus genauso albern fand wie Elsbeth ihr Häubchen, das aus der Zeit um die Jahrhundertwende stammen mußte.

Walter, Corells Gärtner, empfand die Situation als deprimierend, die ihnen vorgeschriebenen Bedienungsformen, die er strikt zu beachten hatte, demütigten ihn.

Elsbeth hatte ähnliche Gefühle, half aber auch Frau Hinzinger zuliebe, die zu ihr und ihrer Familie sehr lieb war.

Ganz anders Jesus, der einen aus Lust und Aggression gemischten Ehrgeiz entwickelte, heute abend diese ganze verkommene weiße Clique zu schädigen, wo immer es ihm möglich war.

Nur der Majordomus fühlte sich in seiner Rolle wohl, das war seine Bühne und er der Star, die Weißen das Publikum, die seinem Können Anerkennung zollten. Zwar nicht so deutlich, aber da genügten schon ein freundliches Nicken, ein anerkennender Blick.

Marion hatte ihren Cuba libre getrunken und kostete jetzt einen trockenen Weißwein. Dabei beobachtete sie alles genau. Den goldgestickten Bundesadler auf den linken Ärmeln der weißen Jacketts der Schwarzen fand sie geschmacklos. Er war sogar in die Servietten eingeprägt und in die Griffe des Bestecks. Und bei dem kleinen Bundesadler im Mittelpunkt einer schwarz-rot-goldenen Schleife am Anzug-Revers des Manfred Buchta konnte es sich wohl nur, wie sie ahnte, um das Bundesverdienstkreuz handeln. So nahe war sie einem solchen noch nie in ihrem Leben gewesen.

In Marions Umgebung drehten sich die Gespräche zunächst ums Essen. Alle fanden es phantastisch, daß Hannelore Grund ein Kilo ecuadorianische Erdbeeren von der Lufthansa hatte einfliegen lassen, auf dem Weg La Paz – Frankfurt – Urumbura. Sie hätten solch einen Heißhunger auf Erdbeeren mit Schlagsahne gehabt, trotzdem schmecke die Schlagsahne hier doch wieder ganz anders als zu Hause. Dann wurde das Problem aufgeworfen, wie schwierig es sei, abgehangene Steaks zu bekommen. Immerhin beklagte Frau Grund auch, daß sich die Versorgungslage für die Eingeborenen doch sehr verschlechtert habe.

«My dear», sagte daraufhin Sonja Buchta mit gedämpfter und dennoch durchdringender Stimme, «die Blackys brauchen nicht zu hungern, den anyway, jeder Mohr pflanzt doch seine Bananenstaude hinter der Hütte an.»

Irgendwie kamen sie von der Armut der Bevölkerung auf die Kriminalität, und der Lufthansa-Mann, der sich auch selbst ‹Airliner› nannte, sagte, daß alle Mohren Angst vor Hunden hätten, er habe einen zweiten Dobermann-Welpen in Deutschland kaufen lassen, der mit dem nächsten Flug eintreffe.

Sonja Buchta war sehr besorgt über die streng vertraulich verbreitete Meldung über eine erneute Zunahme der Malaria-Fälle. Wie es denn dazu kommen könne, fragte sie den Regionalarzt Dr. Moser. Dieser antwortete vielsagend: «Wenn sie sticht, die Fliege, nicht wahr, dann sticht sie.»

Die Essensrunde schien allmählich gesättigt, seltener ließen Hinzingers die vor ihnen stehende silberne Tischglocke erklingen, mit der Nachschub beordert wurde.

Dann wurde die Tafel aufgehoben, man verteilte sich im Nachbarsalon oder auf der Terrasse, im illuminierten Park oder am Swimmingpool.

Marion nahm ihr halbgefülltes Weinglas und ging mit Hans nach draußen, gefolgt von Manfred Buchta, der sich mit dem Leiter der Deutschen Schule über die Frage unterhielt, ob ein Kohlekraftwerk vielleicht auch mit Holzkohle betrieben werden könne, da man Holz genug in Urumbura habe. Der Oberstudiendirektor, offensichtlich zuvor in Lagos eingesetzt, warnte davor, nicht den gleichen Fehler wie in Nigeria zu machen. Dort hätten die Deutschen ein Stahlwerk in die Pampa gestellt, ohne

Transportwege, ohne Erz und ohne ausreichenden Stahlbedarf. Buchta hielt diesen Vergleich für absolut unsinnig, weil Urumbura einen enormen Energieverbrauch habe. Hinzinger wechselte von einer anderen Gruppe zu ihnen, mischte sich ein und sagte: «Kernkraftwerke sind das Perpetuum mobile des modernen Industriezeitalters, so ein Werk wäre *die* Lösung für Urumbura.» Als sich jetzt Hans Corell in das Gespräch einschaltete und erklärte, daß er in der Tat Kernenergie für kostengünstig, sauber und umweltfreundlich halte, schlenderte Marion unauffällig über die Terrasse. Sie hörte Gesprächsfetzen über die hiesige Innenpolitik und daß es den Uris gelegen komme, wegen der Libyen-Krise von eigenen Schwierigkeiten abzulenken, und fragte Bea von Witzke, für wie gefährlich sie die Lage halte.

«Wir sind seit fast drei Jahren hier und haben den letzten Umsturz erlebt. In Deutschland habe ich mir immer vorgestellt, daß so eine Revolution in Afrika eine aufregende, bombastische Sache ist, weil das die Bilder im Fernsehen manchmal vortäuschen...»

«Sie verdichten das Spektakuläre...» warf Marion ein.

«Genau», bestätigte Bea, «also ich will nicht sagen, daß ich enttäuscht war, aber irgendwie hatte ich mir das anders ausgemalt. Da sind ein paar Flugzeuge im Tiefflug über die Stadt gedüst, haben eine Bombe auf den Regierungspalast geworfen, die, wie man später hörte, im Garten, ohne Schaden anzurichten, detonierte, und es fielen ein paarmal Schüsse in der Stadt. Wir saßen zu Hause wegen der Ausgangssperre, und am nächsten Tag hatte eine andere Regierung das Sagen.»

«Die Grausamkeiten kriegt man gar nicht mit, was in den Folterkellern passiert oder so», sagte ein Mann, der nach der Beschreibung von Dr. Moser ein Siemens-Angestellter sein mußte.

«Sicher», gab Frau von Witzke zu, «ich will das ja auch nicht etwa verharmlosen, aber ich denke nur, daß die gefährlichen Zufälle des Alltags viel problematischer sind.» Sie gingen weiter und trafen auf eine Runde, die gerade besprach, daß sich die deutsche Politik in vieles besser nicht einmischen sollte.

«Das kommt noch so weit, daß wir Johannesburg nicht mehr anfliegen können», empörte sich der Stationsleiter der Lufthansa. «Wir hier vor Ort müssen das ausbaden, da werden deutsche Wissenschaftler ermordet, und die Schwatten erlauben sich, vor unserer Botschaft Bomben zu werfen und zu demonstrieren. Ich kann nur davor warnen, wenn man die Schwatten in Südafrika an den Steuerknüppel ließe, die ganze Region würde ins Chaos gestürzt.»

Jetzt wurden harte Getränke und Likör mit Gebäck kredenzt.

Marion umrundete mit Bea von Witzke auf einem Pfad in einem großen Bogen den Bereich der Terrasse, Stimmen oder Klirren von Gläsern erreichten sie nur noch gedämpft, aus dem Halbdunkel heraus blickte man wie auf eine buntbeleuchtete Bühne, die Picknick-Party aus ‹Porgy and Bess› fiel ihr ein, ‹It ain't necessarily so ...›

Marion erzählte Bea von ihren nächtlichen Alpträumen, seit sie der Militärposten in seine Gewalt bringen wollte, und daß sie Angst davor habe, ihm zufällig wieder zu begegnen. «Obwohl ich mir vom Verstand her sage, daß es unsinnig ist, in jedem uniformierten Schwarzen einen potentiellen Vergewaltiger zu sehen, kann ich mich trotzdem nicht von der Vorstellung befreien.»

«Das kann ich gut verstehen, Sie sind dem nur knapp entgangen.»

«Und ich merke, wie mich das jetzt blockiert, wie ich gar nicht richtig mit meiner Arbeit beginnen will.»

«Welcher Arbeit denn?»

«Unterstützung beim Aufbau der Urumbura Trade Union.»

Frau von Witzke war überrascht. «Das ist aber auch nicht ungefährlich.»

«Ja schon, aber vor dieser Art Gefahr habe ich überhaupt keine Angst, denn das mache ich mit Überzeugung. Ich weiß nicht, ob Sie das verstehen können?»

«Ich versuche es, aber ist das nicht eher Männerarbeit? Haben Sie denn überhaupt eine Ahnung von Gewerkschaften?»

Marion überlegte, ob sie hier etwas Privates erzählen sollte, aber diese Frau war ihr sympathisch. Und so sagte sie: «Zuletzt war ich in Deutschland bei Pro Familia und davor über fünf Jahre in einem DGB-Kreisverband angestellt. Ich weiß schon, wie man Gewerkschaftsarbeit organisiert.»

«Warum sind Sie bei Pro Familia gegangen?»

«Pro Familia im katholischen Fulda, die Rechnung ging nicht auf, für mich war das politische und geistige Klima dort ohnehin nur schwer auszuhalten. Dann haben sie die Mittel gestrichen, weil unsere Arbeit, beispielsweise Beratung zur Schwangerschaftsunterbrechung, nicht mit der katholischen Morallehre vereinbar sei, wie es hieß. Und dann dieser militante Bischof. Da hatte ich die Nase voll, und Gewerkschaftsarbeit in der dritten Welt interessiert mich.»

«Aber hier wird die Gewerkschaft zum Umfeld der Guerilla gezählt.»

«Das ist mir klar. Aber wenn ich mich davon abschrecken ließe, würde ich nie etwas bewegen.»

Bea von Witzke blieb stehen. «Also ehrlich gefragt, haben Sie Angst oder haben Sie Mut?»

«Beides», antwortete sie. «Beides.»

«Ich rate Ihnen, sich möglichst schnell in die Arbeit zu stürzen, engagieren Sie sich einen schwarzen Fahrer, und fangen Sie einfach an. Das wird Ihr Vertrauen zu schwarzen Männern entweder aufbauen, oder aber Sie merken, daß Ihr politisches Engagement nicht ausreicht, die Angst zu überwinden. In diesem Fall sollten Sie schleunigst abreisen.»

Sie waren jetzt wieder in die Nähe der Terrasse gekommen.

«Danke», sagte Marion und drückte ihr die Hand.

«Vielleicht besuchen Sie mich mal?»

Marion ließ sich Wein nachschenken und lehnte sich an einen steinernen Löwen, dessen Kälte sie auf der Haut als sehr angenehm empfand. In ihrer Nähe unterhielten sich von Witzke und Dr. Zielinsky, beide offensichtlich nicht mehr ganz nüchtern. Überhaupt schienen inzwischen alle, vom Alkohol beflügelt, in guter Stimmung zu sein.

Marion wollte nach Hause. Sie begann sich zu langweilen und gähnte verhohlen. Eigentlich wäre sie gerne auf der Stelle losgefahren, aber Hans, der das hätte organisieren können, unterhielt sich inzwischen angeregt mit dem Botschaftsrat. Also ließ sie sich auf Gesa von Linden ein, die, während sie gerade eine neue Zigarette an der gerauchten ansteckte, auf sie zukam und sagte: «Was ich Ihnen sagen wollte, Frau Klose, Ihre Aufenthaltserlaubnis kann morgen kommen oder erst in einem halben Jahr, machen Sie sich keine Sorgen deswegen. Tun Sie einfach so, als hätten Sie das Permit, es ist nämlich egal, weil sich sowieso niemand in diesem Land darum schert. Aber ich kümmere mich selbstverständlich weiter darum. Haben Sie denn wenigstens schon unseren ‹Persilschein›?»

«Persilschein?»

«Offensichtlich nicht, ich meine das Botschafts-Paper, in Englisch und Kiswahili, wonach Sie als Deutsche den besonderen Schutz der Vertretung genießen und die Botschaft bei allen Zwischenfällen sofort zu benachrichtigen ist. Sie kennen das sicher, ‹to whom it may concern›.»

«So ein Papier hätte ich gerne», sagte Marion. Und nach einer stummen Geste, die schwer zu deuten war, fügte sie hinzu: «Denn nicht immer kommt gerade jemand zufällig von der Botschaft vorbei, wenn man in Gefahr ist.» Aber Gesa schien die ganze Geschichte mehr wie eine Sensation im Kino zu sehen. «Wie Hans Corell das mit dem Feuerlöscher gedreht hat, das finde ich einfach genial.»

Marion war enttäuscht, daß gerade jetzt Frau Hinzinger Gesa zu sich bat. Also ging sie zu Hans, in die Nähe des Swimmingpools, um ihn endlich zum Aufbruch zu bewegen. Von Witzke war gerade dabei, mit Hilfe von Kieselsteinen das Gefecht bei Villers-Bretonneux nachzustellen. Er deutete auf einen weißen Stein. «Hier links gerät ein Panzer nach Lähmung einiger MG-Nester und Grabenstücke in einer Sandgrube in Schräglage...»

Marion stieß Hans in die Seite: «Ich möchte jetzt gehen», flüsterte sie.

«Eine Sekunde bitte, mich interessiert das hier.»

Von Witzke ließ sich nicht unterbrechen: «In diesem Augenblick sieht der zweite Panzer aus dem Südzipfel des Waldes von Aquenne – das liegt hier unten – drei englische Panzer hervorbrechen...» und beschrieb mit einem Stöckchen den Verlauf der Schlacht.

«Ich will jetzt gehen, kannst du mir sagen, wie ich zurückkomme?» Marion drängte nun.

Der Kreis der Zuschauer hatte sich inzwischen erweitert, auch Bea von Witzke gesellte sich dazu und beobachtete ihren Mann.

«Attacke, Henning, wir gehen nach Hause!» sagte sie entschlossen, und der Militärattaché erhob sich irritiert unter dem Gelächter der Beobachter.

Hans machte noch immer keine Anstalten zu gehen.

«Kannst du mir sagen, wo ich Mike finde, vielleicht fährt er mich zurück», wollte Marion wissen.

«Okay, ich komme mit.» Sie überquerten die Terrasse, verabschiedeten sich von einigen Leuten und dann von Frau Hinzinger, die zu Marion sagte: «Tut mir leid, wir hatten gar keine Gelegenheit, liebe Frau Klose, uns zu unterhalten, aber vielleicht schauen Sie nächste Woche auf eine Tasse Kaffee bei mir vorbei?»

Dem Botschafter auf Wiedersehn zu sagen war ihnen nicht möglich, denn er erzählte gerade in einem Kreis, der unter anderem aus den Buchtas, den ‹Airliners› und dem Chef der Konrad-Adenauer-Stiftung bestand, einen Witz:

«Ich war von der Jagd in der Serengeti zurückgekehrt und wurde von meinen Freunden gefragt, was ich erlegt hätte. Ich zählte auf: 2 Nobis, 1 Gnu, 2 Zebras, 1 Strauß.

Was sind Nobis? wollten sie wissen.

Nobis? Das waren 2 Neger, die haben die Hände gehoben, vor Angst gezittert und immer gesagt: ‹No please! No please!› Hahaha!»

«Was ist der Botschafter für ein Mensch?» fragte Marion auf der Rückfahrt.

«Er ist ein ekelhafter Mensch», antwortete Hans, «aber die meisten Botschafter sind keine so ekelhaften Menschen. Übrigens, Mike versteht gut deutsch.»

Mike verzog keine Miene.

«Das ist mir egal. Ich bin ziemlich müde, aber was ich dir trotzdem noch sagen will: Ich finde deine Einstellung zur Kernenergie beschissen.»

Er war verblüfft, wie kam sie denn jetzt nur darauf?

«Warum?» fragte er etwas irritiert.

«Du bist doch klug genug, zu wissen, welche Risiken da bestehen, daß menschliches oder technisches Versagen jederzeit irgendwo einen GAU verursachen kann, daß die Endlagerung des Brennmaterials völlig ungesichert ist, was Tschernobyl alles angerichtet hat usw. usw., es ist müßig, das alles zu dieser späten Stunde aufzuzählen.»

«Das brauchst du auch nicht, ich weiß doch um diese Gefahren.»

«Dann hast du dem Botschafter nach dem Mund geredet, als du von sauberer und umweltfreundlicher Energie gesprochen hast, das ist genauso verwerflich.»

Hans schwieg. Aber wenn Marion einmal angefangen hatte, sich zu ärgern, ließ sie sich nicht totschweigen.

«Und noch etwas verstehe ich nicht», redete sie weiter, «wieso du deinen Diener Walter zu einem derartigen Theater abstellst, das war ja der reinste Kolonialismus, das übliche Muster, Schwarze bedienen Weiße, zu allem Überfluß kostümiert wie zu Kaiser Wilhelms Zeiten. Ich begreife auch die Einheimischen nicht, daß sie sich in ihrem eigenen Land zu Äffchen machen lassen.»

«Es ist nicht *mein* Diener Walter», erwiderte Hans wütend. «Das Wort ‹Diener› hast im übrigen du gebraucht. Und schwarze Gäste waren geladen, aber nicht erschienen, sonst hatten Schwarze ja auch ihre Landsleute bedient.»

Jetzt schaltete sich Mike in den Disput ein. «Miss Marion», sagte er, um Verständnis werbend, «es ist anders, als Sie sich das vorstellen. Wir helfen bei einem Empfang gern, weil es uns viele Vorteile bringt. Wir werden dafür extra bezahlt, wir können essen und trinken, und die Botschafterin gibt uns am Ende so viel mit, daß auch noch unsere Familien eine gute Mahlzeit haben. Das kann man doch nicht ablehnen, oder?»

«Ich finde es trotzdem schlecht, Mike, die Weißen stellen Güte und Nächstenliebe zur Schau, weil sie im Überfluß leben, den sie zum großen Teil euch verdanken. Und ihr bedankt euch auch noch dafür.»

«Yes, Madam», sagte Mike und schwieg betroffen.

Hans sagte noch: «Es gibt hier doch auch Uris, die alles im Überfluß haben.»

«Hör bitte auf, Hans, du kannst doch nicht ein Übel mit einem anderen entschuldigen.»

Ein tropischer Regen prasselte nieder, die Scheibenwischer schaufelten Schwälle von Wasser, es trommelte ohrenbetäubend auf das Wagendach, Mike aber steuerte den Mercedes in der Dunkelheit gelassen in Schlangenlinien um Schlaglöcher, die sich zu riesigen Pfützen ausgeweitet hatten. Die Roadblocks schienen verlassen, bei Wolkenbrüchen fand kein Bürgerkrieg statt.

8

Liza verschwand unter dem Bettlaken, so daß nur noch Mund, Nase, Augen und zahllose kleine Zöpfchen hervorschauten. Hans versuchte sie mit seinen Wimpern auf der Stirn zu kitzeln. Liza gab ihm einen flüchtigen Kuß, entzog sich seiner Zärtlichkeit.

«Hör mir jetzt zu, ich will dir zwei Geschichten erzählen, die erste stammt nicht von mir, sondern von einem unserer Häuptlinge.»

«Fang an, ich höre», sagte er und legte sich, die Hände unter dem Kopf, zurück.

«Eines Tages schlossen der Weiße Elefant und der Schwarze Mann ein Freundschaftsabkommen», begann Liza. «Wenige Zeit später fegte, so wie gestern abend bei uns, ein schwerer Gewittersturm über den Dschungel. Der weiße Elefant wurde naß und fror und machte sich auf zur Hütte seines schwarzen Freundes.

‹Dieses Unwetter, ich habe eine so empfindliche weiße Haut, könnte ich nicht wenigstens meinen Rüssel in deiner Hütte niederlegen›?

Der Schwarze Mann empfand Mitleid. ‹Lieber Freund, meine Hütte ist zwar klein, aber sie reicht für uns beide, komm herein, meine Hütte wird auch dich vor dem Unwetter schützen.› Dem Rüssel folgten der dicke Kopf und der schwere Leib des Elefanten, bis er die ganze Hütte ausfüllte. Plötzlich stand der Schwarze Mann im Regen.

‹Du darfst mich nicht aus meiner Hütte verdrängen›, klagte er.

‹Das will ich doch gar nicht, mein Lieber, aber sieh mal, deine schwarze Haut ist doch viel unempfindlicher als meine, und für uns beide wäre es hier viel zu eng, ich alleine kann mich schon irgendwie einrichten.›

Da beschwerte sich der Schwarze Mann beim König des Dschungels, der mit seiner Löwenstimme knurrend fragte, wer es wage, in seinem Reich Ruhe und Ordnung zu stören?

‹Der weiße Elefant hat meine Nächstenliebe mißbraucht und mir meine Hütte geraubt!› sprach der Schwarze Mann.

‹Majestät›, schmeichelte der Elefant, ‹ich störe keineswegs Ruhe und Ordnung in eurem Reich. Mein Freund, der Schwarze Mann, sagt nicht die Wahrheit, er bat mich bei einem Unwetter, seine Hütte zu retten. Die Hütte war nämlich für ihn viel zu groß, und mein Freund war viel zu leicht, um sie davor zu bewahren, vom Sturm hinweggefegt zu werden. Ich wollte doch nur helfen, und jeder an meiner Stelle hätte genauso gehandelt.›

‹Stimmt es›, fragte der Löwe, ‹daß es ein Unwetter gab und in der Hütte mehr Platz war, als du brauchtest?›

‹Ja, das ist wahr, aber...›

‹Schon gut›, unterbrach ihn der Löwe, ‹jetzt willst du deine Hütte wiederhaben, aber bedenke, er hat sie vor dem Sturm gerettet. Das hat die rechtliche Lage verändert. Du verstehst das nicht, weil du ungebildet bist.› Und er setzte eine Kommission ein, die aus anderen Löwen seiner Sippe bestand.

Die Kommission tagte eine ganze Woche, und weil jede der Sitzungen lang und anstrengend war, bewirtete sie der Weiße Elefant reichlich und gab ihnen täglich Geschenke mit nach Hause.

Schließlich kam die Kommission zu einem einstimmigen Urteil, welches König Löwe dann verkündete:

‹Schwarzer Mann, du siehst die Dinge falsch. Die Ideen deiner Väter sind Werte vergangener Zeiten. Wir müssen heute anerkennen, daß der Weiße Elefant nur seine Pflicht getan und vorbildlich die Interessen unseres Reiches wahrgenommen hat, nämlich deine Hütte vor dem Unwetter zu retten. Du wirst das verstehen, wenn du eine moderne Entwicklungsstufe deines Bewußtseins erreicht hast. Wir haben beschlossen, beiden Seiten Gerechtigkeit widerfahren zu lassen. Der Elefant bleibt in der Hütte, dir jedoch wird die Freiheit gewährt, eine neue Hütte zu bauen. Wir werden dich auch in Zukunft zu beschützen wissen.›

Aber kaum hatte der Schwarze Mann seine neue Hütte fertig, kam der Bruder des Löwenkönigs und besetzte sie, vorbeugend, wie er sagte, damit sie das nächste Unwetter überstehe.

Ähnlich geschah es mit der dritten Hütte und mit allen weiteren, bis die gesamte Löwensippe untergebracht war.

Der Schwarze Mann bemerkte natürlich, daß er betrogen wurde, und dachte darüber nach, wie er sich vor seinen Beschützern schützen könne, denn er hatte noch ein Ehrgefühl, das er sich nicht auch noch stehlen lassen wollte.

Also baute er mit letzter Kraft ein großes weißes Haus mit vielen Zimmern, das natürlich viel schöner als die Hütten aussah. Sofort eilten der Weiße Elefant und die Löwensippe herbei, um sich dort einzurichten. Sie konnten sich aber nicht einigen, wem das größte Zimmer zustand, gerieten in Streit und fielen übereinander her. Da zündete der Schwarze Mann das Haus an allen vier Ecken an, es brannte ab, und alle kamen in den Flammen um.

Der Schwarze Mann kehrte nun wieder in seine alte Hütte zurück und lebte ab dann glücklich und zufrieden.»

Liza hatte die Augen geschlossen und wartete auf eine Reaktion von Hans. Der hatte, während sie sprach, ihre Hand genommen, er war ihr sehr nahe.

«Die Geschichte ist schön, aber leider ist sie nur ein Märchen.»

«Warum sagst du, nur ein Märchen? Kennst du die Wahrheit von Märchen nicht?»

«Ich glaube, daß das wahre Ende deines Märchens so aussehen wird: der Weiße Elefant besetzt das große Haus und füllt es mit Nahrungsmitteln. König Löwe und seine Sippe leben im Garten und sind sehr hungrig. Begierig warten sie jeden Tag darauf, daß ihnen der Weiße Elefant etwas zu essen gibt, denn im Garten finden sie nichts mehr, weil der Weiße Elefant mit seinem langen Rüssel bereits alles weggeholt hat. Um jedes Stück Fleisch, das ihnen der Elefant überläßt, streiten sie sich und bringen sich gegenseitig um. So werden sie immer schwächer, trotzdem bewachen sie den Weißen Elefanten, weil sie sonst verhungern müßten. Jedenfalls glauben sie das. Für den Schwarzen Mann bleibt der Weiße Elefant in seinem weißen Haus unerreichbar, er kann ihm nichts anhaben.»

Lizas Augen wurden dunkel und traurig, sie entzog ihm ihre Hand und wickelte sich noch enger in das Laken.

Plötzlich setzte sie sich ruckartig auf. Er fürchtete, daß sie wortlos weggehen würde. Doch sie drehte sich zu ihm und sagte mit kampfeslustigen Augen: «Nein, Hans, so geht die Geschichte nicht aus. Ich erzähle dir jetzt das Ende: die Löwen besinnen sich ihres Löwenmutes, warten, bis der Weiße Elefant eingeschlafen ist, dringen in das Haus ein und töten ihn. Jetzt haben sie genug zu essen, verteilen alles unter sich, und der Schwarze Mann steht hungrig vor seinem Garten. Sie weisen ihn ab. ‹Geh zurück in deine kleine Hütte und such dir im Dschungel etwas zu essen, ein paar Wurzeln wirst du noch finden!› sagen sie.

Die paar Löwen sind zwar stark, aber der Schwarze Mann besinnt sich auf seine Tradition, auf die Stärke des Gemeinsinns, der Ehre und der Geduld. Er wandert über die Berge und findet überall Leidensgenossen, viele schwarze Frauen und Männer, die ihre Hütten verloren und wenig zu essen haben. Nach und nach werden sie tausend, dann zehntausend, schließlich hunderttausend. Als sie alle vor dem Garten stehen, fangen selbst die Löwen vor Angst zu zittern an. Sie wollen fliehen, aber es ist zu spät. Unübersehbar ist die Menschenmasse, es gibt kein Entrinnen. Die Löwen haben kaum noch den Mut, sich zu wehren, gewiß, ein paar schwarze Frauen und Männer müssen sterben, aber dann sind die Löwen totgeschlagen. Die schwarzen Menschen teilen, was sie finden können, die Vorräte des Weißen Elefanten und der Löwen sind groß genug, daß alle satt werden.»

Liza sprang aus dem Bett, zog das Bettlaken hinter sich her, schlang es um sich und klemmte das Ende unter der Achselhöhle fest.

«So, und jetzt habe ich Durst und Hunger, und wenn du mir nicht sofort etwas gibst, gehe ich in deine Küche und plündere deinen Kühlschrank!»

Hans spürte, wie sich das beklemmende Gefühl in seiner Brust löste. Er schmierte ein paar Brote und sah Liza dabei zu, wie sie geschickt eine Flasche Sekt öffnete. «Mein Beruf», sagte sie augenzwinkernd.

Mama Sara und Sono hatten von Hans für den Nachmittag ‹Familienurlaub› erhalten. Marion stellte sich bei irgendeinem Gewerkschaftsgeneralsekretär vor. Hans fühlte sich wohl in seiner Haut.

«Deine Geschichte hat mir gut gefallen, erzählen ist das Zweitbeste, was du kannst», sagte er kauend.

Sie drohte ihm mit einem langen Küchenmesser.

«Außer Sektflaschen öffnen, natürlich.»

Danach gingen sie ins Bad und duschten. Genauer gesagt schaute er ihr zunächst dabei zu.

«Was gefällt dir eigentlich besser, mein Körper oder mein Verstand?» fragte sie.

«Schwere Frage, ich sag mal beides.»

«Das glaube ich nicht. Ich glaube vielmehr, daß du viele meiner dir weniger angenehmen Eigenschaften nur in Kauf nimmst, weil es dir immer nur um das eine geht. Warum können wir uns zum Beispiel nicht öfter einfach gut unterhalten, ohne vorher oder nachher ins Bett zu gehen? Hast du in deinem Leben noch nie erfahren, daß ein gutes Gespräch besser als ein ‹sexual intercourse› sein kann?»

«Doch, doch», beteuerte er, aber es klang eher leicht verärgert als glaubhaft. «Aber wolltest du mir nicht noch eine zweite Geschichte erzählen?» lenkte er ab. «Dann gibt es vielleicht noch ein gutes Gespräch.»

Sie blickte ihn nachdenklich an. «Die zweite Geschichte ist ziemlich traurig, und ich fürchte, daß du sie falsch verstehst.» Liza stand vor ihm, ihre nasse Haut glänzte, er dachte, daß sie lange Wimpern hat, daß die Züge ihres Gesichtes ohne alle Schminke edel sind und daß er sie am liebsten gleich wieder in den Arm nehmen wollte.

Sie durchschaute seine Absicht und begann zu reden: «Mein Stamm der Nkole lebte vor mehr als hundert Jahren am Sambesi-Fluß, viele Kilometer von der Hauptstadt entfernt. Da bebte eines Tages die Erde und wollte einen Teil des Flusses verschlukken. So entstand der Okloholu-Wasserfall, ein Zeichen der Nkole-Geister, das bewies, wie mächtig sie sind und daß sie sich die Natur untertan machen können. Seit dieser Zeit ist Okloholu für den Stamm ein heiliges Gebiet. Vor wenigen Wochen wurde bekannt, daß auf diesem heiligen Land eine große Fabrik gebaut werden soll, um Strom zu erzeugen, und daß ein deutscher Professor eingeflogen würde, um das Verbrechen vorzubereiten. Da beschlossen die Nkole, für den vorzeitigen Tod des Professors zu beten. Sie verfluchten jeden, der ihr Land schänden will. Sie sprachen ihre Feinde tot.»

Hans war plötzlich wie elektrisiert.

«Bei den Nkole gibt es viele gute und wenige schlechte Leute. Einer von den Schlechten ist Polizei-General Fekesi. Er ist so schlecht, daß er der Teso-Regierung dient. Aber auch Fekesi hat mit seinem Stamm gebetet. Wenn unser Stamm seinen Feinden das Todesurteil spricht, dann sterben sie.»

Liza hielt einen kurzen Moment inne, sah ihn ernst an. Dann fuhr sie fort: «Da sich das Nkole-Mädchen Liza ein bißchen in einen weißen Bwana verliebt hat und weiß, daß auch ihm das Urteil gesprochen wird, wenn er keine Ruhe gibt und unsere Geister stört, hat sie die Geschichte erzählt, was sie eigentlich nicht darf.»

Hans fragte fast flüsternd: «Hast du vorher von dem Mord gewußt?»

«Ich weiß gar nichts, ich habe dir nur eine Geschichte erzählt. Wer hat denn hier von Mord gesprochen?»

«Aber du deckst doch einen Mörder, wahrscheinlich Fekesi oder einen seiner Schergen. Man kann doch nicht einfach einen Wissenschaftler umbringen, weil er euch helfen wollte und ihr offensichtlich noch ins Mittelalter verliebt seid.»

Liza begann sich anzuziehen. «Hör zu, es ist kein Mord geschehen, das habe ich dir bereits gesagt. Wenn das Gebet eines Stammes erhört wird, geschieht, was geschehen soll. Aber ich möchte jetzt nicht länger darüber reden.»

«Gut, aber dann beantworte mir eine ganz andere Frage: Wieso kann General Fekesi diese Rolle spielen, wenn er ein Nkole ist?»

«Weil Folterspezialisten wie er von jeder Regierung gebraucht werden. Diese Typen überleben alle, weil sie zuviel wissen. Ich wünschte, er wäre ein Teso. Aber ich habe keinen Namen genannt, das alles ist nur eine Theorie.»

«Liza, sag mir ehrlich, war er es?»

«Was meinst du?» Ihre Stimme klang kalt. «Halt dich aus allem raus und vergiß die Geschichte wieder. Ich denke, die Geister des Stammes werden die Leiche des Professors irgendwann freigeben, dann kannst du sie nach Deutschland überführen.»

«Irgendwann?»

«Geh zum General und sag, daß du den an einer unbekannten

Tropenkrankheit verstorbenen Professor haben willst. Vergiß nicht, ihm eine angemessene Gebühr anzubieten.»

«Wieviel?»

«Elfu mbili Dollar vielleicht. Ich weiß nicht.»

«Wieviel ist das?»

«Zweitausend.»

«Nicht zu fassen», murmelte er.

«Was sagst du?» Ihre Stimme klang nun wieder liebevoll.

«Ach, nichts.»

Der George & Dragon glich jetzt, wenige Tage nach dem Überfall, einer Festung. Auf dem Dach des Restaurants war ein Unterstand mit Sandsäcken errichtet worden, hinter dem zwei blau uniformierte Sheriffs der «Guard Division» ihre Maschinenpistolen im Anschlag hielten und auf jedes Fahrzeug richteten, das auf den Parkplatz einbog. Hinter dem Haus dröhnte der Dieselmotor eines riesigen Notstromaggregats. Er wurde ebenfalls bewacht. Auf der Straße patrouillierte eine Doppelstreife.

Corell, Buchta und Dr. Zielinsky trafen sich hier zum Essen. Corell hatte sich wieder einen ‹Chablis› bestellt, aber er war unfähig, etwas zu essen. Sein Blick wurde immer wieder von dem Fleck auf dem Fußboden angezogen, der eigentlich kaum noch zu erkennen war. Er versuchte dem Gespräch zu folgen, nicht hinzusehen, aber seine Augen starrten wie gebannt auf die Stelle. So hatte auch der Blutfleck in Ralfs Zimmer in Baden-Baden ausgesehen. Und der war auch heute noch zu erkennen.

«Das mit dem Strom ist wirklich ärgerlich», maulte Buchta. «Früher hatten wir keinen, wenn die URA die Strommasten umlegten. Aber jetzt schalten sie einfach die ganze Ausländerkolonie ab, weil der Gaddafi mal hustet. Die Uris sollten nicht vergessen, daß die USA ihr zweitwichtigstes Exportland sind und die Tommys ihr wichtigstes. Was meinst du, Marcel, der Botschafter könnte doch den Staatspräsidenten in den Senkel stellen und an Rabta erinnern, oder der Außenminister, wenn er kommt. Da haben wir uns doch um Libyen verdient gemacht.»

Marcel Zielinsky sagte erst gar nichts und stocherte auf seinem Teller herum. Aber dann erwähnte er ganz beiläufig, daß Professor Wandlocher seinen Besuch angemeldet habe, er wolle mit dem Alten über Weihnachten auf die Jagd gehen. «Erstens hat der scheinbar gar nichts von der Libyen-Krise mitbekommen und weiß zweitens vermutlich nicht einmal, daß sein Kollege tot ist.»

«Wer weiß schon in Bonn, daß die uns in Urumbura schon zum zweitenmal die Scheiben unserer Botschaft eingeworfen haben.»

«Eine Scheibe», murmelte Corell.

«Ist ja auch egal, der Wandlocher jedenfalls hat null Ahnung. Schickt der mir doch einen Brief, in dem er so tut, als sei noch alles in bester Butter.»

Zielinsky überflog das Schreiben. «...werde ich trotz einiger Bedenken den Standort befürworten. Zwar habe ich festgestellt, daß unter dem Gebiet der große zentralafrikanische Grabenbruch verläuft, was bedeutet, daß man eine Erdbebengefahr nicht absolut ausschließen kann. Aber ob nun in zehn, hundert oder zehntausend Jahren etwas passiert, kann niemand voraussagen. Angesichts der Bedeutung des Projekts für unsere Industrie und die Arbeitsplätze jedoch werde ich dieses Risiko zwar nicht ganz verschweigen können, aber ich werde darauf hinweisen, daß die Randlage das Risiko doch stark vermindert und andererseits der Wasserfall für die Sekundärkühlversorgung nahezu ideal ist, gleichfalls die Nähe zur Hauptstadt als Energieverbraucherzentrum. Kurzum, lieber Manfred, teile mir alsbald mit, an wen ich mein Gutachten richten soll. Für den Fall, daß die urumburische Regierung der Adressat ist, bitte die exakte Anrede, damit ich keinen Titel vergesse, Du kennst ja die Empfindlichkeiten. Ich freue mich auf Massai-Mara, gehst Du auch mit auf die Pirsch? Mit waidmännischen Grüßen...»

«Und nun?» fragte Zielinsky.

«Ich muß ihm erst mal schreiben, daß sein Wissenschaftskollege ex und hopp gegangen ist und das Projekt umgepolt werden muß. Das haben sie nun davon, wenn alles zur Geheimsache hochgestuft wird. Der Wandlocher soll mir verbindlich mitteilen, ob man in Kohlekraftwerken auch Holzkohle verfeuern kann. Und was es kostet, zusätzlich so eine Holzkohleproduktion aufzuziehen, die Uris haben schließlich mehr Holz als Verstand.»

Zielinsky und Buchta beschäftigten sich mit ihrem Nachtisch.

«Wir brauchen zweitausend Dollar, um den Leichnam Degenhardts zurückzuholen», sagte Corell unvermittelt, er wollte jetzt möglichst schnell hier weg.

«Woher weißt du das?» Buchta blickte ihn mißtrauisch aus den Augenwinkeln an.

«Ein anonymer Anruf.»

«Wo?»

«Im Büro.»

«Wann?»

Hans Corell fiel rechtzeitig ein, daß die Telefonverbindungen seit zwei Tagen gestört waren. «Vorgestern.»

«Okay, das ist kein Problem, das lege ich vor, das zahlt mir der Atom-Energieverband zurück, sobald ich faxen kann, mein Notstrom bringt das Ding zum Streiken, von wegen der Spannungsschwankungen.»

«Das Geld muß an Fekesi gehen. Soll ich…?»

«Nee, laß mal, den kenn ich länger und besser.» Buchta winkte dem Kellner: «Rechnung auf mich, wie immer, Lukas.»

Der VW ratterte über Schlaglöcher, Marion maulte: «Der mit seinen männlichen und weiblichen Panzern hat doch 'ne Meise, ich frag mich, was wir da eigentlich wollen. Wieso hat er eigentlich so eine nette Frau, der schläft doch lieber mit einem weiblichen Mark soundso, oder wie so ein Monstrum heißt.» Sie zupfte an ihren Puffärmeln, Hans sah sie amüsiert an.

«Anscheinend haben die Engländer ihren Panzern im ersten Weltkrieg ein Geschlecht verliehen», erklärte er beschwichtigend.

«Ich halte mich jedenfalls an diese Bea. Du kannst ja mit dem Witzlich Fotos weiblicher Panzer betrachten.»

«Von Witzke heißt er. Wenn du seinen Namen dauernd verballhornst, wirst du dich nachher garantiert versprechen.» Corell bog links in die Einfahrt ein, hupte kurz und hielt an.

«Scheiße», murmelte Marion, «aus lauter Langeweile in diesem verdammten Land lasse ich mich mit dir auf Dinge ein, die mir eigentlich zuwider sind.»

Ein Schwarzer öffnete beide Torflügel, ähnlich einem Flugfeld breitete sich eine Betonfläche bis zu dem fünfzig Meter entfernt gelegenen Haus aus.

«Willkommen», sagte von Witzke, «ist das nicht praktisch?» und deutete auf seinen einbetonierten Garten. «Besonders in der Regenzeit. Und außerdem freies Schußfeld, ha, ha!»

«Ein Machwerk meines Mannes, entstanden während meines letzten Deutschland-Urlaubs. Am liebsten würde er die Piste jetzt noch grün anstreichen.»

Von Witzke verzog keine Miene. «Einmalige Chance gewesen, Firma Weit-Breit arbeitete sowieso ganz in der Nähe. Aber kommen Sie doch bitte rein.» Der Militärattaché führte sie in den Salon, wo ihnen ein Mädchen auf einem Tablett Käsehappen mit aufgespießten Trauben reichte und einen Drink anbot, einen ‹Big Bad Wolf Cocktail›, wie von Witzke erläuterte.

«Wo haben Sie denn in Urumbura Trauben her», fragte Marion, «wachsen die hier?»

«Nein, es sind Cape-Trauben, die hat unser Lufthansa-Station-Manager aus Johannesburg mitgebracht. Ich sehe, Sie sind in den Verteiler für Exklusivitäten noch nicht eingeklinkt, da sollten Sie sich aber drum kümmern, Herr Corell.»

«Was halten Sie von der politischen Lage, Herr von...» Marion zögerte kurz und sprach ganz konzentriert weiter... «von Witzke, meinen Sie, daß es gefährlich für uns wird?»

«Die Amerikaner sollten Gaddafi eine Rakete unter den Hintern blasen, dann wäre Ruhe. Aber leider wechselt er ständig seinen Aufenthaltsort, da versagt die Satelliten-Aufklärung. Er soll sich auch einiger Doppelgänger bedienen und so die Kameraden von der CIA täuschen. Gefährlich? Wenn wir nichts tun, ja. Im Angriff liegt deshalb die beste Verteidigung. Warum lassen wir uns die Demonstrationen bieten? Mit einer Hundertschaft BGS würden die Kerle Schuhe und Strümpfe verlieren, vorausgesetzt, sie hätten welche an.»

«Daß sich Urumbura so stark engagiert, ist erstaunlich», sagte Marion.

«Gaddafi bezeichnet Urumbura als Bruderland», sagte Frau von Witzke, «und will den Staatspräsidenten sogar zum Islam bekehren.»

Der Militärattaché schob eine Compact Disc in das Abspielgerät. Musik setzte ein mit leisen Trommelwirbeln. «Beethoven, mein Lieblingsstück, ich hoffe, Sie mögen es auch.»

«Beethoven eigentlich weniger», sagte Marion und stand auch auf, weil sie das Gefühl hatte, daß Frau von Witzke nur darauf wartete. «Mir ist das zu romantisch.»

«Schade», sagte Henning von Witzke und wollte den Apparat wieder abschalten.

«Kommen Sie, Frau Klose, wir gehen einfach nach nebenan und lassen die Männer mit dem Beethoven allein.»

Hans war froh, daß sich die Lage auf diese Weise entspannte.

«Wann kommen die beiden BGSler?» wollte von Witzke von Corell wissen, als die Frauen den Raum verlassen hatten.

«Keine Ahnung.»

«Das sind sowieso peanuts, was wollen Sie hier mit zwei Mann anfangen?»

«Sagen Sie das nicht, sie werden eine zuverlässige Eingangskontrolle machen und unsere Wachmannschaft beaufsichtigen.»

«Mann, Corell, das sind doch nur halbe Sachen!»

Hans registrierte, daß die Trommelwirbel im Lautsprecher immer stärker wurden, und dachte, daß sie Krieg ankündigten.

Aber dann brachen sie abrupt ab, und ein Flötenmotiv schloß sich an.

«Wissen Sie, Corell, was ich im diplomatischen Dienst vermisse, das sind klare Entscheidungen.» Er sprang auf. «Was halten Sie von einem ‹New Yorker›?»

Hans kam gar nicht dazu, eine Antwort zu geben, da rief er: «Ich mixe uns einen.»

«Man muß das ganz pragmatisch sehen, Herr von Witzke, wollte man bei jeder Botschaft in einem Krisenland eine Hundertschaft BGS einsetzen, brauchte man davon in Bonn eine ganze Armee.»

Der Militärattaché hantierte mit einem Shaker. «Was hindert uns, eine Armee BGS aufzustellen, wenn es politisch gewollt ist? Die Amerikaner sind mit ihren Marines das beste Beispiel.»

Die heiteren Flöten waren wohl nur ein Ablenkungsmanöver, dachte Corell, die Musik weitete sich jetzt zu Schlachtengetümmel aus, eingeleitet durch Trompeten, die zum Sammeln bliesen, dann Gewehrsalven und Kanonaden.

«Jetzt rückt Wellington an, hören Sie es am Lärm, sie feuern immer schneller!» rief der Militärattaché aus und schüttelte den Shaker im Stakkato.

«Ich dachte, es sei Beethoven.»

«Natürlich ist das Beethoven, Sie Witzbold. Beethovens ‹Die Schlacht bei Vittoria›, da haben die Engländer Napoleon Beine gemacht.»

Ein fernes trauriges Moll zeigte an, daß die Armee Bonapartes geschlagen war, und ein sieghaftes Finale mit einer Fuge über «God Save the King» bildete den triumphalen Abschluß.

«Es ist das Gefühl des Stolzes nach einem Sieg.»

Hans Corell fand die Musik ganz interessant.

«Aber damals gab es noch nicht die Panzerwaffe. Eine Panzersymphonie, das wäre was!»

Hans lächelte, gähnte und schaute auf die Uhr.

«Was machen eigentlich die Frauen? Wir müssen langsam an die Rückfahrt denken, jedenfalls vor Einbruch der Dunkelheit, das ist mir sonst zu unsicher.»

«Noch einen ‹Sunsetter›», sagte von Witzke, «ich schlage jetzt einen ‹Fireman's Sour› vor, gemeinsam mit den Frauen, okay?»

Stumm hingen sie ihren Gedanken nach. Das Kreuz des Südens funkelte am nächtlichen Himmel, und ein leiser Luftzug hatte die Schwüle vertrieben. Zikaden-Konzert. Der Schatten der Hollywood-Schaukel auf seinem Balkon hatte Hans Corell verschluckt. Er dachte an Liza, die im Moment für ihn wegen der verdammten Libyen-Krise unerreichbar war. Er hatte sie vom Postamt aus angerufen, und noch ehe er zu Wort kam, hatte sie knapp gesagt: «Swala besucht das Kiboko, wenn die Mbweha nicht in der Nähe sind.» Dann hängte sie ein. Das hieß, daß die Gazelle das Flußpferd besuchen wird, wenn keine Schakale in der Nähe sind. Marcel Zielinsky, den Corell zu Rate zog, hatte das so entschlüsselt: Sie wird überwacht, vielleicht auch das Telefon, und kann ihn erst besuchen, wenn die Luft rein ist. Da sie ihn als Flußpferd bezeichnete, habe sie wohl gemeint, er solle untertauchen, zumindest keine Aktivitäten entwickeln.

Als erste Reaktion wollte er raus zum Flughafen fahren, um mit ihr zu reden. Er hätte sich dazu auch über die jüngste gemeinsame Anordnung der hiesigen Botschafter aller EG-Länder hinweggesetzt, aus Sicherheitsgründen bestimmte Off-Limits-Zonen nur mit dienstlichem Auftrag zu betreten. Er unterließ es aus Angst, Liza womöglich zu gefährden.

Die offiziellen Kontakte der Botschaft zu urumburischen Behörden waren eingefroren, aber auch andere private Verbindungen. Gesa von Linden, die mit der Frau des Staatssekretärs im Wirtschaftsministerium befreundet war, erzählte, daß ihre Partnerin nicht mehr zum Tennisspiel erschien.

«Weißt du eigentlich, daß auch UTU-Leute an den Demos vor der Botschaft teilgenommen haben?»

Die Frage Marions riß ihn aus seinen Gedanken, er hatte sie fast vergessen. Sie saß in einem Gartensessel, hatte sich weit zurückgelehnt und die Beine über die Tischecke gelegt. «Das hat schon Zielinsky gesagt. Mich erstaunt das eher, weil die Demos von der Regierung gelenkt sind und die UTU doch gegen die Regierung arbeitet.»

«Schon, aber auch gegen kapitalistische Staaten, besonders gegen solche, die sich mit Südafrika einlassen.» Nach einer langen Pause hörte er sie plötzlich sagen: «Ach übrigens, ich werde hier bald ausziehen.»

«Warum?» Es sollte enttäuscht klingen, aber unrecht war es ihm eigentlich nicht.

«Weil es für meine Arbeit schädlich sein kann. Das hat nichts mit dir persönlich zu tun. Oder vielleicht doch, wenn ich bedenke, wie ihr hier alle lebt, deinen Hunden geht es besser als jedem Einheimischen.»

«Soll ich die Tiere deshalb hungern lassen?»

«Du bist und bleibst ein Zyniker.»

«Und du eine Sozialromantikerin.»

«Der Abschied hier wird mir nicht schwerfallen.» Sie stand auf. «Gute Nacht.»

«Marion, bleib bitte, ich will nicht streiten.»

Sie setzte sich zögernd wieder hin, allerdings auf die Vorderkante des Sessels.

«Wann wirst du ausziehen?»

«Ich weiß es noch nicht, das Büro des Generalsekretärs besorgt mir ein kleines Haus.»

Er dachte, daß sie nicht wissen konnte, wie verbindlich es ist, wenn in Afrika irgendein Büro irgend etwas besorgen will. Doch er sagte es nicht.

«Aber wir brauchen nicht abzulenken», fuhr sie fort, «wir können auch ruhig darüber sprechen, wie grundverschieden unsere Auffassungen von fast allem sind und daß wir uns nur oberflächlich unterhalten können, ohne aneinanderzugeraten. Aber das ist stinklangweilig.»

Er schwieg und dachte, daß sie vermutlich recht hat. Dann sagte er: «Du erzählst eigentlich nie von dir und von Deutschland.»

«Das mag sein. Meine deutsche Geschichte endete vorläufig in Fulda, von dort bin ich hierher geflohen. Wenn du etwas Aktuelles wissen willst, bitte! Ich habe heute Post von Rolf erhalten, er ist in Fulda Stadtverordneter der Grünen. Sie haben den Antrag gestellt, die Badeordnung zu ändern, damit Frauen im städtischen Schwimmbad oben ohne schwimmen dürfen. Ohne Aussicht auf Erfolg, natürlich, nur um den Bischof zu ärgern. Mein Gott, ist das alles weit weg von hier.»

«Hast du mit Rolf zusammengelebt?»

«Ja, vielleicht besucht er mich demnächst.» Sie rutschte jetzt wieder bequem in den Sessel und legte die Beine auf den Tisch. «Und du, deine Geschichte? Bist du eigentlich verheiratet?»

Hans gab der Hollywood-Schaukel einen Stoß, so daß sie in leichte Schwingungen geriet. «Ich bin geschieden, meine Frau ist wieder verheiratet und lebt in Australien. Meine beiden Kinder sind erwachsen und arbeiten in Deutschland, in Bonn und Baden-Baden.»

Es trat eine Pause ein.

«Und weiter?»

«Nichts weiter. Ich bin seit über einem Jahrzehnt in afrikanischen Ländern und mache meinen Job. Das ist alles.» Warum sollte er gerade ihr von seinen Schuldgefühlen den Kindern gegenüber erzählen oder von der Affäre seiner Frau mit Ulf, dem Entwicklungshelfer, der jetzt Lehrer in Canberra ist. Wie er beiden nachspioniert hat, sich demütigend fast bis zur Selbstaufgabe.

«Wieso gerade Baden-Baden?» unterbrach sie seine Gedanken.

«Weil nicht wenige Diplomaten ihr Häuschen in Baden-Baden haben. Ich habe dort eine Eigentumswohnung.»

Er schwieg wieder. Sie merkte, daß er weiter nichts sagen wollt und gestand sich ein, daß es ihr eigentlich genauso ging. «Ich möchte jetzt schlafen, also gute Nacht.»

Er hörte es kaum.

Das lief alles ab wie in einem Film.» Gesa von Linden schien noch heute beeindruckt zu sein. «Es klopft gestern am späten Nachmittag an mein Tor, mein Boy bringt Jesus herein. Total verschwitzt und abgehetzt, der arme Teufel, er sagt, er habe mindestens zwanzig Kilometer Dauerlauf hinter sich. Er komme aus dem Busch, sein Chief schicke ihn, er wisse, wo der tote Professor sei. Ich springe in mein Auto, er zeigt mir den Weg zu einer halb verfallenen Hütte am Stadtrand. Dort liegt ein in Blätter gehülltes umfangreiches Bündel. Aus dem Halbdunkel tritt, es war fast gespenstisch, dieser Foltergeneral. Ich bin total erschrocken, als Frau mit dem alleine, unter solchen Umständen. Aber er ist scheißfreundlich. Seine Leute hätten die Leiche gefunden, sagt er, nennt mich Sista, und sein Stamm würde dem Mann die Totenehre verweigern, weil er die Ruhe der Ahnen stören wollte. Wir könnten ihn haben. So war das, und was sollen wir jetzt machen, Herr Corell?»

«Das übliche, Frau von Linden, Zinksarg besorgen und Rückführung mit der Lufthansa.»

«Ja, und die Polizei?»

«Fekesi ist die Polizei, so ist das nun mal.»

«Ja, ist das nicht alles sehr merkwürdig?»

«Nicht merkwürdiger als vieles andere in Afrika. Sie könnten vielleicht noch Buchta verständigen, es wird ihn interessieren. Aber jetzt müssen wir zur Morgenbesprechung.»

Während der Konferenz wirkte Gesa von Linden auf Corell nervös wie immer. Das überraschende Auftauchen der Leiche wurde nur kurz diskutiert, ausführlich dagegen die Schwierigkeit, einen Zinksarg besorgen zu müssen.

«Notfalls soll Siemens einen anfertigen», sagte Gundolph Grund.

«Aber es gibt kein Zinkblech.»

«Vielleicht haben die so etwas auf Lager. Wenn gar nichts geht, müssen wir einen aus Nairobi per Luftfracht kommen lassen.» Grund blätterte weiter in seiner Post, die er grundsätzlich immer während der Frühbesprechung las. Er hörte damit auch nicht auf, als Hans Corell sagte: «Wir müssen dem AA ein Telex schikken, sie sollen eine gerichtsmedizinische Untersuchung der Leiche veranlassen», wozu der Militärattaché seine Steno-Notizen kurz unterbrach und beifällig nickte. Der Botschafter aber grummelte: «Nix da, das wissen die von 118 alleine, sonst bringen wir die nur auf dumme Fragen.»

Zielinsky schwieg während der ganzen Debatte und blickte ins Leere. Corell hatte den Eindruck, daß er Frühbesprechungen zum Meditieren benutze.

Der Botschafter verlas ein Telex des AA, wonach sich die Krise zuspitzte, weil die USA Libyen ultimativ aufgefordert hätten, den Mörder des amerikanischen UN-Botschafters zu präsentieren und sich offiziell zu entschuldigen, andernfalls stünden Vergeltungsmaßnahmen unmittelbar bevor. Es wurde dementiert, daß die USA von deutschem Boden aus Angriffsvorbereitungen treffe, wie es in Medien berichtet wurde. Wohl aber habe der US-Flugzeugträger ‹Enterprise› inzwischen die Große Syrte vor Tripolis erreicht.

«Das alles spielt sich weder in Urumbura ab, noch geht es die Leute hier überhaupt etwas an», schimpfte Hinzinger. «Ich habe dem Außenministerium gestern eine Verbalnote geschickt, sie sollen mal die Mätzchen lassen, wie Telefone abklemmen, Strom sperren und so fort, auch das Demonstrieren, sonst wird ihnen unser Außenminister die Leviten lesen, wir betrachten das als einen unfreundlichen Akt. Ich weiß gar nicht, was sich so ein Kaffern-Staat überhaupt einbildet.»

«Ich darf erneut darauf hinweisen, Herr Botschafter», mischte sich von Witzke ein, «daß die Kanzlei miserabel abgesichert ist, ganz zu schweigen von ihrer Residenz! Schlage vor, hinter der Mauer ‹Rommel-Spargeln› zu errichten.»

Der Botschafter ging nicht auf diesen Vorschlag ein, was von Witzke demonstrativ auf seinem Block festhielt, und wandte sich statt dessen an Grund. «Herr Kanzler, ich bitte Sie, heute mittag zur Residenz rauszukommen, also da sind schon wieder Disteln, vier lila blühende Disteln, im Rasen.»

Grunds runde Augen verengten sich, und sein Gesicht wirkte plötzlich gar nicht mehr gutmütig. «Herr Botschafter, das kann doch nicht Ihr Ernst sein, daß Sie den Kanzler dieser Vertretung wegen vier Disteln im englischen Rasen zu Ihrer Residenz zitieren?»

Erstaunlicherweise gab Hinzinger klein bei. «Nicht deswegen

allein, lieber Grund, in erster Linie wegen der Umbauten. Sie sind abgeschlossen, Sie sollten sich das ansehen.» Indem er seine Lesebrille gegen die Fernbrille wechselte, gab er zu erkennen, daß die Besprechung sogleich beendet sein würde.

Grund zog aus seinem Aktenbündel einen Vorgang. «Ich wollte nochmals die Lohnerhöhung von Koch Washington zur Sprache bringen, Herr Botschafter.»

Unwillig setzte Hinzinger die Lesebrille wieder auf. «Zeigen Sie her.» Er blätterte in der Personalakte, die er längst kannte. «Führen wir den Washington auf der Personal-A-Liste?»

«Washington gehört in die B-Liste, und zwar als ‹Küchengeräteeiniger›, weil die Vertretung zu klein ist, steht ihr kein hauptamtlicher Koch zu. Das AA bezahlt ihn als Hilfskraft, mehr ist nicht drin. Da er aber überwiegend für Sie kocht, sollten nach meiner Ansicht Sie die Lohnerhöhung übernehmen. Dafür spricht sich auch der Personalrat aus und schlägt 20% vor.»

«Genau», bestätigte Frau von Linden, «das habe ich nach Rücksprache mit fast allen Entsandten so formuliert.»

Hinzinger schlug die Akte zu. «Ich sehe nicht ein, warum ich diese dreißig Mark zu zahlen habe, schließlich kocht er bei allen Empfängen, und das ist dienstlich. Also beantragen Sie bei der Zentrale wegen der Besonderheiten in diesem Lande einen hauptamtlichen Koch, und erinnern Sie bei dieser Gelegenheit auch gleich an den beantragten entsandten Pförtner.» Er stand auf. «Ich sehe Sie später in der Residenz.»

In diesem Moment reichte Claudia dem Botschafter ein Telex.

Hinzinger überflog das Fernschreiben. Sein Gesicht lief dabei rot an vor Ärger. «Diese Partei muß aber auch immer umfallen! Machen Sie die Umbauten wieder rückgängig, Grund!»

Er drückte ihm das Papier in die Hand, ging raus und knallte die Tür hinter sich zu. Grund las, daß der Minister seinen Besuch wegen der derzeitigen politischen Lage nicht für opportun hielt und ein neuer Termin nicht vor dem Frühjahr des nächsten

Jahres möglich sei. Daß diese Verschiebung sogar begründet worden war, fand Grund ungewöhnlich. Der Minister sollte im Januar den Bundespräsidenten bei einem Staatsbesuch in Indien begleiten und im Februar an den KSZE-Verhandlungen in Moskau teilnehmen. Seit wann wird denn – fragte sich der Kanzler – bei der Reisebeflissenheit dieses Ministers das Vierteljahresprogramm durch nur zwei Anlässe ausgefüllt. Das hieß doch im Klartext, daß der Minister überhaupt nicht mehr die Absicht hegte, Urumbura zu besuchen.

Liza!» Corell flüsterte ihren Namen, schmiegte sein Gesicht in ihren Schoß.

Gedämpft hörte man Geräusche vom Pool. Das Nachfedern des Sprungbretts, Aufklatschen im Wasser, hier und da ein Lachen, jemand ahmte das Heulen eines Seehundes nach.

Aus dem Radio im Hotel-Nachttisch tönte leise «I am dreaming of a white christmas». Liza zog sanft seinen Kopf zu sich hoch. «Wir sind eingeladen, Hans, wir sollten jetzt duschen.»

Hans drückte verschiedene Knöpfe, um «White Christmas» zum Schweigen zu bringen, doch jeder Schalter produzierte den Song aufs neue. «Ich möchte jetzt mit dir und einer Flasche Sekt in die Badewanne gehen und nicht duschen. Müssen wir unbedingt zu diesem Mister Ngara?» Er wählte die Nummer des Room-Service.

«Darling, der Sekt kostet im Sambesi ein Vermögen, laß es bitte. Außerdem ist Howard Ngara ein interessanter Mann.»

«Schläfst du mit ihm?»

«Unsinn. Aber es wäre schade, wenn wir betrunken wären.»

«Okay, dann nur ein bißchen Sekt, einverstanden? – Room-Service? Champagne Pierre Dedet, Demi-Boutaille please, you got it?»

«Warum willst du nicht Frank Sinatra weitersingen lassen? Magst du ihn nicht?»

«Nicht besonders, aber die Weihnachtslieder gehen mir auf den Keks, vor allem wenn sie von Leuten gesungen werden, die verdächtig sind, mit der Mafia zu tun zu haben. Mir ist auch gar nicht nach Weihnachten zumute, schon gar nicht in den Subtropen.»

«Ich habe noch nie Schnee erlebt, wie fühlt er sich an?»

«Schnee schmeckt wie eisgekühltes Wasser, fühlt sich an wie gefrorene Watte und läßt wunderbar sauber aussehen, was eigentlich schmutzig ist. Ich vermisse ihn nicht.»

«Weil du ihn kennst.»

«Natürlich. Aber falls ich je wieder in Deutschland leben sollte, besuchst du mich im Winter, und wir gehen im Schwarzwald im tiefen Schnee spazieren.»

Liza lachte. «Du wirst in Afrika sterben.»

Hans erschrak. «Wie kommst du darauf?»

Liza lachte. «Als alter Mann natürlich, du wirst für immer hierbleiben. Oder du stirbst an Slim. Mit wie vielen Frauen schläfst du hier?»

«Kiboko schläft mit Swala. Das ist alles.»

«Und Swala hat Angst vor Slim.»

«Ich auch», sagte er, «an Aids möchte ich nicht sterben. Wenn auch du Angst davor hast, beruhigt mich das.»

«Und die Frauen in deinem Haus?»

Hans mußte lachen. «Mama Sara und Sono?»

«Gut, aber die Weiße? Die Deutsche?»

Daß sie von Marion wußte, erstaunte ihn, er hatte sie nie erwähnt. «Was heißt in Kiswahili Igel?»

«Magongo.»

«Sie hat Stacheln wie ein Magongo, ich kann nicht mit ihr ins Bett gehen. Aber wenn es dir komisch vorkommt, daß wir heute in das Sambesi gegangen sind, dann erkläre ich dir, daß es schwierig ist, die drei Frauen in meinem Haus zusammen wegzuschikken, um mit dir ungestört zusammensein zu können.»

Liza sah ihn prüfend an.

«Woher weißt du, daß bei mir eine Deutsche wohnt?

«In der VIP-Lounge wird viel geredet, Wichtiges und weniger Wichtiges.»

Als sie schon im Fahrstuhl standen, sagte Liza: «Es gibt viele Geheimpolizisten im Sambesi. Wir treffen uns im Café Arusha neben dem Twentieth Century-Kino.» Und als er kapierte, daß sie im 1. Stock ausgestiegen war, war der Lift bereits weiter zur Lobby gefahren.

Der Botschafter und Manfred Buchta hatten im Restaurant des Yacht-Clubs den Tisch gewählt, über dem ein in einer Flasche eingebautes Segelschiff hing. Während Buchta in dem stark klimatisierten Raum fröstelte, zog Hinzinger seinen Rock aus und lockerte die Krawatte.

«Was hast du denn, alter Junge, du bist so mürrisch. Hast Ärger mit der Sonja?»

«Ich bin ein bißchen enttäuscht, Franz-Xaver. Du hättest mir schon reinen Wein einschenken können.»

«Was für einen reinen Wein?»

«Na, daß der BND hier eine Dependence errichten will, so, als wäre meine Arbeit über zehn Jahre das Geld nicht wert gewesen.»

«Was wollen die? Ja sind die denn verrückt in Pullach? Das ist das erste Wort, das ich darüber hör, ich schwör es dir, Manfred.» Der Botschafter war ehrlich entrüstet.

«Ein Dr. Boff soll herkommen, ich weiß es aus sicherer Quelle. Hat es dir deine Zentrale noch nicht angekündigt?»

«Ehrenwort, Manfred, ich weiß davon nichts. Ich habe für den Kerl, der wahrscheinlich wie üblich mit Sekretärin und Panzerschrank aufkreuzen wird, nicht einmal Büroräume. Das hätte mir noch gefehlt, daß die Pullacher in meinem Laden rumschnüffeln, ein Militärattaché reicht mir!»

Der schmächtige Buchta war tief in sich zusammengesunken. «Ich begreif das nicht, ick hab doch gute Arbeit geleistet, meine Monatsberichte waren doch Extraklasse. Da gibt es keine Persönlichkeit von Bedeutung, über die ich nicht geschrieben habe, mit allem Pipapo, Psychogramm, Geschäftsverbindungen, Solvenz, Schwächen, Geliebte – mein Gott, nicht nur über die Deutschen und die Uris, auch über alle Ausländer, es ist ja überschaubar hier.»

«Nein, Manfred, darüber ist nicht das letzte Wort gesprochen, das versprech ich dir!»

«Dieser Boff, wie soll der denn an Informationen kommen, bei all den Quellen, die ich aufgetan habe, die mir verpflichtet sind. Für ein paar lumpige Dollar erfährst du doch alles, die meisten Minister hier fressen mir aus der Hand. Du mußt dazugehören, das bringt doch der Boff niemals. Und sie können doch nicht von mir erwarten, nach so langer Selbständigkeit, daß ich jetzt unter so einem Hauptamtlichen arbeite. Das geht doch nicht, da schmeiß ich den Bettel hin.»

«Kann ich verstehen, Manfred, kann auch keiner von dir verlangen. Ich hoffe nur, daß das nicht schon alles zwischen AA und Bundeskanzleramt festgezurrt ist. Ich schick noch heute der CSU-Landesvertretung einen Funkspruch.»

«Danke, Franz-Xaver.»

«Ich muß das klären, noch bevor ich nach Massai-Mara reise.»

Draußen ging ein tropischer Wolkenbruch nieder.

«Schau dir mal das Wetter an, Franz-Xaver. Die Mohren haben es nicht abbestellen können, weil sie ihre Kredite nicht bezahlen.»

Für nichts hatte Hans Corell einen Blick. Auch für den Blinden nicht neben dem Kino mit dem einsaitigen Instrument, aus dessen Resonanzkörper, einer blechernen Keksdose, eine monotone Melodie erklang. Liza blieb kurz stehen, um in der Geldbörse eine Münze zu suchen. Nicht weit entfernt dudelte aus einem scheppernden Lautsprecher ein X-mas-Song. Es klang nach «O hemlock-tree, how faithful are your branches». Hans achtete auch nicht auf die zwanzig Meter lang aufgereihten Gewürzberge in allen nur erdenklichen Farben. Und er bemerkte nicht, wie der junge Mann hinter einer Pfaff-Nähmaschine ihn mit einem freundlichen Lächeln einlud, sich seiner Nähkünste zu bedienen. Er hatte keinen Blick für die in einen Drahtkorb in qual-

voller Enge eingepferchten Hühner. Hans bewegte sich durch die Menschenmassen wie jemand, der alles unterdrückt, was unangenehme und somit störende Gefühle hervorrufen könnte, so auch die penetranten Gerüche oder die zahlreichen Krüppel. Er lief wie jemand, den das Gewusel auf der Straße und dem angrenzenden Mwusito-Market des Busbahnhofs nervt, dem Neugier und Entdeckerlust nach jahrelangem Aufenthalt in solchen Ländern abhanden gekommen sind und der seine Kräfte einteilt, um der brütenden Hitze standzuhalten. Das bedeutete, in gleichmäßigen Schritten zu gehen, nicht schnell und nicht langsam, genau so wie Liza neben ihm. Er verschwendete keine Gefühle an die Armut, aber seine Sinne waren wach und aufmerksam, fast automatisch konzentriert auf junge Männer neben sich oder hinter sich oder vor sich. Ging jemand dicht hinter ihm, blieb er kurz stehen und ließ sich überholen. Er suchte ständig Blickkontakt, seine Augen signalisierten: Ich weiß, daß du mich überfallen könntest, aber sei vorsichtig, überraschen lasse ich mich von dir nicht, mit meiner Gegenwehr mußt du rechnen. Das war antrainiert und verbarg gekonnt die wahre Absicht, im Falle eines Raubüberfalls völlig passiv zu bleiben, freiwillig das herauszugeben, was der Täter haben wollte.
Liza hatte, angesichts des Bettlers am Straßenrand, kurz seine Hand ergriffen und schmerzhaft gedrückt. Der Mann saß da mit leerem Blick, vielleicht dreißig, sein Körper nur dürftig von Lumpen bedeckt, aus seinem Mund zog sich ein Speichelfaden, nur mühselig hielt er seinen Oberkörper in aufrechter Stellung, kämpfte gegen das seitliche Wegkippen an. Er saß auf einigen Pappestreifen, die von seinem Urin durchtränkt waren. Hans riß Liza fast gewaltsam weiter.

Auf dem Markt dann ein schönes Bild: Frauen, in schonem aufrechten Gang, die hintereinander hergingen und Bastkörbe auf dem Kopf trugen, die über der Menschenmenge zu schweben schienen. Die Schlangenlinie hinter den Körben setzte sich zu ihrer Überraschung mit Familie Buchta fort. Vorweg gingen die beiden Kinder Sabine und Norbert, es folgte ein vielleicht zwölfjähriger einheimischer Junge als Gepäckträger, der zwei schwere Einkaufstaschen durch die Menschenmassen wuchtete, ihm folgte, mit leeren Händen, Manfred Buchta, hinter ihm ging seine Frau.

Hans und Liza blieben kurz stehen, um ihren Weg nicht zu kreuzen.

«Nur Esel und Weiße gehen in der Sonne», sagte Liza. Sie hatte ihre Hand in die seine geschoben, so schlenderten sie weiter bis zu der Stelle, wo er den VW geparkt hatte. Hans gab den beiden Jungs, die dort für gewöhnlich seinen Pkw beaufsichtigten und auch wuschen, selbst dann, wenn Mike es eine Stunde vorher bereits getan hatte, einen Urumbura-Shilling. Sie winkten ihn aus der Parklücke, hielten den Marktverkehr an, eine einachsige Karre, die von einem Maulesel gezogen wurde, salutierten, und er fuhr mit einem Geräusch davon, das auf mehrere Löcher im Auspufftopf schließen ließ.

Hans fühlte leichte Übelkeit und hatte Kopfschmerzen. Liza dirigierte ihn in die Mto-wa-Mbu-Road. «Das heißt Fluß-der-Mücken-Straße», erklärte sie ihm. Vor der Pharmacy hielten sie an. Eine etwa fünf Meter lange Warteschlange aus Urumburis, überwiegend Frauen, wich zur Seite, beziehungsweise bildete in dem Verkaufsraum eine Gasse für den Weißen, der Apotheker unterbrach auch sofort die Bedienung eines Einheimischen. «Sie wünschen, Mister?»

«Je una aspirini?» Hans versuchte sich in Kiswahili.

Aus dem bedauernden Gesichtsausdruck und dem Deuten auf die überwiegend leeren Regale schloß Hans, daß es wohl kein Aspirin zu kaufen gab, auch wenn er die Erklärungen des Apothekers nicht verstand.

Dann war es Abend geworden, und sie saßen bei den Ngaras auf der Terrasse. Der Strom war ausgefallen, und eine zu einer Öllampe umgearbeitete Libby's-Milch-Dose verbreitete ein uriges Licht und einen würzigen Geruch, der offensichtlich auch Moskitos fernhielt.

Die Unterhaltung pendelte zwischen Kiswahili und Englisch

hin und her, bezog ihn ein und klammerte ihn aus, er trank Becks-Bier und genoß, daß die Terrasse nicht durch Gitter begrenzt war und man ungehindert auf den Rasen gehen konnte. Das ist kein goldener Käfig der Reichen, dachte er. Kopfschmerzen und Übelkeit waren verflogen, seit Frau Ngara ihm zuerst Melisse-Tropfen auf die Schläfen geträufelt und dann einen Melisse-Tee zu trinken gegeben hatte.

Corell beobachtete Liza an seiner Seite. Noch vor Stunden hatte er sie in seinen Armen gehalten, ein warmes, zärtliches Gefühl durchströmte ihn bei dem Gedanken. Warum ging sie ausgerechnet mit ihm ins Bett? Warum war sie noch frei, sie hätte doch ohne weiteres die Frau eines Ministers sein können. Jetzt drehte sie ihren Kopf, daß die langen Ohrringe klimperten.

«Howard hat gerade gesagt, daß wir in Urumbura ganz elementare Dinge nicht begriffen haben, solange eine Landfrau ihre Apfelsinen auf dem Markt verkauft, um anschließend mit dem erlösten Geld in der Apotheke Vitamin-C-Tabletten für ihre Kinder zu holen.»

«Aber zur Zeit gibt es selbst das nicht zu kaufen», fügte Ngara hinzu – «leider. Wenn ich im Gesundheitsministerium wirklich etwas zu sagen hätte, ich würde den Arzneimittelhandel gesetzlich beschränken. Es dürften nur die Medikamente verkauft werden, die für die Grundbedürfnisse unserer Bevölkerung notwendig sind. Die UN hat festgestellt, daß es sich um 270 Medikamente, man nennt sie ‹Primary Health Care›, handelt.

«Und warum tun Sie es nicht?» fragte Corell.

«Ich bin zwar Abteilungsleiter, doch der Bruder meines Staatssekretärs ist urumburischer Generaldirektor von Ciba Geigy, genügt Ihnen das als Antwort?»

«Wir haben noch ein schlimmeres Problem», fuhr er nach kurzem Nachdenken fort, «wir subventionieren bestimmte Medikamente, die deshalb vom Markt verschwinden, sie werden in Nachbarländer geschmuggelt, wo sie teurer über den black market verkauft werden.»

«Kontrollen?» Corell hätte sich die Antwort denken können.

«Unsere Grenzen sind Urwald, Sambesi-River und Lake Victoria. Oder Guerilla-Gebiet. Wie soll man das kontrollieren?»

9

Das Klirren einer Glasscheibe riß Wolfram Nagel aus dem Tiefschlaf. Für einen kurzen Augenblick wollte er dem Zweifel nachgeben und das Geräusch zum Teil eines Traumes machen, um weiterschlafen zu können. Früher bei der Bundeswehr wäre das möglich gewesen, doch jetzt signalisierte sein Hirn Alarm. Er richtete sich auf und war wach. Mit den Worten: «Carmen, da war was!» weckte er seine Frau und glitt aus dem Bett. «Laß das Licht aus!»

Er schaute aus dem Fenster des ersten Stocks in den Park vor seinem Haus. Eine Gänsehaut richtete seine Nackenhaare auf. Es schien unglaubhaft, was er sah, nicht zählbare schwarze Figuren glitten durch das Gelände auf das Haus zu, wie Schatten, sich kaum vom Hintergrund abhebend. Waren es zehn oder zwanzig? «Verdammt!» preßte er hervor und riß den Schrank auf. «Hol die Kinder rüber, ist das Gitter zu?»

«Was ist denn los?» fragte Carmen schlaftrunken.

«Überfall, mach schon!» Er griff nach der Schrotflinte im Schrank und prüfte, indem er den kurzen Lauf abknickte, ob Patronen in Magazin und Ladekammer waren. Er hatte die Waffe aus Südafrika mitgebracht, wo fast jeder Weiße über eine Flinte dieser Art verfügte.

«Die Stahltür ist zu, wo ist der Schlüssel?» flüsterte Nagels Frau.

«Auf meinem Nachttisch, beeil dich!»

Sie schloß die Türe auf, lief durch den Flur zum Kinderzimmer, öffnete deren Stahltür mit demselben Schlüssel, während Wolfram Nagel zum Treppenaufgang hastete. Er hörte, wie im Erdgeschoß Fensterscheiben eingeschlagen und die Haustürklingel ununterbrochen betätigt wurde. In diese Geräusche mischte sich jetzt Gebrüll von Männern, Rufe in Kiswahili, darunter in Englisch: «Open the door!» Das schwere Eisengitter, das von der Decke heruntergeklappt wurde, um den Treppenaufgang zwischen Erd- und Obergeschoß zu versperren, war heruntergelassen. Nagel prüfte das Schloß, es war versperrt. Er lief zurück in das Schlafzimmer, wohin inzwischen seine Frau mit den drei Kindern zurückgekehrt war. Carmen wollte die Stahltüre verschließen. «Laß sie vorläufig offen.» Dann zu den Kindern: «Ihr braucht keine Angst zu haben, sie können nicht hochkommen, es wird uns nichts passieren.» Das Jüngste fing an zu wimmern.

Nagel lief erneut zum Fenster. Er sah, daß sie mit Eisenstangen und Macheten bewaffnet waren. Schläge erschütterten das Haus, unterbrochen von knirschenden Geräuschen.

«Hier Nagel, hier Nagel: Überfall auf mein Haus, etwa zwanzig Leute, sie versuchen einzudringen, schlagen mit Eisenstangen ein Loch in die Mauer, wollen die Vergitterung herausbrechen. Wer kann mich aufnehmen? Ich habe keine Telefonverbindung. Mein Telefon ist gestört, wer kann mich hören?» Er ließ das Funkgerät sinken, eilte wieder in den Flur. Verstärkter Lärm hallte ihm entgegen.

Hans Corell fühlte sich über alle Maßen wohl, als sich Liza an ihn kuschelte, er hatte den Arm um sie gelegt. Die Unterhaltung mit den Ngaras wurde mal wieder in Kiswahili geführt, so überließ er sich seiner träumerischen Stimmung. Seinen Blouson hatte er über einen Stuhl gehängt, er streckte die Beine von sich. Plötzlich sagte Liza: «Aus deiner Jacke kommt eine Stimme, sie klingt sehr aufgeregt.»

Widerwillig holte Corell das Walky-Talky hervor, er war dienstlichen Angelegenheiten so weit entrückt, daß er ernsthaft überlegte, ob er sich wirklich melden solle. Ohnehin hatte er kein Wort verstanden, und die Durchsage war bereits beendet, als er seine Jacke erreichte, aber der Tonfall, den er wahrgenommen hatte, klang besorgniserregend.

«Hier Corell, bitte wiederholen.»

Jetzt meldete sich Nagel, in knappen atemlosen Sätzen schilderte er die Situation. Beide kannten sich nicht, Hans stellte sich kurz vor: «Ich gehöre auch zur Botschaft, warten Sie, ich verständige erst mal die Polizei.»

«Okay, danke», stieß Nagel hervor. Aus dem anschwellenden Lärm konnte er erkennen, daß die Angreifer immer wütender wurden. «Verdammtes Nigger-Pack», entfuhr es ihm, und da er die Sprechtaste noch gedrückt hatte, konnte Corell seinen Fluch mithören.

«Wen könnte ich anrufen?» dachte Corell laut. «Die Central-Police-Station in der City? Geht hier das Telefon?» Er wirkte hektisch, so daß Liza ihn energisch bitten mußte, erst einmal zu sagen, was eigentlich vorgefallen sei.

Als sie die Lage erfaßt hatte, sagte sie ruhig: «Du rufst zuerst viermal die Vier an, das ist die Emergency-Nummer, und dann Fekesi. Das Telefon hier funktioniert.»

«Gut, aber vielleicht ist es besser, wenn du in eurer Sprache mit Fekesi sprichst», sagte Hans zu Liza.

Sie schüttelte den Kopf. «Das geht nicht.»

Es gab zwei Eingänge, den an der Auffahrt mit den beiden Türflügeln und hinten den zur Küche. Das Scherengitter am Haupteingang ist sehr stabil, überlegte Nagel, auch die Eisentür zur Küche. Also werden sie es über die Fenster schaffen, denn die Gitter dort aus dem Mauerwerk herauszubrechen wird ihnen gelingen, zumal mit der Hebelwirkung langer Eisenstangen, das ist nur eine Frage der Zeit. Vielleicht hätte er doch gleich schießen sollen, als sie sich anschlichen. Aber das wäre riskant gewesen. Er stand oben am Treppenabsatz des Erdgeschosses und lauschte angestrengt, versuchte die Geräusche zu differenzieren. Es konnte lebensentscheidend sein, zu wissen, ob sie noch draußen waren oder bereits von innen angreifen konnten. Das Gitter hier oben dürfte nicht so leicht zu knacken sein. Außerdem saß er mit seiner Flinte, eine kleine Kiste mit 50 Schrot-Patronen neben sich, dahinter. Wenn sie im Nebengebäude die Leiter fänden, könnten sie vielleicht auf das Dach und von dort durch die

Decke. Okay, überlegte er, aber auch dann müssen sie immer noch an mir vorbei. Es sei denn, jemand hätte doch eine Schußwaffe. Er nahm sich zusammen, um cool zu bleiben.

«Yes, Mister, ich habe verstanden, aber die Central-Police-Station hat kein Fahrzeug. Es tut mir leid, Sir, German Embassy, ja, ja, aber keine Transportation, so hören Sie doch. Können Sie nicht mit Ihren Fahrzeugen kommen, uns hier abholen? – Der Polizeiposten im Stadtteil Mantana? Doch, er ist besetzt, selbstverständlich, mit zwei Mann, aber er hat kein Telefon. Nein, kein Telefon, auch keinen Funk. Und auch kein Auto. Er hat gar nichts, und wir hier haben auch gar nichts. Sie dürfen nicht so brüllen, Sir, ich habe verstanden, es sind zwanzig Mann dort, aber keine Transportation.»

Gesa von Linden hatte die nächtliche Funkdurchsage ebenfalls gehört. Sie versuchte zu antworten, bekam aber keine Verbindung. Daraus schloß sie, daß die Batterien ihres Walky-Talky zum Senden zu schwach seien, und machte sich daran, aufgeladene Batterien zu finden. Sie hatte drei Stellen im Kopf, wo sie liegen könnten.

Es knirschte laut, Scherben barsten, jemand sprang irgendwo runter, es war vermutlich in der Erdgeschoßdiele. «Jetzt sind sie drin», rief Nagel seiner Frau zu, «jedenfalls der erste.»

In der Residenz des Botschafters schaute der Nachtwächter wie beschwörend das Funkgerät an. Es hatte ihn zwar geweckt, aber er wußte nicht, ob er gerufen worden war. Aufgrund seiner schlechten Deutschkenntnisse wagte er auch nicht, einfach nachzufragen. Er hatte nichts verstanden und hoffte nun, daß die Durchsage wiederholt würde. Doch offensichtlich wollte man nichts vom Botschafter und damit auch nichts von ihm. Beruhigt zog er sich wieder in die Ausbeulung der Sitzfläche eines ausgedienten Korbsessels zurück und legte die Beine hoch.

«Ich schlage vor, wir fahren zu Grund, das ist am nächsten, er dürfte auch die Nummer von Fekesi haben.» Howard Ngara war anderer Ansicht. «Wir fahren besser mit meinem und Ihrem Auto zur Central-Police-Station und holen die Polizisten ab.»

Corell versuchte noch einzuwenden, so richtig auf Trab könne die doch nur ihr vorgesetzter General bringen, aber er gab nach, als Ngara sagte: «Wir verlieren zuviel Zeit. Was ist, wenn Ihr Kanzler die Nummer Fekesis nicht hat? Außerdem ist sein Telefon, wie bei Ihnen allen, gestört.»

«Gut, Howard, fahren wir.» Ein alter VW und ein rostiger Peugeot starteten mit Vollgas. Vor ihnen lagen mindestens vier Roadblocks.

Gejohle signalisierte Nagel, daß die Bande irgendeinen Weg ins Haus gefunden haben mußte. Dann das Quietschen, wie wenn das Scherengitter zurückgeschoben würde. Verflucht! Sie haben in der Diele den Schlüssel in dem Kasten hinter dem Vorhang entdeckt. Jetzt wird die ganze Nigger-Meute in das Haus eindringen können.

Marcel Zielinsky schlief zu diesem Zeitpunkt fest im Whisky-Rausch. Und Kanzler Grund bemerkte von den Ereignissen auch nichts. Sein Funkgerät war leise gestellt, weil das permanente Rauschen Ehefrau Hannelore im Schlaf störte. Henning von Witzke war nicht in seinem gesicherten Schlafzimmer, wo das Gerät angeschlossen war, sondern im Bett seiner Frau.

«Verstanden», quittierte Nagel die Durchsage von Corell, er sei auf dem Weg zur Polizeistation. Ihm war klar, daß die Polizei so oder so zu spät kommen würde, er war also auf sich selbst angewiesen.

Der Geräuschpegel im Erdgeschoß schwoll schlagartig an. Nagel fiel plötzlich ein, daß es ein Fehler sein könnte, wenn er nicht seinen Revolver zur Hand hätte, falls das Magazin der Schrotflinte leergeschossen wäre und die Situation kein Nachladen erlaubte. Er rannte zum Schlafzimmer zurück und riß seinen Colt Cobra aus der Nachttischschublade. Mit den Worten: «Alles okay, regt euch nicht auf!» stürzte er wieder zum Treppenabsatz.

«Nagel für Linden kommen!» Gesa versuchte es immer wieder, sie hatte mitgehört, daß Hans Corell auf dem Weg zur Polizei war, mit ihrem Ruf kam sie jedoch nicht durch. Die Ersatzbatterien waren unauffindbar, sie zog eilig ihren Jeans-Anzug an, weckte den Nachtwächter, damit er ihr das Tor öffne, und fuhr los.

Nagel hielt die Waffe im Anschlag. Es war klar, daß das Gejohle der Eindringlinge dem Durchstöbern der Erdgeschoßräume galt und daß unten jeden Moment einer auftauchen würde. Für Nagel gab es keine Sekunde des Überlegens, gar des Zweifelns, darüber, daß er in diesem Fall sofort schießen mußte, das war die einzige Sprache, die die Banditen verstanden. Es packte ihn sogar eine Art Jagdfieber, er würde ihnen schon zeigen, daß sie sich nicht ungestraft an seinem Eigentum vergreifen könnten. Sie sollten ihm nur vor die Flinte kommen, dann wüßten sie, was die Stunde geschlagen hat!

Hans Corell folgte dem Stopp-Zeichen des ersten Kontrollpostens, Ngara hielt hinter ihm an.

«Aussteigen! Hände auf das Wagendach! Beine breit!» Ein grobschlächtiger Kerl in Uniform durchsuchte ihn.

«Ich bin Diplomat!»

«Halt die Fresse, Mann, das kann jeder sagen, es ist Sperrstunde!»

Er mußte den Kofferraum öffnen. Hans sah, daß Ngara dergleichen Tortur unterzogen wurde. Er hielt seinen Diplomatenpaß hin und verwies auf das Diplomatenkennzeichen am Auto.

«Das kann alles geklaut sein, hier klaut doch jeder. Warum fährst du in der Gegend herum?»

Hans berichtete kurz, warum sie auf dem Weg zur Polizei waren und erwähnte auch General Fekesi. Letzteres bewirkte, daß sich die beiden Doppelposten kurz berieten. Dann erhielt Hans seinen Paß ausgehändigt und konnte weiterfahren. Howard Ngara wurde zurückgeschickt.

«Nagel für Corell kommen.»

«Hier Nagel.»

«Bin jetzt nur noch alleine auf dem Weg zur Polizei, kann im VW-Käfer höchstens fünf Polizisten aufnehmen, wie ist die Lage?»

In diesem Moment sah Nagel am unteren Treppenabsatz einen Schatten, er ließ das Funkgerät fallen, es rutschte jenseits des Gitters die Stufen herunter, er riß die Waffe hoch und schoß. Der laute Knall war ohrenbetäubend, brach sich in den verschiedenen Räumen, gefolgt von einer sekundenlangen Stille. Dann, wie ein Aufheulen, die zigfach verstärkten Stimmen der Eindringlinge, gefolgt von einem Lärm, wie wenn alles kurz und klein geschlagen würde.

Bis zu diesem Zeitpunkt war es Carmen Nagel gelungen, die Kinder einigermaßen zu beruhigen, ihre eigene Angst zu verbergen. Was sich aber jetzt da unten abspielte, ging über ihre Kraft, sie begann zu zittern, das übertrug sich sofort auf die Kinder, sie fingen an, laut zu weinen.

Gesa von Linden wohnte nicht weit entfernt und parkte jetzt ihr Auto in einer Querstraße, etwa fünfhundert Meter vom Nagelschen Haus entfernt. Es war stockdunkel, keine der Straßenlampen brannte. Sie kannte sich aber in der Gegend aus, ging mitten auf der Straße, weil sie von den eingebrochenen Kanalisationsröhren auf dem Gehweg wußte, Löchern, die wie Fallen wirkten. Wenn hier und da hinter hohen Mauern Häuser von Halogenstrahlern beleuchtet wurden, hellte sich auch ihr Weg auf, so daß sie die Schlaglöcher erkennen konnte. Irgend etwas trieb sie vorwärts, sie gab sich keine Rechenschaft darüber ab. Das Haus der Familie Nagel war jetzt nur noch zwanzig Meter entfernt.

Hans Corell überlegte, wie er sich, um Zeit zu gewinnen, bei dem nächsten Kontrollposten verhalten müsse. Er holte aus dem VW das Letzte heraus, so daß der Käfer wie ein Floh über die Unebenheiten der Straße hüpfte. Leichte Panik erfaßte ihn, als die Funkverbindung abbrach. Er wußte, daß die Nagels kleine Kinder hatten, und auch, daß es bei solchen Bandenüberfällen zu schrecklichen Vergewaltigungen kommen konnte.

Nagel schoß erneut. Dieses Mal zur Abschreckung. Er wollte nicht den geringsten Zweifel an seinem Verteidigungswillen aufkommen lassen. Wieder unterbrach der Geschoßknall den Lärm der Bande für Sekunden. In dieser Pause schepperte das Jagdhorn zu Boden, das, durch Schrotkugeln getroffen, von der Wand im Treppenhaus fiel. Wolfram Nagel wußte nicht, ob sein erster Schuß einen der Verbrecher getroffen hatte.

«Nagel für Corell kommen.» Mehrfach hörte Nagel, wie ihn Corell rief, aber das Funkgerät war für ihn unerreichbar, es lag eine Stufe vor dem unteren Treppenabsatz. Er sah keine Chance, es holen zu können, denn das Gitter kurzfristig zu öffnen barg zu große Risiken. Als ehemaliger Bundeswehrsoldat wußte er: Das Funkgerät ist fast so wichtig wie die Waffe. Wenn er Carmen Feuerschutz geben würde, könnte sie vielleicht...? Aber dann drehen die Kinder ganz und gar durch.

Gesa von Linden hatte sich vorsichtig dem Haus genähert. Sie erkannte, daß ein Lkw davor stand und daß mehrere Leute hin- und herliefen und ihn beluden. Sie drückte sich in den Schutz einer Hecke, schaltete ihr Walky-Talky ein, rief abwechselnd Nagel und Corell, erhielt jedoch keine Antwort.

Die Kinder weinten nun still in sich hinein. Carmen Nagel war es gelungen, ihre eigenen Tränen zu unterdrücken. Sie versuchte beruhigend auf die drei einzuwirken, sagte, daß sie hier oben in Sicherheit seien, daß Papa schießen müsse, damit keiner der bösen Männer von unten nach oben kommen könne, daß sicher bald Hilfe eintreffen würde und es nicht so schlimm sei, wenn unten alles kaputt ginge, das meiste Spielzeug sei doch hier oben.

«Aber nicht meine Lieblingspuppen», schluchzte Corinna, «die sitzen alle unten im Wohnzimmer auf der Couch.»

«Diese Männer interessieren sich ganz bestimmt nicht für deine Puppen», tröstete Carmen.

«Und mein Fahrrad draußen, es stand am Tor?» fragte der schluchzende Martin.

«Wir kaufen ein neues, es ist nicht so schlimm, außerdem sind wir ja versichert.»

«Es dauert aber ein halbes Jahr, bis ein neues Fahrrad hier ist.»

«Nein, Martin, wir werden Herrn Glattmann bitten, eins von der Lufthansa mitbringen zu lassen, sogar ein Mountainbike.»

Ein neues Geräusch beunruhigte Nagel. Es hörte sich an, als würde irgendwo versucht, die Decke durchzubrechen. Er konnte nicht ausmachen, ob es im Gästezimmer oder im Bügelzimmer war. Das wäre fatal, denn wenn sie von dort und gleichzeitig im Treppenhaus angreifen... Wahrscheinlich haben sie keine Schußwaffen, sonst hätten sie längst zurückgeschossen. Aber Feuer legen, verdammt, das könnten sie jederzeit... Er beschloß, auf keinen Fall noch mal ohne Notwehr zu schießen, er wollte die Kerle nicht reizen.

Hans Corell hatte die verzweifelte Ahnung, daß alles schieflaufen würde, als er bei dem zweiten Kontrollposten anhielt, die Scheibe herunterließ und die ekelhafte Alkoholfahne roch.

«Aussteigen!»

Es gelang ihm nicht einmal im Ansatz, dem Mann in seiner zerlumpten Uniform klarzumachen, daß er schnellstens zur Polizeistation müsse.

«Hast du Whisky?» fragte er stereotyp und unterstrich seine Frage mit einem Schnellfeuergewehr amerikanischer Herkunft, dessen Lauf er mal in Richtung von Corells Gesicht, mal in Richtung des Bauchs hielt.

«Steig ein, wir fahren erst zur Polizei, und dann holen wir bei mir daheim Whisky.»

«Okay, Mann», sagte der Typ, warf seine Waffe auf den Rücksitz, ließ sich in den Beifahrersitz fallen und wollte die Tür bereits zuschlagen, als sein rechtes Bein noch draußen heraushing.

Aus einiger Entfernung hörte Gesa in ihrem Versteck ein Fahrzeuggeräusch. Es waren wohl zwei Autos, zwei Lkws. Sie haben vor, den gesamten Hausstand auszuräumen, dachte sie und versuchte es nochmals mit dem Walky-Talky. Die beiden Fahrzeuge kamen rasch näher, fuhren mit hoher Geschwindigkeit. Ihre aufgeblendeten Scheinwerfer hielten direkt auf sie zu, und sie hatte das Gefühl, als sei die Hecke durchsichtig wie ein Fischernetz, in dem sie hilflos zappelte. Sie drückte sich tiefer in das Buschwerk. Mit quietschenden Bremsen stoppten die Lkws vor dem Haus, einer vor und einer hinter dem dort bereits geparkten Auto. Laute Stimmen. Kommandos. Uniformierte sprangen ab, eröffneten sofort das Feuer. Gesa ließ sich instinktiv zu Boden fallen und machte sich ganz klein. Man hörte Schreie davonlaufender Männer, dann immer wieder Schüsse. Jetzt plötzlich die Stimme eines Mannes, die sie kannte. Es war Manfred Buchta.

«Dahinten rechts läuft einer, halt drauf, Junge, jetzt ist er hinter der Regentonne. Da ist noch einer, schieß, Junge, schieß doch, zwischen den beiden Bäumen, Volltreffer, genau so ist's richtig, mein Junge. Eine Schachtel Bier für jeden, den du erwischst, das versprech ich dir!»

Am Morgen nach der Schießerei kam es im Büro des Kanzlers spontan zu einer Morgenbesprechung vor der Morgenbesprechung. Grund gab offen zu, daß er sein Funkgerät leise gestellt habe, weil Hannelore bei dem Knacken, Rauschen nicht schlafen könne.

Probleme mit solcher Offenheit hatte verständlicherweise der Militärattaché. Es wäre seine Stunde gewesen, wenn er nicht geschlafen, schlimmer noch nach seiner Meinung: beigeschlafen, hätte. Den Sieg hatte Manfred Buchta davongetragen. Schon einmal, damals bei der Polizeihilfe, hatte ihm der Buchta den Erfolg vor der Nase weggeschnappt.

«Ich frage mich, wie Buchta einen ganzen Zug Militär auftreiben konnte», sagte Corell bewundernd.

«Es war kein Zug, Herr Kollege, sondern eine Kompanie», erklärte von Witzke spitz. «Bei uns hat eine Kompanie mindestens hundert Mann, in Urumbura ist die Soll-Stärke genauso ausgelegt, die Ist-Starke beträgt aber vielleicht dreißig Mann.»

Wolfram Nagel sagte, das sei ihm völlig wurscht. «Hauptsache, er war da. Ich frage mich, woher er das wußte?»

«Er hat von der Botschaft kein Funkgerät», sagte Grund, «das wollte auch schon der Botschafter wissen. Es dürfte zu seiner Münchner Ausrüstung gehören.»

«Er besitzt sogar ein Mehrkanal-Gerät», erwähnte Zielinsky und ließ offen, woher sein Wissen stammte.

«Wie geht es deiner Frau und den Kindern, Wolfram?» fragte Gesa von Linden.

«Sie werden's überleben, danke der Nachfrage. Übrigens hat der eine Polizist gesagt, als er die Blutspuren sah: Schade, daß du ihn nicht richtig getroffen hast. Also ohne die Schrotflinte, kann ich euch sagen, hätte ich schlecht ausgesehen. Die in Südafrika wissen schon, wie man das macht.»

Von Witzke glaubte, jetzt doch eine Erklärung abgeben zu müssen. «Es tut mir leid, daß ich bei meinen guten Beziehungen zu den hiesigen Streitkräften nicht zur Verfügung stand. Ich konnte bei der Hitze nicht schlafen und habe im Salon Schallplatten gehört, sorry, Herr Nagel. Ich hoffe, es ist Ihrer traditionellen Freundschaft zur Bundeswehr nicht abträglich.»

«Herr Oberstleutnant, ich war nicht bei den Panzern, sondern bei der Infanterie. Und die war immer im Dienst.»

Jetzt war von Witzke beleidigt, woraufhin ihm Nagel lachend auf die Schulter hieb.

«Wo warst du denn heute Nacht, Marcel, im Club Orchidee?» fragte Grund.

Zielinsky schaute spöttisch. «Um es mit Nietzsche zu sagen, am Ende werden alle deine Leidenschaften zu Tugenden und alle deine Teufel zu Engel.»

Kurz danach begann die offizielle Morgenbesprechung. Der Botschafter tobte, brüllte, raste. «Wenn hier jemand die Zentrale anruft, dann bin ich das, merken Sie sich das ein für allemal, Corell!»

Hans Corell war sauer, er hatte Schaden von Botschaft und AA abwehren wollen, denn es wäre peinlich gewesen, hätte der BND beim AA scheinheilig angefragt und dort wäre man ahnungslos gewesen.

«Merken Sie sich, in solch grundsätzlichen Angelegenheiten und überhaupt informiere ich und niemand sonst!» tobte Hinzinger.

«Herr Botschafter, ich hatte Bereitschaftsdienst, und außerdem bin ich der Sicherheitsbeauftragte.»

«Und ich bin hier der Botschafter, ist das klar?!»

Allen war noch etwas ganz anderes klar, denn der Durchschlag des Telex hatte längst die Runde gemacht. In diesem Papier war auch das Urlaubsgesuch des Chefs abgelehnt worden. Im AA-Jargon wurde das natürlich viel diplomatischer formuliert, ...bitten wir Sie im Hinblick auf die angespannte Sicherheits- und politische Lage... – Aus mit der Weihnachtsjagd. Klammheimliche Freude.

«Außerdem ist der Nachtwächter, dieser dämliche Kerl, zu entlassen!» Hinzinger wirkte lächerlich.

Gundolf Grund reagierte auf die Entlassungsforderung nicht, und Zielinsky, der ausnahmsweise einmal nicht meditierte, kritzelte etwas auf einen Zettel und schob ihn dem Kanzler hin. Der entzifferte: «Kein Handlungsbedarf».

Auch von Witzke wollte noch etwas loswerden: «Ich will noch erwähnen, Herr Botschafter, ich weiß nicht, ob jemand sonst heute morgen die ‹Deutsche Welle› gehört hat, daß die Amerikaner über der Großen Syrte eine libysche MIG 23 abgeschossen haben.»

«Was geht das uns an?» erwiderte der Botschafter, packte seinen Kram zusammen und hob die Frühbesprechung verärgert auf.

IV

Ich habe zwei Gründe, zum Flughafen zu fahren, um die VIP-Lounge kennenzulernen. Erstens ist sie der Tatort, hier ist Professor Degenhardt ermordet worden, zweitens will ich versuchen, mehr über Liza zu erfahren. Ich bin nämlich auf ein interessantes Phänomen gestoßen: Alle kennen und lieben Liza, aber niemand weiß eigentlich etwas über sie.

Am Parkplatz in der Nähe des Terminals zeigt mir Mike die Stelle, an der das Attentat auf Hans Corell verübt worden ist. Der Krater wurde mit Schotter aufgefüllt, im Umkreis von zwanzig Metern sieht man noch Schmauchspuren und verbranntes Gras.

Es berührt mich, daß ich an dem Platz stehe, der für Hans überraschend der Todesort wurde. Oder nicht überraschend? Ich stelle ihn mir für einen Moment vor, sein oft verschmitztes Lachen, aber auch den müden Zug um seine Augen, als er in Wiesbaden seinen Abschiedsbesuch machte. Er war einer, der sich scheinbar immer einen Ausweg einfallen ließ, wenn er in Schwierigkeiten kam. Aber was hier geschah, war unwiderruflich.

Ich lenke mich ab und schieße einige Fotos. Prompt eilen zwei Uniformierte herbei, ich kenne diese Entschlossenheit im Gehabe, so geben sich Polizisten, wenn sie jemanden festnehmen wollen. Mike fühlt das auch und empfängt sie mit einem energischen Wortschwall in Kiswahili. Als sie weiter in meine Richtung gehen wollen, stellt er sich ihnen sogar in den Weg. Seine Entschlossenheit beeindruckt sie, ich packe inzwischen den Fotoapparat in die Tasche. Sie streiten eine Weile, wobei sie immer wieder in meine Richtung zeigen. Ich bitte Mike, mir zu sagen, was eigentlich los sei.

«Das Fotografieren ist im Flughafenbereich verboten. Erst wollte man Sie mitnehmen. Jetzt geht es nur noch darum, daß die beiden die Kamara mit dem Film fordern.»

Ich schüttele den Kopf, es amüsiert mich sogar ein bißchen, daß sie auf diese dreiste Tour die Kamera kassieren wollen. «Sag ihnen, daß ich noch in dieser Woche General Fekesi treffe und er dann entscheidet, ob ich Kamera und Film behalten kann.»

Wie erwartet, beeindruckt sie der Name Fekesi, mit so einem haben auch die eigenen Leute lieber keine Probleme. Mike gibt jedem mehrere Zigaretten, die er einer Schachtel entnimmt. Sie grüßen lässig und gehen davon. In diesem Moment wird mir bewußt, daß ich mich eigentlich auf dieselbe miese Ebene begeben habe, die ich sonst verurteile. Ich habe mich benommen wie ein arroganter weißer Polizist, der zwei schwarze Kollegen nicht für voll nimmt, der seine diplomatischen Privilegien und Beziehungen zu hochrangigen Leuten ausspielt und schließlich die Sache mit ein paar Zigaretten bereinigt. Ausgerechnet der Foltergeneral war mir dafür gut genug. Und diese Mechanismen haben sich bereits so eingespielt, daß Mike automatisch in meinem Sinne ‹funktionierte›. Ich ärgere mich über mich selbst und bin jetzt schlecht gelaunt.

Ich bitte Mike, mit mir zur VIP-Lounge zu kommen. Er sagt, der Aufenthalt von Fahrern sei dort unerwünscht, und er könne auch gar nichts beitragen, weil er in der Mordnacht das Gepäck und die Paßformalitäten für Herrn Corell erledigt habe. Deshalb wollte er beim Auto bleiben.

Die VIP-Lounge heißt jetzt «Ngoro-Ngoro-Bar». Sie wurde offensichtlich renoviert, es riecht noch nach Farbe. Ich setze mich an den Tresen und bestelle bei der Frau eine Cola. Ich bin der einzige Gast. Automatisch greife ich zur Zigarettenpackung, obwohl ich nicht mehr rauchen will.

Die Frau dürfte die neue Chefin sein, ich stelle mich als Mitarbeiter der deutschen Botschaft vor.

«My name is Pamela Bumula», sagt sie freundlich. Alle würden sie Pam nennen.

Ich wundere mich über das viele Personal, denn es sind noch zwei Kellnerinnen und zwei Kellner da.

«In zwei Stunden kommt die Lufthansa aus Nairobi an», erklärt Pam, «das müssen wir vorbereiten.»

«Sie sind sicher die Nachfolgerin von Liza?» frage ich.

Sie nickt und lächelt.

Ihr Haar ist in schwarzen Strähnen gelackt, sie hat ein angenehmes, harmonisches Gesicht, freundliche, lachende Augen, lila gefärbte Lippen und eine leichte Stupsnase. Eine große, stattliche Frau.

«Wie geht es Liza in Deutschland?»

Sie zuckt mit den Schultern und gibt irgendeine Anweisung in Kiswahili an einen der Kellner.

Eigentlich ist es ungeheuerlich, daß Degenhardt hier unter den Augen des Botschafters, Zielinskys und Corells umgebracht worden ist.

Ich weiß nicht, wie ich Pam zum Reden bringen könnte. Sie ist freundlich und abweisend zugleich. Ich versuche es zunächst einmal mit der üblichen Smalltalk-Masche und frage sie, ob sie schon einmal auf einem Empfang unserer Botschaft gewesen sei.

«Of course, auf dem Sommerfest im letzten Jahr, im Garten der Residenz von Excellency.» Und sie schwärmt von dem wunderschönen Park mit dem Pool, der angenehmen Atmosphäre und von Frau Hinzinger, die eine wunderbare Frau sei. Zur Zeit weile ja der Botschafter mit seiner Gattin in Deutschland, und sie freue sich schon jetzt auf die Rückkehr von Margarete Hinzinger.

Pam hat sehr schlanke, geschmeidige Hände. Sie unterstreicht ihre Worte mit eleganten Bewegungen der Finger, fast mit tänzerischen Gesten. Diese Frau strahlt Eleganz und Harmonie aus.

Ich versuche erneut, einen Bogen zu Liza zu schlagen.

«Vielleicht werden sich Liza und Frau Hinzinger in Bonn verabreden, was meinen Sie?»

Eisiges Schweigen.

Ich lenke ab: «Waren Sie schon einmal in Deutschland, Pam?»

Nun ist sie wieder zuvorkommend. «Nein, natürlich nicht, aber mit der Lufthansa würde ich gerne einmal fliegen. Und Germany kennenzulernen ist ein Traum von mir, ein Land mit so viel Reichtum und Fortschritt, das macht mich neugierig. Bestimmt werde ich es einmal besuchen.»

Ich frage sie, wie ihr die Arbeit hier gefalle.

«Sehr gut, man lernt viele interessante Menschen kennen.»

«Ihr Personal, ist das auch neu?» Das sollte eine Fangfrage sein.

Sie lacht. «Nein, das wäre schlimm, wenn wir alle Anfänger wären.»

Ich packe meinen Fotoapparat aus, spreche einen Kellner an:

«Sicher können Sie sich daran erinnern, daß hier der deutsche Professor verstorben ist. Würden Sie mir einmal zeigen, an welchem Tisch er gesessen hat? Ich möchte gerne ein Foto machen.»

Der Kellner blickt Pam an und geht weg. Der Kerl läßt mich einfach stehen, ich raste aus: «Verdammt noch mal, kann man hier nicht auf eine höfliche Frage eine höfliche Antwort erhalten?»

Pamela sagt: «Sir! Ein hungriger Bauer hat keine Augen und keine Ohren. Das ist ein urumburisches Sprichwort.» Dann wendet sie mir den Rücken zu und poliert Gläser.

Ich sehe ein, daß es keinen Zweck hat, setze mich an einen der Tische und bestelle einen Espresso. Ich möchte den Raum noch eine Weile auf mich wirken lassen, stelle mir vor, wo der Botschafter mit dem Professor und den urumburischen Politikern gesessen hat und wo Hans Corell mit Zielinsky.

Eigentlich könnte ich mir auch ein paar Notizen für meine Berichte machen. Interessant ist, daß sich während meines ganzen Aufenthalts das BKA nicht ein einziges Mal gemeldet hat. Das spricht irgendwie auch dafür, daß mir mein Chef vertraut. Aber es wird eher Gleichgültigkeit sein, weil Lothar Nonnenstiel im Grunde nur seine Karriere im Kopf hat und daran bastelt, die Beförderung zum Kriminaloberrat zu erreichen, sozusagen die nächste Stufe zum Ziel, das Kriminaldirektor heißt.

Es kann aber sein, daß Kanzler Grund mit seiner Zentrale in Verbindung steht, um zu berichten, was ich so treibe. Das muß ich ihn mal fragen.

Ich glaube allerdings nicht, daß das AA Informationen über mich an das BKA weiterleitet. Das AA berichtet nicht, sondern läßt berichten.

Und es erteilt Weisungen. Für jeden bürokratischen Furz muß die Zentrale eine Weisung geben. Weisung ist die Zauberformel, die Botschaften an der kurzen Leine zu führen. Glaubt man in Bonn.

Wenn es wirklich wichtig ist, wie zum Beispiel während der

Libyenkrise, bleiben die Weisungen aus oder kommen zu spät oder liegen völlig neben den Realitäten vor Ort.

Botschafter Hinzingers Methode, Weisungen zu unterlaufen, soweit er sie nicht überhaupt ignoriert, ist das ‹privatdienstliche Schreiben›. Das hat mir Sekretärin Claudia, bei der ich öfter einen Kaffee trinke und die sich mir gegenüber immer offener gibt, so erklärt: Das ‹privatdienstliche Schreiben› beginnt entweder mit ‹Lieber Jagdfreund...› oder mit ‹Lieber Parteifreund...›, es braucht den Dienstweg nicht einzuhalten, und es kann eine gegebene Weisung in eine entgegengesetzte Weisung verwandeln. Durch diese besondere Briefform wird derjenige, der die ursprüngliche Weisung gegeben hat, privat manchmal zur Weißglut getrieben und dienstlich dazu gebracht, der Weisung zu folgen, seine Weisung zu ändern.

Das gibt es beim BKA zum Beispiel nicht. Da ist die Weisung ein Befehl, und der wird ausgeführt.

Ich höre hinter vorgehaltener Hand von einem Attentat auf den Botschafter. Die beiden BGS-Männer haben mir davon erzählt. Gundolf Grund wußte etwas, auch Erika Belalu, die Fremdsprachensekretärin. Am besten wisse Howard Ngara Bescheid, sagten alle, doch den konnte ich bisher nicht erreichen. Ich will der Sache nachgehen, zumal in keinem Bericht an das AA auch nur eine Andeutung darüber steht. Ich habe das Gefühl, daß mir manchmal die Informationen zwischen den Fingern zerrinnen, das ist typisch für meine Schwierigkeiten, den BKA-Auftrag zu erfüllen.

In dem Zusammenhang fällt mir wieder mein alter Kriminalistiklehrer ein. Er gebrauchte den Begriff der heuristischen Kriminalistik und nannte es die Kunst vom planmäßigen Suchen nach neuen Wahrheiten.

Ngoro-Ngoro-Bar. So gut wie nichts ist so, wie es war, als Corell noch lebte. Auch hier nicht. Wie oft hat er die VIP-Lounge aufgesucht? Wie oft Liza getroffen, wie oft mit ihr geschlafen? Auch hier? Er war immer auch leichtsinnig in der Liebe und hat immer erst hinterher einen Schrecken bekommen, wenn er an

Aids dachte. Darüber steht auch was in seinem Tagebuch, von dem ich jetzt etwa ein Drittel durchgearbeitet habe.

Über mich habe ich auch eine Eintragung gefunden: «Wolfgang hat sich doch längst innerlich vom BKA gelöst. Einzig stört mich an ihm, daß er noch immer so etwas wie eine pedantische Beamtenseele hat.»

Beide Aussagen treffen mich. Die erste, weil sie mir angst macht, so etwas wie Panik bei mir auslöst, weil ich ohne das BKA sofort meine Existenz in Frage gestellt sehe. Schulden, Ruin, Offenbarungseid, irgend einen Job als Taxifahrer. Gelernt habe ich ja sonst nichts, höchstens Autofahren kann ich.

Und mit der zweiten Aussage hat er auch nur halb recht. Okay, ich bin in meiner Arbeit sehr genau. Ich schreibe zum Beispiel jede Kleinigkeit auf. Das hat sich schon oft genug bewährt. Und ich habe eine gewisse Ordnung, ein System in meinen schriftlichen Unterlagen. Das erspart mir Suchen. Und meine Arbeitsmittel müssen in Ordnung und immer greifbar sein.

Na schön, ich merke schon, das Wort Ordnung ist wichtig für mich. Aber bin ich deshalb wirklich ein pedantischer Beamter? Ich weiß nicht, vielleicht bin ich so, weil mir eine gewisse Genialität abgeht. Eigentlich mache ich nie etwas mit Links.

Zwei junge Männer, Weiße, haben sich an die Bar gesetzt und flirten mit Pam. Einigen Bemerkungen entnehme ich, daß sie zur US-Botschaft gehören, und ihr lauter Texas-Slang ist unverkennbar. Pam hat ab und zu Mühe, sie überhaupt zu verstehen. Die Jacke des einen ist an einer bestimmten Stelle ausgebeult, er trägt eine Waffe. Vielleicht sind es sogar Kollegen, zum Beispiel Personenschützer, die jemanden von der LH-Maschine abholen wollen.

Ich schalte ab, will noch ein Stück weiterschreiben, der Ort dafür ist gut geeignet, hierhin hat es Hans Corell gezogen.

Heuristik – der Begriff gefällt mir. Arbeitshypothese als Hilfsmittel – genau, vorläufige Annahme zum Zweck des besseren Verständnisses eines Sachverhaltes.

10

Die Gesichter, die in sein Körbchen schauten, machten dem Baby offenbar Angst, es fing an, gequält zu schreien. Hannelore Grund nahm das Kind hoch und schaukelte es an ihrem Busen.

«Nelly ist weg, da gibt es gar keinen Zweifel», sagte sie zu den ratlos Umherstehenden.

«Aber Frau Grund, eine Mutter läßt doch nicht einfach ihr Baby im Stich, das glaube ich nicht», sagte Gesa.

Das Kind weinte jämmerlich. «Du mußt mit ihm lachen, dann hört es auf.» Gundolf Grund schenkte sich einen Cognac ein. «Will noch jemand einen auf diesen Schrecken?»

Hans Corell trank einen mit. «Auf Ihr Baby!»

«Malen Sie den Teufel nicht an die Wand, meine Kinder habe ich groß», wehrte Grund ab.

«Unsere.» Hannelore Grund lächelte milde.

«Was unsere?»

«Wir haben unsere Kinder groß.» Das Baby weinte noch immer.

«Schon gut, Hannelore, ich will ja nur vorbeugen, bevor du neue Muttergefühle entdeckst.»

«Mir scheint, da kommen Sie zu spät, Herr Grund», lachte Gesa. «Also ich trink auch einen.»

«In ein Waisenhaus bringen wir dieses Kind nicht, das kommt gar nicht in Frage, da geht es elend zugrunde, die armen Würmer müssen hungern.» Frau Grund versuchte es jetzt mit einer Rassel.

«Hannelore, wenn ein Baby weint, hat es entweder Hunger oder die Windeln voll, daran kann ich mich noch gut erinnern.»

«Es hat aber ein Fläschchen getrunken und ist frisch gewickelt. Ihm fehlt eben die Mutter.»

Grund schenkte sich noch einen ein. «Wenn ein weißes Baby nur unter Uris wäre, käme ihm das auch zum Heulen fremd vor.»

«Seit wann ist Nelly fort?» fragte Corell.

«Seit gestern abend, und heute ist sie den ganzen Tag nicht

aufgetaucht. Sie hat sechs Kleider von mir mitgenommen. So offensichtlich stehlen Servants nicht, wenn sie an ihren Arbeitsplatz zurückkehren wollen.»

«Das sehe ich auch so», sagte Grund. «Wenn sie ihre Stelle auf diese Art verlassen, hat das etwas Endgültiges und heißt auch, nicht nur alle Sachen, sondern selbstverständlich auch das Kind mitzunehmen. Das hat sie bewußt nicht getan, also will sie, daß das Kind hierbleibt.»

«Ich finde das unmöglich von Nelly.» Gesa lehnte einen zweiten Cognac ab.

«Das ist nicht nur unmöglich, sondern mir auch vollkommen unverständlich. Das eigene Kind verlassen, also ich könnte das nicht.»

«Wir wissen ja nicht, warum Nelly zurück in den Busch gegangen ist, wahrscheinlich ist sie zu ihren Stammesangehörigen zurückgekehrt. Leben da auch ihre anderen Kinder?» fragte Corell.

Die Grunds nickten, und Corell überlegte weiter: «Sie alle haben schlechte Überlebenschancen. Vielleicht ist sie nicht gern oder nicht freiwillig gegangen. Und vielleicht war es für sie ein großes Opfer, sich von dem Kind zu trennen.»

«Es stirbt etwa die Hälfte bis zum fünften Lebensjahr», sagte Grund, und Corell fügte nachdenklich hinzu: «Wenn nicht inzwischen mehr, denken Sie an Aids.»

«Um Himmels willen Aids», rief Frau Grund aus, «vielleicht hatte Nelly Aids, und vielleicht das Baby auch!»

«Unsinn.» Grund lachte.

«Also wenn es vielleicht ansteckend ist...»

«Hannelore, das sieht doch kerngesund aus, wenn es Aids hätte, könnte es nicht so kräftig brüllen, hör dir das doch mal an. Aber wir können es ja durch Dr. Moser untersuchen lassen. Auch Nelly schien mir absolut gesund. Wie heißt eigentlich das Baby?»

«Pauline.»

«Und wer ist der Vater?» fragte Corell.

«Den kennen wir nicht.»

«Hoffentlich kennt ihn Nelly.»

«Bestimmt», sagte Frau Grund, «Nelly war nicht so eine, sie ging selten aus.»

«Vielleicht wollte Nelly, daß es ihrer Pauline einmal besser gehe, nachdem sie all den Luxus hier kennengelernt hat. Sie hofft, daß Sie das Kind behalten.» Gesa schien der Gedanke zu gefallen, und Grund merkte, daß er ärgerlich wurde und daß ihn inzwischen das Schreien des Kindes nervte.

«Kommt nicht in Frage», sagte er. «Nehmen Sie es doch, Frau von Linden.»

So weit hatte Gesa nicht gedacht, natürlich wollte sie das nicht. Sie wollte ungebunden sein, und sie fühlte sich mit dreißig noch zu jung für ein Kind, sogar für ein eigenes. Außerdem würde sie – wenn überhaupt – ein Kind nur adoptieren, wenn sie Erfahrungen mit einem eigenen hätte.

Hannelore Grund aber ließ nicht locker: «Was Sie nicht wissen, Frau von Linden, kann Ihnen Ihre Köchin zeigen. Es wäre wirklich eine Lösung, nehmen sie es doch mit.»

Gesa fühlte sich bedrängt und stand auf. «Das ist ja keine Entscheidung, die man in ein oder zwei Tagen trifft, ich bin darauf nicht vorbereitet, aber ich sehe jetzt schon einen Berg von Problemen. Ich kann dem Kind schlecht Vater und Mutter zugleich sein, und ein Mann ist nicht in Sicht.» Dabei blickte sie spöttisch auf Hans Corell.

«Schade», sagte der mit einem zynischen Unterton, «ich hätte vielleicht, dem Kind zuliebe ...»

«Im Ernst», fuhr sie fort, «das Mädchen hätte nur Nachteile, als Farbige im weißen Diplomatenklüngel. Stellt euch doch mal vor, mein nächster Posten wäre in Pretoria und Pauline auf der dortigen deutschen Schule, wo es schon einen Aufstand gab, als eine deutsche Familie ihren Schwarzen Fahrer zum Essen mit an den Tisch nahm. Oder wo eine andere deutsche Familie ihre Tochter nicht zum Kindergeburtstag ließ, weil dort ein schwarzes Kind den Pool benutzt hatte. Nein, das würde ich diesem Kind gern ersparen.»

«In Südafrika sind die Dinge im Fluß, aber Sie müssen ja nicht unbedingt dorthin, da würde unsere Personalabteilung schon Rücksicht nehmen.» Grund sah Gesa an.

«Unter Rassendiskriminierung hätte sie überall zu leiden, auch bei uns in Deutschland.» Gesa begann, sich zu verabschieden.

«Ist *das* schlimmer oder in einem urumburischen Slum zu verkommen?» fragte Corell.

«Weiß ich nicht», antwortete Gesa schon im Gehen, «aber nehmen Sie doch das Mädchen, Herr Kollege.»

«Das werde ich ganz bestimmt nicht tun, ich habe mein Nachwuchs-Soll bereits erfüllt. Aber ich kenne eine einheimische Frau, vielleicht weiß die Rat.»

Daß Pauline inzwischen auf dem Arm von Frau Grund friedlich eingeschlafen war, war bei der hitzig gewordenen Unterhaltung fast unbemerkt geblieben, und Gundolf Grund warf ein: «Wenn wir ausnahmsweise so temperamentvoll reden, wie es die Einheimischen für gewöhnlich tun, scheint es sich wohl zu fühlen wie im Kreis der Familie.»

Jetzt verabschiedete sich auch Hans Corell.

«Wollen wir es nicht doch behalten, Gundolf?»

«Noch mal alles von vorne, Hannelore? Ich glaube, ich habe die Nerven nicht.»

Sonja Buchta trug ein weißes Tunika-Kleid mit einem Goldgürtel, Hannelore Grund ein Dirndl, Gesa von Linden eine Puffärmel-Bluse mit Jeans, Yvonne Glattmann einen gelben Overall aus Seide. Beate von Witzke fehlte unentschuldigt, und Frau Hinzinger wurde noch erwartet. Frau Schnee, Gattin des Oberstudiendirektors und Leiters der Deutschen Schule, traf gerade ein. Sonja Buchta zählte unauffällig durch. Carmen Nagel war nicht gekommen, weil sie sich nicht wohl fühlte, und Schulzes vom ‹Goethe› waren über Weihnachten auf Heimaturlaub. Mit einem leichten Kopfnicken signalisierte sie Boy Ayub, eine weitere Runde mit Getränken zu machen. Frau Hinzinger kam ja immer später, Gott sei Dank nicht nur bei ihr.

Manfred Buchta war in sein Büro gefahren. Sollten die Mädchen ruhig mal über die Männer herziehen können, pflegte er zu sagen, dies war ein Damen-Kränzchen, welches reihum wöchentlich dienstags am Nachmittag zusammentraf.

«Nein, ist das süß!» Baby Pauline hatte eine gute Nacht bei Grunds verbracht und schlief auch jetzt, inmitten des Lärms, den die Damen machten, wieder friedlich.

«Entzückend», sagte Frau Glattmann, «sieht es nicht aus wie ein kleines Äffchen?»

«Es wird gleich abgeholt», sagte Hannelore Grund, «ich fange an, mich an das Kleine zu gewöhnen, ich würde es vielleicht behalten, aber Gundolf will das nicht. Deshalb ist es besser, wenn ich mich von dem Kind schnell trenne, mir ist jetzt schon ganz mütterlich ums Herz.»

«Überleg doch mal, Hannelore», Sonja Buchtas Stimme klang noch viel schriller als sonst, «ein Negerkind in der Familie, was das für Schwierigkeiten bringt. Magst du Chio-Chips, sie sind frisch von der Lufthansa?» Sonja Buchta hielt ihr eine Schale hin und fuhr fort: «Jetzt ist es noch klein, das mag angehen. Anyway, wenn es größer wird, dann kommen doch die Eigenarten durch, du weißt doch auch, die riechen anders, verhalten sich unberechenbar, bringen alles durcheinander.»

«Unsinn, ich habe es jetzt schon lieb wie ein eigenes Kind.»

«Das bildest du dir doch nur ein, Hannelore, aber wenn erst die Erbanlagen, die ganzen Urtriebe durchkommen, dann bereust du's, da bin ich sicher. Außerdem, die Mutter war nicht gerade gescheit, warum sollte das Kind gescheiter sein? Du ziehst ein Mädchen groß, das bestenfalls bei McDonald's bedient oder im Interconti putzt. Darunter würdest du leiden, weil du dir das so nicht vorgestellt hast.»

«Wir würden ihm bestimmt eine gute Ausbildung ermöglichen können.»

Gesa mischte sich ein: «Ich befürchte auch, daß Paulinchen vielen Konflikten ausgesetzt sein würde. Und außerhalb Afrikas wird es überhaupt nicht glücklich werden können.»

Sonja Buchta hatte offensichtlich gar nicht richtig zugehört, ihre Augen ruhten auf Boy Ayub, der sich mit erhobenem Tablett elegant zwischen den Frauen bewegte.

«Ich habe das Baby mitgebracht, weil ich dachte, ich weiß nicht, vielleicht hätte doch jemand...»

Gesa blickte die Frauen reihum an und schüttelte den Kopf. «Hier werden Sie Pauline nicht los, ich meine, das ist auch besser so.»

Der Türgong hatte schon vor einer Minute angekündigt, daß noch Nachzügler eintrafen. Überrascht blickten die Frauen jetzt auf Liza. «Miss Liza, glad to meet you. Miss Liza, what are you going to do with the baby? Miss Liza, do you take a drink?» Alle bemühten sich.

Die VIP-Lounge war bei jedem Flug so etwas wie die letzte oder erste Urumbura-Station. Alle kannten Liza und fanden sie schön, freundlich und immer gut gelaunt.

Hans Corell, der sie begleitete, hatte sich im Hintergrund gehalten, so daß ihn die Frauen gar nicht beachteten. Jetzt erst begrüßten sie ihn.

Dann sagte Liza ruhig und bestimmt: «Ich bringe das Kind zu einer einheimischen Familie, Pauline wird es dort gut haben. Ich werde auch mit ihrer Mutter Verbindung aufnehmen, dann kann sie entscheiden, ob das Baby hier leben soll oder ob sie es zu sich nimmt.»

Liza nahm das Körbchen vorsichtig hoch und ging. Hannelore Grund traten Tränen in die Augen.

Hans Corell hielt Liza die Türe des VW auf, sie stellte das Körbchen auf den Rücksitz.

«Und?» fragte Corell.

«These ladies look overdressed.»

«Habt ihr den Corell bemerkt?» sagte Sonja Buchta gerade. «Der hat kaum gegrüßt, so stur ist der. Er hat was mit dieser Schwarzen, sie werden neuerdings öfter zusammen gesehen. Sogar im Yacht-Club, ich finde, das ist ein starkes Stück. Mich wundert, daß sich die Engländer das bieten lassen.»

Gesa nahm Hannelore Grund am Arm und ging mit ihr in den Nachbarsalon, zu dem großen Billardtisch. «Ich bin traurig, Frau von Linden, das Kleine hätte bei uns sicher eine viel bessere Zukunft gehabt.»

«Nur vielleicht, Frau Grund. Wer weiß, und bis es erwachsen ist, hat sich ja vermutlich auch in Afrika vieles zum Positiven verändert, so kann es doch unmöglich bleiben.»

Sonja Buchta fuhr inzwischen mit spitzer Zunge fort: «Eine genügt ihm wohl nicht, mal schwarz, mal weiß.»

«Mit wem treibt er es denn noch?» wollte Frau Glattmann wissen und knabberte an ihren Fingernägeln.

«Mit Marion Klose, einer Kommunistin, habe ich gehört. Sie wohnt bei ihm.»

«Marion Klose?»

«Ja, sie will die UTU salonfähig machen. Das ist die Person, die er zum Geburtstagsempfang des Botschafters mitgebracht hat.»

«Ach, die spröde Blonde mit dem Pferdeschwanz?»

«Ich weiß nicht», mischte sich Frau Schnee ein, «der Mann ist doch ledig, kann er nicht tun und lassen, was und mit wem er will?»

«Dagegen hab ich ja eigentlich nichts, nur daß er die Preise verdirbt, das geht nicht», erregte sich Sonja Buchta weiter.

«Was denn für Preise?»

«Sie zahlen ihren Schwatten doppelten Lohn, ich habe dem Manfred schon gesagt, daß er was unternehmen muß.»

«Du, Sonja, darf ich meinen Overall hier ausziehen? Ich habe den Bikini drunter und würde gern mal in den Pool springen», fragte Frau Glattmann dazwischen.

Sonjas Blick suchte Ayub, sie sagte schnell: «Du kannst dich oben im Gästezimmer ausziehn, du mußt zum Pool sowieso außenrum, das Gitter zur Terrasse geht nicht mehr auf.»

«Kommst du mit eine Runde schwimmen?»

«Igittigitt, Glattmännin, diese Malaria-Fliegen sind mir ein Horror.»

«Jesus Christ, du mit deinem Ungeziefer, du bist doch sonst nicht so ängstlich.»

«My dear, nimm es nicht auf die leichte Schulter.»

Ayub servierte eine Runde Sekt mit Orangensaft.

«Es wäre ein Segen», seufzte Frau Grund, «wenn die Einheimischen nicht so viele Kinder zeugen würden.»

Gesa reagierte sauer: «Dafür hat ihnen doch der Papst bei seinem Besuch voriges Jahr einen Freibrief gegeben. Seid fruchtbar und mehret euch, so als gäbe es keinen Hunger, keine Armut und kein Aids. Haben Sie heute schon die «New Vision» gelesen?»

«Nein, Frau von Linden, heute noch nicht.»

«Da steht, daß es hunderttausend Aids-Kranke in diesem Land gibt und die zehnfache Zahl von Infizierten, trotzdem verbietet jetzt der Innenminister in einem Dekret die Werbung für Kondome in den Anti-Aids-Kampagnen.»

«Nicht zu fassen.»

«Doch, weil es die sexuelle Freizügigkeit und Unmoral fördere, behaupten die Geistlichen der katholischen und der islamischen Kirche.»

«Wenn es darum geht, sind sich die Klerikalen einig.»

Im teilweise von Papyrus-Stauden gesäumten Pool schwamm Yvonne Glattmann ihren ureigenen Kraulstil, sie nutzte mit einer Art Gier die Größe des Beckens aus, das in dieser Stadt nur vom Pool des Hotels Sambesi übertroffen wurde. Sonja Buchta nebelte sich mit einem Anti-Moskito-Spray ein und wagte sich nun doch nach draußen. Zusammen mit Frau Schnee setzte sie sich auf eine Liege in den Schatten eines Papaya-Baumes.

«Die Nagels hat es ja ganz schön erwischt, erst der Einbruch, dann der Überfall, vielen Dank.»

«Die sind selber schuld», höhnte Sonja.

«Wieso?» Frau Schnee schlug nach einem Moskito.

«Das mit dem Einbruch, da brauchen die sich nicht zu wundern, wenn sie in Urlaub fahren und ihren Schwatten ankündigen, es gäbe diesmal keine Weihnachtsgeschenke, sie müßten in Zukunft etwas fleißiger werden.»

«Für so dumm hätte ich den Nagel nicht gehalten.»

«Gestern habe ich mit Carmen telefoniert, sie ist ganz schön fertig. Sie hat ja bei ihm auch nichts zu melden, ist nur sein liebes Schaf.»

«Was für ein Glück, daß ihr Alter so gut reagiert hat, und vor allem, daß dein Mann so schnell war.»

«Manfred kann sein, wie er will, aber in so was ist er Klasse. Anyway, der Nagel, der hat Bundeswehr-Power, da merkt man, wo er herkommt. Die Sarotti-Soldaten hier kannst du in der Pfeife rauchen, wenn mein Manfred ihnen nicht befohlen hätte, was sie machen sollen, stünden sie da jetzt noch ratlos rum. In Südafrika ist das anders, da kannst du dich auf die Polizei verlassen.»

«Und was meinst du, warum Nagels an dem Überfall schuld sind?» In Frau Schnees Frage schwang ein sensationsgieriger Unterton.

Sonja Buchta antwortete genüßlich. «Weil er seine Schwatten wegen des Einbruchs komplett entlassen hat. Das ist sowieso ein Schwachsinn, bessere kriegt er doch gar nicht. Es gibt doch nur eine wirksame Methode, und die heißt: Zuckerbrot und Peitsche. Wenn sich das Mädchen beim Kochen Mühe gibt, kriegt sie die Reste. Wenn sie schlampt, bring ich die Reste in den Hundezwinger. Unter ihren Augen. Kannst sicher sein, morgen kocht sie wieder gut. Und wenn der Boy morgens verschwitzt und dreckig zur Arbeit kommt, stell ich ihn höchstpersönlich unter die Dusche.»

In diesem Moment kam Ayub mit neuen Getränken und Eiswürfeln quer über den Rasen auf sie zu. Das weiße, eng anliegende T-Shirt betonte seine breiten Schultern und die Muskelpakete der Oberarme. Sonja fixierte ihn während des Näherkommens. Als Yvonne Glattmann aus dem Pool stieg und anschließend das Oberteil ihres Bikinis abnahm, schaute er verlegen zur Seite.

«Sind wir nicht unter uns Pastorentöchtern?» lachte Yvonne. Sonjas Augen blitzten zornig, aber sie sagte nichts.

«Wie man's nimmt», sagte Frau Schnee mit Blick auf Ayub.

«Der da?» Yvonne lachte eine Tonlage höher. «Die Eingeborenen sind doch Micky-Mouse-Männer, sage ich euch.»

Die Maid kam über den Rasen und sagte, daß der Kaffeetisch gedeckt sei.

Auf dem Weg zurück ins Haus fielen Sonja Buchta noch einmal Liza und Hans Corell ein. «Sie sieht zwar ganz gut aus», sagte sie, «aber sie hat es faustdick hinter den Ohren. Manne hat so eine Bemerkung fallen lassen.»

«Andere Männer?» Yvonne gierte nach der Antwort.

«Das vielleicht auch, ich kann nur sagen, armer Corell. Die wickelt den um den kleinen Finger und nutzt ihn aus.»

Yvonne lachte nur: «Außerdem hat sie einen viel zu kleinen Busen.»

Die Buttercreme der beiden Torten leuchtete in Bonbon-Farben, Sonja Buchta klatschte zweimal in die Hände, um die Aufmerksamkeit auf sich zu lenken: «Ich wollte vorschlagen, nachdem jetzt auch Frau Hinzinger eingetroffen ist, daß wir mal wieder eine Wohltätigkeitsinitiative ergreifen. Was haltet ihr von der Idee, sie ist mir angesichts des Neger-Babys gekommen, Waisenkinder zu unterstützen. Wir könnten das vom Deutschen Club aus machen oder aber auch als Aktion unseres Damen-Kränzchens. Es gibt hier in der Hauptstadt zwei Waisenhäuser, was halten Sie davon, Frau Hinzinger, wenn wir, vielleicht auch mit Unterstützung der Botschaft und Ihres Gatten, Geld dafür sammeln? Zu denken wäre vielleicht auch an eine Wohltätigkeitsveranstaltung mit Tombola und so. Ich fände auch so ein Plakat mit hungernden Negerkindern ganz hübsch…» Sonja Buchta hielt inne. «Aber greifen Sie doch erst mal zu, meine Damen, sorry, ich halte die ganze Kaffee-Runde auf. Wir können ja dabei weiterreden.

Oberstleutnant von Witzke hielt in der einen Hand den Telefonhörer und in der anderen ein Lineal, mit dem er kleine Panzerfiguren auf seinem Schreibtisch auszurichten versuchte.

«Ja, Bea?»

«Ich wollte dir nur sagen, daß ich jetzt zu Frau Hinzinger fahre.»

«Okay, Schatz – kannst du nicht mal mit der Frau Botschafter besprechen, was sie von einem Cocktail-Empfang bei uns hält, vielleicht so zwischen Weihnachten und Neujahr?»

«Von der Idee halte ich gar nichts, Henning. Aus freien Stükken?»

«Nun, ich muß, entre nous gesagt, was für mein Image tun. Ein Militärattaché, der auf dem einen Gefechtsfeld versagt, muß wenigstens auf dem anderen siegen.»

«Ich verstehe kein Wort.»

«Nein, Bea, ich denke an die Sache bei Nagels, äh..., es lief nicht gut, ich meine, äh..., während ich meinen ehelichen Pflichten nachgekommen bin, ist doch der Überfall passiert, dort war ich gefordert, und ich habe versagt.»

«Hör zu, wenn es für dich zu einer Pflicht verkommen ist, sollten wir es besser lassen!»

«Bea, das war doch nur so eine Redewendung, es ist am Telefon kompliziert, vielleicht sollten wir heute abend darüber..., ich denke, jetzt, wo erstmals das Telefon wieder funktioniert, vielleicht hören sie es ab.»

«Sprache ist verräterisch.»

«Ach Bea, bitte, hör mir doch zu... Also, wo waren wir stehengeblieben?»

«Mach deinen Empfang alleine, ich habe keine Lust, zweihundert Brötchen zu schmieren.»

«Aber wozu haben wir denn Personal?»

«Wenn du willst, daß der Senf auf dem Kaviar und die Preiselbeeren auf dem Fisch sind, nur zu! Aber das befreit mich noch lange nicht von dem dummen Gequatsche unserer ausgewählten Party-Gäste.»

Von Witzke stand jetzt auf und nahm eine forsche Haltung an. «Bea, es verbietet sich endgültig, am Telefon weiterzureden, du lieferst mich in die Hände des Feindes. Ich habe hier eine Mission zu erfüllen, und du bist die Frau an meiner Seite. Beim letzten Damenkränzchen hast du schon gefehlt, was mir Manfred Buchta nicht ohne Häme gesteckt hat. Du schwächst meine Position intern und extern, wir sprechen uns heute abend.» Er knallte den Hörer auf, und erst jetzt merkte er, daß Hans Corell sein Büro betreten hatte und ihn amüsiert betrachtete. «Störe ich bei der Erprobung eines Aufstands, oder haben Sie einen Moment Zeit für mich?» fragte er freundlich.

Sonja Buchta hatte sich mit Liza in der Empfangshalle des Sambesi verabredet. Sie war absichtlich einige Minuten zu früh gekommen, saß mit übergeschlagenen Beinen in einem der schweren Ledersessel und taxierte Liza, als die durch das Portal hereintrat.

Dann sprang sie überschwenglich auf und umarmte Liza. «Hallo, my dear!» Mit herunterhängenden Armen ließ Liza die Begrüßung über sich ergehen.

Dann sagte sie unterkühlt: «Ich bin erstaunt, daß Sie mich sprechen wollen, kann ich irgend etwas für Sie tun?»

«Ich wollte wissen, wie es dem Baby geht.»

Der Blick von Liza verriet, daß sie die Frage für heuchlerisch hielt. Trotzdem gab sie Auskunft. «Es geht ihm gut, zur Zeit lebt es bei der Familie Ngara. Ich habe die Mutter noch nicht gefunden, ihr Dorf ist ziemlich weit entfernt von hier, aber eine Nachricht ist unterwegs dorthin.»

Beide standen unschlüssig herum, bis Sonja Buchta vorschlug, in die Kichwa-Tembo-Bar zu gehen. Liza zögerte erst, willigte dann aber ein. Dort bestellte sie sich ein Mineralwasser.

Sonja trank ein Bier und machte Smalltalk, sprach von der zu früh einsetzenden Regenzeit und der unsinnigen Verstimmung in der Libyenkrise. Liza antwortete fast nichts, lediglich ihre Augen waren fest auf ihr Gegenüber gerichtet. Sonja wurde unsicher. Dann erwähnte sie Hans Corell, was wohl wie ein Stichwort wirken sollte, doch Liza schwieg weiter und blickte bewußt herausfordernd auf ihre Armbanduhr.

«Ich sehe, Sie haben nicht soviel Zeit, entschuldigen Sie, Miss Liza. Lassen Sie mich zu dem Grund unseres Zusammentreffens kommen. Wie Sie wissen, bin ich die Vorsitzende des Deutschen Clubs, und wir planen eine Wohltätigkeitsveranstaltung zugunsten der Waisenkinder in Urumbura.»

«Ach ja?» erwiderte Liza.

«Wir wollen auf dem Fest eine Tombola veranstalten, hätten Sie Lust, daran mitzuwirken?»

«Ihre Frage überrascht mich.»

«Es ist mit keiner Arbeit verbunden, Kindchen, Sie sollen ja nur den Hauptgewinn ziehen und vielleicht, aber nur wenn Sie wollen, ein paar Worte in Ihrer Landessprache sagen.»

«Ich verstehe, ich soll die Glücksfee spielen.»

Sonja Buchta überhörte die leise Ironie. «Ja genau, my dear.»

«Ich werde das nicht machen, Frau Buchta.»

Sonja tat ungläubig überrascht. «Aber warum denn nicht, Kindchen?»

Liza sah ihr in die Augen. «Fällt Ihnen nicht der Widersinn auf, einerseits wollen Sie eine Glücksfee, andererseits sterben in den beiden Heimen täglich Kinder.»

Sonja Buchtas Stimme wurde eindringlich: «Deswegen wollen wir doch helfen, verstehen Sie das nicht?»

«Warum ich, Frau Buchta?»

«Sie sind eine Frau des Landes, und es ist eine Aktion für das Land.»

«Ist es nicht eine Aktion für den Deutschen Club, Mistress Buchta?»

Frau Buchta lachte. «Ich denke, hier liegt ein kleines Mißverständnis vor.»

«Nein, ein sehr großes», gab Liza zurück. «Sie brauchen eine wie mich als Alibi-Frau, aber dafür stehe ich nicht zur Verfügung.»

Sonja Buchta lachte erneut, nun aber hörbar gekränkt. «Aber Kindchen, dann laß es doch bleiben.»

Liza wirkte weiterhin ruhig, doch ihre Augen verrieten Zorn.

«Ich will Ihnen sagen, was ich von Ihrer Wohltätigkeit halte. Sie verschaffen sich alle zwei Jahre einmal die Genugtuung, etwas Gutes für unsere Armen getan zu haben. Es geht Ihnen dabei aber nur um ihre eigenen Gefühle, denn Sie machen Propaganda für sich und lassen sich für Ihre Wohltätigkeit feiern. Wie die Waisenkinder sich fühlen, ist Ihnen im Grunde egal. Sie müßten, da Sie doch in diesem Land leben, wissen, daß diese Art Wohltätigkeit nur einen Tropfen auf einem heißen Stein bedeutet.»

«Wissen Sie, daß Sie so undankbar wie hübsch sind?» Jetzt lachte Sonja gehässig und stieg von dem Barhocker, um zu gehen.

Doch Liza hakte sich bei ihr unter, scheinbar freundschaftlich, aber Sonja Buchta konnte sich kaum bewegen.

«Ich bin gleich fertig.» Liza sprach nun sehr bestimmt. «Ihre Wohltätigkeit ist in Wahrheit eine Demütigung, ein schäbiges Almosen. Wenn Sie wirklich helfen wollen, dann gehen Sie doch jeden Tag hin, machen Sie die Betten, waschen Sie die Windeln, füttern Sie die Kleinen. Und teilen Sie Ihr Essen mit ihnen, damit sie nicht vor Hunger sterben. Und besorgen Sie Medikamente, damit sie nicht an Durchfall sterben. Und spielen Sie mit ihnen, damit sie nicht vor Lieblosigkeit sterben. Aber nicht alle zwei Jahre, machen Sie es zwei Jahre lang jeden Tag, und wenn Sie mich dann um einen Gefallen bitten, werde ich Ihnen bestimmt mit allem helfen, was in meinen Kräften steht!»

«Lassen Sie mich los!» rief Sonja schrill.

Liza ließ sie gehen und bezahlte beide Getränke.

Corell sprach ein klares Wort: «Ich fordere, Herr Botschafter, daß die Vertretung heute für den Publikumsverkehr geschlossen bleibt, die neuesten Angriffe gegen Deutschland im New Vision machen es erforderlich.»

«Schmarrn.»

«Haben Sie den Artikel gelesen? Ich zitiere: ‹Deutschland unterstützt aktiv die Atomindustrie Südafrikas, warum läßt sich das Urumbura gefallen? Wir müssen unserem Bruder Gaddafi beistehen im Kampf gegen Rassismus und Neo-Kolonialismus.› In meinen Augen ist das ein Aufruf zur Gewalt, und zwar auch gegen uns.»

«Ich stimme der Bewertung von Herrn Corell zu, Herr Botschafter», erklärte der Militärattaché.

«Schmarrn, sage ich. Ich werde diesem Mohren-General Fekesi Dampf unter dem Hintern machen, wozu gibt es eigentlich eine Polizei? Meine Herren, Schluß für heute, Herr Kanzler, bitte kommen Sie mit mir, ich habe noch einen Punkt mit Ihnen zu besprechen.»

Gundolf Grund folgte Hinzinger in dessen Büro, wo sich bereits Dackel Konrad auf einem Sessel ausstreckte.

«Setzen Sie sich, lieber Grund.»

Grund witterte Unheil, der Botschafter war liebenswürdig.

«Es handelt sich um den Prozeß, den ich gegen das AA führe, Sie wissen, diese 8 m² für die Besenkammer in meinem Privatbereich der Residenz. Es geht hier ums Prinzip, denn ich zahle, wie Sie wissen, für 168 m² minus 8 m² Miete, ich sage nämlich, daß das Putzzeug in der Besenkammer auch für den offiziellen Residenzbereich benutzt wird. Nun fragen die doch tatsächlich an, ob man diese Putzutensilien nicht auch woanders deponieren kann. Was halten Sie davon?»

Konrad sprang von seinem Sessel und anschließend auf Grunds Schoß. «Ich bin der Auffassung, Herr Botschafter, daß Sie bestimmen, wo was in der Residenz deponiert wird, da ließe ich mir nicht reinreden», sagte der und schubste den Hund unsanft wieder herunter.

«Sehr gut, lieber Grund, so habe ich mir das auch gedacht.» Konrad begann an der Kante des dicken Teppichs zu kauen, was Hinzinger nicht bemerkte und Grund egal war. Er stand auf, um zu gehen, und sagte schon im Stehen: «Bitte entschuldigen Sie mich. Heute ist Kuriertag. Mike fährt gleich zum Flughafen, haben Sie noch etwas mitzugeben?»

«Nein danke, Kanzler. – Konrad, du Mistviech, sofort bei Fuß! Komm zu Herrchen!»

Kuriertag ist jeden Freitag, Kuriertag ist immer etwas Besonderes. Es ist mehr als das übliche Warten auf den Briefträger. Kuriertag heißt Hektik, heißt, den Schriftsatz in letzter Minute fertigzustellen, wofür vor allem Zielinsky bekannt war.

«Habe keine Zeit, heute ist Kuriertag», war freitags eine beliebte Floskel in der Botschaft.

Wahrzeichen des Handicraft-Ladens war der davorstehende riesige Affenbrotbaum, der aussah, als wäre er zweitausend Jahre alt. An ihm hingen tagsüber in schwarzen Trauben, verklumpt am Stamm und an den Ästen, unzählige Fledermäuse. Eine Naturkathedrale, eindrucksvoller als der Dom in Fulda, dachte Marion Klose. Sie fand in dem Geschäft, dessen Regale mangels touristischer Souvenierkäufer weitgehend leer waren, eine kleine Figur aus hellem Speckstein, die ihr gefiel. Eine Schwangere, kniend, den Körper mit dem gewölbten Leib stark stilisiert.

Sie strich der Figur über den dicken Bauch. «Es wäre besser, sie hätte abgetrieben.»

«Hm», brummte Hans Corell zerstreut.

Sie bezahlte fünf Urumbura-Shilling und packte die Figur in ihre Tasche.

«Mehr fällt dir wohl nicht ein?»

Er schaute sie ärgerlich an. «Mir kann in diesem Land nicht ständig was einfallen. Was würde es helfen?»

«Du machst es dir eben bequem.» Sie stiegen in den VW, Hans gab wütend Gas. Es hatte heftig geregnet, und die Straße hatte sich in roten Schlamm aufgelöst. Beim Anfahren drehten die Räder leicht durch, der Dreck bespritzte Passanten. «Ich weigere mich ein für allemal, deine Konfliktgeilheit zu teilen», knurrte er ärgerlich.

«Wie bitte?»

«Ich werde zwei oder drei Jahre hier leben müssen, es macht mir keinen besonderen Spaß, denn mein Traumposten ist das Generalkonsulat Vancouver, wo ich aber nie hinkommen werde. Ich kann dieses Land hier nicht ändern, ich kann auch nicht jedes Elend teilen, kannst du das nicht verstehen?»

«Nein.»

«Zehn Jahre in den Tropen, und du würdest anders denken.»

«Ich kann mir nicht vorstellen, so abstumpfen zu können.»

«Ich bin nicht abgestumpft, auch ich kann mich empören, aber es muß angebracht sein.»

«Und wann ist Empörung angebracht?»

«Wenn zum Beispiel der Botschafter beim Thema Geburtenüberschuß sagt: Gott hat Aids geschickt, um das Problem zu lösen.»

«Hat er das wirklich gesagt?»

«Ist doch ganz egal. Ich wollte nur sagen, daß ich mit meinen Gefühlen vernünftig haushalte.»

«Was sind das für Gefühle, mit denen man wie mit einem Budget haushaltet?»

«Marion, ich sag dir was: Du bist mit deinen voreiligen Urteilen und Rückschlüssen manchmal erschreckend gefühllos, geradezu herzlos!»

Sie merkte plötzlich, daß seine Hände am Lenkrad bebten, daß er sehr erregt war. Er fuhr rechts ran, ein weiterer heftiger Regenguß überforderte die Scheibenwischer, er stellte den Motor ab. Ohrenbetäubend trommelte der Regen auf das Wagendach. Seine Lippen zitterten.

Sie sah ihn mit Genugtuung an. Endlich hatte sie ihn aus seinem Panzer herausgelockt.

Er sagte: «Vielleicht hättest du mehr Verständnis für mich, wenn du wüßtest, daß ich eine kaputte Ehe hinter mir habe und daß mein Verhältnis zu den beiden Kindern auch nicht das Beste ist. Vielleicht kannst du mit deinen Gefühlen nachvollziehen, daß ich zwar in die Tropen geflohen bin, aber meinen Problemen nicht davonlaufen konnte, im Gegenteil, ich habe sie alle mitgenommen. Vielleicht kapierst du jetzt, daß ich bis zu einem gewissen Grad zu bin für die Schwierigkeiten des Landes. Sicher fühlst du nicht, daß ich durch meinen Beruf ausgebrannt bin und am liebsten in Pension ginge. Und hat dir dein Gefühl schon einmal geflüstert, daß ich mich oft sehr einsam fühle?»

Er redete plötzlich wie ein Wasserfall: «Es ist erst zwei Jahre her, es passierte in meiner Zeit in Accra. Accra ist, zumindest was die sogenannte deutsche Gemeinde angeht, ein mieses provinzielles Dorf. Was meinst du, wie du dich da fühlst, wenn du plötzlich erfährst, daß deine eigene Frau fremdgeht. Bis du es selbst merkst, wissen es längst alle anderen. Und dann gehst du – übermannt von blinden Rachegefühlen – mit der nächstbesten Frau ins Bett und merkst, daß du impotent bist. Dein Selbstvertrauen ist futsch, eingefroren, als ob es irgendwo an den Südpol verbannt worden wäre. Zugegeben, es hat gekriselt, wir lebten nebeneinander her, und Ralf, mein Sohn, war in der Pubertät und mein Verhältnis zu ihm nicht besonders gut.»

Hans verstummte.

Hin und wieder fuhr ein Auto an ihnen vorbei, pflügte durch den roten Wasserschlamm und übergoß sie mit einem dicken Schwall, so daß es im Wageninneren immer dunkler wurde. Marion schwieg.

«Unsere Ehe war nicht unglücklich», fuhr er leise fort, «ja, es war einfach ... wie das so ist in Diplomatenfamilien, jeder von uns hatte sein Programm: Tennis, Club, Empfänge, Betreuung von Gästen, Freunde, gemeinsam und getrennt. Alles schien okay. Ich fiel aus allen Wolken, als sie plötzlich eine Affäre hatte.»

«Wie hast du es gemerkt?»

«Durch Zufall, ich hörte plötzlich die Stimme des anderen auf dem Anrufbeantworter. Gut, ich war ja auch nicht immer treu, und ich hätte ihr auch verziehen, wenn ihre Beziehung nur so eine flüchtige Episode gewesen wäre. Aber sie hatte sich ernsthaft verliebt. Der andere bot ihr angeblich alles, was sie an mir vermißte: Männlichkeit, Wassersport, Abenteuerreisen. Sie fing zum Beispiel mit Tiefseetauchen an. Mein Gott! Es war eben keine Episode, wie ich sehr bald merkte. Zwar sagte sie mir, daß alles aus sei, sie habe Schluß gemacht, aber sie schaffte es nicht, von Ulf, so hieß der Typ, wieder loszukommen. Ich glaube, sie hat es sogar ernsthaft versucht. Ziemlich lange ging es immer hin und her, zwischen Hoffen und Bangen, bis ich merkte, daß sie sich wieder mit ihm traf. Sie bestritt es, aber ich habe ihr nachspioniert, habe sie regelrecht bespitzelt und mich dabei selbst gedemütigt. Ich brauchte nur zu Hause anzurufen, wenn das Telefon eine ganze Stunde besetzt war, wußte ich, daß sie mit *ihm* telefonierte. Dann fuhr ich heim, schlich mich an wie ein Voyeur und konnte an der Zimmertür ihr Liebesgeflüster hören. Natürlich haben das auch unsere Dienstboten mitgekriegt, es war lächerlich und fast schon masochistisch, und ich nehme es mir heute noch übel. Ich wollte zuletzt nur noch Klarheit haben, wollte wissen, daß wirklich nichts mehr zu retten war. Aber Scheidung wollte sie dann auch nicht, sie gab vor, uns beide zu lieben und keinen verlieren zu wollen. Ich weiß nicht, ob das geht.»

«Natürlich kann man zwei Männer gleichzeitig lieben», sagte Marion mit Nachdruck.

«Ich weiß nicht, ich kann eine Frau lieben und mit der anderen schlafen, aus Spaß am Sex. Aber beide lieben?»

«Wenn du wirklich liebst, schläfst du nicht mit der anderen.»

«Du widersprichst dir selbst, ist aber egal.»

«Gefühle sind immer widersprüchlich, sonst wären sie keine. Aber was war mit deinen Kindern?»

Er schwieg lange. Dann sagte er: «Im nachhinein tut es mir natürlich leid, wie ich Ralf behandelt habe. Ich wollte ihm immer nur meinen Willen aufzwingen, und er machte aus Trotz genau das Gegenteil. Meine Nerven waren zu dünn, es gab häßliche Szenen, ich habe ihn angeschrien, habe ihm sogar Schläge angedroht. Wenn ich an bestimmte Situationen denke, wird mir heiß vor Scham. Kurz: Ich habe restlos versagt, die Wirkung war verheerend.»

Hans registrierte, daß er plötzlich Hemmungen hatte, weiterzureden. Er spürte Marions Hand auf seinem Arm, sie hatte sein Handgelenk umfaßt, und es ging etwas Beruhigendes von dieser Geste aus. Er wollte weiterreden, holte tief Luft, nein, er konnte nicht darüber sprechen, es war zu schrecklich, Baden-Baden.

«Ja, und Bine», lenkte er ab…

Marion unterbrach ihn nicht, obwohl sie merkte, daß er etwas Wichtiges für sich behielt.

Draußen schüttete es noch immer wie aus Kübeln. Es war schwül. Beide schwitzten.

«Meine Tochter Bine litt still vor sich hin, das war auf eine andere Art schlimm. Sie fraß alles in sich hinein, schon während der Auseinandersetzungen vor der Trennung und auch danach. Wenn ich keine Initiative ergreife, kommt nichts von ihr, ich glaube, auch für sie bin ich als Vater gestorben.»

«Ach Unsinn, Hans, laß nur noch etwas mehr Zeit vergehen. Alle mögen dich, auch deine Tochter.»

Marion streichelte über seinen behaarten Arm, es gefiel ihr. Er widersetzte sich ihrer Zärtlichkeit nicht, und sie ließ ihre Hand über seinen Oberarm bis zur Brust weiterwandern und fuhr nun langsam und fest unter das offene Hemd, strich über die Brust, streichelte den Nacken. Sie zog seinen Kopf zu sich, küßte ihn.

Draußen regnete es noch immer, die Scheiben waren angelaufen, mit einem lauten Klatschen schleuderte ein vorbeifahrender Lkw einen neuen Schwall Schlamm auf den VW.

Hans drehte den Zündschlüssel, aber der Anlasser gab nur ein mühsames Knacken von sich. «Mist, ich habe das Licht angelassen, jetzt ist die Batterie leer.»

Sie stiegen aus, Marion ergriff ihn an beiden Händen und wirbelte ihn ausgelassen im Kreis. Innerhalb von Sekunden waren sie bis auf die Haut klatschnaß, ihre blonden Haarsträhnen trieften, die helle Bluse klebte durchsichtig auf ihrem Busen. Der Regen war warm, die Luft ebenfalls, Hans fühlte sich ein bißchen high, es störte ihn nicht, daß sein nasses Hemd jede Speckfalte seines Bauches und seiner Hüften mit unerbittlichem Realismus nachzeichnete.

«Was hast du vorhin gesagt – Gefühle seien immer widersprüchlich?» keuchte er.

«Der Augenblick ist das Gefühl.»

Sie versuchten, den VW anzuschieben, im glitschigen Wasserschlamm ein nutzloses Unterfangen. Ein Pritschenwagen hielt an, sie stiegen zu dem Fahrer, lachten ausgelassen, alle drei.

11

Gundolf Grund wußte nicht, wie er sich verhalten sollte. Er hatte soeben von einem sicheren Informanten einen Hinweis darauf bekommen, daß Botschafter Hinzinger am Nationalfeiertag ermordet werden sollte. Er mußte seinen Chef warnen, durfte aber keinesfalls den Informanten preisgeben. Auf dem schnellsten Weg fuhr er zu Hans Corell nach Hause, wo sich beide in sein Arbeitszimmer zurückzogen.

«Wie in aller Welt wollen Sie dem Botschafter beibringen, daß gegen ihn ein Mordanschlag geplant ist, ohne ihm zu sagen, woher Sie das wissen?»

Grund grübelte, er war tief in den Sessel gerutscht.

Corell überlegte laut: «Die Frage ist, kann er Sie zwingen?» Und er beantwortete seine Frage auch gleich selbst: «Beamtenrechtlich ja, tatsächlich nein, das heißt moralisch, wenn Sie sich auf ein gegebenes Versprechen berufen. Wie wäre es, wenn Sie ihn doch ins Vertrauen zögen und ihm das Versprechen abnähmen, dichtzuhalten? Immerhin geht es um sein Leben.»

Grund schüttelte den Kopf. «Niemals! Dann wäre das Leben meines Hinweisgebers bedroht. Wenn der Botschafter nicht so geschwätzig wäre, würde ich mir das überlegen. Aber so, nein, dann erfährt es sofort Buchta, und dann zieht es Kreise.»

«Das heißt, dem Botschafter nur die volle Wahrheit sagen oder gar nichts.»

«Ich muß es ihm irgendwie anders beibringen, Hans, übrigens, könnten wir nicht einfach du sagen...?»

«Okay, gern...»

«Also der Schwarze Peter bleibt bei mir. Ich kann es ihm nicht verschweigen, und wenn er nicht die Quelle kennt, kann er auch nicht selbst beurteilen, wie ernst die Lage ist, und wird das Übliche sagen, nämlich ‹Schmarrn›. Ärger kriege ich auf jeden Fall, aber es geht um Mord, da kann ich mich um eine Entscheidung nicht herumdrücken.»

Hans fragte: «Sag mal, Gundolf, was ist eigentlich an dem Nationalfeiertag los?»

«Militärisches Tamtam auf dem Platz der Unabhängigkeit, Ehrentribüne, unter anderem mit dem diplomatischen Korps, Rede des Staatspräsidenten.»

«Dort ist doch alles total bewacht.»

«Wenn du aber einen umbringen willst, dann kannst du es überall. Wenn das gar von Staats wegen geschieht oder mit amtlicher Billigung, ist es noch leichter, dann braucht sich der Täter nicht einmal zu opfern, man läßt ihn einfach entkommen.»

Sie schwiegen. Jeder hing seinen Gedanken nach. Grund erhob sich und sagte: «Ich glaube, wir sind jetzt in einer Sackgasse. Es sind noch drei Tage, überschlafen wir es, Hans.»

Liza lachte gequält. Stell dir das vor: «Eine Wohltätigkeitsveranstaltung für die Waisenhäuser, und ich ziehe den Hauptgewinn.»

«Ich verstehe kein Wort.» Hans war irritiert.

«Sie wollen eine Tombola veranstalten...»

«Und du bist der Hauptgewinn?»

«Mir ist nicht zum Spaßen, es ist eine Unverschämtheit.»

«Ich verstehe wirklich nicht.»

«Ist eigentlich egal, Hans, forget it. Was willst du, einen Sherry, wie üblich?»

«Ja bitte, einen Sherry seco. Warum schaust du mich so prüfend an?»

«Ich schaue dich so an, wie du denkst, daß ich dich anschaue.»

«Aha.»

«Warum kommst du hierher? In der VIP-Lounge ist doch kein vernünftiges Gespräch möglich.»

«Warum nicht, es ist nichts los, kein Mensch hier.»

Sie beugte sich zu ihm und flüsterte in sein Ohr: «An jedem Tisch gibt es eines und hier an der Bar sechs Abhörmikrofone, du

Idiot.» Dann sagte sie laut: «Diese Wohltätigkeitsveranstaltungen dienen nur der Imagepflege derjenigen, die sie organisieren. Sie selbst spenden übrigens am wenigsten.»

Hans war verwirrt und wußte jetzt, im Bewußtsein der Mikrofone, gar nichts zu sagen.

«Komm mit in die Küche, du kannst mir helfen.»

Die Küche hätte er besser niemals zu Gesicht bekommen, denn hier verlor er die Unschuld, die es ihm bisher erlaubt hatte, ein Steak auf Toast mit Genuß zu verzehren.

Liza fuhr ihn sofort an: «Bist du verrückt, warum kommst du hier her, für euch ist zur Zeit der Flughafen restricted area, das weißt du doch genau.»

«Ich wollte dich sehen.» Er zog sie an sich, doch sie schob ihn unwillig zurück.

«Laß das, es kann jeden Moment jemand kommen. Außerdem ist es wirklich nicht gut, wenn ich mit dir gesehen werde.»

«Gibt es hier in der Küche denn keine Mikrofone?»

«Natürlich nicht.»

«Wieso weißt du das eigentlich, wo welche Mikrofone sind, bist du beim Geheimdienst?»

Liza kicherte. «Ich bin der Geheimdienst. Liza ist USS, der Urumbura Secret Service.»

«Dann kannst du mich ja aushorchen, und die USS-Chiefs, allen voran dieser Fekesi, müssen nachgerade scharf darauf sein, daß du mit mir zusammen bist. Du könntest mich sogar erpressen, heimliche Fotos von uns im Bett machen lassen. Komm, laß uns miteinander schlafen, wo ist das nächste Bett?»

«Hör zu, Hans», Liza sprach leise und plötzlich sehr ernst, «stell dir vor, ich bin beim USS, und stell dir vor, ich mag dich, stell dir weiter vor, daß ich deswegen keine Meldungen über dich mache. Reicht deine Phantasie aus, zu ahnen, wie gefährlich das in einem solchen Land für mich ist?»

Hans hatte plötzlich das Gefühl, ganz schnell gehen zu sollen. Trotzdem mußte er noch eine Frage stellen: «Der Independence-Day, nächsten Sonntag, gibt es da etwas Besonderes?»

«Was soll es da geben, sie alle hängen sich ihre Orden um, und wer noch keinen hat, der kriegt ihn bei dieser Gelegenheit.»

Die Katze sprang auf den Tisch und fing an, einen schmutzigen Teller abzuschlecken.

«See you next week, darling.» Sie schmiegte sich kurz an ihn. «Wo du willst, so lange du willst und wie du willst.»

Hans hatte sich kurz mit Gundolf Grund beraten und war dann in die Valley Road gefahren. Unterwegs probierte er, obwohl ihm das Vergebliche seines Tuns schon vorher klar war, ein Telefonhäuschen aus, die Leitung war tot.

Er parkte vor dem Zentralen Post- und Telegrafenamt. Ein graues Steingebäude, die Schalterhalle überfüllt und laut, an der Decke riesige Ventilatoren, der Boden von Papier und anderem Unrat übersät. Obwohl die großen Fenster alle geöffnet waren, empfand er die Luft als atembeklemmend. Er reihte sich an einem der etwa zwanzig Schalter in die Schlange ein, um das einzige funktionierende öffentliche Telefon benutzen zu können. Innerhalb weniger Minuten klebte sein Hemd vor Schweiß, vor ihm, hinter ihm und neben ihm nur strenger Schweißgeruch. Oder roch es nach Urin? Vergeblich versuchte er den Geruchscocktail zu ergründen, um einer Übelkeit vorzubeugen. Nach knapp einer Stunde endlich hatte er den Telefonhörer in der einen Hand und glättete mit der anderen einen zerknüllten Zettel mit der Nummer der französischen Botschaft.

Botschafter Hinzinger konnte auch sehr liebenswürdig sein. Zum Beispiel bei dem Besuch eines Amtskollegen, in diesem Fall des Monsieur Bontemps.

«Bonjour, Monsieur l'Ambassadeur, comment ça va?»

«Ça va et vous?» Nach dem obligatorischen Austausch von Höflichkeiten kam der französische Botschafter zur Sache. Er habe wegen des anonymen Anrufs den Besuch so dringlich gemacht, denn schließlich gehe es um ein Menschenleben und nicht um irgendeines, sondern um das des deutschen Botschafters. Der anonyme Anrufer habe sehr eindringlich gesprochen, sehr ernst, und man könne es nicht auf die leichte Schulter nehmen.

«Nein, der Aussprache nach war das kein Afrikaner, sein Französisch hatte eher einen englischen Akzent, ich kann es aber nicht genau sagen, jedenfalls sprach er fast fehlerfrei. Und er muß Insiderwissen haben. Es ist wahrscheinlich auch kein junger Mann gewesen.»

Hinzinger war nicht sehr beeindruckt. «Ja warum ruft er denn bei Ihnen an und nicht hier bei mir? Vielleicht erlaubt sich jemand einen dummen Scherz?»

«Ich glaube nicht, daß jemand aus Amusement Mordgeschichten in die Welt setzt.»

Hinzinger hielt beharrlich weiter dagegen: «Wenn er ein Insider war, warum hat er keine Einzelheiten erwähnt, zum Beispiel wie das Attentat stattfinden soll?»

«Es kann ja sein, daß er das selbst nicht wußte. Verehrter Herr Kollege, wenn es eine der üblichen Morddrohungen gewesen wäre, hätte ich auch meine Zweifel. Aber er hat nicht gedroht, er wollte warnen.»

«Mein lieber Bontemps, werden wir nicht auch für das Risiko bezahlt? Nicht wahr, irgendwo sind wir doch alle Fatalisten. Vous prenez un autre café?»

«Mon ami, was hindert Sie daran, gar nicht zu dieser Feier zu gehen? Ich an Ihrer Stelle bliebe zu Hause.»

«Das ist ja gerade der Punkt. Wenn man solche Drohungen ernst nimmt, ist man nicht mehr Herr seiner Entschlüsse, und man wird durch den Gegner lenkbar. Das verstößt gegen meine Prinzipien.»

Immerhin unterrichtete Hinzinger nach dem Besuch des französischen Botschafters seinen Vertreter Zielinsky, und der wiederum gab die Informationen an Grund und Corell weiter.

«Nein, es ist des Botschafters unumstößlicher Wille, zum Independence-Day zu gehen. Und er hat untersagt, die Sache nach Bonn zu melden, auch seine Frau soll es nicht wissen», berichtete

Zielinsky. «Ich jedenfalls werde ihn nicht begleiten, ich habe keine Lust auf solch ein Himmelfahrtskommando.»

Mit der Freitagsmaschine der Lufthansa trafen Horst und Jens ein, zwei Beamte des Bundesgrenzschutzes. Man hatte sie frühestens in zwei Wochen erwartet, und Kanzler Grund war überrascht, als Glattmann vom Flughafen über Funk Bescheid sagte. Mike brachte sie zunächst ins Sambesi, denn ihre Unterkunft, das Party-Haus am einen Ende des Residenz-Grundstücks, war noch nicht eingerichtet.

Zum Mittagessen holte sie der Militärattaché ab. Er reagierte etwas konsterniert, als die ‹Kameraden› auf seine entsprechende Frage antworteten: «Waffen? Nee, die haben wir nicht, die sollen irgendwann im Kuriergepäck nachkommen.»

Grund lud sie abends zu sich nach Hause ein, auch um sich einen ersten Eindruck zu verschaffen. Horst war Sportler, hatte eine durchtrainierte Figur, die blonden Haare kurz geschnitten. Sein Gesicht signalisierte Gutmütigkeit.

«Joggen», sagte Grund, «nein, das können Sie selbst im Diplomatenviertel zur Zeit nicht, da muß die Lage erst wieder stabiler werden. Und wenn überhaupt, dann morgens zwischen sechs und sieben, bevor es heiß wird.»

Jens wirkte wie ein Südländer, mit seinen schwarzen Haaren, dem schwarzen Oberlippenbart und dem dunklen Teint.

«Der Botschafter will Sie beide übermorgen zum offiziellen Teil des Nationalfeiertags mitnehmen, passen Sie gut auf ihn auf, wegen der Libyenkrise ist er gefährdet, man ist zur Zeit nicht gut auf uns Deutsche zu sprechen.»

«Aber das dürfen wir gar nicht, Personenschutz machen, Herr Kanzler», sagte Jens. «Wir sind nur für Objektschutzaufgaben gekommen, Personenschutz, das macht das BKA.»

«Ich weiß, ich habe den Erlaß gelesen und auch Ihre Dienstvorschrift. Der Botschafter nimmt Sie mit, damit Sie Land und Leute kennenlernen, dabei können Sie trotzdem auf ihn aufpassen, oder?»

«Na klar», meinte Horst.

«Daß Ihnen der Botschafter das kleine Haus in seinem Residenz-Park zur Verfügung stellt, ist sehr großzügig von ihm. Außerdem beruhigt es uns alle, weil die Sicherheit des Botschafters jetzt bestimmt besser gewährleistet ist.»

«Das ist dann ja auch eine Objektschutzaufgabe, Schutz für die Residenz, Herr Kanzler», stellte Jens fest.

«Und wie stellen Sie sich das nachts vor, der Compound ist groß, etwa 10000 m^2?»

«Wir machen einen Dienstplan, Herr Kanzler, und den legen wir Ihnen vor. Alles im Rahmen der 38-Stunden-Woche natürlich», sagte Jens, «und anfallende Mehrarbeit ist hier in Urumbura abzufeiern, die dürfen wir nicht nach Deutschland reimportieren.» Er lachte vieldeutig.

Grund reagierte etwas ungehalten: «Habe ich alles gelesen, mein Freund, aber so genau nehmen wir es nicht mit der 38-Stunden-Woche in den Subtropen, manchmal sind es mehr, manchmal weniger Stunden. Und auch Dienstvorschriften leiden unter der Hitze, das werden Sie schon merken.»

«Jawohl, Herr Kanzler», sagte Horst.

Der Morgen war wie gewöhnlich strahlend hell und sonnig, die Regenschauer kamen erst am Nachmittag. Independence-Day am dritten Sonntag im Dezember. Auf dem Platz der Unabhängigkeit, in dessen Mitte das Denkmal für den unbekannten Soldaten steht, eine zehn Meter hohe Bronzefigur, ein uniformierter Soldat in Siegerpose, mit einer Maschinenpistole in der Rechten, deren Lauf in den Himmel zeigt. Zwischen den Füßen brennt in einer flachen Schale die ewige Flamme. Rundum weiße Fahnenstangen.

Neben dem Denkmal eine überdachte Ehrentribüne, Absperrung davor und dahinter, jenseits dieser Gitter ein folkloristisch bunter Auflauf Schaulustiger.

Die Präsidentengarde bildete auf der An- und Abfahrt ein Spalier, Männer in Garde-Uniformen mit silbern glänzendem Helm.

Vor dem Denkmal eine Militärkapelle, daneben eine Tanzgruppe in bunten traditionellen Kleidern, die Männer mit Holzspeeren. Auf der anderen Seite ein geschmücktes, mit Mikrofonen bestücktes Rednerpult, das durch einen roten Teppich mit dem Mittelplatz der Ehrentribüne verbunden war.

Als Mike mit dem Mercedes auf den Platz einbog, war die Tribüne mehr als zur Hälfte besetzt. Neben Mike saß Horst, auf dem Rücksitz der Botschafter mit Jens.

Da Horst aus Freising stammte und in seiner Sprache die bayrische Klangfarbe unüberhörbar war, gab es zwischen ihm und Hinzinger so etwas wie Sympathie aufs erste Wort.

Jens und Horst hatten sich inzwischen darauf verständigt, daß sie ohne langes Hin und Her ihren Job machen wollten, schließlich waren sie Polizisten, Objektschutz oder Personenschutz, was sollte die Unterscheidung. Das teilten sie dem Kanzler mit. Der fand das in bester Ordnung und unterließ es, sie darauf hinzuweisen, daß in den Tropen eben doch alles ein bißchen anders als zu Hause sei. Er hatte den beiden aus dem Waffenarsenal von Nagel zwei Pistolen ausgeliehen. Jens meldete zwar Bedenken an, weil sie keinen urumburischen Waffenschein besäßen, doch Grund erklärte ihm, daß hier jeder, der das wolle, eine Waffe trage und sie durch ihren Dienstpaß ausreichend legitimiert seien. Jens dachte, was Horst laut sagte: «Mit einer Waffe fühle ich mich einfach wohler.» Sie hatten keinen Halfter und steckten die Pistole einfach unter dem Jackett in ihren Hosenbund.

Als sie vor der Ehrentribüne ausstiegen, begann gerade die Militärkapelle zu spielen.

Horst folgte dem Botschafter zu dessen Platz in der Reihe der Diplomaten und setzte sich links neben ihn. Jens ging die Holztreppe hoch bis unter das Dach und lehnte sich dort an die Bretterwand etwa acht Meter vom Botschafter entfernt, so hatte er alles im Blick. Bei der Anfahrt hatte er sich von Mike zeigen lassen, wo der in etwa mit dem Auto warten würde. Er nahm das kleine vom Botschafter geliehene Jagdglas aus dem Etui und fand leicht den Mercedes mit dem Stander. Das Auto parkte am Ende des Platzes, wo die Straße vorbeiführte. Mike saß auf dem Kotflügel und zog an seiner Zigarette. Etwas seitlich vom Mercedes befand sich ein sechsstöckiges Gebäude.

Auf der Tribüne wurden inzwischen immer mehr Plätze besetzt. Die Kapelle hatte ihr Musikstück beendet und die Instrumente abgelegt, die meisten Musiker wischten sich den Schweiß aus dem Gesicht. Hinzinger hatte sich inzwischen durch unauffälliges Hin- und Herschauen orientiert, wer da oder abwesend war. Zwei Plätze neben ihm, die der französischen Botschaft, waren leer. Er wandte sich Horst zu: «Was ich noch sagen wollte, es liegt eine Attentatsdrohung gegen mich vor, angeblich hier und heute, aber so was ist in diesem Land an der Tagesordnung, am besten, man ignoriert es ganz und gar, ich teile es Ihnen nur der guten Ordnung halber mit.»

Horst erschrak, blieb aber äußerlich völlig ruhig und entschied, diese Information für sich zu behalten. Jens und er hatten nämlich keine Funkverbindung untereinander, und er konnte den Botschafter ja nicht allein hier sitzen lassen. So ließ er sein Taschentuch fallen, tauchte unter die Sitzreihen, als wolle er es suchen, und dabei inspizierte er die Unterseiten der angrenzenden Stühle.

Hinzinger entdeckte jetzt Corell, der vorn neben der Tribüne stand, und grüßte ihn mit einem unauffälligen Handzeichen.

Hans hatte das sichere Gefühl, daß dem Botschafter hier nichts passieren werde. Er hatte festgestellt, daß unter dem Tribünenaufbau ein Haufen Soldaten zur Bewachung stand. Außerdem würde man kaum die gesamte Prominenz des Staates in die Luft sprengen, nur um den deutschen Botschafter ins Jenseits zu befördern. Beunruhigend fand er einzig, daß Dr. Delalu, Grunds Informant, niemals die Absicht gehabt hätte, Angst zu verbreiten oder Verunsicherung zu erzeugen. Allerdings könnte er einem Gerücht aufgesessen sein. Oder es wollte vielleicht jemand eine falsche Fährte legen und testen, wie Delalu darauf reagiert.

Hans Corell hatte sein Walky-Talky dabei, um mit Mike in Verbindung bleiben zu können.

Nunmehr traf der Staatspräsident mit Gefolge ein, pünktlich, wie Hinzinger mit einem Blick auf seine Uhr feststellte. Es fehlten nicht nur der französische, sondern auch der britische und der amerikanische Botschafter. Hinzinger lehnte sich gelangweilt zurück, denn jetzt tanzten die Mohren, es stieß ihn ab, wie sie stampften und wie die Frauen kehlige Laute trillerten. Horst hingegen fand das alles wahnsinnig aufregend. Er vergaß seinen Auftrag nicht, um ihn herum jedoch schien alles ruhig.

Ein Trompeter trat an das Rednerpult und schmetterte eine Fanfare, zu der Offiziere der Präsidentengarde urumburische Fahnen an den Masten emporzogen. Hinzinger mußte anerkennen, daß der Trompeter selbst das zweigestrichene C fehlerfrei blies. Außerdem war eine Ähnlichkeit mit Jagdsignalen nicht zu leugnen, was seinen Ohren guttat.

Hans Corell hielt sich jetzt hinter der Tribüne auf. Plötzlich bemerkte er Unruhe in den Reihen der Soldaten. Einige liefen weg, dann brachten sie einen Gegenstand, der wie eine kleine Bombe aussah. Noch ehe er aber zum Botschafter laufen konnte, erkannte er den Grund der Aufregung. Die ewige Flamme war verlöscht. Hektisch öffneten Soldaten unter der linken Ferse der Figur eine Blechtüre, zogen eine offensichtlich leere Gasflasche heraus und schoben die gefüllte hinein. Kurz darauf loderte die Flamme erneut auf.

Der Vorfall blieb, wie Tage später in Diplomatenkreisen kolportiert wurde, nicht ohne Folgen. Der für die Technik des Denkmals verantwortliche Ingenieur wurde gefeuert, gleichfalls der für die Live-Übertragung verantwortliche Fernsehredakteur. Letzterer, weil die Kamera, froh über ein wenig Action bei der langweiligen Sendung, nicht das Konterfei des Staatspräsidenten oder die wehende Staatsflagge, sondern den peinlichen Vorfall gezeigt hatte.

Der Staatspräsident ging jetzt über den roten Teppich an das Rednerpult und begann seine Ansprache. Er hatte eine warme, dunkle Stimme und erinnerte mit einem Rückblick an die Zeit vor der Unabhängigkeit.

Hans Corell hörte, wie sein Funkgerät schnarrte, und dachte, daß Mike ihn rufe. Er nahm es aus der Tasche, es war nicht Mike und auch sonst niemand von der Botschaft, es waren militärische Kommandos in Englisch. Es kam oft vor, daß einheimischer Funkverkehr auf ihrer Frequenz durchschlug.

Die Fernsehkamera schwenkte entlang der Ehrentribüne. Das Geschehen auf dem Bildschirm wurde von den zu Hause gebliebenen Botschaftsangehörigen, soweit sie eingeschaltet hatten, mit ganz unterschiedlichem Interesse verfolgt: Kanzler Grund versuchte, das Bild als Ganzes zu erfassen, er prüfte, ob irgendwelche Unregelmäßigkeiten zu entdecken waren. Er suchte den Botschafter und seine beiden Bewacher, sah Hinzinger und Horst, konnte aber Jens nicht finden.

Gesa von Linden interessierte sich für den Mann neben Hinzinger, nämlich Horst, sie hatte ihn noch nicht kennengelernt und fand, daß er gut aussah.

Henning von Witzke fühlte sich mit der sonoren Stimme des Staatspräsidenten im Ohr nicht wohl. Es frustete ihn, Fekesi und mehrere Uniformierte aller Waffengattungen mit den Generalsinsignien vor Augen zu haben, zudem auch noch mit respektablen Ordensspangen.

Marcel Zielinsky befand sich um diese Vormittagsstunde noch im Tiefschlaf und verfolgte die Übertragung nicht.

Corell hörte jetzt eine einzelne fremde Stimme im Funkgerät. «Habe das Ziel eingerichtet, erbitte weiteren Befehl!» Corell konnte die Antwort nicht verstehen, sie erfolgte in Kiswahili.

Jens war unruhig und wußte es nicht zu erklären. Er nahm das Fernglas an die Augen und suchte die Gegend ab, auch die Fassade des etwa 150m entfernten sechsstöckigen Hauses, er erfaßte nacheinander die Fenster. Teils spiegelte sich die Sonne darin, teils standen die Fensterflügel offen, und das Innere der Räume lag im Schatten, für Jens jedenfalls war nichts zu erkennen.

Hinzinger gähnte verhohlen und sagte zu Horst: «Weißt, das kenn ich alles schon vom vorigen Jahr, was der dahersagt.»

Horst war jetzt endgültig der Überzeugung, daß im Moment keinerlei Gefahr drohte, und stand im Blickkontakt mit einer Mädchengruppe, die Fähnchen mit den Landesfarben weiß-grün-weiß schwenkten.

Corell hatte weiterhin das Funkgerät am Ohr. Man sprach jetzt englisch.

«Soll ich den Kopf nehmen oder die Brust?»

«Den Kopf, das ist sicherer.»

«Okay.»

«Wer sitzt hinter ihm?»

«Eine Frau in einem blauen Kleid und weißem Hut.»

«Kennst du sie?»

«Nein. Soll ich jetzt?»

«Einverstanden, Feuer frei! Mach deine Sache gut! Ziel genau, du hast das beste Gewehr der Welt! Und ein präzises Zielfernrohr! Nimm dir Zeit! Bleib ganz ruhig!»

Hans Corells Nerven waren zum Zerreißen gespannt. Was ging da vor sich? Was sollte er tun? Aus dem Funkgerät hörte er: «Verdammt, jetzt bückt sich der fucken German.»

Corell spurtete los. Er mußte fast die ganze Länge der Tribünenrückseite entlanglaufen, um auf die Vorderseite und an den Aufgang zu gelangen.

Der Staatspräsident richtete jetzt mit scharfen Worten eine Attacke gegen Südafrika, geißelte die noch immer nicht vollständig beseitigte Apartheid und erklärte die Solidarität Urumburas mit dem ANC. Dann ging er wieder auf die Probleme seines Landes ein und forderte die URA auf, ihre Guerrilla-Tätigkeit einzustellen und an den Verhandlungstisch zurückzukehren, um dem Land Frieden und Demokratie zu geben.

Corell sah den Botschafter in der dritten Reihe vor sich, noch immer in gebückter Haltung. Horst blickte in Richtung des Staatspräsidenten. Ein Soldat stellte sich Corell in den Weg, er stieß ihn, ohne seine Laufgeschwindigkeit zu reduzieren, so heftig zur Seite, daß der Mann strauchelte. Corell behielt den Botschafter im Blick, der sich mit einem Tuch den Schweiß abwischte. Jetzt hatte Corell die Holztreppe erreicht, stürmte hoch und drängelte sich durch die dritte Reihe, vorbei an etwa zehn Personen. Der Botschafter hatte ihn noch nicht bemerkt, er bückte sich erneut, um das Tuch in seine auf dem Boden stehende Tasche zu stecken. Corell sah, daß hinter dem Botschafter in der vierten Reihe eine Dame mit blauem Kleid und weißem Hut saß. Jetzt war sich Corell absolut sicher. Er merkte gar nicht, daß Jens von der anderen Seite durch die Reihe eilte und gleichzeitig mit ihm bei Hinzinger und Horst eintraf.

«Achtung!» sagte Corell leise, «man will auf den Botschafter schießen!» Horst sprang erschrocken hoch. Die beiden BGS-Männer standen jetzt direkt vor Hinzinger, der seine Leute ungläubig und verärgert ansah.

«Was soll das? Ihr könnt doch nicht einen solchen Zirkus machen! Ihr stört die Veranstaltung!» raunzte Hinzinger.

Corell hielt das Funkgerät am Ohr.

«Zwei Männer stehen vor ihm, ich kann jetzt nicht abdrükken!»

«Reg dich nicht auf und warte, sie gehen wieder weg.»

Corell reichte Hinzinger das Funkgerät: «Hören Sie doch selbst, sie sprechen davon, sie warten doch nur auf die günstige Schußposition.»

«Haben Sie getrunken, Corell? Verschwinden Sie jetzt, merken Sie nicht, daß wir hier stören? Das ist doch ein Witz, kein Mensch wird auf mich schießen, wenn ich hier auf der Ehrentribüne sitze.»

Corell versuchte ihm das Walky-Talky in die Hand zu drükken. «So hören Sie doch selbst!»

Der Botschafter weigerte sich, das Gerät zu nehmen. «Schluß jetzt mit dem Quatsch!»

Nun wurde Jens energisch: «Herr Botschafter, ich fordere Sie auf, unter unserem Schutz die Tribüne zu verlassen!»

Hinzinger schluckte, er war wegen dieser Respektlosigkeit vorübergehend sprachlos. «Paß auf, du Grünschnabel, halt geschwind deinen Mund und werd erst mal trocken hinter den

Ohren. – Und jetzt verschwindet alle drei, aber mit Volldampf, meine Herren!»

Corell befolgte diese Anweisung nicht, in ihrer Umgebung entstand bereits eine kleine Unruhe.

Mit einem Ausdruck der Zufriedenheit im Gesicht sagte jetzt der Staatspräsident, daß ihn vor wenigen Minuten die Nachricht von der Beendigung der Libyen-Krise erreicht habe. Er dankte England und Deutschland, die Druck auf ihren Verbündeten USA ausgeübt hätten, so daß die USA schließlich auf eine Aggression gegen den Bruderstaat verzichtet habe.

Auf dem Bildschirm war der Staatspräsident in der Halbtotalen zu sehen. Grund bemerkte im Hintergrund in der ersten Sitzreihe der Tribüne, bereits etwas in der Unschärfe, daß General Fekesi einen Adjutanten herbeiwinkte und ihm etwas ins Ohr sagte. Die dritte Reihe war außerhalb des Bildausschnitts.

Das Geschehen am Rande verfolgte zufällig, und ohne dem Vorgang Bedeutung beizumessen, auch von Witzke, der sah, wie dieser Offizier zu einem Mercedes-Geländewagen ging und ein Funkgerät ergriff.

Corell, Jens und Horst waren bisher keinen Zentimeter gewichen, und der Botschafter hatte vor Zorn einen roten Kopf. Aus Corells Funkgerät hörten sie: «Nicht schießen, Aktion ist abgebrochen, du kannst zurückkommen. Zerleg vorher das Gewehr.»

Am Denkmal hatte die Kapelle die Einleitung zur Nationalhymne zu spielen begonnen, deren Melodie Hinzinger stark an «Heil dir, Helvetia» erinnerte. Alle erhoben sich von ihren Plätzen. Anschließend leerte sich die Tribüne, die Menschen zerstreuten sich. Hinzinger wurde vom niederländischen Botschafter in ein kurzes Gespräch verwickelt, Jens und Horst blieben dicht dabei, fast auf Tuchfuhlung.

Hans Corell war inzwischen in der Nähe des Mercedes. Er konnte den Soldaten in Drillich-Uniform, der in diesem Moment mit einem mittelgroßen Koffer das sechsstöckige Haus verließ, jedoch nicht erkennen, ein Stau von Autos auf der Straße versperrte ihm die Sicht.

Nun stieß auch Hinzinger mit Horst und Jens zu ihm. Gemeinsam gingen sie zu dem gepanzerten Wagen. Der Botschafter war noch immer sehr verärgert. «Hab ich's nicht gesagt, ein Schmarrn die Drohung», grunzte er. «Und Ihnen, meine Herren, kann ich bescheinigen, daß Sie an Hirngespinste glauben. Vermutlich ist Ihnen die Hitze zu Kopf gestiegen, von Ihnen, Corell, hätte ich das freilich nicht erwartet!»

Auf dem Kotflügel saßen, mit dem Rücken zu ihnen, Mike und sein Freund. Mike rauchte eine Zigarette, und Jesus spielte eine Melodie auf seiner Flöte. Als die Gruppe sich näherte, brach er abrupt ab und sprang mit einem eleganten Schwung vom Kotflügel herunter.

V

Ich muß zugeben, daß ich Hans Corell doch nicht besonders gut gekannt habe. Das Bild, das ich hier in Urumbura von ihm zusammensetzen kann, ist vielschichtiger. Daß er Afrika geliebt hat, ist ganz klar. Auch, daß er sich letztlich hier wohler fühlte als in Deutschland. Ich erinnere mich an seine Geste, die ausdrücken sollte, wie er sich in Deutschland fühle: er schlang seine Arme eng um den Oberkörper und nahm eine geduckte Haltung ein. Und in Afrika: er breitete die Arme weit aus, dehnte den Brustkorb, stand aufrecht und atmete tief ein.

Er war wohl ein Schauspieler und hat mehrere Rollen zugleich gespielt: Diplomat, Liebhaber, Frauenheld, Anpasser, Arbeitgeber, Helfer. Nur ein Rassist war er nicht. Man könnte ihn aber einen Opportunisten nennen. Ein Überlebenskünstler war er, würde ich sagen, wenn er überlebt hätte.

Hier in Urumbura, besonders im Sambesi und in der Botschaft, komme auch ich mir wie ein Schauspieler vor. Ein schlechter zudem, ein Schmierenkomödiant. Meine Rolle: Unser Mann in Urumbura. Regie: das BKA. Produzent: AA. Ich spiele die Partie nicht gerade mit Inbrunst, aber in der Wirkung echt. Am Handgelenk eine Omega-Seamaster-Uhr, das Modell etwas veraltet, aber nobel. In der Brusttasche einen Cross-Kugelschreiber und in der Hosentasche ein Rowenta-Feuerzeug, beide vergoldet. Samsonite-Aktenkoffer, elegant schmal mit dem Lufthansa-Anhänger, der mich als Vielflieger ausweist, und mit einem einzigen Aufkleber: Deutsche Flugambulanz / German Flight Ambulance, Notruf 0211–431717. Das Zählwerkschloß habe ich auf 333 eingestellt, nicht sehr einfallsreich. Abwechselnd Seidenhemd oder Designerkrawatte. Bally-Schuhe. Trotz der Hitze nie und nimmer Sandalen. Zu meiner Schande muß ich gestehen, daß ich vor Jahren sogar einen Herren-Brillantring am kleinen Finger trug, geerbt von meinem Vater, veralteter Schliff. So etwas war sogar im BKA die Ausnahme.

Die Wirkung meines Auftritts im Sambesi auf Roomservice, Rezeption, Bell-Captain, Portier und viele sogenannte Boys ist eindeutig. Irgendeine sadistische Seite in mir genießt es. Die andere Seite verachtet mich.

In der Botschaft dieselbe Kostümierung. Hier bin ich ein Gleicher unter Gleichen. Das Stück ist nicht grotesk, sondern realsatirisch. Und eher Kabarett als Theater. Aber meine Arbeit nehme ich ernst. Tag für Tag befrage ich Zeugen. Ich habe es zwar nicht anders erwartet, aber es enttäuscht mich trotzdem, wenn ich von verschiedenen Seiten erfahre, wie Corell vor Hinzinger gekuscht hat, sich nicht mit Liza gemeinsam bei offiziellen Anlässen sehen ließ oder mit ihr den Yacht-Club mied. Das wird Liza erfahren haben, auch daß er ihr Marion vorgezogen hat. Darunter dürfte Liza gelitten haben. Auch wie er dem Botschafter in Sachen Kernenergie nach dem Mund redete, paßt zu seinem Hang, wenn es ihm opportun erschien, ohne mit der Wimper zu zucken zu heucheln.

Andererseits war er mutig und hilfsbereit, zum Beispiel im

Fall Marion oder Nagel oder bei der Attentatsdrohung gegen den Botschafter. Ich muß zugeben, freiwillig wäre ich nicht auf die Tribüne gegangen.

Heute steht mir Kanzler Grund für Auskünfte nicht zur Verfügung, er betreut sechs Bundestagsabgeordnete des Finanzausschusses, er tut es wie immer mit sachlichen Informationen und freundlicher Miene. Als ich solche Bonner Unternehmen in der Morgenbesprechung als Lustreisen auf Staatskosten bezeichnete, murmelte Grund nur: «No comment!»

Ich ertappe mich immer wieder dabei, wie ich die Abfassung meines Berichts vor mir her schiebe. Ich sammle tausend Informationen, die mir wahnsinnig wichtig erscheinen, aber in einem BKA-Bericht nie erwähnt werden können. Wie heißt es so schön in der kriminalistischen Schulweisheit: unrichtige Daten erkennen, Daten, die sich widersprechen, gegenüberstellen, irrelevante Daten verwerfen. Aus dem ganzen Datensalat glaube ich ganz verschwommen herauszulesen, daß Hans ganz schön in der Tinte saß und daß es mit seinen Frauen zusammenhängen muß. Und daß dieser Foltergeneral Fekesi in den Tod von Prof. Degenhardt verstrickt war, ist für mich sonnenklar, wie sonst könnte er über dessen Leiche verfügen. Viele interessante Hinweise habe ich Frau von Linden zu verdanken. Aus irgendeinem Grund hat sie großes Vertrauen zu mir.

Tag für Tag ist mir der Militärattaché auf den Fersen gewesen, heute endlich habe ich mir für ihn Zeit genommen. Im Grunde hatte er zwei Anliegen: Erstens will er mich davon überzeugen, was für ein toller Hecht er sei, weil er so gute Geschäfte mit dem hiesigen Militär mache. Das sei im gesamten Verteidigungsministerium ein Thema gewesen, nun soll es sich auch im BKA herumsprechen. Und zweitens möchte ich empfehlen, sein Büro und das seines Adlatus in einen Sicherheitsbereich umzubauen. Letzteres habe ich ihm zugesagt, da ist er mir fast um den Hals gefallen.

«Wir Offiziere des Bundes müssen zusammenhalten!» sagte er euphorisch, und ich lächelte mild, denn ich wollte etwas von ihm wissen.

«Dieser Kanonen-Deal, war das Militärentwicklungshilfe?»

«Keine Spur, Kamerad Urban, cash in Dollar, die Uris haben dafür gelöhnt.»

Er wollte mir seine Spielzeugpanzer auf dem Schreibtisch erklären, doch ich bohrte weiter: «Und wie kam das Geschäft zustande?»

Er nahm Haltung an. «Ich bin ja von der Panzerwaffe, und wir lösen Probleme mit den taktischen und strategischen Grundsätzen unseres verehrten Lehrmeisters Guderian.»

Die interessierten mich nicht. «Gibt es nicht ein Ausfuhrverbot für Waffen in Spannungsgebiete?» fragte ich.

«Ideen muß man haben, Kamerad Urban. Und einen Chef, der General der Luftwaffe ist.»

Ich schaute ihn gespannt an, was ihn animierte, eifrig weiter zu berichten.

«Ausfuhr über ein Drittland, sag ich mal. Zum Beispiel Lieferung nach Portugal. In Portugal gibt es eine deutsche Luftwaffen-Basis. Von dort aus haben ein paar deutsche Transall-Maschinen Übungsflüge nach Nairobi unternommen, im Auftrag der Portugiesen natürlich, aber mit unseren Kanonen an Bord. In Nairobi ist auch unsere Luftwaffe stationiert, als Berater der Kenianer. Und Kenia liegt ja fast vor der Haustür, von dort konnten sich die Uris das Gerät dann selber holen. Gesamtplanung Oberst im Generalstab Henning von Witzke, hat mir eine Beförderung eingebracht!» Beinahe hätte er aus Ehrfurcht vor sich selbst die Hacken zusammengeschlagen.

Arschloch, dachte ich und sagte: «Ich bin anderer Ansicht, man sollte diesen Ländern keine Waffen verkaufen, denn das verlängert unnötig den Bürgerkrieg.»

Von Witzke wollte die Plane fur seinen Sicherheitsbereich nicht gefährden und entgegnete nichts darauf. Dann gab er mir einen Brief an seine Frau, den ich in Frankfurt einwerfen sollte, falls meine Rückreise vor dem nächsten Botschaftskurier erfolge.

Den ganzen Tag habe ich herumtelefoniert, um Howard Ngara zu erreichen. Umsonst, er scheint von einer Besprechung in die andere zu hasten. Von ihm will ich mehr über das geplante Attentat auf den Botschafter erfahren.

Später sitze ich in meinem Zimmer im Sambesi. Jeden Tag eine neue Überraschung, denn meine Mini-Bar ist aufgebrochen und alle Getränke sind geklaut worden. Der Kellner vom Room-Service lacht darüber und füllt den kleinen Eisschrank wieder auf. Ich genehmige mir ein Beck's-Bier, lese in Hans Corells Notizen. Danach hat ihn das Aids-Problem sehr beschäftigt. Als er mit Marion schlief, machte er sich Vorwürfe, weil er keinen Schutz benutzte und sie vielleicht angesteckt haben könnte.

Hier finde ich gerade einen Brief an seine Tochter:

Liebe Sabine,
Weihnachten ist schon so gut wie vorüber, und es ist üblich, sich aus diesem Anlaß zu schreiben, was ich eigentlich albern finde, trotzdem bin ich so den Traditionen verhaftet, daß ich es einfach tun muß. Allerdings ist mir weder nach Weihnachten zumute, noch kommt bei vierzig Grad im Schatten Weihnachtsstimmung auf. Schade, daß Du und Ralf (oder wenigstens Du) nicht hiersein könnt, warten wir auf bessere Zeiten...

Vielleicht erzähle ich Dir einmal, um doch beim Thema zu bleiben, wie die Leute hier Weihnachten feiern:

Der Lufthansa-Stationsleiter Glattmann ist der einzige, der in Urumbura einen richtigen Tannenbaum schmücken kann, ein Geschenk der Cockpit-Crew der Maschine vom 23. Dezember. Grunds, das Kanzlerehepaar, besitzen einen mit künstlichen Zweigen und Nadeln, die Äste kann man in den Stamm einschrauben, das Ding stammt noch aus seiner Zeit beim Generalkonsulat Seattle. Andere Botschaftsleute feiern Weihnachten gar nicht, sie gehen gut essen und sind ausgesucht freundlich zu ihren Bediensteten. Mit Ausnahme Nagels (nomen est omen, ein Ex-Feldwebel der Bundeswehr), dort gibt es keine Weihnachtsgeschenke, obwohl sich Ehefrau Carmen dafür eingesetzt hat, aber Wolfram war dagegen, weil sich die neuen Diener, wie er sagt, erst bewähren müßten, man solle sie nicht verwöhnen. Aufsehen erregte, daß der Botschafter seinem Fahrer Mike eine goldene Armbanduhr schenkte, aber schließlich hat der ihm im George & Dragon bei einem Überfall das Leben gerettet (muß ich Dir später mal en detail erzählen). Buchtas (Du versäumst nichts, sie nicht zu kennen) verbringen die Feiertage im Hilton Nairobi.

Vielleicht ergänze ich meine tropischen Christfestergüsse noch mit einem Stimmungsbild: In der Stadt erreicht das Weihnachtslieder-Gedudel einsame Höhepunkte. Einzelne Ladengeschäfte haben über den Schaufenstern Außenlautsprecher angebracht, man kann es als Glücksfall bezeichnen, daß es nur selten mehrere Geschäfte dicht nebeneinander gibt, dann entsteht nämlich ein wildes Potpourri, in dem meistens der Oldie ‹Silent night, holy night...› die Oberhand behält.

Hier und da wurde am sogenannten Heiligen Abend ein Feuerwerk abgebrannt, als Ersatz dienten häufig Maschinenpistolen-Salven in die Luft. Wer über Leuchtspurmunition oder Gewehrgranaten verfügte, konnte besonders schöne Effekte erzielen.

Mit Respekt vor der Geburt Christi wurde der Krieg an diesem Abend unterbrochen. Zwar waren die Roadblocks besetzt, die Soldaten jedoch ‹zu›, entweder vom Fusel oder von Bhang (Marihuana). Als ob es ein stilles Übereinkommen mit dem Gegner gegeben hätte, feierte auch die Guerilla Weihnachten und sprengte nicht einmal ihren obligatorischen Strommast. Unser Militärattaché Henning von Witzke war am ersten Feiertag von seinen Kameraden, dem Offiziers-Korps der Präsidentengarde, zum Weihnachtsschießen mit anschließendem gemütlichen Beisammensein eingeladen worden (honi soit qui mal y pense). Das sollte wohl ein deutliches Zeichen für die Normalisierung der deutsch-urumburischen Beziehungen sein. Unser Botschafter ist mit seiner Frau zur Großwildjagd nach Massai-Mara geflogen, für vier Tage und ohne Wissen des AA. Was seinen Vertreter, Botschaftsrat Zielinsky, nicht davon abhielt, drei Tage lang im Whisky-Dauerrausch zu verbringen. Aber niemand belästigte ihn, in Bonn schien selbst unser unsteter Außenminister, nach Beilegung der Libyen-Krise, samt seiner Mannschaft in Feiertagsruhe versunken zu sein.

Meine liebe Bine, genug des weihnachtlichen Gefasels, schreib mir mal wieder, Deine letzte Post bestand aus einer Sommerurlaubskarte.

Ach so, vielleicht willst Du wissen, was ich über die Festtage getrieben habe: ich habe viel gelesen (Martin Walser, Die Verteidigung der Kindheit) und mäßig viel getrunken.

Anstelle der üblichen Feiertagsgrüße wünsche ich Dir für das kommende Jahr alles Gute!

Es grüßt und küßt Dich Dein Papa

Ich komme ins Grübeln über diesen Brief und das Verhältnis von Hans zu seiner Tochter. Und wie einsam er gewesen sein muß. Ich finde keine Anhaltspunkte dafür, warum er den Brief nicht abgeschickt hat.

Auch in seinem Tagebuch, das ich fast ganz gelesen habe, ist nichts vermerkt. Ich lese jetzt die Fortsetzung.

12

Hans und Liza hatten sich an den beiden Weihnachtsfeiertagen im Zimmer 418 des Sambesi vergraben und den Raum in dieser Zeit nicht einmal verlassen.

Dagegen hatten es Horst und Jens wohl schwerer. Jens sprach nicht viel und sagte nur, daß es ein komisches Gefühl sei, Weihnachten bei dieser Hitze zu erleben. Horst machte keinen Hehl aus seinem Heimweh.

Es war schon dunkel, als sie vor dem Abendessen in den Pool sprangen. Frau Hinzinger hatte es ihnen, kurz vor ihrer Abreise, ausdrücklich erlaubt und sie zum Essen über die Feiertage eingeladen. Koch Washington und der Major domus hätten zwar frei, würden aber trotzdem etwas auf den Tisch bringen.

Der zweite Weihnachtstag war in Urumbura kein Feiertag, die Botschaft hatte trotzdem geschlossen.

«Nicht schlecht, Herr Specht, fürs Einkaufen», sagte Jens und trat dem alten VW von Corell auf das Gaspedal, was aber nur eine zögerliche Wirkung hervorrief.

Sie stellten das Auto in der Nähe der City Hall ab, schlenderten durch einige Straßen und kauften eine lederne Umhängetasche. Dann gingen sie auf einen der Märkte, besorgten sich Obst und kehrten zum Fahrzeug zurück. Ein Halbwüchsiger stand in der Nähe und deutete auf einen Plattfuß rechts hinten.

«Mist, elendiger», schimpfte Horst, «koa Wunder bei den Straßen.» Sie öffneten die vordere Haube, fanden Werkzeug und Ersatzrad, der Junge half eilfertig, zwei andere gesellten sich dazu. Die drei Einheimischen waren sehr freundlich.

«Look, Mista!» Der Junge zeigte auf die Beschädigung am Reifen. Horst nahm an, daß sie eine Glasscheibe verursacht habe.

«Das ist eindeutig ein Messerstich», sagte Jens.

Die Radmuttern waren eingerostet, das Auto stand auch längst nicht mehr im Schatten, und in wenigen Minuten rieselten Schweißbäche an ihnen herunter, so daß sie Hemd und Hose auszogen und in der Badehose weitermachten.

Als sie endlich fertig waren, hatten ihre drei Helfer längst das Weite gesucht, so daß sie ihnen nicht einmal ein Trinkgeld geben konnten. Sie stiegen ein und wollten starten.

«Himmelherrgottsakra!» schrie Horst wütend auf, denn ihre Kleidung, die Tasche, das Obst – alles geklaut.

Kanzler Grund nickte bedächtig. «Ein uralter Trick. Wieviel Geld?»

Horst zerknirscht: «Von Jens zwanzig Dollar und von mir ungefähr vierhundert Urumbura-Shilling; ich Depp war nur auf das Radwechseln konzentriert, also das passiert mir nicht ein zweites Mal.»

«Nein», bestätigte Grund, «so was passiert normalerweise nur das erste Mal.»

Jens hatte noch ein anderes Problem. «Herr Kanzler, unterstehen wir eigentlich dem Militärattaché oder wem? Ich mein, weil der Oberstleutnant schon die ganze Zeit so tut, als ob...»

«Herr von Witzke ist nicht Ihr Vorgesetzter.»

Das Weihnachtsschießen mit Scheiben-Pistolen hat sich für Henning von Witzke gelohnt. Denn so ganz nebenbei sprach ihn der stellvertretende Verteidigungsminister, Generalleutnant Jomo Nyati an, und fragte, ob die Bundesrepublik nicht Interesse an der Lieferung von zwanzig Feldhaubitzen habe, wenn nötig über ein Drittland, obwohl man aus seiner, des Generalleutnants, Sicht Urumbura nicht als Spannungsgebiet bezeichnen könne.

«Na ja», von Witzke strich sich mit der Hand über das Kinn, «Wenn man es so sieht.»

«Unsere Probleme sind doch hausgemacht, Herr Oberst, und spielen international keine Rolle.»

«Das stimmt, Herr General», pflichtete der Militärattaché mit Nachdruck bei.

Der Generalleutnant war gut informiert: «Sie können uns ohne Bedenken direkt beliefern, denn Ihre Regierung hatte ja auch keine im Falle von Senegal oder Kenia oder Kongo oder Sudan oder Malawi oder Burundi oder Tschad oder... Soll ich weiterreden? Diese Länder liegen doch alle irgendwo hier in der Gegend.»

Südafrika hat er bewußt nicht genannt, registrierte von Witzke.

«Herr Oberst», fuhr Nyati fort, «unsere Beziehungen mit Kenia sind zur Zeit ohne Störungen, was, wie Sie wissen, nicht immer so gewesen ist. Und Ihr Land leistet Kenia Militärhilfe. Das ist nicht nur bemerkenswert, sondern auch ausgesprochen günstig. Denn Ihre Luftwaffe fliegt doch jede Woche zweimal nach Nairobi. Was halten Sie davon, wenn eine Ihrer Transall einfach eine Feldhaubitze für uns mitbringt? Wir könnten die Kanone dann mit unseren Urumbura Air Lines in Nairobi abholen. Splendid idea, isn't it?»

«Indeed, general.»

«Das heißt nicht, daß die deutsche Luftwaffe uns nicht auch direkt anfliegen könnte. Aber vielleicht ist das politisch zuviel verlangt, muß ja auch nicht sein. Ich hätte nur gerne möglichst bald eine dieser MGG-Feldhaubitzen Kaliber 155 mm zur Ansicht und Probe.»

«Jawohl, Herr General.»

«Und der Deal läuft über mich, Sie verstehen, Herr Oberst.»

«Selbstverständlich, nur über Sie.»

«Wie ich sehe, schmückt unser militärischer Verdienstorden Star of Urumbura noch gar nicht Ihren Uniformrock. Das müssen wir bei nächster Gelegenheit nachholen.»

Endlich ein sinnvoller Auftrag, bei dem von Witzke seine Qualitäten zeigen konnte, sein Organisationstalent, seine Umsicht, sein strategisches Denken und Handeln im Sinne der Bundesregierung zur Förderung deutscher Wirtschaft und Erhaltung der Arbeitsplätze.

Erst als zwischen Hardthöhe und MGG alles festgezurrt war, wie er es Bea gegenüber formulierte, unterrichtete er den Botschafter. Hinzinger fertigte dann auch einen Bericht an das AA, den er so geschickt formulierte, daß man indirekt den Schluß ziehen konnte, die geplante Lieferung von zwanzig MGG-Feldhaubitzen 155 mm sei auf seine Initiative zurückzuführen.

«Jetzt kann mir auch der Buchta nicht mehr in die Gulaschkanone spucken», sagte von Witzke zu Bea und schob vor dem Spiegel sein Panzerkäppi mit den beiden schmucken Bändern, die wie zwei Schwänzchen in den Nacken hingen, in eine verwegene Schräglage, um Buchta in dessen Büro zu besuchen. Bea rief hinter ihm her, es wäre besser, wenn er Gulaschkanonen verkaufen würde.

Auch bei Manfred Buchta hing eine Landkarte über der Besucher-Sitzgruppe aus dunkelblauem Leder, extra eingeflogen aus Bern.

«Irgendwie bin ich auch ein Militär», philosophierte Buchta, «denn mein Geschäft verlangt Taktik und Strategie, ich brauch

Ihnen den Unterschied nicht zu erläutern, und mein Ziel sind Sieg und die Niederlage der Konkurrenz.»

Der Oberstleutnant betrachtete beifällig nickend die Weltkarte mit den bunten Stecknadelmarkierungen und begann Buchta von dem Waffengeschäft zu erzählen, als dieser ihn unterbrach.

«Weiß ich doch alles schon, von Witzke. Zwanzig Feldhaubitzen 155 mm, alles in Ordnung.»

Von Witzke erschrak.

Buchta grinste: «Mich hat der Nyati zuerst gefragt, ich hab ihn an Sie verwiesen, denn auf dem Gebiet sind Sie der Experte. Daß er die Hand aufhält, ist Ihnen klar?»

«Klar, jawohl.»

«Das heißt, das erste Geschütz müssen Sie ihm schenken, der Staat bezahlt zwar zwanzig, der Nyati überweist aber nur für neunzehn.»

«Das wären ja fünf Prozent?»

Buchta lachte. «Normale Marge, wenn Sie Glück haben drei, wenn Sie Pech haben fünf Prozent. Neben den Extras.»

«Was für Extras?»

«Sie müssen den Nyati nach München einladen, und Sie fliegen natürlich mit. Das Programm macht MGG, die kennen das schon. Mit Bordell-Besuch, und das wenigste ist ein Video-Recorder im Fluggepäck nach Hause.»

«Wie bitte?» Der Militärattaché wirkte konsterniert.

«Nu gucken Sie nicht so moralisch, Oberstleutnant, Edel-Puff in Schwabing, erste Sahne und keine Gefahr, sich die Gießkanne zu verbiegen. Ich kenn die Adresse.»

«Muß das wirklich sein?»

«Ich würde die München-Visite erst nach dem Probeschießen machen, womöglich macht doch die Konkurrenz das Rennen.»

«Konkurrenz? Was für eine Konkurrenz?»

«Ach, Sie wissen das nicht? Die Schweizer! Lassen Sie sich was einfallen, von Witzke, dran, drauf und drüber, wie bei den Panzern und den schwarzen Mädchen!»

Eigentlich mied Corell die Orchidee, es war ihm zu laut dort, andererseits hatte er Jens und Horst, die unbedingt dort ihren Einstand geben wollten, die Bitte nicht abschlagen wollen.

Die beiden BGS-Männer betrachteten ihn, den Sicherheitsbeauftragten, als ihren unmittelbaren Chef. Sie suchten klare Dienstverhältnisse, die es hier jedoch überhaupt nicht gab.

«Ab sofort halten wir es so, Männer», sagte Corell ihnen in der Disco, «in allen Sicherheitsfragen haltet ihr euch an mich, in allen administrativen Fragen an den Kanzler.»

«Klares Wort, Herr Corell.» Horst nickte anerkennend. «Wie lautet unser Auftrag?» fragte Jens.

Dazu hatte Corell sich bereits etwas überlegt. «Erstens Objektschutz von Kanzlei und Residenz. Zweitens Eingangskontrolle Kanzlei und Überwachung des Besucherwarteraums. Drittens Anleitung von Herrn Neumann, wie er seine Leute zweckmäßig einsetzen soll. Bis wann könnt ihr mir einen Dienstplan vorlegen?»

«Bis morgen, Herr Corell», sagten beide fast gleichzeitig.

«Den Dienstplan besprecht ihr dann mit Frau von Linden, sie ist der Personalrat, das ist Vorschrift.»

Horst und Jens waren zufrieden. Sie wollten nur noch wissen, wo sie ihre Waffen tragen dürften, die inzwischen eingetroffen seien.

«Natürlich nur im Dienst und offiziell nur im Bereich von Botschaft und Residenz. Inoffiziell erlaube ich euch, sie während der Dienstzeit auch außerhalb der Vertretung zu tragen, für den Fall der Notwehr. Das nehme ich auf meine Kappe.»

«Klare Verhältnisse, Herr Corell!» Horst strahlte.

«Und der Militärattaché?» fragte Jens.

«Herr von Witzke macht öfter Vorschläge zu Sicherheitsmaßnahmen, aber er ist nicht befugt, sie anzuordnen. Solche Vorschläge könnt ihr entgegennehmen und natürlich auch mit ihm diskutieren, darüber hinaus wendet ihr euch aber an mich.»

Jeder von ihnen hatte zwei Flaschen Bier getrunken, und es war ihnen der Gesprächsstoff ausgegangen.

Horst und Jens wollten schon lange auf die Tanzfläche, und Corell sagte, er wolle bald gehen, der Lärm mache ihn verrückt. Sie nickten verständnisvoll.

Corell sah jetzt in der Nähe der Eingangstüre schemenhaft Marcel Zielinsky. Dem wollte er auf keinen Fall in die Hände geraten. Er ging in den Flur, entdeckte neben der Küche einen Hinterausgang und gelangte nach draußen in eine kleine Nebengasse.

Kannst du mir helfen, zwei Kisten aus dem Zoll rauszuholen? Ich war schon zweimal dort, das sind die letzten Idioten da. Jedesmal zitieren sie andere Bestimmungen, die irgend etwas blokkieren.»

«Was denn für Kisten, Marion?» Hans sah nicht einmal von der Zeitung auf.

«Ein paar Sachen aus Fulda, die nicht in meinen Koffer gingen. Schreibmaschine zum Beispiel.» Sie mußte lachen. «Und auch einen Schlafsack, den man bei der Hitze hier weiß Gott vergessen kann.»

«Ich schicke morgen Bosaka hin, vermutlich hast du dann übermorgen deine beiden Kisten.»

«Danke, Hans. – Entschuldige, wenn ich dich mit meinem Kram belästige, aber es geht auch noch um meine Akkreditierung beim Arbeitsministerium, das wird und wird nichts.»

«Ist doch klar», antwortete Corell, «du wirst sie nie erhalten, weil du für die UTU arbeitest, und die ist, trotz offizieller Anerkennung der Gewerkschaften, für die Regierung ein Teil der Guerilla.»

«Das ist doch Quatsch, davon hätte ich längst etwas gemerkt.»

«Die Realität spielt keine Rolle, es genügt, was ihnen politisch in den Kram paßt.»

«Ganz wie bei uns, wenn du dich in einer Bürgerinitiative gegen Kernkraftwerke engagierst, wirst du sofort in die Ecke der Extremisten gestellt.»

Corell hatte keine Lust, jetzt mit ihr über die Verhältnisse in

Deutschland zu politisieren, und lenkte ab: «Was sagt denn Gesa dazu?»

«Frau von Linden behandelt das alles sehr formalistisch, auch meine noch immer ausstehende Aufenthaltserlaubnis. Vielleicht stört es sie, daß ich bei dir wohne – noch jedenfalls.»

«Das kann ich mir schlecht vorstellen. Was willst du denn machen, wenn du hier ausziehst?»

«Angeblich haben die vom Gewerkschaftsbüro jetzt ein kleines Haus in Aussicht.»

«Schade, ich fange an, mich an dich zu gewöhnen. Es ist doch ganz schön mit uns beiden. Willst du nicht doch bleiben?»

«Mal sehen, Hans.» Sie gab ihm einen flüchtigen Kuß auf die Lippen. «Ich muß gehen, ich habe jetzt ein Büro und sogar einen Fahrer. Er wartet draußen.»

Hans ging mit ihr an die hintere Tür, wo ein dunkelblauer Toyota stand. «Macht deine Arbeit Fortschritte?»

«In gewisser Weise ja, jedenfalls was das Aus- und Fortbildungsprogramm angeht. Das habe ich fertig, und da tut sich auch was. Jetzt kümmere ich mich um die Gewerkschaftsfinanzen, da sieht es ganz und gar desolat aus.»

«Kurz vor der Pleite, was?»

«So ungefähr. Es gibt hier dieses Check-off-System, die Arbeitgeber führen an die Einzel-Gewerkschaften ab, und die haben von zehn Shilling zwei an den Dachverband zu zahlen. Aber das funktioniert nicht, schuld ist einzig der Schlendrian, vor allem die Karteien sind nicht auf dem laufenden. Und damit fange ich jetzt an. Ideal wäre, wenn ich einen gebrauchten Computer hätte, weißt du, wer einen übrig hat?»

Sie wollte in den Wagen einsteigen, Hans öffnete ihr die hintere Tür. Sie aber ignorierte das und setzte sich neben den Fahrer.

13

General Hasso Graf Hasenberg war am Vormittag mal eben mit seinem Adjutanten, Hauptmann Schlegel, im Tornado vom Fliegerhorst Kempten zum schwarzen Kontinent ‹rübergerutscht›. Es war eine seiner spontanen Ideen beim Frühstücksei, wie sie der General liebte. Er war Kommandeur des Abschnittes Bundesrepublik Süd und gleichzeitig auch Befehlshaber der Verteidigungsattachés Afrika und Nah-Ost.

Das ganze Unternehmen als Übungsflug zu deklarieren hätte eigentlich genügt. Aber es traf sich gut, daß genau heute die urumburische Armee die Entscheidung wegen der Feldhaubitze treffen wollte.

Von Witzke ließ sich zusammen mit BGS-Horst von Mike im Mercedes-Panzer zum Flughafen fahren, um den General zu empfangen.

Als sie auf das Flugfeld einbogen, stand der Tornado in seiner schrecklichen Schönheit in der flimmernden Hitze, die Haube offen, Hauptmann Schlegel schaltete gerade die Turbinen ab, deren Zischen wie ein in Wasser geworfenes Stück glühendes Eisen verklang.

Der deutsche Tornado war hier eine kleine Sensation und sofort von Schwarzen umlagert, solchen, die das Vorfeld betreten durften, und solchen, die dort eigentlich nichts zu suchen hatten. Eine Premiere auch die formvollendete Begrüßung zweier deutscher Offiziere zweier Waffengattungen auf urumburischem Boden.

«Der General ist da drüben in einem der Gebäude, da muß die VIP-Lounge sein. Er genehmigt sich ein Schnäpschen, Herr Oberstleutnant.»

«Danke, Herr Hauptmann.» Von Witzke eilte zur VIP-Lounge.

«Die Dame ist schlagfertig und im Umgang mit Generälen geübt, wie mir scheint. Guten Tag, mein lieber von Witzke», begrüßte ihn Graf Hasenberg.

«Willkommen in Urumbura, Herr General, und entschuldigen Sie mein Zuspätkommen.»

«Macht nichts, von Witzke, wir sind den Schlenker über Nairobi ein bißchen schneller kutschiert.»

Liza stellte mit einem belustigten Lächeln einen zweiten Schnaps vor den General.

«Die Dame sagt, ein deutscher General, wenn er schon mal hier sei, müsse zwei Schnäpse trinken, für jeden Generalsstern einen. Und schön ist sie, finden Sie nicht?» Er hob das Glas. «Trinken Sie einen mit, von Witzke?»

«Danke, Herr General.»

«Danke ja oder danke nein?»

«Danke ja, Herr General.»

Auf dem Weg zur Botschaft erläuterte der Militärattaché, daß sich der stellvertretende Verteidigungsminister Nyati entschuldigen lasse, er müsse an einer Kabinettsitzung teilnehmen und werde General Graf Hasenberg nachmittags begrüßen. In Wahrheit sei es aber unmöglich gewesen, daß die urumburischen Kameraden so kurzfristig reagieren könnten.

In der Kanzlei zeigte ihm dann von Witzke seine beiden Büroräume.

«Jeder, Herr General, der in diesem Hause als Besucher herumstöbert, kann bis zu mir vordringen und sich Zutritt verschaffen. Bedenken Sie, was das für ein Sicherheitsrisiko ist. Nicht, daß ich persönlich ängstlich wäre, aber nehmen wir nur zum Beispiel die geheimen Nato-Akten. Ich bestehe deshalb auf einem eigenen Sicherheitsbereich mit einer Extratür im Flur. Mit Fernsehüberwachung, Klingel und Gegensprechanlage. Könnten Sie mich unterstützen, Herr General, diese Forderung ist doch nicht abwegig?»

Der General nickte, während von Witzke auf dem Weg zum Botschafter die Sicherheitsmängel der Kanzlei aufzählte.

«Guten Tag, Herr Botschafter, seien Sie bitte nicht böse, daß ich so hereingeschneit komme», sagte der General und legte lässig grüßend die Finger kurz an die Schläfe.

«Schneien ist gut», bemerkte der Botschafter und deutete auf das große Thermometer an der Wand. «Nehmens Platz, meine Herren, wie wäre es mit einem Schnaps?»

Von Witzke kam jetzt echt in die Bedrouille. Konnte er, Angesicht in Angesicht mit seinem General, einen Schnaps verweigern? Welche Rückschlüsse würde dieser daraus ziehen? Nie und nimmer würde er normalerweise vor so einer Aktion Alkohol trinken. Kurz entschlossen zog er sich aus der Affäre.

«Ich bitte mich zu entschuldigen», log er mit Entschiedenheit, «da ich noch einige Vorbereitungen für den Nachmittag zu treffen habe.»

In der Nähe der Tontaubenschießanlage, auf einer Art Feldherrnhügel oberhalb der Stadt, standen die beiden Feldhaubitzen. Die links war deutschen Fabrikats, die rechts stammte aus einer eidgenössischen Waffenschmiede in Zürich-Oerlikon. Es hatten sich versammelt: der stellvertretende Verteidigungsminister Generalleutnant Nyati mit seinem Stab, Angehörige der deutschen und Schweizer Botschaft, Manfred Buchta sowie General Hasso Graf Hasenberg mit Hauptmann Schlegel.

Von Witzke stellte die deutsche Kanone vor, beschrieb sie von außen nach innen, wie er es sich vorgenommen hatte. Er pries die Schönheit des Gesamteindrucks, ihr Stromlinien-Styling und die Anpassungsfähigkeit an das Gelände, die Tarnvarianten, die Qualität des harten Krupp-Stahls, ging über auf die einzelnen Teile und ihre Funktion, landete schließlich bei dem ‹Vorgang in der Waffe beim Schuß›, wie er es bezeichnete.

«Meine Herren, man nennt den von dem Geschoß nach Verlassen der Laufmündung zurückgelegten Weg die Flug- oder Geschoßbahn. Auf die Gestaltung der Flugbahn wirken ein: Geschwindigkeit des Geschosses, Richtung, mit der das Geschoß den Lauf verläßt, Schwerkraft, Luftwiderstand und Drehung des Geschosses um seine Längsachse, genannt Drall.

Die Anfangsgeschwindigkeit heißt V-Null und wird bedingt durch die Kraft der Pulvergase. Wenn diese Pulverkraft allein wirkte, würde das Geschoß mit unverminderter Geschwindigkeit gradlinig in Richtung der Seelenachse...»

Des Militärattachés Blicke kreuzten sich mit denen seines Generals, irritiert merkte er, daß er sich möglicherweise in waffentechnischen Einzelheiten zu verlieren drohte. Abrupt wechselte er das Thema.

«Also was ich noch ergänzen sollte: Visierlinie heißt die gedachte gerade Linie, welche Kimme und Korn miteinander verbindet. Das wollte ich erwähnen und abschließend erklären: Die Feldhaubitze MGG-155mm ist ein edles Produkt deutscher Wertarbeit und wird seinem Besitzer immer Freude bereiten.»

Verdammt, die Generalsaugen hatten ihn völlig aus der Fassung gebracht, er hatte den Faden verloren, in seinem Konzept standen auch ganz andere Schlußworte. Von Witzke war unzufrieden mit sich.

«Gruetzi miteinand», begann nun der Schweizer Militärattaché seine Ausführungen, und als er endete, konnte man den Eindruck gewinnen, daß Oberst Spueli ein bißchen besser abgeschnitten hätte, weil das Zielen über Bergkuppen eine Ur-Kantons-Domäne der Eidgenossen war und bei diesem Teil seines Vortrags General Nyati und sein Stab mit bedenklichen Gesichtern ihre Köpfe in Richtung der deutschen Kanone wendeten.

Dann folgte das Probeschießen. Deutschland protzte ab und traf einen Kilometer entfernt mitten ins Schwarze. Hasso Graf Hasenberg nickte anerkennend, woraufhin von Witzke sich etwas beruhigte.

Nun die Schweiz: Mit einem fürchterlichen Donner ging der Schuß los, und als sich der Pulverdampf verzog, sah man nicht nur, daß die Schweizer Feldhaubitze ein klägliches Bild der Eigenzerstörung abgab, sondern daß auch alle Militärs und die meisten Zivilisten hinter irgendeinem Erdhügel oder Felsbrokken in Deckung gegangen waren.

«Gottfriedstutz», fluchte Oberst Spueli, dann «Stanerpfeifi!» und zum Schluß «Das is es cheibe Zueg!».

Nur Marcel Zielinsky stand aufrecht und sagte zum deutschen

Botschafter, der sich zwei Meter entfernt hinter einer Baumeuphorbie erhob: «Da war wohl die V-Null zu hoch und hat die Seelenachse verbogen.»

Kein Zweifel, das Geschäft hatten die Deutschen gemacht, was mit Handschlag von General zu General sofort besiegelt wurde.

Dann begegneten sich erneut die Blicke des Generals und des Militärattachés. Henning von Witzke signalisierte: Ich weiß, mein General, das war nicht ganz fair den Schweizern gegenüber, Sie haben auch gemerkt, daß mit der Pulverladung der Schweizer Kartusche etwas nicht stimmte, daß vielleicht die doppelte zulässige Menge drin war. Aber das ist auch ein Krieg, an anderer Front mit anderen Mitteln, und Krieg ist grausam und rücksichtslos. Ihr Lehrmeister, mein General, ist vielleicht der Jagdflieger Rudel. Okay, ich weiß nicht, wie der entschieden hätte, er galt als tapfer und nobel. Aber meiner ist Guderian. Und der sagt, daß Schlachten in der Tiefe des Raumes gewonnen werden müssen. Und dort gibt es den Geheimdienstchef Fekesi. Es verbietet sich, davon Kenntnis zu haben, wie er es zuwege gebracht hat, denn die Schweizer hatten ihre Munition in ihrer Botschaft unter Verschluß. Ist ja auch egal, mein General, der Sieg ist unser.

Des Generals Augen funkten ein ganz feines und wissendes Lächeln zurück.

Der Botschafter hob seine ohnehin gewaltige Stimme: «Meine Herren, zu Ehren von General Hasso Graf Hasenberg darf ich Sie heute abend zu einem Empfang bei mir in die Residenz bitten!»

«Potzblitz, Schlegel, ein Empfang, für so was bin ich gar nicht gerüstet», rief Graf Hasenberg aus, «ich habe in Kempten die Schirmmütze vergessen! Uhrenvergleich, das ist zu schaffen!»

Der stellvertretende Verteidigungsminister stellte einen Wagen der Militärpolizei zur Verfügung. Der Hauptmann raste damit zum Flughafen, ließ die Tornado-Düsen an und wendete die Nase des Jägers in Richtung Allgäu.

Auch wenn ein Empfang spontan angesetzt wird, spricht sich das in Urumbura in Windeseile rum. Alle kamen, dem deutschen

General, mit Schirmmütze, die Hand zu schütteln. Auch der Militärattaché sonnte sich in der Bedeutung seines Chefs und seines waffengeschäftlichen Erfolgs. Sicher bin ich, so ging es ihm durch den Kopf, heute der eigenen Beförderung, zumindest zum Oberst, nähergerückt. Aber auch der dornenreiche Weg bis zum General ist seit heute kürzer als gestern, denk ich mal.

Buchta flüsterte dem Botschafter ins Ohr: «Ich hab gestern dem Nyati verklickert, die Münchner Puffs wären schweinischer als die in Zürich, die Schweiz sei zu bieder. Das war kriegsentscheidend, Franz-Xaver!»

Manfred Buchta war am Morgen mit der LH aus Deutschland gekommen. Ob er auch MGG aufgesucht hatte, wurde nicht bekannt. Wie immer, bei jedem Flug, hatte er unter heftigen Zahnschmerzen gelitten, was mit dazu beitrug, daß er sich über die vielen ‹Schwatten› ärgerte, die diesmal in der Maschine waren.

«Aber nicht, daß ich was gegen die hätte, es ist nur das viele Gepäck, das die mitschleppen.»

«Mach doch mal 'ne Therapie, Manfred», hatte Sonja vorgeschlagen.

«Wogegen, gegen die Schwatten?»

«Quatsch, gegen deine Zahnschmerzen.»

«Hör doch auf, Sonja, meinst du etwa, ich bin bekloppt?»

«Anyway, Manfred, du mußt sooft fliegen und quälst dich dabei, vielleicht hilft so was.»

Dr. Marcel Zielinsky und Hauptmann Schlegel hatten sich auf eine Sesselgruppe in der Ecke des Salons zurückgezogen. «Erstens bin ich Pilot und an zweiter Stelle Adjutant, es ist doch keine Schande, für einen Luftwaffengeneral den Adjutanten zu machen. Meinen Sie, ich wäre sein Äffchen?»

«Da haben Sie meine Frage mißverstanden, Herr Hauptmann.»

«Ach so, wie war noch mal Ihr Name?»

«Zielinsky.»

«Also offen gesprochen, Herr Zielinsky, jeder General war einmal Adjutant von einem General.»

«Ich verstehe.»

«Außerdem fliege ich gerne und auf diese Weise oft. Prost, Herr Zielinsky, der Whisky ist ausgezeichnet.» Er lehnte sich ein bißchen zurück, weil es ihn störte, daß sein Gesprächspartner so geruchsintensiv schwitzte. «Um auf das Fliegen zurückzukommen, er ist ja schon an die sechzig und der Tornado ein kompliziertes Waffensystem. Ein bißchen nach rechts, Herr General, habe ich ihm heute gesagt, sonst sind wir gleich über Bobhuthatswana.»

«Sie wären gerne General, Herr Schlegel, stimmt's?»

«Roger. Und Sie gerne Botschafter.»

«Richtig.»

Manfred Buchta pirschte sich an von Hasenberg heran: «Ich wollte Sie mal was im Vertrauen fragen, Herr General.»

«Ja bitte, Herr Buchta.»

«Haben Sie vielleicht, ich meine, als Luftwaffenkommandeur könnte das ja sein, einen Draht zum Amt für Verfassungsschutz in Köln?»

«Keinen direkten, warum?»

«Ich wollt mal off hand eine Person abklären, eine Deutsche, die für die hiesige Gewerkschaft arbeitet.»

«Ich könnte das über meinen MAD-Offizier machen lassen. Personalien?»

«Marion Klose. Geburtsdatum kann ich Ihnen ja noch faxen.»

Zu vorgerückter Stunde machte der Botschafter Anstalten, sein Jagdhorn von der Wand zu nehmen. Das kannten die Uris schon, die daraus hervorgelockten Töne grenzten für urumburische Ohren an Körperverletzung, weswegen sich Nyati schnell verabschiedete.

«See you in Munich-Town, General!»

General Graf Hasenberg tippte lässig an seine Schirmmütze.

Eigentlich hatte Henning von Witzke vor, den Tag in Ruhe anzugehen, die Panzerfiguren standen in Reih und Glied, gemächlich breitete er die New Vision aus. So empfand er es nahezu als Störung, als Kanzler Grund in sein Büro trat.

«Moin Herr Kanzler, schon vor der Morgenbesprechung Personalappell?»

«Der Botschafter ist heute nicht da, die Morgenbesprechung fällt aus.»

Der Militärattaché fühlte sich auf einem der Höhepunkte seiner Popularität und war entschlossen, die Gunst der Stunde zu nutzen.

«Sie kommen wegen des Sicherheitsbereichs meines Büros?»

«Was für ein Sicherheitsbereich?»

Von Witzke merkte, daß der Botschafter wohl die Forderung seines Generals nicht sogleich befürwortend an den Kanzler weitergeleitet hatte, es deswegen besser sein dürfte, zunächst die Anweisung «per Order Mufti» abzuwarten.

«Ein andermal, Herr Kanzler.»

Grund zuckte leicht mit der Schulter. «Es betrifft die Telefonliste, Herr von Witzke. In den letzten beiden Wochen haben Sie dreiundzwanzigmal mit MGG München telefoniert, das geht weit über unseren Etat hinaus, Herr von Witzke, dafür haben wir nicht die Mittel.»

«Seh ich ein, Herr Kanzler.»

«Diese Kosten soll das Bundesverteidigungsministerium übernehmen, oder warum eigentlich nicht gleich MGG?»

«No problem, Herr Kanzler, das ist ein Millionengeschäft für MGG, die machen das bestimmt. Dann muß ich aber zumindest noch einmal dorthin telefonieren.»

«In Gottes Namen.»

Von Witzke fühlte sich in diesem Moment spontan und ohne erkennbaren Grund ganz einfach glücklich, strich über das rechts (deutsch) und links (urumburisch) hinter ihm hängende Fahnentuch und wählte am Telefon die Eins.

«Geben Sie mir nochmals MGG München. Und fragen Sie bitte, ob es heute länger als zwei Stunden dauern wird, bis die Leitung steht.»

14

Boy Ayub servierte einen Shrimps-Cocktail, ganz nebenbei, so für den ersten Hunger, denn Manfred Buchta war gerade aus dem Büro gekommen. Ayub trug Buchtas Weihnachtsgeschenk, die weiße Tennishose. Das eng anliegende Kleidungsstück betonte seinen athletischen Körper. Neben ihm wirkte Manfred Buchta noch schmächtiger, als er es ohnehin war. Der Anblick der beiden, die nebeneinander standen, machte Sonja aggressiv. Ihr Mann berichtete, daß er einen ruhigen Arbeitstag verbracht habe, spielte aber dabei nervös mit seinen Fingern. Sie herrschte ihn an: «Laß deine Hände in Ruhe!»

Er überging ihren Tonfall und fragte, ob sie mit ihrem Führungs-Officer gesprochen habe.

«Natürlich, er hat einen File-Check gemacht. Es gab nur einen Eintrag über Marion Klose im CIA-Computer, der stammte aus 1986: Teilnahme an Demonstration in Frankfurt gegen die Startbahn West. Bestraft wegen Sachbeschädigung durch Farbschiererei am IG-Farben-Haus. ‹Internationale Solidarität gegen Startbahn West› oder so ein ähnlicher Quatsch.»

«Wie hoch war die Strafe?»

«Sechshundert Mark plus Gerichtskosten.» Sie sprang auf und nahm eine der in jedem Raum des Hauses griffbereit stehenden Spray-Dosen und lief, ätzende Wolken versprühend, hinter einem im Zickzackkurs fliegenden Moskito her, bis dieser taumelnd abstürzte.

«Und das FBI?»

«Laut CIA-Computer Fehlanzeige im FBI-Computer.»

«Welche Quellen?»

«Du fragst mich gerade so, als wäre ich deine Sekretärin.»

«Entschuldige, Darling, hat dir dein Freund Joe von der Counter Intelligence Agency vielleicht vermeldet, wie zuverlässig und erschöpfend diese Auskunft ist und auf welche Quellen er zurückgegriffen hat? Das werde ich dich doch wohl fragen dürfen.»

«Du brauchst gar nicht so zynisch zu sein, Joe vermeldet mir nichts, sondern ich habe ihm zu melden. Und er hat von mir die Nachricht, daß diese Deutsche bei der UTU arbeitet. Nur weil er gut gelaunt war, hat er mir gesagt, daß die CIA-Information auf einer Quelle von M 15 beruht, und M 15 beruft sich auf eine Quelle von Mossad.»

«Ich frage mich, warum der BND mal wieder gar nichts weiß.»

Ayub servierte die leeren Cocktail-Schalen ab, Sonja streifte mit ihrem Blick bestimmte Rundungen seines Körpers und sagte dabei: «Weil das den BND nicht interessiert, sondern das BfV, und weil es bei uns einen idiotischen Datenschutz gibt, über den andere Nachrichtendienste nur lachen.»

Auch Manfred lachte, es klang hämisch. «Bei BKA und BfV gehen die Kameraden der Dienste mit einer Whisky-Flasche unterm Arm ein und aus, so muß man das machen. Datenschutz gilt nicht für das, was man sich mündlich sagt oder als sogenanntes non paper überläßt. Aber das würde der BND nie machen, das BfV besuchen. Mit der Konkurrenz verkehrt man nur über das Bundeskanzleramt.» Er machte eine Kunstpause. «Wie ist es dir sonst heute ergangen?»

Sonja winkte ab. «Der Ayub ist so was von strohdumm, ich habe ihn zum Markt geschickt, er sollte Kalbsleber kaufen, zurück kommt er mit Hühnerleber. Und das Wechselgeld hat auch nicht gestimmt. Dann hat er zugegeben, daß er sich eine Büchse Beck's Bier gekauft hat.»

«Was willst du von den Mohren verlangen, wenigstens war er ehrlich. Wo sind eigentlich die Kinder?»

«Die sind schon bei Nagels. Vergiß nicht, daß wir dort eingeladen sind, wir fahren in einer halben Stunde.»

Manfred Buchta stand auf, ging in den Billard-Salon und legte eine CD in den Player.

Sonja Buchta brachte die beiden Gläser in die Küche, Ayub stand an der Spüle, und während sie die Gläser in das Wasser legte, schmiegte sie sich kurz und wie zufällig mit ihrem Busen an ihn.

Ein Wasserrohrbruch in der Kirinjaga Road ließ den Vergaser des VW absaufen. Corell stand mit dem Fahrzeug im knietiefen Wasser, ein Landcruiser von UNICEF hielt hinter ihm an und schob ihn mit seiner Stoßstange auf einen trockenen Straßenbereich. Doch der VW sprang nicht mehr an. Corell ließ ihn also stehen, und der Schwede von UNICEF setzte ihn am Twentieth Century Cinema ab, wo Liza wartete. Sie hatte sich ein Tuch kunstvoll um den Kopf geschlungen und sah sehr afrikanisch aus.

«Wir haben noch eine halbe Stunde Zeit, gehen wir nebenan ins Arusha?» fragte Hans Corell und musterte sie überrascht.

«Liza zögerte, dann sagte sie: «Na gut.»

Sie suchte in dem Café den Tisch in der hintersten Ecke aus und setzte sich mit dem Rücken zum Raum und zur Straße. Hans wartete, bis der Tee serviert war, frische grüne Pfefferminzzweige, übergossen mit heißem Wasser.

«Ich hatte heute einen Drohanruf.»

Sie schaute ihn an, weder besorgt noch überrascht, hielt die Tasse in beiden Händen und sog den Pfefferminzgeruch in sich ein.

«Der Mensch sagte: ‹Rühr nicht mit deinen schmutzigen Fingern in unseren Angelegenheiten, sonst wirst du nicht mehr lange leben.›»

«Mann oder Frau?»

«Ein Mann. Er sprach das schlechte Englisch vieler Urumburis. Aber wahrscheinlich treffen die Gebildeten die Anordnungen, und die anderen führen sie aus.»

«Sagen wir es besser so», Lizas Stimme klang gereizt: «Die Gerissenen ordnen an, und die Einfachen haben zu gehorchen. Und die Gerissenen haben das Geld, weil sie an der Macht sind, oder sie kommen an die Macht, weil sie das Geld haben. Aber das ist kein typisch afrikanisches Problem.»

«Drohanrufe vielleicht eher.»

«Stimmt.» Jetzt klang sie spöttisch. «Statistisch gesehen kommt vielleicht ein Mord auf hundert Anrufe, deine Chancen stehen mit hundert zu eins so schlecht nicht. In unserem Straßenverkehr würde ich sie auf fünfzig zu eins schätzen.»

Es störte Corell, daß sie ihn offenkundig nicht ernst nehmen wollte. «Es war bereits der zweite Anruf! Was steckt dahinter?»

«Das kann in der Regel der Angerufene selbst am besten beantworten.»

«Ich mache meinen Botschafts-Job, das erklärt nicht viel.»

Sie sah ihn unvermittelt herausfordernd an. «Und die Frau, die bei dir wohnt, arbeitet sie nicht für die UTU?»

Er schwieg eine Weile nachdenklich. Dann wollte er ihre Hand nehmen, die sie ihm aber entzog. «Liza, du weißt zuviel, du arbeitest für den Urumbura Secret Service.»

«Ich habe dir schon einmal gesagt, daß in der VIP-Lounge viel geredet wird.»

«Eben, weshalb natürlich der USS diese Schlüsselstellung besetzt. Bist du Leutnant oder General?»

Eine ältere schwarze Frau mit der Ausstrahlung einer Stammesführerin schenkte ihnen Pfefferminztee nach. Liza wartete, bis sie außer Hörweite war.

«Du überschätzt den USS, vergiß außerdem nicht, daß ich eine Nkole bin. Im übrigen ist es auch egal», sie lächelte, «unsere Beziehung wird von dir ja auch geheimgehalten, wir sind der Geheimdienst.»

Hans lachte, sagte dann jedoch besorgt: «Man könnte mir auch wegen meiner Beziehung zu dir drohen. Dann wärst du nicht weniger gefährdet.»

«Alles ist denkbar, und nichts ist sicher, ich habe dir bereits gesagt, daß ich vorsichtig sein muß. Das Arusha ist zwar dein Lieblings-Café, aber» – sie stand auf ... «ich fühle mich hier nicht wohl, willst du unbedingt in den Film?»

Wenn mir die urumburische Militärführung einen Orden verleiht, mein Schatz, dann müssen wir ganz einfach einen Empfang geben.»

Bea war wütend: «Was habe ich mit deinem Orden zu schaffen. Oder überhaupt mit Orden, das sind doch Kindereien, sich mit solchen Klunkern zu schmücken.»

«Rede nicht so, du weißt genau, daß es für mich eine Ehre ist, wenn man mir den ‹Star of Urumbura› verleiht.»

«Jetzt hör mal zu, Henning, das hier ist eine Militärdiktatur. Das sagt mit einem Wort alles.»

«Weil die Verhältnisse so schwierig sind. Diese untereinander zerstrittenen Stämme. Jeder will an die Macht. Wenn es einen anderen Weg geben würde als den, die Guerilla zu bekämpfen, würden ihn auch die hiesigen Militärs gehen, sag ich mal.»

«Henning, falls du diesen Orden annimmst, werde ich nicht dabeisein, sondern nach Deutschland fliegen.»

Er erschrak. «Das tust du nicht, bitte! An solch einem Tag mich alleine lassen?»

«Laß dir den Stern von Urumbura verleihen, wenn sie hier einigermaßen demokratische Verhältnisse hergestellt haben.»

«Bea, ich habe immer gedacht, du wärst die Frau an meiner Seite.»

Sie brüllte ihn an: «Sie foltern, deine Militärs. Ist dir überhaupt klar, was das bedeutet? Was sich hier in dieser Stadt und auf dem Land an Grausamkeit abspielt, während du mit deinen lächerlichen Spielzeugpanzern auf dem Schreibtisch in deinem Büro hockst!»

«Und die Guerilla vermint die Pfade zwischen den Dörfern, so daß den Menschen die Beine abgerissen werden», brüllte er zurück. Dann zwang er sich zu einem gemäßigten Ton. «Bitte, Bea, laß uns in Ruhe miteinander sprechen, bevor du alles zwischen uns zerstörst. Ich mixe uns auch gleich einen schönen Cocktail.» Er verschwand in der Diele, kehrte aber gleich zurück. «Laß mich noch schnell sagen: Das Land macht eine Entwicklung durch wie so viele Staaten, auch in Europa. Und es zeichnet sich doch ab, daß auch in Afrika die Unterdrückung nach und nach der Freiheit weichen muß. Du kannst nicht alles verurteilen, die Dinge sind im Fluß.»

Sie sagte, jetzt auch etwas ruhiger: «Das mag ja sein, aber es geht um nicht weniger und um nicht mehr als darum, daß du hier und heute einen Blut-Orden annehmen willst.»

«Bea!»

«Du hättest dir wahrscheinlich von den Nazis auch das Ritterkreuz verpassen lassen.» Sie klang tief resigniert.

Von Witzke holte Luft. In der Tat, das Ritterkreuz, das spielte oft in seiner Phantasie eine Rolle, darauf wäre er stolz gewesen, das ist eigentlich durch nichts zu übertreffen. «Du darfst das überhaupt nicht politisch sehen, Bea, Guderian zum Beispiel hatte es, man erhielt es für Tapferkeit vor dem Feind, nicht etwa weil man die Nazis verehrte.»

«Ein Orden für Feigheit vor dem Feind wäre besser, findest du nicht? Das würde Menschenleben retten.»

«Bea!»

«Also um es kurz zu machen: Wenn du diesen Orden unbedingt haben mußt, dann ohne mich. Und ein Empfang kommt schon gar nicht in Frage.»

«Was sollen denn die Leute denken? Du kannst mich doch nicht so desavouieren.»

«Das ist mir egal.» Sie machte Anstalten, zu gehen.

«Aber du bist mit mir hierhergekommen, im Bewußtsein meiner Aufgabe als Militârattaché. Du wußtest, daß das auch für dich Verpflichtung ist – und Pflichten bedeutet.»

«Nicht im Bewußtsein, daß mein Mann einem Folterregime huldigt.»

«Tu ich gar nicht.»

«Doch!»

«Ja und der Empfang, es ist meine Pflicht, was soll ich tun?» Er sah sie ganz verzweifelt an.

«Mach das im Sambesi», sagte sie cool.

«Aber was das kostet, cash in Dollar!»

«Na und? Du hast doch eine fürstliche Auslandszulage.» Sie ging hinaus.

Ich brauche Ihren freundschaftlichen Rat, Dr. Zielinsky.»

«Oberstleutnant, es ist mir wie immer ein Vergnügen.»

Von Witzke gelang es, den beißenden Geruch im Büro zu

ignorieren. «Es geht um den Verdienstorden ‹Star of Urumbura›, würden Sie den annehmen?»

Zielinsky kicherte. «Ich? Ja ich wüßte nicht, wofür ich irgendeinen Orden annehmen sollte, einen Orden muß man verdienen. Und dann ist auch Lob gerechtfertigt, also wenn zum Beispiel jemand einen anderen unter Lebensgefahr rettet.»

Von Witzke machte ein gequältes Gesicht. «Und Lob für gute Zusammenarbeit?»

«Sie wissen, lieber von Witzke, ich bin von Nietzsche geprägt. Und er meint, daß unehrliches Lob hinterher schlechtes Gewissen bereitet.»

«Aber das muß doch nicht gleich alles ein philosophisches Niveau haben, Herr Botschaftsrat, ich meine, bei uns Militärs, da sind die Gründe viel profaner, man sammelt solche Auszeichnungen als Beweise und Erinnerungen für bestimmte Aktivitäten...»

«...und je voller eine Ordensspange, um so schmucker die Uniform, nicht wahr?»

«Jawohl.»

«Sie sind eitel, stimmt's?»

«Zugegeben.»

«Das ehrt Sie, Eitelkeit einzugestehen. Und keine Subordination ohne Uniform, oder?» Zielinsky räumte auf seinem Schreibtisch herum, knallte ein Aktenbündel auf einen Aktenbock.

Der Oberstleutnant erschrak. «Ich verstehe nicht, Zielinsky, aber hätten Sie mal einen Whisky?»

Zielinsky öffnete die linke Schreibtischtür und holte die Flasche heraus. «Gern, Militärattaché, ich hatte mich bewußt zurückgehalten. – Also was ich sagen wollte, uniform fällt der Glaube an Autorität leichter.» Er schenkte zwei Gläser ein. «Autorität ist keine Glaubenssache, sie beruht auf Anerkennung von Wissen und Leistung und bedingt Befehl und Gehorsam.» Zielinsky sah von Witzke an, daß ihm dieser Satz gefiel. Er hob das Glas. «Nach der reinen Lehre, von Witzke. Aber die meisten brauchen doch die Uniform, damit es mit ihrer Autorität hinhaut. – Also was ist, trinken wir erst einen?»

«Wer führen will, muß auch äußerlich als der erkennbar sein, der zum Führer bestimmt ist.» Von Witzke hob sein Glas.

«An der Ordensspange. Prost.»

«Sie unterstreicht Kompetenz. Prost.»

«Und schmückt.» Zielinsky trank ex.

«Es sieht gut aus, jawohl.» Von Witzke folgte seinem Beispiel. «Ex!»

«Wofür, verdammt noch mal, wollen die Ihnen den Star of Urumbura verpassen?» fragte Zielinsky.

«Ich sag mal: im allgemeinen für die hervorragende dreijährige Zusammenarbeit mit den urumburischen Kameraden und dann noch für die Abwicklung des Geschäfts mit den zwanzig Feldhaubitzen.»

«Ja, wenn das reicht, Oberstleutnant, warum sollten Sie dann den Orden nicht annehmen? Ich denke, die sind schon froh, mit den Kanonen auf die Freiheitskämpfer schießen zu können, auch wenn Nietzsche sagt, daß Krieg die Sieger dumm und die Besiegten boshaft macht.»

«Ich bin gehalten, mich nicht in die inneren Angelegenheiten eines Landes einzumischen, tue ich ja auch nicht. Doch Feldhaubitzen können schließlich auch präventiv friedenssichernd wirken, nämlich so, daß der Feind angesichts der waffentechnischen Überlegenheit einen Angriff unterläßt, nach der bewährten Abschreckungstheorie.»

«Auf urumburisch.» Zielinsky goß die Gläser erneut voll. «In diesem Sinne, Oberstleutnant, haben Sie sich um dieses Land verdient gemacht. Nach Nietzsche kommt der Mensch ohnehin kräftiger zum Guten und Bösen aus einem Krieg heraus. Trinken wir auf den Orden, wann ist es denn soweit?»

15

Vor zwei Tagen hatten die Schießereien in der Stadt begonnen. Die Botschaftsangehörigen sollten auf Anweisung Hinzingers ihre Häuser nicht verlassen. Erst am dritten Tag brachte Mike einen nach dem anderen mit dem Mercedes-Panzer zur Vertretung.

In der etwas verspäteten Morgenbesprechung verlas der Botschafter einen Funkspruch an das AA, der auf einem von Dr. Zielinsky verfaßten Entwurf basierte: «Auf dem Hintergrund der in ca. 3 Wochen stattfindenden Wahlen kam es in den vergangenen zwei Tagen zu Unruhen in Urumbura, die mit einem Putschversuch in der vorletzten Nacht begannen. Der Putsch ist offensichtlich gescheitert, wurde jedoch von Plünderungen und Massakern begleitet. Der Staatspräsident ist wohlauf und hielt bereits gestern eine Rede im hiesigen Fernsehen.

Es soll Tausende von Opfern geben, die überwiegend dem Stamm der Nkole angehören. Zehntausende sollen über die Grenzen in Nachbarstaaten geflohen sein.

Seitens der Nkole wird der Vorwurf sich abzeichnender massiver Wahlfälschungen erhoben, wie sie auch vor vier Jahren registriert wurden und damals zu einer vorübergehenden Verärgerung ausländischer Geldgeber, allen voran der USA, führten.

Seitens der Vertretung kann nicht beurteilt werden, ob der bisherige Wahlkampf und die geplante Wahl illegalen Einflüssen unterliegen. Der optimistisch stimmende Wahlslogan der Regierung lautet: ‹Yes for Democracy›.

Die Regierung hat bisher die Lage nicht im Griff. In der Stadt flammen immer wieder Schießereien auf, so daß die Innenstadt nicht aufgesucht werden kann.

In der deutschen Kolonie sind bisher keine Opfer zu beklagen. Es wird empfohlen, über die Deutsche Welle zu verbreiten, daß deutsche Staatsbürger vorerst keine Reisen im Land unternehmen sollten. Von Einreisen aus der Bundesrepublik wird ebenfalls abgeraten.

Botschaft Urumbura, gezeichnet Hinzinger.»

Folgende Passagen hatte der Botschafter aus dem Zielinsky-Entwurf gestrichen:

...Die herrschende Minderheit der Teso fand eine willkommene Gelegenheit, sich an der unterdrückten Mehrheit der Nkole zu rächen, und metzelt sie zu Tausenden nieder.

...Polizei und Militär suchten potentielle Wähler der Opposition auf und nahmen ihnen unter einem Vorwand den Personalausweis weg, ohne den eine Teilnahme an der Wahl nicht möglich ist. In anderen Fällen wurden Wähler durch Geldmittel bestochen.

...Die Nkole stellen 85 % der Bevölkerung. 1976 massakrierte die auch damals herrschende Teso-Minderheit unter Präsident Omengo über 100000 Nkole; in diesem gezielten Völkermord wurde besonders die Elite der Nkole eliminiert.

...Bereits im vergangenen Jahrhundert errichteten die Teso ein striktes Feudalsystem und bauten so ihre Vormachtstellung gegenüber den Nkole aus. Obwohl die Teso-Großgrundbesitzer per Gesetz zur Abgabe von Land an die Nkole verpflichtet wurden, geschah dies bisher nicht. Staat und Armee befinden sich in der Hand der Teso, eine Demokratisierung der Machtstrukturen ist trotz gegenteiliger Propaganda nicht in Sicht. Menschenrechte werden mit Füßen getreten, Folter ist an der Tagesordnung.

...An Grausamkeit stehen sich Polizei und Militär und die im Widerstand organisierte Urumbura Resistance Army (URA) in nichts nach.

...Der bedauerlicherweise gescheiterte Putsch wurde von großen Teilen der Bevölkerung als Revolution der Unterprivilegierten begrüßt.

...Aufgrund mehrerer mißglückter Umsturzversuche ist Urumbura ein chronisch instabiler Staat...

Als Hinzinger den gekürzten Text vorgelesen hatte, umspielte ein spöttisches Lächeln den Mund von Marcel Zielinsky.

«Herr Botschafter», der Militärattaché zog eine Liste aus seiner Collegemappe, «ich habe einen Maßnahmenkatalog zusammengestellt, unterteilt in materielle und personelle Sicherheitsanordnungen. Ich habe, je nach Dringlichkeit, in sofort, mittelfristig und langfristig unterschieden.»

Hans Corell blickte mißtrauisch auf, als von Witzke fortfuhr: «Als erstes, und das bitte ich dem Funkspruch noch anzufügen, sollten wir in Bonn um dringende Entsendung von zwanzig Beamten des BGS ersuchen.»

Hinzinger winkte ab.

«Herr Botschafter, die Gelegenheit ist günstig, jetzt oder nie.»

«Wir fahren das lieber auf einem low profile, Oberstleutnant, außerdem ist der Funkspruch schon weg.»

«Nun gut, mehr als meine Meinung kann ich nicht sagen.» Der Militärattaché machte deutlich, daß er es wohl mit einem Analphabeten in Sicherheitsfragen zu tun habe. «Das Slumgebiet ist in meinen Augen brisant, das Erhöhen der Mauer dringend geboten, sag ich mal. Obendrauf Y-Abweiser mit Natodraht. Ferner ist das Benzinlager auf dem Compound ungeschützt, mit einem Molotow-Cocktail könnte man uns in die Luft blasen. Schlage vor, den Bereich des Benzinlagers nach den Seiten und oben mit Maschendraht zu versehen. Soweit die Sofortmaßnahmen. Mittelfristig...»

«Moment», unterbrach der Botschafter, «zum Mittelfristigen haben wir heute keine Zeit. Was meinen Sie, Corell?»

«Ich finde die beiden Vorschläge gut, Mauer und Benzinlager sind tatsächlich Brennpunkte. Ich denke, daß uns die Zentrale im Moment garantiert die Mittel genehmigt.»

Von Witzke strahlte, wirkte geradezu beflügelt: «Ich weiß nicht, ob Sie das beobachtet haben, meine Herren», dann erinnerte er sich an Gesa von Linden, «pardon, Lady, also ich meine den Verkauf des Benzins in Literflaschen oben an der Texaco-Tankstelle. Offensichtlich ist der Sprit rationiert worden, habe so was als Rundfunkmeldung im Ohr. Das ist ein Ding, so werden die Molotow-Cocktails fast gebrauchsfertig geliefert.»

Der Botschafter wurde ungeduldig. «Also gehen wir ans Werk, sehen wir zu, daß ‹Weit-Breit› helfen kann. – Gibt es sonst noch was?»

«Boy Jesus ist seit zwei Tagen nicht gesehen worden», sagte Grund.

Herr Hauer, ich bestehe auf Nato-Draht, auf keinen Fall einfacher Stacheldraht!»

Hauer schüttelte den Kopf. «Haben wir nicht und kriegen wir nicht, Herr Oberstleutnant. Es sei denn, Sie sprechen mit der Lufthansa, daß sie, wenn der Flughafen wieder offen ist, welchen aus Nairobi mitbringen. Unsere Bundeswehr hat den dort in Hülle und Fülle.»

«Ich dachte, daß ‹Weit-Breit›...»

«Nehmen wir doch erst mal Stacheldraht», schlug Corell vor, «und später hängen wir den Nato-Draht zusätzlich dran.»

«Wenn's denn sein muß, aber Y-Abweiser, mit 45° abgewinkelt nach innen und außen, kapiert Hauer?»

«Nakubali, Herr Oberstleutnant. Haben Sie daran gedacht, daß man dann innen eingesperrt ist, ich meine, wenn Sie Abweiser nach innen haben, können Sie im Notfall selbst nicht mehr über die Mauer rüber.»

«Mitgedacht, Hauer, richtig, wollte ich auch noch sagen, eine Fluchttür muß in die Mauer, hinten, unter Hecken verborgen.»

«Wann können Sie anfangen?» erkundigte sich Corell.

«Von mir aus heute nachmittag. Also Mauer insgesamt auf drei Meter erhöhen und obendrauf Abweiser mit Stacheldraht, nakubali. Aber unter diesen Umständen müssen meine Mohren aufs Botschaftsgelände, ist Ihnen das klar?»

«Wie viele Arbeiter nehmen Sie?» Die Diskriminierung überging Corell.

«Das sind meine Ausschacht-Mohren, Einschal-Mohren, Beton-Mohren, Maurer-Mohren und die Schweiß-Mohren. Ungefähr achtzig. Und die Transport-Mohren, also etwa hundert.»

«Eine Sicherheitsüberprüfung ist momentan nicht drin», überlegte Corell.

«Das haben wir hier bei ‹Weit-Breit› schon gemacht, außerdem sind sie alle Teso.»

«Das ist gut», stimmte der Militärattaché zu, «wir unterrichten noch den Kanzler, Sie können anfangen.»

«Nakubali.»

«Was heißt eigentlich nakubali?» fragte von Witzke mißtrauisch.

«Das habe ich mir im Umgang mit unseren Mohren so angewöhnt, es bedeutet soviel wie okay oder einverstanden.»

An der Schirmakazie hatte sich ein Auflauf gebildet. Gärtner Mwembe lehnte sich mit dem Rücken an den Stamm und spreizte theatralisch Beine und Arme, so als würde er gekreuzigt. Vor ihm stand ein schwarzer Arbeiter der Firma ‹Weit-Breit› mit einer Motor-Kettensäge und ließ das knatternde Geräusch auf- und abschwellen. Gundolf Grund, von Witzke, Corell und Hauer wurden allmählich von einer Auspuffwolke eingehüllt.

«Hapana! Hate kidogo! – Nein! Niemals!» Mwembe klammerte sich an die rauhe Rinde.

Mehrere Dutzend schwarze Arbeiter von ‹Weit-Breit› standen im Halbkreis und warteten stumm darauf, was geschehen würde.

«Hier geht es um Sicherheit und nicht um irgendeinen Ahnenkult, sag ich mal.» Der Militärattaché machte eine Bewegung, die wohl bedeutete, daß der Mann endlich die Säge ansetzen solle.

«Was ist eigentlich los?» fragte der Kanzler.

Von Witzke deutete auf Mwembe. «Der da sagt, daß der Geist seiner toten Großmutter in dem Baum lebt. Wenn wir dem nachgeben, hat der nächste die Gebeine seines Ur-Onkels unter dem Einfahrtstor, wo kommen wir denn da hin?»

«Die Familie Mwembe arbeitet seit Generationen für die Besitzer des Grundstücks», meinte Grund, «wir sollten das schon irgendwie ernst nehmen.»

«Herr Hauer, gibt es eine Alternative, ich meine, muß der Baum unbedingt gefällt werden?» fragte Corell.

«Wie Sie sehen, ist der Stamm im Weg, wenn wir die Mauer erhöhen wollen. Einzige Möglichkeit wäre, die Mauer an dieser Stelle abzureißen und neu um den Baum herumzuführen.»

«Ja, dann machen wir das doch, kein Problem bei den niedrigen Lohnkosten!» sagte Grund.

Witzke protestierte: «Und die überhängenden Äste bilden schönste Kletterhilfen, dann können wir uns die Mauer ganz sparen.»

«Es handelt sich um einen einzigen Ast», beruhigte ihn der Kanzler, «den könnte man zur Not mit Stacheldraht umwickeln.» Grund wandte sich zum Gehen.

Der Militärattaché schüttelte den Kopf.

«Herr von Witzke, ich finde es auch schade, den alten Baum zu fällen», unterstützte Corell den Kanzler.

Von Witzke war empört: «Es gibt ja nun wirklich genug Bäume hier, selbst wenn Sie einen Regenschirm in den Boden stecken, schlägt er Wurzeln, so verrückt wächst alles. Aber bitte, wir sind ja in Afrika, und der Kanzler hat die Richtlinienkompetenz, wie in der hohen Politik.»

«An die Arbeit, Männer!» ermunterte Hauer seine Leute, sich wieder zu zerstreuen.

Hinzinger stand in der Tür zu Grunds Büro. «Ich fahre jetzt zu meinem amerikanischen Amtsbruder Jack, da singen wir erst Happy birthday und dann God bless America. Ich erwähne das nur, damit Sie wissen, wo ich bin.»

«Herr Botschafter, es wird immer noch hier und da geschossen, und die US-Vertretung liegt in Sabaki.»

«Dafür habe ich doch Mike, außerdem nehmen wir den ‹Panzer›. Ganz abgesehen davon, das sind doch Dilettanten, die diesen Kaffernkrieg machen, so was kann ich nicht ernst nehmen.»

Mike war vorgefahren, und Neumann legte die Hand zum Gruß an den Glatzkopf, als der Mercedes den Hof verließ.

Mike drehte die Klimaanlage auf volle Leistung, so daß sich innerhalb einer Minute Rauhreif am Luftaustrittsgrill bildete, hupte im Vorbeifahren dem Jaguar der britischen Botschaft und bog dann in die Kirinjaga Road ein.

Sie sahen ein paar ausgebrannte Buden, die von Plünderern

gebrandschatzt worden waren. Am Straßenrand stand ein alter Peugeot mit zerschossenen Scheiben und Reifen. Hier und da hasteten Menschen durch die Straße. Geschäfte waren mit Blechrolläden verschlossen. Vor den Eingängen aller öffentlichen Gebäude waren Sandsäcke aufgetürmt, Gruppen Uniformierter hielten Wache. Außer Militärfahrzeugen fuhren fast keine Autos.

Der Soldat am Roadblock gab ein Stoppzeichen. Mike sprach mit ihm über den Außenlautsprecher. Der Soldat war irritiert. Er verlangte offensichtlich, daß Mike und der Botschafter ausstiegen. Mike ließ gegen die Vorschrift die Scheibe eine Handbreit herunter, um direkten Kontakt aufzunehmen. Hinzinger war in die «Neue Züricher» vertieft.

Der Kerl schob sofort den Lauf seiner MP durch den Spalt und setzte ihn Mike auf die Brust.

«He, he», polterte Hinzinger, den die lauter werdende Unterhaltung aufmerksam werden ließ.

In diesem Moment hörten sie das Spiel einer Flöte. Ihre Blicke folgten dem Geräusch und endeten auf einem jungen Mann, der mit dem Rücken zu ihnen auf einem Holzstoß hockte.

«Das ist mein Freund Jesus», sagte Mike. Gleichzeitig wollte Hinzinger aussteigen.

«No, Excellency!» warnte Mike, doch Hinzinger war schon draußen. «He, Jesus, was machst du denn hier?»

Jesus blickte sich freudig-erschrocken um und wirkte sehr erleichtert. Er trug die Uniform des Militärs und hatte eine MP auf den Knien liegen.

Der Botschafter wollte zu ihm gehen, der Kontrollposten trat ihm entgegen und stellte sich ihm breitbeinig in den Weg.

«Geh weg, du Laffe!» raunzte Hinzinger.

Der Soldat richtete die Waffe auf ihn. Hinzinger stieß den Soldaten respektlos mit seiner Faust vor die Brust, schob ihn beiseite und ging einfach weiter und auf Jesus zu.

Der Soldat war verdutzt und begann auf Mike einzureden.

«Leg deine Maschinenpistole hin und steig in das Auto ein!» befahl Hinzinger.

Jesus kapierte sofort, daß an diesem Roadblock der deutsche Botschafter das Kommando übernommen hatte. Er tat, was ihm geheißen worden war.

Auch Mike konnte sich unbehelligt ans Steuer setzen, sagte: «Ya kuonana – Auf Wiedersehen» und fuhr ab.

«Wie in aller Welt bist du dort hingekommen?» fragte Hinzinger seinen Boy.

«Wir haben Fußball gespielt, nicht weit von der Kanzlei auf einem kleinen Platz. Da kam ein Lkw vom Militär, sie haben uns gezwungen, auf die Ladefläche zu steigen, da waren schon andere Jungens. Dann haben sie uns in die Kaserne gefahren, uns Uniform und Waffen verpaßt und nicht einmal nach dem Stamm gefragt. Zu essen gab es nichts, es hieß, wir sollten uns das selbst besorgen, wofür hätten wir eine Kalaschnikow. Schlafen mußte ich im Zelt, neben der Straße. Und nie kam ein Auto der Botschaft vorbei. Das war nicht gerade schön, nur meine Flöte war ein kleiner Trost, aber jetzt ist alles gut.»

Hinzinger sagte: «Ich muß erst denen im Ministerium Beine machen, danach fahren wir zur Residenz, da soll dir Washington ein Mittagessen geben.»

Die Zufahrtsstraße zum Außenministerium war abgesperrt. Die Kontrollposten weigerten sich, die schwere Kette zu öffnen. Mike und Jesus blieben im Wagen zurück, während Hinzinger den Eingang zu Fuß erreichte. Dort wurde jeder beim Betreten des Gebäudes durchsucht. Unwillig reihte er sich in die Schlange der schwarzen Männer und Frauen ein, die man nach Waffen abtastete. Die beiden Soldaten winkten ihn allerdings durch, woraufhin er zufrieden brummte.

In Gedanken legte er sich seine Rede zurecht, die er dem Protokollchef halten wollte, als Beschwerde, weil man seine Bediensteten von der Straße weg einfach für ‹Schwattenscharmützel› rekrutierte. Natürlich würde er sich eine andere Formulierung einfallen lassen, auf jeden Fall aber mit einer gewissen Schärfe protestieren.

Der Protokollchef sah ihn kommen und rief im Vertrauen darauf, daß Hinzinger kein Wort Kiswahili verstand, durch die geöffnete Tür seiner Mitarbeiterin zu, den deutschen Tembo doch gleich vorzulassen, damit der schnell wieder gehe, denn er habe eigentlich Wichtigeres zu tun.

Marion hatte ein Badetuch um sich geschlungen, als Hans Corell, nicht gerade zufällig, nackt das Bad betrat, um ebenfalls zu duschen.

«Stör ich dich?»

«Nein, ich bin schon fertig.»

«Du bist eben erst aus der Stadt gekommen?»

«Ich war im UTU-Haus, aber bis auf einen sind alle abgetaucht. Wenigstens sind keine Schäden entstanden, bis heute jedenfalls nicht.»

Corell schaute in den Spiegel und fand sich nicht gerade attraktiv.

Marion redete unbefangen weiter. «Ich weiß nicht, ob aus Angst durch die Stadt zu fahren oder weil es heute wieder mal total heiß ist, jedenfalls bin ich völlig durchschwitzt gewesen.»

Hans stand seitlich hinter ihr, umfaßte sie zärtlich und schmiegte sein Gesicht in ihren vom Duschwasser feuchten Nacken.

Sie entwand sich ihm und sagte, während sie ihm zart über die Wange strich: «Ich mag nicht, Hans.»

Fast war er dankbar dafür, daß in diesem Augenblick das Telefon läutete; er ging in die Diele und hob ab.

«Du bist Number two auf unserer Todesliste.» – Klack. –

Obwohl aufgelegt worden war, rief er: «Hallo, wer spricht denn da? So bleiben Sie doch dran!»

Er ging zurück ins Bad und entschied sich auf dem kurzen Weg dorthin, Marion gegenüber nichts zu erwähnen. Sie hatte inzwischen Jeans und Sweatshirt angezogen.

«Was ich dir schon die ganze Zeit sagen wollte, Hans, ich habe mich hier bei dir in den letzten Tagen sehr sicher gefühlt. Und ich möchte dir dafür danken.»

«Das klingt so nach Abschied, ziehst du aus?»

«Nein, da gibt es eigentlich nichts Neues. Aber meine Kollegen werden schon noch ein Haus finden.»

Corell hatte sich unterdessen in ein Handtuch eingewickelt.

«Warum willst du eigentlich nicht mit mir schlafen?»

«Ich muß dazu aufgelegt sein», antwortete sie fast zärtlich. Sie kämmte sich, und er überlegte, ob sie vielleicht von Liza wußte, von der er seit einer Woche nichts mehr gehört hatte. Der Flughafen war geschlossen, die VIP-Lounge auch, ans Telefon ging niemand.

«Du wolltest doch duschen», sagte sie in seine Gedanken hinein.

«Trinken wir anschließend einen Tee?»

«Mir ist eher nach einem Sherry.»

Endlich verließ sie das Bad. Es wollte ihm nicht gelingen, die Dusche wie sonst zu genießen. Von Todeslisten hatte er gehört. Von politischen Morden, die man sich gegenseitig in die Schuhe schob, die Regierung der URA und die URA den Regierungstruppen oder der Geheimpolizei. Aber warum bedrohte man ihn? Doch nicht als Angehörigen der deutschen Botschaft? Vielleicht noch immer wegen der alten Geschichte mit Professor Degenhardt? Oder weil Marion für die UTU arbeitete und bei ihm wohnte? Wegen Liza?

Sono servierte Tee. «Asante sana, sista. Danke sehr, Schwester.» Marion hatte einige Sätze Kiswahili gelernt, aber ihre Aussprache rief jedesmal ein Lachen bei Sono oder Mama Sara hervor.

Hans trank einen Sherry Seco. «Sag mal, Marion, hast du hier eigentlich Schwierigkeiten, ich meine wegen deiner Gewerkschaftsarbeit?»

«Nee, überhaupt nicht, wie kommst du darauf?»

«Nun, es hätte ja sein können.»

Marion knabberte an den Honigplätzchen, die Mama Sara gebacken hatte, und fragte im Plauderton: «Stimmt es eigentlich, daß hier die GSG 9 eingesetzt werden soll, hast du davon was mitbekommen?»

Corell antwortete: «Das ist vor einiger Zeit in der Morgenbesprechung erörtert worden. Aber ich wundere mich, wieso du das weißt. Es geht um ein Projekt der Ausbildungshilfe.»

Marion fragte nur: «Ja und kommen die nun?»

«Ich glaube, nach den letzten Unruhen wird nichts daraus.»

«Glaubst du das oder weißt du es?»

«Ich kann es mir politisch nicht vorstellen, jedenfalls zur Zeit nicht.»

Marion sprang auf. «Du tust so, als bedeute das gar nichts. Die in Bonn sind doch wohl verrückt, ein Folterregime zu unterstützen, damit es noch effizienter wird.»

Er wußte, daß es jetzt Streit geben und die Vorwürfe hin und her fetzen würden. «Das geschieht doch dauernd und auf allen Kontinenten.»

«Also hör mal!» Marion ging zum Fenster.

«So ist die Realität, Marion. Die Botschaft befürwortet das.»

«Das ist nicht zu fassen, man kann sich doch nicht wegen des deutschen Einflusses und wegen deutscher Wirtschaftsinteressen über Menschenrechte hinwegsetzen.»

«Die URA ist, was die Menschenrechte angeht, auch nicht gerade zimperlich.»

«Aus Notwehr! Wenn es hier schon eine Demokratie gäbe, würde das sofort aufhören.»

«Es gibt etliche Beispiele, gerade in Afrika, wo es leider nicht so gelaufen ist. Da wurden dann die Oppositionellen die neuen Folterer.»

«Aber es gibt auch hoffnungsvolle positive Ansätze, wirklich demokratische Kräfte, die UTU zum Beispiel.» Sie bemühte sich, wieder ruhiger zu sprechen. «Was ist eigentlich mit der neuen Straße?»

«Was für eine neue Straße? Deine Gedankensprünge sind bemerkenswert.»

«Die von ‹Weit-Breit› mit deutscher Entwicklungshilfe quer durch den Busch gebaut werden soll, angeblich zur Verbesserung der Infrastruktur. In Wahrheit für die Mobilität des Militärs zur Guerillabekämpfung.»

«Davon weiß ich nichts. Woher beziehst du eigentlich deine Informationen?»

Marion lehnte sich zurück und überlegte einen kurzen Augenblick. «Wir sind ja offen zueinander, es gibt eine undichte Stelle in eurer Botschaft. So erfährt es die Regierung. Und in der Regierung hat die UTU ihre Leute sitzen, so erfahre ich es.»

«Wer sitzt mit in der Regierung, die UTU oder die URA?»

«Beide.»

«Und wer ist die undichte Stelle?»

«Das weiß ich leider nicht. Wirklich nicht.»

VI

Seit die Teso-Regierung nach den Wahlen auf den oppositionellen Nkole-Stamm zugegangen ist, hat sich die innenpolitische Lage in Urumbura entspannt. Die Sicherheitslage ist dem jedoch noch nicht in vollem Umfang gefolgt, was mehrere Ursachen hat: Einerseits hält die hohe Eigentumskriminalität an. Sie wird zum großen Teil auf die Armut in der Bevölkerung zurückgeführt. Außerdem stellt das Militär nach wie vor einen unsicheren Machtfaktor dar, weil undisziplinierte Truppenteile oder auch einzelne Soldaten weiter morden, rauben und plündern. Strafverfolgung findet nicht statt. Die Polizei ist unfähig, korrupt und oft selbst in die kriminellen Handlungen verstrickt. Die deutsche Vertretung und die deutsche Gemeinde sind nicht gezielt gefährdet, jeder kann jedoch unter den gegebenen Umständen Zufallsopfer werden. Die als reich geltenden Ausländer sind zudem prädisponierte Opfer.»

Endlich habe ich mit meinem offiziellen Bericht für das BKA begonnen! Mein Problem ist immer die Einleitung; ich fange dann irgendwo an, um den toten Punkt zu überwinden. Ich lehne mich zurück.

Gestern habe ich zum zweitenmal General Fekesi aufgesucht. Wie zu erwarten, hatte er keine neuen Erkenntnisse zu den beiden Mordfällen, statt dessen überreichte er mir eine Kriminalstatistik, die ohne jeden Zweifel erstunken und erlogen ist. Zum Beispiel zählt er vier Raubüberfälle in einem Jahr im gesamten Land, eine dumm-dreiste Fälschung. Als ich die Roadblocks, die Fekesi als Präventivmaßnahme rechtfertigte, Keimzellen des Verbrechens nannte, hat er sauer reagiert. Da bin ich gegangen.

Gestern hat auch Lothar Nonnenstiel, mein Boss, angerufen. Wie weit ich denn sei, wollte er wissen, und ob ich meine Mörder hätte.

Ich sah ihn vor mir, wie er sich etwas unwillig mit der Hand schräg über die Platte fuhr.

«Vieles ist noch unklar», sagte ich, «aber ich habe schon jede Menge Informationen. Ich brauche noch etwas Zeit.»

Damit gab er sich zufrieden.

Ob ich «meine» Mörder habe? Eine komische Formulierung war das. – Sesselfurzer. Wären es «meine» Mörder, könnte ich sie nicht «haben», dann wäre ich der Ermordete. Mir läuft es trotz der Hitze eiskalt über den Rücken. Bisher habe ich noch gar nicht daran gedacht, daß man mich hier ebenfalls umbringen könnte. Kein schöner Gedanke.

Also mache ich erst einmal weiter. Was schreibe ich über die Guerilla? Da ist sie wieder, die Schere im Kopf des Wolfgang Urban. Wie hätte es das BKA denn gerne? Auf keinen Fall sind das Freiheitskämpfer. Bewaffnete Opposition ist auch unerwünscht. Guerilla, Rebellen oder Subversive sind gerade noch akzeptabel, am liebsten wären ihnen aber Terroristen. Klare Verhältnisse, wie im Märchen auf der einen Seite der gute Staat, auf der anderen Seite seine bösen Widersacher, die Terroristen. – Dieser idiotische Bericht frustriert mich. Vorläufig lasse ich die Guerilla einfach weg.

Aber über die Menschenrechtslage werde ich schreiben! Amnesty international darf ich ja nicht mehr zitieren, das hat mir meine Amtsleitung expressis verbis verboten. Aber fast jeder hat mir bestätigt, daß alle Sparten der Sicherheitskräfte Urumburas foltern.

Also formuliere ich: «Nach Auskunft aller Gesprächspartner ist Folter weit verbreitet. Hierfür ist u. a. der Chef der Geheimpolizei, Fekesi, verantwortlich. Diese Auffassung vertritt auch die deutsche Botschaft.»

Das wird wieder einen Aufschrei des Entsetzens im BKA auslösen, denn sie haben Fekesi im vergangenen Jahr im BKA empfangen und in der Sonnenberger «Burg-Gaststätte» zu einem opulenten Abendessen eingeladen. Aber es hilft ja nichts. Weiter in meinem Bericht.

«Die Lieferung von 50 Mercedes-Geländewagen samt Funkausstattung im Rahmen der Polizeientwicklungshilfe halte ich für verfehlt, weil diese Art Technik für Straftaten mißbraucht wird. Folterspezialisten werden noch mobiler gemacht. Auch rate ich von künftigen Lieferungen ab, solange Menschenrechtsverletzungen konstatiert werden müssen.»

Genug, jetzt habe ich mir eine Zigarette und einen weiteren Kaffee verdient. Es ist Sonntag heute, und obwohl mich Familie Grund, der Militärattaché, Frau von Linden und Claudia einladen wollten, bin ich lieber alleine geblieben, um an dem «offiziellen» und vor allem an meinem «inoffiziellen» Bericht zu arbeiten.

Sekretärin Claudia ist sehr zutraulich geworden. Sie mag mich und würde mich am liebsten bemuttern. Sie hat Probleme mit dem Botschafter und in mir jemanden gefunden, mit dem sie sich aussprechen kann. Im Grunde verachtet sie Hinzinger, diesen Ignoranten, der nur seinen Hund liebt. Um das Chappi für Dakkel Konrad veranstaltet er einen riesigen Zirkus, und die unterernährten Kinder vor der Botschaft nimmt er nicht einmal wahr.

Ich lausche manchmal mit angehaltenem Atem, zum Beispiel wenn Claudia erzählt, wie Hinzinger während des letzten Putsches mit dem Referatsleiter 118 in Bonn telefonierte und die Lage in Urumbura wahrheitswidrig als ruhig darstellte. Der Referatsleiter habe dann zurückgefragt, er höre doch im Hintergrund Schüsse, oder was das sei? Darauf habe der Botschafter gesagt, es seien Geräusche von Bauarbeitern, die ein Metallgerüst aufstellten. Es habe keine weiteren Fragen gegeben, scheinbar wollte der Referatsleiter belogen werden, der auch schon in Afrika auf Posten gewesen sei. Denn er hätte wissen können, daß hier Baugerüste grundsätzlich aus Bambusstangen bestehen und relativ geräuschlos zusammengefügt werden.

Ich habe mir in den letzten Tagen noch einmal meine Version der Geschichte Corells durchgelesen und deutlich den Konflikt gespürt, den ich zwischen den wenigen nackten Fakten und der Vorstellung, wie es wirklich gewesen sein muß, empfinde. Die Wahrheit über den Tod von Corell und Degenhardt herauszufinden scheint mir fast unmöglich. Vielleicht gibt es am Ende nur meine subjektive Wahrheit. Nur damit ist zu begreifen, was eigentlich ganz unbegreiflich ist. Gerichtsverwertbar ist die Wahrheit freilich nicht, da zählen nur Beweise: falsch oder echt.

Ich muß einräumen, daß meine Zeugen-Gespräche viele Einzelheiten ans Tageslicht fördern und zusammen mit den Notizen von Hans Corell ein ganz schönes Bild ergeben, daß ich aber in meiner Rekonstruktion einige Lücken durch Erfahrungswissen schließen muß. Auch in bezug auf die Botschaft.

Was diese Botschaft Urumbura von anderen unterscheidet, ist nicht unbedingt ihr rassistisches oder chauvinistisches Klima, es sind vielmehr die Besonderheiten des Gastlandes, dieses Krisenstaates am unteren Ende des Nord-Süd-Gefälles. Und die Deutschen drumherum in der sogenannten deutschen Gemeinde? Na ja, sagen wir es so: viele pflegen ihr Deutschtum, manche bis zur Deutschtümelei.

Das alles hat nur scheinbar nichts mit den beiden Morden zu tun. Degenhardt gibt mir dabei weniger Rätsel auf als Corell und seine Drohanrufe. Weder er noch die Botschaft haben darauf reagiert, was sich inzwischen als tödlicher Leichtsinn herausgestellt hat.

Inzwischen bin ich davon überzeugt, daß wirklich ein Attentat auf den Botschafter stattfinden sollte. Nicht eindeutig klar sind mir das Motiv und die Gründe, warum es letztlich nicht ausgeführt und bis heute nicht neu versucht worden ist. Hier sehe ich meine besondere Verantwortung, nämlich herauszufinden, ob der Botschafter nach wie vor gefährdet ist. Howard Ngara habe ich noch immer nicht sprechen können, er hat mir ausrichten lassen, daß er auf jeden Fall ein Zusammentreffen mit mir wünsche, sobald er Zeit dazu aufbringen könne. Ich gehe davon aus, daß er wirklich sehr überlastet ist.

Statt dessen hatte ich ein Gespräch mit Dr. Belalu, dem Ehemann unserer Fremdsprachenassistentin, ein sehr feinfühliger und lieber Mensch, doch auch sehr ängstlich. Er traut der Teso-Regierung in keiner Weise über den Weg und hält das nächste Massaker an den Nkole nur für eine Frage der Zeit. Leider wird seine pessimistische Prognose eher stimmen als falsch sein. Seine ganze Sorge gilt seiner deutschen Frau und den Kindern. Tom Belalu geht aufgrund seiner Informationen davon aus, daß man tatsächlich ein Attentat auf Hinzinger ausführen wollte. Etwas zweifelhaft ist das Motiv, hier hat Belalu nur Vermutungen, nämlich daß sich der Botschafter ehrverletzend verhalten habe. Warum der Anschlag nicht erfolgte, darüber wußte er gar nichts zu sagen. Er war auch nicht bereit, mich mit seinen Informanten in Kontakt zu bringen.

Ich habe Dr. Belalu auch wegen der Drohanrufe gefragt, die Hans Corell erhielt. Nach seiner Meinung sind sie ein beliebtes Druckmittel, aber in den meisten Fällen würden die Drohungen nicht wahrgemacht. Im Fall Corells habe man möglicherweise erreichen wollen, daß er freiwillig das Land verlasse.

Dann hat Belalu gesagt: «Sie sehen nicht wie ein deutscher Beamter aus, schon gar nicht wie jemand von der Polizei.»

«Danke.» Seit ein paar Tagen lasse ich den ganzen vornehmen Firlefanz einfach sein. Was soll auch der Quatsch bei dieser Hitze. Und überhaupt, wenn dadurch nur unterstrichen wird, wie schlecht es den Einheimischen geht. Ich laufe in Jeans und Hemd durch die Gegend, gehe nicht wie ursprünglich beabsichtigt zum Friseur und lasse mir einen Vollbart stehen, der bei dem

Klima kräftig sprießt. Mein Sechs-Tage-Bart läßt mich richtig verwegen ausschauen. Jetzt bin ich fast vierzig Jahre alt geworden und hatte noch nie den Mut zu einem Bart.

Ich bestelle einen doppelten Espresso. Heute bleibt offensichtlich trotz Regenzeit der Regen aus, auch hier ist die Natur durcheinander.

Genaugenommen müßte ich bald zurück nach Deutschland, nach Fulda und Bonn, zu Marion und Liza. Sie sind zwei starke Frauen, ich bin auf ihre Aussagen gespannt. Liza hat Corell wahrscheinlich geliebt. Aber ganz sicher bin ich mir da auch nicht. Und Hans war hin und her gerissen, wie er an einer Stelle im Stenoblock notierte: «Ich liebe Liza, wenn ich bei ihr bin, und leider auch Marion, wenn ich von Liza nach Hause komme.» Wie genau er zwischen Lieben und Verliebtsein unterschieden hat, wird dabei nicht klar. Man sagt, daß sich Beamte schwer entscheiden können. Corell, du hast das nie gekonnt.

Auf dem Weg zum Yacht-Club bin ich mit dem Taxi am Präsidenten-Palast vorbeigefahren und habe zufällig die Wachablösung der Präsidentengarde gesehen. Mit silbern glänzenden Helmen, Flagge hissen und Trompetensolo. Tropische Operette. Das Taxi hatten einen durchgerosteten Boden, so daß man unter sich den Straßenbelag wie einen Film im Zeitraffer beobachten konnte. Das bedeutete nicht nur roten Sandstaub im Fahrzeuginnern, sondern auch Auspuffgase. Für die Rückfahrt, wenn es dunkel geworden ist, rufe ich lieber Mike an, damit er mich mit dem ‹Mercedes-Panzer› abholt. Auch deshalb, weil ich seit gestern observiert werde. Zuerst habe ich es im Hotel bemerkt. Dann sind sie hinter dem Taxi hergefahren. Auch hier steht einer der Typen mit einem Fernglas oben am Restaurant. Dilettanten. Vermutlich mag mich Fekesi nicht aus den Augen lassen. Aber sie werden mich nicht davon abhalten, meine Wissenslücken weiter aufzufüllen.

16

Jetzt, nachdem Krieg und Wahlen vorüber waren und die Regierung, allerdings bei mieser Wahlbeteiligung, überzeugend bestätigt worden war und niemand den Verdacht entkräften konnte, daß das Wahlergebnis gefälscht sei, stand eigentlich der Lieferung von zwanzig Feldhaubitzen nichts mehr im Weg. Zwar gab es wegen dieses Geschäfts in Bonn politische Querelen, denn die Grünen waren hinter den Waffendeal gekommen und reichten im Bundestag eine Kleine Anfrage ein, die aber die Bonner Regierung kalt ließ. Trotzdem fragte das AA mit einem Funkspruch in Urumbura an, woher die Grünen ihre Informationen haben könnten. Dies wurde in der Morgenbesprechung diskutiert. Hans Corell hatte Marion im Verdacht, die Informantin gewesen zu sein, doch er schwieg.

Um die Hardthöhe aus der Schußlinie zu nehmen, wurde jetzt in Bonn doch die Adenauer-Stiftung vorgeschoben, mit der Überlegung, daß zumindest die Regierungsbank im Bundestag eine gewisse Kompetenzverleugnung betreiben könne, mit dem Deal nichts zu tun zu haben. Einzig der Militärattaché in Urumbura zeigte sich davon sehr betroffen und bezichtigte sein Ministerium, wenn auch nur gegenüber dem Chef der Sicherheitsortskräfte, Hauptmann a. D. Neumann, der Feigheit vor dem Feind. Vor allem argwöhnte Henning von Witzke, daß jetzt wieder Manfred Buchta die Nase vorn habe.

Entwicklungshilfeminister «Jonny» entschloß sich, spontan nach Urumbura zu reisen – ein Entschluß, der der Botschaft keine Gelegenheit mehr gab, in die sonst unabwendbare Hektik zu verfallen, wenn ein Minister anreist. Dieser Minister bot aber ohnehin keinen Anlaß für übermaßige Aufregung, und da der Botschafter sein Spezi und von der CSU war, wurde die ganze Sache locker gehandhabt.

Es fand ein festlicher Akt in einem feierlichen Rahmen statt. Die Haubitzen wurden im Hof des Präsidentenpalais im Halbrund aufgestellt, hochpoliert glänzten sie in der Sonne des noch erträglichen frühen Vormittags. Flankiert von der Präsidentengarde in Paradeuniform, der schon bekannten Militärkapelle und der ebenfalls vertrauten Volkstanzgruppe. Die geladenen Gäste entsprachen dem Kreis auf der Ehrentribüne am «Independence Day», heute erweitert durch Militärs aller Sparten.

Sie hatten es sogar geschafft, einen subalternen Monsignore zu bekommen, der weihrauchkesselschwenkend die Kanonen segnete. Er machte es pauschal und bedachte nicht jede Kanone einzeln, seine frommen Wünsche formulierte er in Latein, was niemand übersetzen konnte und vielleicht ein Stoßgebet beinhaltete, daß niemals eine Kanone ihr Ziel treffen möge.

Denn obwohl der Staatspräsident Katholik war und auch die höchsten Kirchenämter mit Teso besetzt waren, hatte sich das Verhältnis Staat – Kirche nicht frei von Konflikten entwickelt. Die Kirche hatte nicht vergessen, daß der ehemalige Teso-Präsident Priester verhaften, Missionare ausweisen und kirchliche Schulen nationalisieren ließ. Deshalb war die Kirche eine Oppositionskraft, die zur Gesamtbevölkerung hielt und mit Kanonen nicht viel am Priesterhut hatte.

«Jonny» hingegen stellte seine Schlitzohrigkeit erneut unter Beweis. Anstelle markiger Sprüche, wie «Allzeit gut Schuß!» oder ähnlich, schlug er mit seiner tiefen sonoren Stimme leise Töne an, erzählte von Völkerverständigung in Afrika im besonderen und der Lebensgemeinschaft aller Menschen im allgemeinen, pries die Menschenrechte und gipfelte in der Botschaft, daß die zwanzig MGG-Feldhaubitzen Kaliber 155 mm ein Beitrag der Bundesrepublik für den Frieden in Urumbura seien. So konnte er auf alle relevanten Vokabeln verweisen, falls seine Mission in Bonn politisch attackiert werden würde.

Später beim Empfang des Botschafters wurde das Ereignis feierlich begossen, und nur der harte Kern, zu dem neuerdings auch von Witzke gehörte – das Zusammenleben mit Bea wurde immer schwieriger –, machte anschließend in der Disco Orchidee weiter.

Die Orchidee hatte auch BGS-Horst und Dr. Zielinsky zusammengeführt. Sie waren sich sympathisch. Zielinsky beneidete Horst um seine Jugend, sein gutes Aussehen, seine Unbekümmertheit. Die schwarzen Mädchen flogen ihm zu, je weniger er um sie warb. Horst bewunderte Zielinsky, diesen intellektuellen Schöngeist, der auch im Whiskyrausch noch Nietzsche zitieren konnte. So lebte jeder durch den anderen seine fehlende Hälfte aus.

«Weißt du, was ein Hofschranze ist, Horst?» fragte Zielinsky.

«Nee, so richtig nicht.»

«Das ist einer, der grundsätzlich das sagt, denkt und macht, was von oben herunter gewollt ist. So einer bin ich in Bonn auch gewesen.»

«Und warum, das paßt doch nicht zu dir?»

«Doch, doch, sonst wirst du ja nie Botschafter. Und erst ab Botschafter beginnt das Menschsein.»

«Du, wenn'st weiter so saufst, wird da aber nix draus.»

Zielinsky hatte gerade an seinem Glas getrunken, verschluckte sich.

«So was kriegst du nur von einem Freund zu hören!»

Horst war geschmeichelt und etwas verlegen.

«Richtige Karriere machst du nur, wenn du zum Troß vom Minister gehörst. Dann kannst du dein Privatleben abschreiben, der zerschleißt dich gnadenlos. Querdenker mag der nicht, du schranzt, und er hält Hof vor der Presse, dem bist du und überhaupt alles untergeordnet. Wenn du zu seiner Beliebtheit in der Öffentlichkeit beitragen kannst, hast du gewonnen. Er ruft am Montag extra aus New York in Bonn an, ob er auf der Sympathie-Skala des Spiegel noch immer ganz oben steht.»

«Geh, Marcel, der hat aber in der ganzen Welt Ansehen.»

«Nur nicht bei seinen Leuten, die interessieren ihn nicht. Aber die Eitelkeit des Ministers ist mir scheißegal», maulte Zielinsky vor sich hin. «Es gibt andere Sachen, die wichtiger sind, und die passieren in seinem Ministerium. Ich meine die Personalpolitik, wer da Botschafter wird und wer da was berichtet und welche Auswirkungen das hat.»

Wegen des Lärms näherte sich Zielinsky dem Ohr von Horst: «Hör mir mal zu. Viele Botschaften spielen die fatale Menschenrechtssituation ganz einfach runter oder ignorieren sie ganz. Und so werden die Berichte nach Bonn schöngefärbt. Das weiß man im AA auch ganz genau, akzeptiert es aber. Verstehst du?»

«Natürlich.»

«Und nun fordert ein Gericht den Bericht über das Land an, weil über so ein armes Schwein entschieden werden muß, das um Asyl ersucht hat. Ja, und von Folter steht in dem Bericht nichts drin. Der arme Wicht wird abgeschoben, war vorher gefoltert worden und wird es dann wieder, bis er vielleicht krepiert. Lala salama, AA.»

«Was heißt denn das?»

«Gute Nacht, Auswärtiges Amt.»

Manfred Buchta hatte am nächsten Tag einen schweren Kopf. Dieser Münchhausen von MGG war verdammt trinkfest gewesen, und was später mit den beiden Frauen, die er «Sarotti-Weiber» genannt hatte, abgelaufen war, wußte er nur noch verschwommen. Und jetzt mußte er auch noch mit Hinzinger ein ernstes Gespräch führen. «Franz-Xaver, ich wollte dich mal wieder auf den letzten Stand bringen», begann er, «nachdem General Fekesi sich auch dafür interessiert, ich hab es dir ja schon am Telefon angedeutet.»

«Du meinst dieses deutsche Flintenweib bei der UTU?»

«Genau. Also ich kenn jetzt das Dossier vom MAD, die sich beim BfV schlaugemacht haben. Das mit den Schmierereien in Frankfurt weißt du schon, das kam vom CIA. Aber das dickste Ei – die war bei Pro Familia und Stadtverordnete der Grünen in Fulda. Da hat sie in den Sack gehauen, weil ihr die Grünen nicht radikal genug gegen den Bischof waren. Und so eine haben wir jetzt hier in Urumbura.»

Hinzinger blickte suchend umher. «Wo ist eigentlich Sonja?»

«Die Sonja ist bei deiner Frau, haste schon vergessen. Also was meinst du?»

Hinzinger schien das Thema lästig zu sein. «Was soll ich denn machen? Was hast du denn für ein Bier?»

«Beck's.»

«Kein Löwenbräu mehr?»

«Hab ich bestellt, aber die Lufthansa ist auch nicht mehr das, was sie mal war.» Buchta klingelte ungeduldig mit der kleinen Tischglocke. «Ayub, ein Bier für den Herrn Botschafter und mir ein Fachinger.»

«Seit wann trinkst du Mineralwasser, Manfred, bist du krank?»

«Ich hab gestern mit dem MGG-Typ noch einen Zug durch die Gemeinde gemacht, dein Militärattaché wollte nicht mit, fand ich ziemlich schwach. Aber zurück zu Marion Klose. Der Fekesi meint, wir sollen das tun, am besten wäre, sie ginge zurück nach Deutschland.»

Hinzinger winkte ab. «Da werde ich mich raushalten, Manfred, das mit den Feldhaubitzen im Bundestag reicht erst mal. Abgesehen davon hat die Botschaft gar keine Möglichkeiten.»

«Und daß sie bei Corell wohnt?»

«Ändert ja nichts, im Gegenteil, hat vielleicht einen günstigen Einfluß auf sie. Der Corell hat sie in einem heldenhaften Einsatz vor einer Vergewaltigung gerettet, das hat mir imponiert.»

Buchta begann unruhig im Salon auf und ab zu gehen. «Ich bin da mißtrauisch, unter uns gesagt, dem trau ich auch nicht über den Weg. Zu meinem neuen Pharma-Projekt hat er so ein paar Äußerungen gemacht – du, ich weiß nicht.»

«Was hat Corell gesagt?» fragte Hinzinger zerstreut.

«Er hat gemeint, die Botschaft könne ins Zwielicht geraten, wenn sie dabei mitwirkt, daß Pflanzenschutzmittel exportiert werden, die in Deutschland verboten seien. Und außerdem würde Deutschland dann ja verseuchten Kaffee importieren, zu dessen Vergiftung wir alle beigetragen hätten.»

«Da ist doch auch was dran. Und ehrlich gesagt, ist es mir lieber, er besorgt es der Klose als dieser Schwatten, mit der er im Yacht-Club auftaucht.»

«Trotzdem ist das verdächtig, wenn so eine wie die bei ihm wohnt, das ist so ein Geschmeiß. Und: Gleich und gleich gesellt sich gern.»

«Das glaube ich nicht, seinen Dienst macht der Corell ordentlich, bis auf eine Ausnahme, wo er selbstherrlich das AA unterrichtet hat; aber ich kann ja mal mit ihm reden.»

Hinzinger wurde unruhig, er vermißte plötzlich ohne jeden Anlaß seine Geldbörse, suchte in seinen Taschen, dann in der Anzugjacke, die er über den Stuhl gehängt hatte.

«Soll ich dir aushelfen? Shilling oder Dollar?»

«Nein, danke, ich brauche ja nichts. Ich denke, sie wird im Büro liegen.» Es entstand eine Pause, Manfred Buchta setzte sich wieder hin. Schließlich sagte Hinzinger: «Übrigens, was ich dir noch sagen wollte, der Dr. Angsthügel vom Bundeskanzleramt, der die Geheimdienste kontrolliert, du weißt, der soll inzwischen die BND-Niederlassung in Urumbura genehmigt haben.»

Buchta stand wieder auf und lief erregt hin und her.

Der Botschafter fuhr fort: «Das hat das Bundeskanzleramt der bayerischen Landesvertretung in Bonn offiziell mitgeteilt. Es bliebe aber dem BND überlassen, hieß es, dies auch umzusetzen. Wir haben ja ein paar CSU-Leute in Pullach in verantwortlicher Position, denen wurde signalisiert, daß die CSU die Sache für unerwünscht halte. Aber der BND-Chef, der heute mal Botschafter und morgen Geheimdienstler ist, da siehst du mal, wozu der diplomatische Dienst verkommt, der soll ziemlich selbstherrlich und unberechenbar sein.»

«Das ist eine schöne Hiobsbotschaft, Franz-Xaver.» Buchta ging zum Barschrank, holte eine Flasche «Chivas Regal».

«Mehr konnte ich nicht tun, Manfred, in meiner Zentrale hatte es wenig Zweck, der BND-Chef gehört ja auch der Hauspartei an.»

Buchta explodierte: «Herrgott, es müßte mal einer eine Statistik veröffentlichen, wer im AA in verantwortlicher Position, hochdotierte Botschafter eingeschlossen, nicht der Umfall-Partei angehört.»

Hinzinger blieb gelassen: «Daß ausgerechnet du das verlangst, wundert mich ein wenig und kann nur auf deine Verärgerung zurückzuführen sein. Aber wenigstens scheinst du deinen Kater überwunden zu haben.»

Sie saßen sich in Hans Corells Badewanne gegenüber, mit halbvollen Sektgläsern. Marion war für zwei Tage unterwegs, und Mama Sara und Sono hatte er für den ganzen Tag weggeschickt.

«Weißt du, daß ich mich nicht erinnern kann, mit einer Frau...»

Liza fiel ihm ins Wort: «Überstrapazier dein Gedächtnis nicht, Hans.» Sie lachte spöttisch. «Was man sich in diesen Situationen sagt, gilt nur für den Augenblick.»

Sie nahm eine am Badewannenende liegende Parfümflasche in die Hand und legte sie wortlos zurück. «Außerdem bist du sehr euphorisch und vergißt die Realitäten.»

Er wußte nicht, ob sich diese Äußerung auf Marion bezog. Es lag noch mehr von ihr rum, er hätte wirklich so weit denken und die Sachen wegräumen können.

«Okay, die Realität ist, daß ich wieder so einen komischen Anruf bekommen habe. Was sagt der Secret Service dazu?»

«Da mußt du ihn fragen.»

«Ich denke, du bist der USS?»

«Der USS schläft, und es ist gefährlich, ihn zu wecken. Du solltest zurück nach Deutschland gehen, in den Schnee vom Schwarzwald.»

Er überging die Empfehlung. «Er schläft wie eine Schlange?»

Sie nippte an ihrem Glas, behielt es in Höhe der Augen und blickte ihn über den Rand an. «Der USS ist keine Schlange, denn die Schlange wehrt sich nur, wenn sie sich bedroht fühlt. Dem USS dagegen brauchst du erst gar nicht auf den Schwanz zu treten, weder absichtlich noch versehentlich.»

«Aber er ist falsch wie eine Schlange.»

«Die Nyoka, Schlange, ist nicht falsch, das haben ihr die Menschen angedichtet. Genau wie der Nyati, Büffel, nicht dumm und stark ist, im Gegenteil, er ist klug und stark. Und Simba, Löwe, ist mächtig, aber nicht stolz, er schickt die Simba Jike, Löwin, für sich auf die Jagd. Die Menschenmänner sind ebenfalls mächtiger als die Frauen. Die Frauen aber haben mehr Stolz.»

«Brehms Tierleben in der Badewanne», sagte er zynisch und verstimmt.

«Was ist das, Brehms Tierleben?»

«Ein deutsches Lehrbuch über Tiere.»

«Du bekommst schlechte Laune, wenn ich vom Stolz der Frauen spreche. Afrikanische Frauen sind stolz, weiße Frauen kann ich nicht beurteilen. Afrikanische Frauen sind auch stärker als ihre Männer, die Männer wollen es nur nicht merken. Männer sehen ihre Stärke in ihrer Potenz, und die beweisen sie mit möglichst vielen Kindern! Daran kann man aber auch erkennen, daß afrikanische Männer dumm sind.»

«Du kannst nicht pauschal so reden, dann trifft es zum Beispiel auch auf Dr. Delalu oder auf Howard Ngara zu.»

«Okay, Ausnahmen gibt es.»

Er hatte jetzt eigentlich keine Lust mehr, in der Badewanne zu bleiben. «Warum erzählst du mir das eigentlich?»

«Weil ich es satt habe, daß Frauen immer nur fürs Kinderkriegen gut sein sollen. – Ich habe mich übrigens an der Universität eingeschrieben.»

«Ach ja? Was willst du denn studieren?»

«Erst mal Sozialwissenschaften, Professor Kobo ist berühmt, er hat auch international einen Namen. Ich werde künftig weniger Zeit für dich haben. Ich muß ja noch weiter in der VIP-Lounge arbeiten, wovon sollte ich sonst leben.»

«Schade.»

«Was schade?»

«Daß wir uns nicht mehr sooft sehen.»

«Du denkst nur an dich.»

Er wußte nicht, was er darauf antworten sollte, wollte aber einlenken.

«Also, du studierst und arbeitest und gehörst nicht dem Geheimdienst an, und diesen mit einer Schlange zu vergleichen beleidigt die Schlange.»

Auch Liza wollte keinen Streit. Sie fühlte sich gut, hatte endlich ihren Plan in die Tat umgesetzt. Sie träumte eine Weile vor sich hin, spielte mit den Fingern auf der Wasseroberfläche. Hans beobachtete sie. Sie sagte dann: «Die Schlange ist ein Tier der Nkole. Bei meinem Vater lebte eine kleine schwarze Schlange unter seinem Bett. Sie kam abends immer hervor, und er hat mit ihr geredet. Wenn ich vom Feld kam und der Rauch der abendlichen Herdfeuer das Dorf durchzog, wo man Mkate, Brot, buk, bin ich zu ihm gelaufen, habe gesehen, wie er die Schlange gestreichelt hat. Alle behaupteten, er verstehe die Sprache der Schlange. Mein Vater war Dorfältester und hatte die Gabe, in die Zukunft zu sehen. Wenn ihm jemand ein Problem erzählen wollte, hat er schon im vorhinein gedeutet, worum es geht. Er konnte den Menschen ansehen, wann sie sterben mußten. Er wußte das viele Tage vorher.» Sie bog ihren Kopf aus dem Lichtschein der Kerze, ihr Gesicht lag im Schatten, ihre Augen waren nicht mehr zu erkennen, glichen zwei dunklen Höhlen. Nach einer Weile tauchte sie wieder aus dem Schatten auf, Hans war sich nicht sicher, ob sie geweint hatte. Sie flüsterte: «Als kleines Kind durfte ich bei den Sitzungen des Ältestenrates dabeisein, da bin ich vor Aufregung rot wie ein Flammenbaum geworden.»

Die Regenzeit war in Urumbura mit voller Macht angebrochen, es schüttete seit Tagen wie aus Eimern. Was sich schon im vorigen Jahr abzeichnete, wurde zur Gewißheit: Das am Hang unterhalb der Botschaftskanzlei liegende Slum-Gebiet geriet ins Rutschen. Man konnte aus den Büros verfolgen, wie erst die steilsten Bereiche zeitlupenartig in Bewegung gerieten und die Menschen versuchten, knietief im Schlamm ihre Hütten abzustützen. Ergebnislos. Danach schoben die Schlammassen wie mit Baggerschaufeln alles vor sich her, was sich ihnen in den Weg stellte, und packten es im unteren flachen Bereich aufeinander.

Die Morgenbesprechung begann in Corells Büro, von wo aus

sich durch die beiden Fenster der beste Überblick auf die Katastrophe bot. Kanzler Grund hatte bereits mit Herrn Hauer von «Weit-Breit» festgestellt, daß weder die Kanzlei, noch der Botschaftscompound in Mitleidenschaft geraten konnten, weil dieser Bereich felsigen Untergrund aufwies.

Der Botschafter schlug vor, eine humanitäre Großaktion zu starten, und fand ungeteilte Zustimmung. Zielinsky erinnerte an das Material, das zur Krisenvorsorge in einem Schuppen der Residenz eingelagert war, um im Evakuierungsfall Angehörige der deutschen Gemeinde für ein paar Tage auf dem Residenzgelände sammeln und unterbringen zu können.

«Genau», sagte Hinzinger, «das sind Zelte für zweihundertundfuffzig Menschen, die sind gerade richtig.»

«Ich würde das aber lieber von der Zentrale genehmigen lassen, Herr Botschafter», empfahl Grund.

«Schmarrn, da weiß man doch schon, was kommt. Sie werden mit der Aktion einverstanden sein, aber Zelte aus Bonn liefern wollen, wegen des Risikos, wir könnten ja schon morgen einen tobenden Bürgerkrieg haben!»

«Nicht bei dem Regen», meinte Zielinsky.

«Eben, und die Zelte aus Bonn sind frühestens in zehn Tagen hier, bis dahin haben wir bereits die ersten Seuchen. Wir könnten mit dem vorhandenen Material doch schon heute anfangen, Unterkünfte zu schaffen.»

«Wir brauchen aber sofort Mittel, zum Beispiel für Hilfskräfte, auch für Weit-Breit», insistierte der Kanzler.

«Gut», entschied der Botschafter, «wir verfügen zunächst über unser Material und kündigen mit einem Telex die Aktion an. Gleichzeitig beantragen wir fürs erste zehntausend Dollar. Wenn die Zelte stehen, berichten wir auch darüber und bitten sie, uns neue zu schicken. Zielinsky, machens den Bericht!»

«Schlage vor, Herr Botschafter, die britische Botschaft zu beteiligen, dann könnten wir eine doppelte Wirkung erzielen.»

«I see your point, Oberstleutnant, aber so ein bisserl müssen wir auch an unser Image denken. Das soll die Aktion des «German Embassy» sein, wir gehen mit gutem Beispiel voran, was ja nicht ausschließt, daß die Briten nachziehen. Die sind sowieso immer langsamer.»

Von Witzke notierte das offensichtlich auf seinem Block.

«Und Sie, Corell», ordnete Hinzinger an, «fahr'n jetzt gleich zum städtischen Obermohr und lassen sich ein passendes Grundstück zuweisen. Nicht zu nah an uns, auf keinen Fall, hör'n Sie! Auf diese Weise sind wir den Slum für alle Zeiten los und schlagen zwei Moskitos mit einer Klappe.»

Drei Tage später stand in einer überschwenglichen ganzseitigen Bildreportage im New Vision über die beispielhafte humanitäre Maßnahme der deutschen Botschaft nachzulesen, daß annähernd tausend Menschen im neu errichteten «German Village» Unterkunft gefunden hätten. Fotos zeigten Hinzinger an einer dampfenden Gulaschkanone, Regionalarzt Dr. Moser in einem Lazarettzelt, das gesamte Botschaftspersonal beim Aufbau der Zelte, Sonja Buchta in einer Kinder-Bastel-Ecke und die «Teer-Mohren» von «Weit-Breit» beim Anlegen fester Wege.

«Ich muß dem Alten recht geben», räumte Grund ein, «wir schicken den Artikel nach Bonn und werden ohne Kommentar alles genehmigt erhalten.»

«Weit-Breit» führte, auf Anweisung ihrer Düsseldorfer Zentrale, kostenlos die Bauarbeiten aus. Bedingung dafür war der Abschluß des Vertrages über den Bau von fünfzig Kilometer Straße durch den Urwald. Man traf sich, um den Schein zu wahren, im urumburischen Wirtschaftsministerium. Die Unterschrift leistete jedoch der stellvertretende Verteidigungsminister Nyati. Wolfram Nagel ließ zur Feier des Tages die Sektkorken knallen. So wurde mit deutscher Entwicklungshilfe ein Projekt zur Bekämpfung der Guerilla finanziert.

17

Für Sekretärin Claudia waren Wochenenden selbst dann nicht langweilig, wenn sie nicht irgendwo eingeladen wurde. Das Leben in den Tropen gefiel ihr ganz einfach. Sogar das Gitter der Terrasse empfand sie nicht als Minderung ihrer Lebensqualität, und wenn auf der Kurzwelle ihres Weltempfängers von dem Island-Tief über Deutschland die Rede war und mit Temperaturen zwischen acht und zehn Grad ein Schwall kühler Meeresluft über die norddeutsche Tiefebene hinwegfegte, also auch über ihre Geburtsstadt Bremen, dann fühlte sie sich geborgen wie im warmen Bett, wenn es draußen stürmt und schneit, ganz ohne Schadenfreude für die Daheimgebliebenen. Einer ihrer Alpträume war, einen Dienstposten bei dem Generalkonsulat Kiew oder der Botschaft Reykjavik zugewiesen zu bekommen.

Aus der Küche hörte sie das Geklapper von Geschirr, ihre Maid hatte sonntäglichen Besuch ihrer Schwester Ndege. Sie stand auf, um sich ein Glas Passionsfruchtsaft zu holen.

Ndege war in Tränen aufgelöst. Sie versuchte es zu verbergen, als Claudia eintrat, doch ihre Maid, längst nicht so scheu wie Ndege, machte keinen Hehl aus dem Kummer ihrer Schwester.

«Die Servants werden schlecht behandelt bei Familie Nagel, Madam. Sie geben ihnen nicht genug zu essen.»

Claudia fühlte sich ein bißchen verantwortlich, denn sie hatte Ndege an Nagels vermittelt. So blieb sie stehen und fragte: «Wieso das?»

«Mister Nagel hat ein merkwürdiges System erfunden. Er vergibt Strafpunkte, wenn er mit der Arbeit nicht zufrieden ist. Ein Punkt heißt: kein Frühstück. Zwei Punkte: die ganze Woche keine Freizeit. Drei Punkte: zwanzig Prozent Abzug vom Lohn. Und so weiter. Es ist herzlos und gemein.»

Claudia setzte sich zu den beiden an den Küchentisch. «Und was macht Frau Nagel?»

«Mistress Nagel will das eigentlich nicht, aber er bestimmt darüber. Können Sie nicht mit Mister Nagel reden, Madam?»

Die ganze Zeit über weinte Ndege still vor sich hin.

«Ich glaube, das wäre falsch, denn er würde nichts ändern und Ndege nur fühlen lassen, daß sie sich beschwert hat.»

Daraufhin sagte Ndege: «Außerdem faßt er meinen Körper an. Si nzuri, das gefällt mir nicht.»

«Ich kann nur raten, daß du aufhörst, dort zu arbeiten», sagte Claudia hilflos.

«Aber unsere Familie ist groß, Madam, wir haben nicht viel, wovon sollen wir leben?»

«Ich will versuchen, dich woanders unterzubringen, Ndege, ich mache morgen einen Aushang bei UNDP.»

«Asante sana, vielen Dank, Madam!» Die beiden Mädchen waren erleichtert.

Der große und schon etwas klapprige Möbelwagen in der Einfahrt von Nagels Haus trug die Aufschrift «Lalele & Sons». Etwa zehn Urumburis mühten sich trotz der Nachmittagshitze damit ab, das Mobiliar aus dem Haus auf die Ladefläche zu transportieren. Der Nachbar, Dottore Labrari, Generalmanager der Fiat-Automobile in Urumbura, wunderte sich schon ein bißchen, daß Nagels ausgerechnet am Sonntag auszogen. Aber er hatte keinen besonders guten Draht zu den Deutschen, weil es ihn nervte, daß Wolfram Nagel auf seinem Gelände mit den Waffen rumballerte. Dottore Labrari hatte für Schießübungen wenig übrig. Also war es ihm nicht nur egal, sondern eigentlich recht. Und daß sich die Arbeiter so beeilten, lag bestimmt daran, daß sie vor dem jeden Tag gegen sechzehn Uhr pünktlich einsetzenden Regen fertig sein wollten. Zurück blieb ein großes im Fenster des Salons aufgestelltes Schild FOR RENT.

Etwa zu der Stunde, als sich das Mädchen Ndege in der Küche von Sekretärin Claudia ausweinte und das Haus von Nagels ausgeräumt wurde, feierten Nagels eine Strandparty. Sie besaßen in einer überwiegend von Diplomaten und Geschäftsleuten okkupierten Ferienkolonie ein Strandhaus am Lake Nebasonko.

Das Strandfest lief bereits seit Freitagnachmittag. Hauer hatte ein Bierzelt von «Weit-Breit» aufstellen lassen und auch einige schwarze Arbeiter zur Verfügung gestellt, die den Grill bedienten und alle drei Stunden einen neuen Eisblock zur Kühlung der Getränke herbeischafften. Glattmanns brachten mit, was dem LH-Business-Class-Passagier als Mittelchen gegen Flugangst oder Langeweile bekannt ist: Knabberzeug, Piccolo-Flaschen Sekt, Konfekt und die kleinen Vielzwecktäschchen mit Mini-Zahnbürste, Mini-Schuhanzieher und Nähzeug, wie sie sich bei jedem Vielflieger stapeln.

Der Siemens-Ingenieur hatte einen kleinen, von einem Benzinmotor angetriebenen Generator mitgebracht, der für die Beleuchtung mit der bunten Lichterkette sorgte. Der Hoechst-Mann verteilte Vitamin-Lutsch-Tabletten, um nicht mit leeren Händen dazustehen, die aber nicht sehr begehrt waren. Die Paare von der Deutschen Schule, dem Goethe-Institut und der Konrad-Adenauer-Stiftung konnten nur sich selbst einbringen und galten als Abstauber.

Buchta organisierte die einheimische Combo, die das Kunststück fertigbrachte, schnulzige Schlager mit afrikanischen Rhythmen und dem Refrain «Tutakwenda Nae» aufzupeppen, was Sonja Buchta immer wieder animierte, sich mit ihrem Boy Ayub in einheimischen Tanzschritten zu versuchen. Sie trug nur einen Tanga-Bikini, was alle Männer entzückte, mit Ausnahme von Ayub, der lieber Getränke servierte und dem es sichtbar peinlich war, daß seine Chefin ihn zum Tanzen aufforderte.

Von der Botschaft war niemand vertreten, man ging auf Distanz zu Nagel, ohne daß dies intern – und schon gar nicht nach außen – zur Sprache kam.

Das Fest lockte natürlich in der näheren Umgebung wohnende Einheimische an. Aber damit hatte man seine Erfahrungen, und die «Weit-Breit»-Mannschaft sperrte den Strand mit rot-weißen Bändern, wie man sie an Baustellen benutzte, weiträumig ab. Hauer nannte das die «deadline für die Schwatten».

Die Schwarzen störten also die Gesellschaft nicht, sie kauerten im Sand, im vorgeschriebenen Abstand, Mund und Nase aufgesperrt, vor Staunen, aber in erster Linie vor Hunger. Tatsächlich fiel auch etwas für sie ab. Am Samstag- und Sonntagmorgen ließ Carmen Nagel die übriggebliebenen verrunzelten Würstchen vom Grill, angeschmorte Steaks und trocken gewordene Sandwiches an sie verteilen. Sonja holte unterdessen gemeinsam mit Ayub im Mercedes-Geländewagen vom Markt frischen Nachschub.

Nur einmal, als die schwarzen Jungen mit ihrer Cola-Dose zu laut bolzten, schritt Wolfram Nagel ein und rief, freilich etwas angetrunken: «Ist der Grill noch heiß? Gleich werde ich euch damit den Scheitel ziehen!»

Zusätzlich hielten auch die beiden Dobermänner der Glattmanns die Einheimischen auf Distanz.

Eine solche, sich über mehrere Tage und Nächte hinziehende Party hat ihre Höhen und Tiefen, korrelierend mit Alkoholkonsum, Hitze und spätnachmittäglichen Regengüssen. Aber man wußte damit umzugehen und Durchhänger zu kompensieren. Die Männer sprachen natürlich über ihre Geschäfte, und der Hoechst-Manager verkündete stolz, daß er sicher sei, bis zum Jahr 2000 das schnelle Geld machen zu können.

«Und wie kommt das?» wollte Schnee, von der Deutschen Schule, wissen.

«Weil die Uris nicht in der Lage sind, selbst eine chemische Industrie für Zwischenprodukte aufzubauen, die sie für die Endprodukte brauchen. Sie bleiben darauf angewiesen, daß ich die Zwischenprodukte liefere. Mit ihrer Abhängigkeit und meinem Monopol erziele ich achthundert Prozent Gewinn.»

«So was nennt man Ausbeutung.»

«Ist es aber nicht», antwortete der Hoechst-Vertreter, «weil ich ein hohes Risiko eingehe.»

«Stimmt doch gar nicht, deine Geschäfte sind dir doch bis zur Jahrhundertwende garantiert, wie du selber sagst.»

«Das Risiko liegt in der Unzuverlässigkeit der urumburischen Geschäftspartner, however, es sichert Arbeitsplätze zu Hause.»

Schnee winkte ab, das kurze Streitgespräch endete versöhnlich, denn Buchta kam mit Gläsern und einer Flasche «Bommerlunder mit Pflaume».

Später griff Paul Schnee das von Buchta geplante DDT-Projekt an, bezeichnete es als scheinheilig, Pestizide bei uns zu verbieten und zu behaupten, man wende im Ausland den gleichen Sicherheitsstandard an, der sogar über die gesetzlichen Bestimmungen des Gastlandes weit hinausginge.

Wolfram Nagel fühlte sich berufen, die Verteidigung des Pflanzenschutz-Projektes zu übernehmen. «Okay, Pestizide sind bei uns zu Hause verboten, trotzdem produzieren wir sie weiter. Doch warum? Weil es in den Tropen ganz andere Krankheitserreger für Pflanzen gibt, denen anders gar nicht beizukommen ist. Und weil Urumbura die Wahl hat, Umweltschäden in Kauf zu nehmen oder Staatsbankrott anzumelden, wenn der Kaffee-Export ausfällt. Ich meine, die Weltmarktpreise sind doch ohnehin schon im Keller, was also soll der Staat denn machen?»

«Umweltschäden? Ist das nicht allzu verharmlosend ausgedrückt, es geht doch um Krebs», stieß der Siemens-Mann nach.

«Okay, okay, ich weiß, erst Aids, und jetzt auch noch Krebs. Aber was schadet's? Die vermehren sich doch wie die Karnikkel», sagte Nagel eiskalt.

«Das ist doch wohl kein Argument, Wolfram», sagte Schnee, «man kann doch die Leute nicht schutzlos einem hochtoxischen Breitbandpestizid, einer chemischen Keule gegen Insekten, Pilze und Bakterien, ausliefern.» Er schien den offenen Rassismus Nagels nicht bemerkt zu haben.

Aber der setzte noch eins drauf: «Wenn ein Markt da ist, muß er auch befriedigt werden. Wenn wir nicht liefern, tun es die Tommys oder die Itacker, also was soll's.»

Später nahm Buchta Nagel zur Seite: «Danke, Wolfram, du hast das genau auf den Punkt gebracht. Morgen fliege ich nach Deutschland, da wird die Kiste vertraglich abgesegnet. Wenn nur nicht diese Zahnschmerzen wären. Ich habe jetzt schon ein leichtes Ziehen.»

«Hast du es mal mit Bhang versucht?»

«Bist du verrückt, ich kann doch nicht im Flugzeug Marihuana rauchen.»

«Nicht rauchen, sondern essen. Es gibt eine Mischung aus Datteln, Feigen und Bhang.»

«Sie haben am Flughafen einen Rauschgifthund.»

Nagel lachte schallend. «Diese müde Bestie? Den Köter kannst du vergessen. Außerdem kann dich doch Glattmann direkt in die Maschine setzen. Und überhaupt, du kennst doch selbst Hinz und Kunz.»

Den Regen warteten noch alle ab, dann brachen sie auf. Die beiden Nagels wirkten auf der Rückfahrt etwas verkatert, und ihre beiden Kinder zankten sich aus Langeweile.

Die Nacht war bereits eingefallen, als sie zu Hause ankamen. So konnten sie das FOR-RENT-Schild nicht erkennen, wunderten sich allerdings über die offenstehende Haustüre und auch darüber, daß weder der Nachtwächter noch sonst jemand von den Bediensteten zu sehen waren. Die öde Leere der Diele ließ sie Schlimmes ahnen. Mit Entsetzen hasteten sie durch die Räume und trafen sich schließlich wieder im großen Salon. Der war genauso blank und kahl wie die anderen Räume, nur auf den Holzdielen lag, in der Mitte durchgebrochen, die Schrotflinte.

18

Zwei Augenfälligkeiten riefen zunächst Verwunderung hervor: Kanzler Grund stellte bei einem Besuch der Residenz fest, daß aus der Eingangshalle die beiden monumentalen Elefantenstoßzähne entfernt worden waren. Und Dr. Zielinsky registrierte, daß im Büro des Botschafters das Bild von Franz-Josef Strauß nicht mehr an der Wand hing. Neben dem Bundespräsidenten war einfach ein verblaßtes Rechteck auf der Tapete. Zielinsky und Grund tauschten erstaunt ihre Beobachtungen aus und wußten sich keinen Reim darauf zu machen, auch nicht darauf, daß verschiedene Großwild-Jagdfotos verschwunden waren, besonders solche, die Hinzinger mit dem Fuß auf dem Nacken eines erschossenen Nashorns oder an den Kopf eines getöteten Elefanten gelehnt, zeigten.

Dann kündigte der Botschafter in der Morgenbesprechung den Besuch des AA-Chef-Inspekteurs an, aus aktuellem Anlaß, der aber von Bonn nicht näher benannt worden war. Bis zum Eintreffen von Dr. Brandt eine Woche später war die Botschaft nur damit beschäftigt, alles für die bevorstehende Revision herzurichten. Nagel, der Zahlstellenleiter der Botschaft, hatte seine Buchführung am schnellsten in Ordnung. Auch Gesa von Linden brauchte nichts zu befürchten, denn bei den Konsularangelegenheiten wurden automatisch Akten angelegt und aktuell geführt. Aber selbst wenn Sekretärin Claudia Tag und Nacht gearbeitet hätte, wäre es nicht zu schaffen gewesen, die von Dr. Zielinsky seit Jahren nicht abgelegten Schriftstücke in der Registratur ordnungsgemäß in Tagebücher einzutragen und abzuheften. Das sah auch Zielinsky ein, stopfte die Papiere in mehrere Kartons und verstaute sie hinter Dieselölfässern im Schuppen des Notstromaggregats.

Claudia lehnte es ab, nachträglich die Zählwerkschloß-Liste zu ergänzen. «Herr Botschafter», sagte sie knapp und fast beleidigt, «wenn Sie den VS-Raum betraten, haben Sie sich nie eingetragen. Wenn ich jetzt nachträglich die Lücken in dem vorgeschriebenen Buch fülle, ist das eine Fälschung.»

Widerwillig ergänzte Hinzinger die Liste selbst. Dann erschien Dr. Brandt, ehemals Botschafter in Washington. Ein großer, würdevoll wirkender Mann mit buschigen Augenbrauen. Seine erste Maßnahme war ein weithin vernehmbarer Paukenschlag. Wolfram Nagel wurde vom Dienst suspendiert und mit dem nächsten LH-Flug nach Bonn zurückgeschickt. Eine Kontrolle der Kurier-Post hatte ergeben, daß Nagel Millionen von Dollar für reiche Urumbaner außer Landes geschafft hatte, und dies unter Umgehung von Zoll- und Devisenbestimmungen und nicht ohne eigenen Vorteil. Die Staatsanwaltschaft hatte ein Ermittlungsverfahren eingeleitet und auf drei Konten mehrere hunderttausend Mark beschlagnahmt. Dr. Brandt beschuldigte Hinzinger der mangelnden Dienstaufsicht. Der lud Dr. Brandt ein, bei ihm im Gästezimmer der Residenz zu wohnen. Das lehnte der Inspekteur ab und zog ins Hotel Sambesi.

In den nächsten Tagen überprüfte er nach und nach die einzelnen Abteilungen der Vertretung: Politik, Wirtschaft, Kultur, Rechts- und Konsularbereich, Presse und Öffentlichkeitsarbeit, innere Verwaltung mit Zahlstelle und Registratur, Verschlußsachenverwaltung, den Botschafterbereich. Er war gleichbleibend sachlich und freundlich und akzeptierte auch eine Einladung des Botschafters in den «George & Dragon». Man konnte mit ihm über alle denkbaren Themen plaudern, nur über seine Arbeit sprach er kein Wort und nahm auch nicht zu dem Antrag auf die Stelle eines entsandten Pförtners Stellung.

Über die Vertretung hatte sich in diesen Tagen ein permanenter Spannungszustand gelegt, von dem sich nur die Ortskräfte und Jens und Horst unberührt zeigten. Eigentlich ging das alles auch den Militärattaché Henning von Witzke nichts an. Der jedoch mischte sich ungefragt ein, führte dem Inspekteur seine vorgeblich allzu unsicheren Büroräume vor, empfahl einen personalintensiven BGS-Einsatz zum Schutz der Vertretung, ja er forderte sogar einen zweiten gepanzerten Mercedes und ein Satelliten-Telefon. Er beschwerte sich, daß der angeforderte Nato-Draht noch immer nicht geliefert worden sei, was die an und für sich zufriedenstellend hohe Mauer mit ihren Y-Abweisern wieder in Frage stellte. Und weil Dr. Brandt ihm zuhörte und sich sogar Notizen machte, brachte er auch die «Rommel-Spargeln» für ganz schlimme Zeiten ins Gespräch.

Der Inspekteur besichtigte selbstverständlich auch das «German Village» und bat den Botschafter, von einem Empfang zu seinen Ehren abzusehen.

Dr. Zielinsky trank in diesen Tagen, zumindest während der Dienstzeit, keinen Tropfen Alkohol und verzichtete sogar darauf, soweit man hören konnte, Nietzsche zu zitieren. Er kam nur einmal in Verlegenheit, als der Inspekteur nämlich die Unterlagen für den letzten «Politischen Halbjahresbericht» suchte, denn die waren in die bewußten Kartons geraten und mußten daher unauffindbar bleiben.

In Gundolf Grund sah Dr. Brandt einen kompetenten Kanzler, der seinen Bereich offensichtlich bestens organisiert hatte. Auch mit Gesa von Linden und Hans Corell ergaben sich keine Probleme.

Über Sicherheitsfragen unterhielt sich der Inspekteur mit Horst und Jens und fand seine Auffassung bestätigt, daß keine weiteren BGS-Beamten nötig wären.

Nach etwas mehr als einer Woche hatte der AA-Chef-Inspekteur seine Arbeit abgeschlossen.

Was er in der Morgenbesprechung zu beanstanden hatte, klang eher harmlos und wurde von ihm selbst damit eingeleitet, wie schwierig der Dienst auf diesem Härteposten sei. Dann bat er, eine Reihe von Kleinigkeiten in Zukunft zu berücksichtigen: die Fahrtenbücher sollten gewissenhaft ausgefüllt werden, die Mittel für Büromaterial nicht überzogen, Kosten für Fotokopien eingeschränkt, mehr Sorgfalt sollte auf die Aktenablage gerichtet werden, einzelne Schriftstücke seien nicht auffindbar, weil sie offenkundig unter einem falschen Aktenzeichen abgelegt worden seien, der Krisenfunk sollte täglich und nicht wöchentlich mit der Botschaft Nairobi getestet und ein Besucherbuch getrennt für die Visa- und sonstigen Kanzleibesucher geführt werden. Gesa von Linden bat er, die seit einem halben Jahr gültigen, neuen erhöhten Visa-Gebühren zu berechnen. Die restlichen Punkte waren nach seinen Ausführungen nicht mehr so wichtig, wie zum Beispiel die überfällige Inspektion der Feuerlöscher, das werde in seinem Bericht nachzulesen sein.

Franz-Xaver Hinzinger atmete auf. Doch dann bat ihn Dr. Brandt um ein Gespräch unter vier Augen.

«Kollege Hinzinger, ich möchte Ihnen eröffnen, daß Regreßforderungen in Höhe von etwa zwanzigtausend Mark auf Sie zukommen, Näheres werden Sie vom Rechtsreferat hören.»

«Herr Inspekteur, ich darf um eine Erläuterung bitten!»

«Seit etwa sechs Monaten gelten höhere Visa-Gebührensätze, die bei Ihrer Vertretung nicht berücksichtigt worden sind. Und zwar deshalb nicht, weil Sie das ‹Gesetz- und Verordnungsblatt› zwar abgezeichnet, aber nicht in Umlauf gegeben haben. Weder der Kanzler noch Frau von Linden konnten etwas davon wissen. Und der Betrag errechnet sich, aufgrund des hohen Visa-Aufkommens, mit täglich fast fünfzig Anträgen.»

Hinzinger sagte pampig: «Das werden wir schon sehen, Herr Inspekteur, ob ich das zu zahlen habe!» Er war außer sich.

«Na schön. Außerdem möchte ich Ihnen raten, Ihre Anträge des persönlichen, angeblich dienstlichen Bedarfs einzuschränken. Unter uns gesagt, finde ich es würdelos, zum Beispiel den trägerlosen BH Ihrer Gattin vom Staat bezahlen lassen zu wollen, weil Ihre Gattin bei dienstlichen Empfängen trägerlose Kleider zu tragen hat.»

«Wenn es allen zusteht, steht es auch mir zu.» Das klang nun fast wieder kleinlaut.

«Niemandem, Herr Hinzinger, steht es zu. Genau dafür gibt es eine Aufwandsentschädigung, die für solche Auslagen pauschal geschaffen ist. Ich darf Sie daran erinnern, daß Sie mit Aufwandsentschädigung, Auslandszulage, Zonenzulage und Ihrem Gehalt auf etwa fünfzehntausend kommen, und finde es beschämend, ein Hundehalsband für Ihren Pinscher und dergleichen mehr abzurechnen.»

«Ich verbitte mir, meinen reinrassigen Teckel als Pinscher zu bezeichnen.»

Der Inspekteur ging auf seinen Einwurf gar nicht ein. «Apropos Zonenzulage», sagte er, «nicht ohne Grund ist Urumbura in die vorletzte Zone 11 eingestuft. Nur unsere überaus gefährdete Botschaft in Beirut erreicht die Zone 12. Bitte unterlassen Sie künftig weitere Bemühungen, ebenfalls in die 12 zu kommen, vor allen Dingen mit Begründungen wie ‹die eingeschränkte Lebensqualität wird auch davon bestimmt, daß in Urumbura keine Kirschen und keine Erdbeeren gedeihen›.»

Hinzinger brummte etwas Unverständliches, das aber zornig

klang. Der Abschied war denkbar frostig. Mit den Worten: «Dr. Zielinsky wird Sie zum Flughafen begleiten» ließ er den Inspekteur in seinem Zimmer sitzen.

Hinzinger saß mit Corell im Yacht-Club am «German-Stammtisch» unter der Flasche mit dem eingebauten Segelschiff. Beide hatten zuvor im Pub einen «Side-Car» als Aperitif getrunken. Bei der Vorspeise legte der Botschafter Corell nahe, sich wieder verstärkt den Wirtschaftsangelegenheiten der Vertretung zu widmen, denn für Nagel, der ja aufgrund seiner kriminellen Machenschaften aus der Botschaft ausgeschieden sei, hatte der Inspekteur für absehbare Zeit keinen Nachfolger in Aussicht gestellt.

«Ich erwarte natürlich, Herr Kollege, daß Sie voll dahinterstehen. Und wenn mir Manfred Buchta, ganz freundschaftlich, berichtet, daß Sie sich sehr kritisch zu diesem Pflanzenschutz-Projekt geäußert haben, gehe ich davon aus, daß Ihre Bedenken, die ich sogar hier und da teile, interner Natur sind, die sie diskret behandeln, weil wir unsere urumburischen Geschäftsverbindungen nicht stören dürfen.»

Hans Corell war plötzlich sehr aufmerksam geworden. Er erinnerte sich genau, daß er nur mit Gesa darüber gesprochen hatte, in deren Büro, und daß Dolmetscher Bosaka dabei war, als sie gemeinsam Kaffee tranken und er gesagt hatte: «Das ist der hiesige Kaffee, den der Buchta vergiften will. Künftig trinke ich nur noch solchen aus Nicaragua.» Das mit Nicaragua war ihm in diesem Moment eingefallen, weil Marion Kaffee von dort mitgebracht hatte. Er konnte sich nicht vorstellen, daß Gesa mit Buchta…

Er würde das herausfinden müssen.

«Sagen Sie jetzt nichts!» unterbrach der Botschafter seine Gedankenreise. Bewährte Masche, anderen seine Meinung aufzuzwingen. «Sagen Sie nichts, ich gebe Ihnen ja nur einen väterlichen Rat. Schauen Sie, wir sind in erster Linie Diplomaten und dazu noch Beamte, also zu Gehorsam und Loyalität verpflichtet, mit anderen Worten: Wir sind dazu da, die Politik der Bundesrepublik zu vertreten. Wirtschaftsexporte sind ein Standbein unseres Wohlstandes. Diesbezüglich gibt es zwischen meiner Partei und der des Ministers keinen Dissens.» Hinzinger widmete sich für eine Weile seinem Sirloin-Steak, und Corell knackte mit einer dafür vorgesehenen Zange die Schaufeln seines Hummers. Ein delikates Essen konnte eben alle negativen Begleitumstände in einem milderen Licht erscheinen lassen.

Auf dem Fleisch herumkauend, fuhr der Botschafter fort: «Natürlich haben Sie mit der Überlegung recht, daß es in vielen Ländern Elend, Armut und Umweltprobleme gibt. Aber es wäre doch ein Schmarrn, so zu tun, als könnten wir das ändern oder als seien wir dafür verantwortlich. Das ist doch ein ganz anderes Problem, schließlich leisten wir mehr Entwicklungshilfe als Japan. Nix da, Corell, wenn ein deutsches Unternehmen ein Geschäft in Urumbura machen will, dann unterstützen wir das als deutsche Botschaft, denn damit sichern wir unsere Arbeitsplätze zu Hause.»

«Auch um den Preis, daß der Kaffee, der mit unserer Hilfe nach Deutschland exportiert wird, vergiftet ist?»

«Herr Kollege, vergiftet ist er doch allemal. Frankly spoken, wenn nicht mit unserem DDT oder Lindan oder E 605, dann mit dem der entsprechenden dänischen Firma. Und auf den deutschen Markt kommt er auch, wenn nicht durch uns, dann durch die Briten. Also wäre es nach den Gesetzen der Logik hirnverbrannt, das Geschäft nicht selbst zu machen. Hoast mi, Corell?»

«Einer muß doch den Anfang machen, solche Geschäfte zu diskreditieren.»

Hinzinger winkte ab. «Das überlassen's der hohen Politik, unsere Aufgabe ist das nicht. Genausowenig, wie wir für das Foltern verantwortlich gemacht werden können. Aber daß wir deutschen Einfluß gewinnen, zum Beispiel durch die GSG 9, das ist doch etwas Positives. Im übrigen wird das alles auch genau vom Auswärtigen Amt vertreten. Damit basta.»

Unvermittelt wechselte Hinzinger das Thema. «Wie geht's

denn dem deutschen Fräulein bei Ihnen? Wie heißt sie noch mal?»

«Marion Klose.»

«Richtig, Marion Klose. Also was machts denn, die Klose?»

Corell war jetzt auf der Hut und überlegte, was er sagen sollte. «Sie hilft, die hiesige Gewerkschaftsarbeit aufzubauen, organisiert Seminare oder kümmert sich um die Finanzen der UTU.»

«Also, ich mein, das Land ist noch gar nicht reif für Gewerkschaften, die Reichen sind reich und die Armen arm, das wird auch mit Gewerkschaften so bleiben.»

Corell sagte dazu nichts, zumal Hinzinger gleich weiterredete.

«Es ist außerdem nicht ungefährlich, was sie da macht, das Fräulein, es wäre besser, sie ginge zurück nach Deutschland, vielleicht sagen Sie ihr das mit einem schönen Gruß von mir.»

«Ich glaube, das wird sie nicht beeindrucken, sie weiß ziemlich genau, was sie will.»

Hinzinger brummte etwas Unverständliches. Dann fragte er: «Und bleibt sie bei Ihnen wohnen?»

«Die Gewerkschaft sucht ein Haus für sie.»

«Na des is gut, Corell, trinken wir zum Schluß noch einen Kaffee mit einem Cognac, oder mögens lieber einen ‹B and B›, den mischens hier ausgezeichnet?»

Gesa konnte ausschließen, daß sie mit Buchta überhaupt in letzter Zeit geredet hatte, also weder über das Pharma-Projekt noch über irgend etwas sonst.

«Also Bosaka», sagte Corell.

«Bosaka ist offensichtlich ein Zuträger von Buchta», folgerte Gesa.

«Das wäre nicht so schlimm», überlegte Corell, «denn der Buchta erfährt ja ohnehin alles aus erster Hand, nämlich von Hinzinger. Aber ich habe Hinweise dafür, daß Bosaka auch die Regierung informiert. Hinzinger meint, wir könnten es nicht beweisen, andererseits wäre Bosaka unentbehrlich, denn nur durch seine Verbindungen zu den hiesigen Behörden könnten wir erfolgreich arbeiten.»

Gesa schüttelte den Kopf. «Das halte ich für übertrieben.»

«Man müßte ihm eine Falle stellen», sagte Corell nachdenklich.

Die Elefantenstoßzähne waren wieder an ihren angestammten Platz in der Residenz-Eingangshalle zurückgekehrt. Das Straußbild jedoch nicht, Hinzinger suchte es seit Tagen und meinte schon vergessen zu haben, wohin er es versteckt hatte. Er hätte nur in den Unterkünften seiner schwarzen Bediensteten nachzusehen brauchen, und ihm wäre in vieler Hinsicht ein Licht aufgegangen.

Der Botschafter kannte diese Unterkünfte auf seinem Residenzgrundstück nicht, hatte sie selbst noch nie betreten und würde das auch nie tun. So entging ihm in seiner unmittelbaren Nachbarschaft viel. Er hatte auch keine Ahnung, wie viele Menschen in den Servant-Quarters lebten und was sie dort taten. Er hätte vermutlich die Hände über dem Kopf zusammengeschlagen, denn einschließlich des Major domus, der aber längst ein Zimmer neben dem Bügelzimmer im Residenz-Trakt bewohnte, hätten es 43 Menschen sein dürfen. In Wahrheit waren es inzwischen 164 Urumburis mit ansteigender Tendenz. Die genaue Zahl kümmerte niemanden, mit Ausnahme des Major domus, der aber auch keine Lösung des Problems wußte. Margarete Hinzinger wiederum ahnte das alles, kümmerte sich aber bewußt nicht darum.

Das Bild von Franz Josef Strauß hatten die Halbwüchsigen aus den Servant-Quarters im Geräteschuppen entdeckt und zur Zielscheibe erkoren. Es war ein Spiel. Sie warfen zunächst mit kleinen Steinchen auf das Glas, bis es zerbarst. Dann hängten sie das Bild zwischen ihren Baracken an einen Baumstamm und spickten es mit Wurfpfeilen, was den Strauß so übel zurichtete, wie es ihm seine ärgsten Feinde nicht vergönnt hätten. Der Botschafter würde mit großer Wahrscheinlichkeit nie dahinterkommen, lediglich Kanzler Grund erfuhr davon und behielt es für sich.

Es war bereits nach Dienstschluß. BGS-Horst saß noch in der Pförtnerloge, weil nicht alle ihre Büros verlassen hatten und er außerdem die beiden Putzfrauen beaufsichtigen mußte.

Marcel Zielinsky war schon auf dem Heimweg, sah Horst und setzte sich kurz zu ihm.

«Ganz schön heiß hier drinnen.»

«Und langweilig, die Zeitungen habe ich längst ausgelesen.»

Zielinsky holte zwei Flaschen Cola aus dem Kühlschrank, trug das in die dafür vorgesehene Liste ein.

«Was macht deine Arbeit?» fragte Horst.

«Ich muß den Jahresbericht schreiben mit der üblichen Statistik: wie viele Besucher, wie viele Berichte, wie viele Fernschreiben eingegangen, wie viele ausgegangen, wie viele Visa, wie viele tragische Ableben bearbeitet...»

«Also wie viele?»

«Keine tragischen Ableben, überhaupt keine Ableben, denn tragisch muß es ja nicht immer sein, oder?»

«Doch, der Degenhardt.»

«Mann, Horst, danke, den hätte ich bestimmt vergessen.»

«Und wozu soll das alles gut sein?»

Zielinsky dozierte: «Also paß auf – Statistik ist schon einmal per se gut. Darüber hinaus setzen sich die schlauen Köpfe in der Zentrale hin und berechnen, ob man für die viele Arbeit einen Mann zuviel oder einen zuwenig hat. Das ist auch gut. Und weil das so ist, wird natürlich die Statistik, sagen wir mal, ausgebaut. Also ich hatte zum Beispiel im letzten Jahr einhundertundfünfzig Besucher als Vertreter des Botschafters, das ist jeden zweiten Tag mindestens einer. In Wahrheit wäre das schrecklich, wenn ich so oft gestört würde. Aber es darf keiner auf die Idee kommen: Die brauchen in Urumbura gar keinen Vertreter, bei diesem Botschafter schon gar nicht, formell könnte das auch der Kanzler mitmachen.»

«Und das wird so geschluckt?» Horst verzog ungläubig das Gesicht.

«Ja nicht nur das. Der im AA beschäftigt sich ganz ernsthaft mit diesen Zahlen, obwohl er vielleicht letztes Jahr selbst auf Posten war und selbst so eine Statistik erstellt hat.»

Horst hatte eine Idee: «Wenn alle die Statistik manipulieren, ergibt sich doch dadurch wieder eine reale Berechnungsgrundlage, das ist nicht unpraktisch. Vielleicht bearbeitet so einer dann seine eigene Fälschung.»

«Das ist ganz anders, Horst, der würde dann an seine eigene Statistik glauben! Die Bonner Zentrale hat nämlich ein großes Geheimnis: Sie betreibt Gehirnwäsche! Ja, ehrlich!»

«Echt?»

«Irgendwann muß ja jeder für ein paar Jahre dorthin zurück, damit er nicht total vertropt. Und dann passiert eine wundersame Verwandlung. Er hat ganz plötzlich alle Schwierigkeiten und Probleme vergessen, mit denen er sich selbst in einem Entwicklungsland rumschlagen mußte, und wird zum penetranten Bürokraten, der sich zunehmend auf Erlasse und Dienstvorschriften zurückzieht. Ich korrespondiere zum Beispiel seit Monaten mit so einem, der unbedingt einen Beleg für die Reparatur des Treppenhausgeländers der Kanzlei verlangt, obwohl dieser Sachbearbeiter in Bonn selbst genau wissen müßte, daß so ein Schreiner Analphabet ist und noch nie in seinem Leben eine schriftliche Rechnung ausgestellt hat, schon gar nicht zweifach.»

Horst, der sich vor ein paar Tagen in der «Orchidee» schon einmal lange mit Zielinsky unterhalten hatte, ließ nicht locker: «Was ich dich schon neulich wegen der Botschaftsberichte über die politische Lage des Landes fragen wollte: Warum sind die nicht ehrlich?»

Zielinsky nahm einen Schluck Cola: «Also erstens brauchst du in einem solchen Land nur das zu sehen, was du sehen willst, du läßt einfach nach dem Motto ‹störe meine Kreise nicht› nichts an dich herankommen.»

«Aber wenn du durch die Stadt gehst, stößt du doch automatisch auf das Elend, auf Krüppel, auf bettelnde, hungernde Kinder.»

«Richtig, mein lieber Horst, aber nicht auf das Foltern. Du

wirst als Diplomat auch kaum mit der Polizei zu tun kriegen, schon gar nicht geschlagen werden, bevor du überhaupt den ersten Satz sagen konntest. Aber ganz abgesehen davon habe ich Botschafter und andere Kollegen erlebt, die noch nie im Stadtzentrum waren, weil es ihnen dort zu unhygienisch ist. Du kannst dich ja wirklich von vorne bis hinten bedienen lassen und nur zwischen Kanzlei und dem eigenen Swimmingpool leben.»

Horst grinste: «Und wirst auch nie die schönen Maderl kennenlernen.»

Zielinsky ging nicht darauf ein, sondern fuhr fort: «Dann hängt die Tendenz eines solchen Berichts wesentlich von der grundsätzlichen Einstellung des Botschafters ab. Da gibt es welche, die sind human, sozialkritisch, sensibel, aber es gibt auch andere, die sind alte Kommiß-Köpfe oder auch ein bißchen rassistisch oder vertreten Law and Order. Und wenn du dafür bist, daß man in einem Entwicklungsland Ordnung schafft, indem man mit starker Hand regiert, ja dann sieht so einer das mit den Menschenrechten auch nicht so zimperlich, verstehst du?»

«Versteh schon», sagte Horst nachdenklich.

«Typisch ist auch die Bereitschaft, solche Zustände hinzunehmen, weil sie angeblich eine Übergangsphase sind auf dem Weg zur Demokratisierung. Und das Argument, das allen Widerspruch verstummen läßt, lautet immer: Man kann die Verhältnisse hier nicht mit Deutschland vergleichen, also darf man auch keine deutschen Maßstäbe anlegen.»

«Da ist ja auch was dran.»

Zielinsky stand auf. «Natürlich, es kommt immer darauf an, wo man für sich ganz persönlich die Grenze zieht.»

Mit der Aktentasche des Botschafters lief Mike vorbei, gefolgt von Hinzinger. Horst wollte schnell aufstehen und die Türe aufhalten, Zielinsky aber hielt ihn zurück. Der Botschafter sagte freundlich «Servus» und zeigte kein Erstaunen, seinen Vertreter in der Pförtnerloge sitzen zu sehen.

«Du bist kein Pförtner», sagte Zielinsky zu Horst.

Obwohl er sitzen geblieben war, sagte der: «Davon verstehst

du nix, ich hätte ihm zwar die Tür aufgehalten, aber gleichzeitig auch draußen nachgeschaut, ob alles in Ordnung ist.»

«Okay, das akzeptiere ich.»

«Was ich vorhin sagen wollte», fuhr Horst fort, «das ist bei denen da in Bonn die Rache für das, was ihnen die Zentrale angetan hat, als sie irgendwo in Afrika ihren Dienst taten.»

«Genau, Horst, und es hat etwas mit Sadismus zu tun. Du brauchst einen nur lange genug zu quälen, dann quält er auch, wenn er kann. Vor allem wenn er plötzlich Macht erhält. Und so ist das ja auch tatsächlich, denn der Sachbearbeiter in Bonn ist in der bestimmten Angelegenheit das Ministerium. Und was er schreibt, ist nicht ein Brief oder ein Bericht, sondern ein Erlaß. Das mußt du dir mal vorstellen, wie in Zeiten des allergnädigen Fürsten, der etwas erläßt, was seine Untertanen zu befolgen haben.»

Horst holte noch mal zwei Cola.

Zielinsky zog seine Krawatte aus. «Verdammt heiß in dieser Pförtnerloge ohne Airconditioner.»

«Siehst du, das merkt man erst, wenn man als Weißer hier drinnen sitzt», sagte Horst.

«Aber die Schwarzen vertragen die Hitze auch besser als wir.»

«Obwohl, freuen tät er sich schon, der Jackson, wenn es ein bisserl kühl wär, meinst du nicht?»

«Ja, ja, Horst, du bist mein soziales Gewissen. – Aber hier ist es wirklich zu stickig, können wir nicht in meinem Büro weiterreden?»

Horst spielte den Entrüsteten: «Gegen die Vorschrift, Herr Botschaftsrat, ich habe hier aufzupassen und zu schwitzen.»

«Und jetzt erwartest du von mir Solidarität?»

«Genau, Chef.»

Zielinsky setzte sich wieder auf den zweiten Stuhl. «Dann mußt du mir auch weiter zuhören.»

«Mit Vergnügen, Chef.»

«Also, wo war ich stehengeblieben?»

«Bei den Botschaftern und den Bürokraten.»

«Gut. Jeder Botschafter hat so seine dienstlichen Hobbys, im politischen, kulturellen oder wirtschaftlichen Bereich, da toben sie sich aus. Nebenbei gesagt, das ganze Konsularwesen ist für fast jeden Chef nur ein lästiges Anhängsel. Und die meisten Botschafter sind ehrgeizig, wollen Erfolge gegenüber Bonn nachweisen, meistens auf ihrem speziellen Gebiet. Wenn man ein kleiner A-15-Botschafter in Afrika ist, möchte man ein mittlerer B-3-Botschafter in Südamerika werden und dann gerne ein B-6-Botschafter in Europa. Das läuft ja in der Regel auch, wenn du erst mal auf die Botschafterspirale gesprungen bist, vorausgesetzt, du bleibst Hofschranze und kritisierst nicht deinen Minister.»

«Und du bist noch dabei, den Anlauf zu nehmen, daraufzuhupfen auf die Spirale.»

Zielinsky war jetzt nicht zum Scherzen aufgelegt. «Je schwieriger die Menschenrechtssituation in einem Land ist, um so deutlicher sind aber dem Botschafter die Hände gebunden. Sein Spielraum ist eingeengt, auch von Bonn aus. Und damit ihn die Zentrale in Ruhe läßt, er sich also entfalten kann, wie er will, macht er in seiner Berichterstattung ein paar Abstriche. Aber das kann verheerende Folgen haben, zum Beispiel in Entscheidungen über Asylbewerber. Oder aber auf dem Gebiet der Entwicklungshilfe, besonders für Polizei und Militär. Und weil so gut wie jeder im AA auf Posten war und wieder auf Posten geht, kennt er den wahren Hintergrund, es sei denn, er ist unfähig. Das aber ist die Ausnahme.»

«Ich komme da, ehrlich gesagt, nicht mit.»

«Ganz einfach, Horst: Der Botschafter von Urumbura berichtet, daß die Polizei auf dem Weg der Demokratisierung ist. Bestimmte gravierende Fälle von Menschenrechtsverletzungen erwähnt er einfach nicht. Denn der Botschafter will ganz persönlich, daß durch seine Initiative ein Millionengeschäft zustande kommt, nämlich die Lieferung von fünfzig BMW-Krädern als Polizeihilfe. Er, als ehemaliger bayerischer CSU-Abgeordneter im Landtag, kennt natürlich Chefs bei BMW in München. So.

Und was passiert in Bonn? Der Sachbearbeiter des AA kann sich jederzeit darauf berufen, daß der Botschafter in Urumbura berichtet hat, die Polizei sei auf dem Weg der Demokratisierung. Daß man auch Täter durch Unterlassen sein kann, in unserem Fall durch Unterschlagung von Informationen über Menschenrechtsverletzungen, bleibt irgendwie unberücksichtigt. Es steht im Bericht nicht drin, man muß es folglich in Bonn nicht wissen. Das Hinzuziehen anderer Informationsquellen, wie zum Beispiel des ai-Jahresberichts, gehört bisher nicht zur Arbeitsweise des Ministeriums. Sie verlassen sich lieber auf ihre eigenen Informationen. Der AA-Mann befürwortet also, daß eine Polizei, die auf dem Weg zur Demokratisierung ist, auch gefördert werden muß. So wird das zur Linie des AA in dieser Frage. Der AA-Mann setzt sich sodann mit dem Innenministerium-Mann in Verbindung, der beruft sich auf das AA, ist also auch abgesichert. Nebenbei mischt der Militärattaché mit, schaltet das Verteidigungsministerium ein, der Buchta hat die Finger drin, der die Konrad-Adenauer-Stiftung und sicherheitshalber auch noch die Hans-Seidel-Stiftung aktiviert, und Hinzinger macht die bayerische Landesvertretung in Bonn sowie den einen oder anderen ehemaligen CSU-Parlamentskollegen in München scharf. Und jeder spricht mit dem BMW-Vorstand, und jeder deutet an, daß für den General Fekesi irgendwie eine Extra-BMW RS 1000 abfallen müsse. Und alle, lieber Horst, haben zum Schluß ganz für sich persönlich einen Erfolg zu verbuchen.»

«Das ist faszinierend. Jetzt fange ich auch an, zu begreifen.»

19

Mama Sara war auf dem Markt gewesen. Als sie nach Hause kam, lagen die beiden Schäferhunde mit gespaltenen Schädeln und abgeschnittenen Ohren in der Eingangsdiele. Sie rief voll Entsetzen Hans Corell an, der sofort zu seinem Haus fuhr.

Gärtner Walter kam ihm völlig verstört entgegen, konnte oder wollte aber nichts zu diesem Vorfall sagen. Sono hatte frei.

Mama Sara jammerte nur. Der Anblick der toten Tiere war auch wirklich schrecklich. Offensichtlich hatte man bei der brutalen Tat Macheten benutzt.

Hans ging die einzelnen Räume ab, soweit er das in der Eile feststellen konnte, war nichts entwendet worden. Er telefonierte nach Marion. Auch sie vermißte nichts von ihren Sachen.

Gärtner Walter weigerte sich, die toten Tiere anzufassen, und lief davon. Hans suchte eine Schaufel und brachte sie im Garten unter die Erde.

Dann ging er in sein Zimmer, holte die noch in Ölpapier verpackte Pistole aus dem Schrank, füllte das Magazin, ging in den Garten und gab in kurzen Abständen auf eine auf dem Boden liegende Holzkiste sechs Schüsse ab. Er wußte selbst nicht genau, warum er das tat.

Als er Mama Sara bat, das Blut von den Holzdielen zu wischen, schrie sie auf und lief zurück in die Küche. Er holte Eimer und Lappen, herrschte Mama Sara an, damit sie endlich mit dem Wimmern aufhöre, und wischte das Blut auf. Dann setzte er sich oben in der Bibliothek in einen Sessel, um sich zu beruhigen. Es gelang ihm nicht. Selbst wenn er seine beiden Füße fest auf den Boden stellte, zitterten seine Beine. Er redete sich ein, daß er um die Hunde trauere, denn er hatte die beiden Hunde gemocht, und wollte sich nicht eingestehen, daß es Angst war.

Marion kam mit einem Tee. Sie setzte sich auf die Lehne seines Sessels, und er berührte leicht mit seinem Kopf ihre Schulter. Sie bat ihn, doch von dem Tee zu trinken. Er konnte nicht.

Leise und automatisch begann er zu sprechen: «Es ist alles wieder so schrecklich präsent, das Blut auf dem Boden, genau wie damals in Baden-Baden. Ich stand vor der Tür von Ralf, sie war abgeschlossen, der Schlüssel steckte nicht, man konnte durch das Schlüsselloch das Ende des Bettes sehen, hinten den Schrank und davor einen Ausschnitt des Fußbodens. Helle Eichendielen. Auf ihnen ein großer Blutfleck. Ich war alleine. Es gab im Schlüsselkasten Ersatzschlüssel für alle Türen, die Schlüssel hatten alle Anhänger, farbige Anhänger. Anstatt nach Ralfs Anhänger zu suchen, riß ich alle Schlüssel vom Haken. Das Suchen dauerte lange. Aber der Ersatzschlüssel für sein Zimmer war nicht dabei. Ich rannte gegen die Tür, versuchte sie einzutreten, sie gab nicht einen Millimeterbreit nach. Nochmals zu den Schlüsseln. Dann war er doch da. Ralf auf dem Boden, noch mehr Blut, 110 angerufen. Polizei und Rettungswagen trafen fast gleichzeitig ein. Selbstmord, sagte der eine Polizist in sein Walky-Talky. Ich brüllte, daß Ralf atme. Sie hingen ihn sofort an einen tragbaren Tropf und an ein Sauerstoffgerät. Dann das Martinshorn, diese endlose Fahrt bis zum Krankenhaus. Kurz darauf die erlösende Aussage des Arztes. Wenn keine Komplikationen eintreten, bestehe trotz des hohen Blutverlustes keine Lebensgefahr mehr.»

Er machte eine Pause. Marion hatte ihren Arm um seine Schulter gelegt. «Rede weiter, Hans», sagte sie.

«Er kam nach zwei Tagen aus dem Krankenhaus. Das Zimmer roch noch immer nach diesem Blut. Ich hatte es weggewischt, immer wieder gewischt, dann gewachst, es blieb ein Fleck bis heute. Oder ich bilde mir das ein. Im George & Dragon, als die beiden Australier erschossen wurden, war genau dieser Geruch. Heute, der Geruch des Tierblutes, war etwas anderes.»

«Warum hat Ralf das getan?»

Hans antwortete zögernd, nach Worten suchend: «Es kam alles mögliche zusammen, er war in der Pubertät, es geschah in den Tagen der Trennung von meiner Frau, ein lächerlicher Streit mit mir über den Kauf eines Video-Films.»

«Und was ist aus ihm geworden?»

«Er hat eine Therapie gemacht und sich ganz gut gefangen, hat eine Zeitlang bei seiner Großmutter gelebt und jetzt in der Wohnung in Baden-Baden. Leider hat er sich der Scientology Church angeschlossen, dort läuft er ständig hin, arbeitet zwar bei einer Versicherung, aber die von der Sekte haben ihn ziemlich entmündigt, er ist ihnen vollkommen hörig, bringt auch sein ganzes Geld dorthin. Ich warte nur darauf, daß er Schulden macht, die ich dann bezahlen muß. Von mir läßt er sich nichts sagen, unser Verhältnis ist oberflächlich, wir sind uns fremd. Das ist der Preis.»

«Weißt du, Hans, wenn er tot wäre, wäre das viel schlimmer für dich. Er lebt sein Leben, es kommt weniger darauf an, daß du unglücklich darüber bist, als vielmehr, daß er vielleicht glücklich ist. Selbst in dieser Sekte. Und die Chancen, daß er in ein paar Jahren dort wieder aussteigt, sind hoch.»

Ihre Stimme tat ihm unendlich gut. «So ähnlich sage ich mir das auch immer, denn schließlich hat er sich die Pulsadern geöffnet, weil er keinen Halt in seiner Familie fand. Diese Scientology Church ist seine Ersatzfamilie geworden, daran bin ich schuld. Das ist schwer zu ertragen. Aber ich habe es in Kauf zu nehmen.» Nach einer Pause redete er weiter: «Mein Verhältnis zu Bine, also Sabine, sie ist die Ältere, ist etwas besser. Sie ist inzwischen Lehrerin in Bonn. Aber ich habe immer das Gefühl, daß sie mir die Schuld an der Trennung gibt. Ich bin derjenige, der gegangen ist. Meine Frau hat zwar die Ursachen geschaffen, ich aber habe die Konsequenzen gezogen, habe meine Familie verlassen, das heißt: ich bin der Schuldige. Selbst jetzt noch, obwohl sie mit dem Kerl in Canberra verheiratet ist. Dort fliegen die Kinder auch hin, zu mir kommen sie nicht.»

Marion protestierte: «Also jetzt sei mal vernünftig, erstens sind Bindungen an die Mutter immer inniger, eben entscheidende neun Monate länger. Und du willst doch nicht etwa deine Kinder in dieses Land holen, in dem kein Mensch freiwillig Urlaub machen würde. Würdest du in der Botschaft in Rom sitzen, kämen sie auch dorthin.»

«Bine vielleicht.»

Er war ruhiger geworden, trank jetzt auch von dem Tee. Dann redete er weiter: «Beide sind typische Diplomaten-Kinder. Spätestens alle vier Jahre eine Versetzung. Das erste Mal ist es egal, beim zweitenmal werden schon gewaltsam Freundschaften durchtrennt. Kinderfreundschaften zwar, aber man sollte das nicht unterschätzen. Der Beweis ist, daß Bine noch heute von ihrer Freundin in Jakarta spricht, die sie verlor, als sie sieben Jahre alt war. Dann wurde es immer komplizierter. Dann mußten sie Bindungen schon im Bewußtsein der Trennung eingehen, durften keine Wurzeln schlagen, wo sie ihrer Entwicklung nach eigentlich aststarke Wurzeln gebraucht hätten. Es sind keine Abschiede, die zwar weh tun, denen aber Wiedersehensfreude folgt, sondern es wird etwas zerschnitten, erbarmungslos. Der Vorteil sind eine frühe Selbständigkeit, eine gewisse Weltläufigkeit, mehrere Sprachen. Aber der Preis ist verdammt hoch, allein sich in Deutschland wieder zurechtzufinden ist schwer, das geht einem doch selbst so. Am besten wäre es, wenn man in diesem Beruf keine Kinder in die Welt setzte, denn daß sie unglücklich werden, häufig in irgendeiner Weise gestört sind, ist programmiert. Das idiotische ist, man tut es sehenden Auges trotzdem.»

Marion stand jetzt auf. «Ich muß noch mal zur UTU fahren, es war gut, daß du mir das erzählt hast. So schlecht ist es doch gar nicht um dich bestellt, wie du es dir einbildest. Es gibt außerdem auch ein paar Menschen, die dich mögen.» Sie gab ihm einen flüchtigen Kuß auf die Wange. «Mehr kann man, glaube ich, nicht verlangen. Jedenfalls nicht in diesem Leben.»

Dann war sie verschwunden, aber er fühlte sich erleichtert.

Gestatten, Boff.» Als der Botschafter nicht sogleich etwas sagte: «Dr. Boff.» Nach einer weiteren kleinen Pause: «Dr. Leo Boff.»

Boff wirkte wie ein Seehund, was wohl an seinem mächtigen Oberlippenbart lag, der rechts und links der Mundwinkel bis auf das Kinn herunterhing. Der Botschafter musterte ihn unfreundlich. Die bis in den Nacken reichenden Haare sahen ungepflegt aus und waren wohl auch nicht nach Hinzingers Geschmack. Dabei war Boff durchaus korrekt mit einem dunklen Nadelstreifenanzug, weißem Hemd und einer weinroten Fliege gekleidet. Doch der Botschafter wollte nicht in Rechnung stellen, daß der Mann nach dem langen Flug übernächtigt und nicht unbedingt gepflegt sein mußte.

«Gestatten, Bond hättens auch sagen können, James Bond.»

Boff lachte überraschend fröhlich. «Nein, Herr Botschafter, wie Sean Connery sehe ich wirklich nicht aus, auch nicht wie Roger Moore.»

«Das ist wahr.»

Es entstand eine Pause.

Dann sagte Boff: «Meine Ausrüstung steht noch in Nairobi, sechs Kisten. Die Bundeswehr hat sie dort hingeflogen. Sie kennen das: Funk, Fax, Telex, Schlüsselgerät.»

«Nichts kenne ich.»

«Ja» – Boff war etwas ratlos – «jedenfalls soll das als Diplomatengepäck hierher weitergeleitet werden.»

«Ich weiß überhaupt nicht, wo ich Sie unterbringen soll.»

«Raum ist in der kleinsten Hütte, Herr Botschafter. Ich nehme auch mit einem Kellerraum vorlieb. Und meine Sekretärin kommt erst in drei Monaten.»

«Das Gebäude ist nicht unterkellert», erwiderte Hinzinger schroff. Und dann: «Ich weiß gar nicht, welcher Teufel Pullach geritten hat, Sie hierherzuschicken. Urumbura ist weiß Gott nicht der nachrichtendienstliche Nabel der Welt, und diese Arbeit wurde bisher ausgezeichnet erledigt.»

«Das ist ganz einfach, Herr Botschafter, die CIA unterhält hier ein Büro, deshalb sollte der BND auch ein Büro haben. Mein Kollege ist der vierte Mann in der US-Botschaft, das wissen Sie vermutlich. Ich soll den dritten Mann bei Ihnen machen, als Chargé d'affaires, ich glaube, Sie sind über das Bundeskanzleramt informiert, daß ich in dieser Funktion auf die Diplomatenliste des hiesigen Außenministeriums gemeldet werden soll.»

«Ich habe den Erlaß, ich kann es nicht ändern, obwohl ich es, das will ich Ihnen ehrlich sagen, zu ändern versucht habe.»

«Ich werde sehr unauffällig sein und Ihnen keine besonderen Probleme bereiten. Es tut mir leid, Herr Botschafter, daß ich Ihnen ungelegen komme.»

Hinzinger erhob sich. «Der Buchta tut mir leid, kommens, ich bringe Sie zum Kanzler, der kann Sie vorläufig im Zimmer vom Nagel unterbringen, das steht sowieso leer. Jedenfalls solange Sie nicht Ihre Spionage-Ausrüstung da haben.»

«Aber, Herr Botschafter!» sagte Boff schelmisch.

Grund nahm Boff mit nach Hause zum Mittagessen und sagte ihm, daß er ihn schon unterbringen werde. Auch seine Kisten würden sie unkontrolliert durch den Zoll bringen, mit ein paar Dollar ginge es sogar sehr schnell.

«Am Geld soll es nicht liegen.»

Dann gab ihm Grund die wichtigsten Instruktionen über seine vorläufige Unterbringung im Sambesi, obligatorisch Room 418, verwanzt in der einen Hinsicht, manchmal auch in der anderen.

«Außerdem wird der Telefonverkehr der Botschaft abgehört, wir haben zwei Hauptanschlüsse», erläuterte Grund.

«Interessant.»

«Und wo waren Sie vorher, Herr Dr. Boff?»

«Mein letzter Auslandsposten ist Paris gewesen, die beiden vergangenen Jahre war ich in Pullach, Nah-Ost-Referat.»

«In Paris war bestimmt mehr los als hier. Ihr Vorname Leo heißt übrigens in Kiswahili ‹heute›.»

«Kann das zu Irritationen führen?»

«Ich glaube nicht.»

«Im Französischen heißt übrigens bof ‹na ja›. Das habe ich zu meinem persönlichen Motto erhoben.»

Hannelore Grund ließ ein leichtes Hühnergericht auftragen, und Boff lobte ihre Küche.

Dann fragte er, wie lange es dauere, bis die FAZ-Nachsendung da sei.

«Mit bis zu zehn Tagen Verspätung müssen Sie rechnen», sagte Grund.

Boff machte ein besorgtes Gesicht. «Sie müssen wissen, mich interessiert eigentlich nur der Wirtschaftsteil, speziell die Aktien- und Kassakurse, natürlich auch die Auslandsaktien, Optionsscheine und die Luxemburger Investmentfonds. Ich bin, unter uns gesagt, auch nicht so glücklich über die Versetzung nach Urumba, denn ich habe da so ein paar Sachen an der Börse laufen.»

Grund wunderte sich. «Der Haussender unseres Ministers, die Deutsche Welle, bringt das doch in ihrer Sendung WISO, Wirtschafts- und Sozialpolitik.»

«Habe ich schon überprüft, lieber Herr Grund, diese Sendung leistet nicht die gebotene Ausführlichkeit und Gründlichkeit.»

«Aber die Lottozahlen sind immer sehr zuverlässig», warf Frau Grund ein.

«Wissen Sie, gnädige Frau, ich beschäftige mich auch mit den Exoten, da muß man höllisch aufpassen, ich konzentriere mich weniger auf deutsche Titel, und der Dax ist für mich ein fast wertloser Indikator. Daß der US-Schmuckketten-Trust Zale 400 seiner 2000 Läden schließt oder daß BASF Magnetics bei Techsnabexport in Sibirien beschichtet, das sind die heißen Informationen, die ich brandaktuell brauche.»

«Das ist schwierig, hier am..., beinahe hätte ich gesagt: am A der Welt.»

«Kann man denn wenigstens faxen?» Boff war sichtlich nervös.

«Das können Sie, sofern der Strom nicht ausfällt. Aber Sie können weder direkt angewählt werden noch selbst wählen, es läuft erst über die Auslandsvermittlungen des hiesigen Post- und Telegrafenamtes, und von dort geht es per Satellit weiter.»

«Das heißt», fragte Boff, «man muß die Verbindung anmelden?»

«Ja, und dann dauert es etwa zwei Stunden.»

«Das geht ja noch.»

Als Boff wieder weg war, sagte Frau Grund: «Ist das aber ein netter Mann.»

Liza wirkte traurig, was in letzter Zeit öfter vorkam und so gar nicht zu dem Bild passen wollte, das Corell von ihr hatte.

«Philly Bongoley Lutaaya ist tot, an Slim gestorben. Er war so etwas wie ein Volksheld für uns, ein Popstar, er ist unser Bob

Marley gewesen. Dann ist er an Slim erkrankt. Kannst du dir vorstellen, daß es für ein ganzes Volk ein Tabu war, zuzugeben, mit dieser Krankheit leben zu müssen? Obwohl schon eine Million Menschen infiziert ist. Er hat das Schweigen gebrochen, er ist öffentlich aufgetreten, in Schulen, in Universitäten, in Krankenhäusern, im Fernsehen. Bei seinem letzten Konzert im Stadion gab es sechzigtausend Besucher, ich war auch dort. Er hat der Nation die Augen geöffnet, hat von der Tragödie gesprochen, ihrem Ausmaß, er hat den Mut dazu gehabt. Und er hat sich immer wieder an die Jugendlichen gewendet, ihnen klargemacht, daß es an ihnen ist, die Seuche zu stoppen. Es gebe Dörfer, da sei schon die Hälfte der Bewohner weggestorben. Safer Sex hat er gepredigt. Nun ist auch er tot. Er war so ein wunderbarer Mensch.»

Sie weinte, und Hans wußte nicht, wie er sich verhalten sollte.

Sie gingen oberhalb der Stadt auf einem Trampelpfad, der entlang des Golfplatzes verlief. Hier war die Luft klarer und die Schwüle nicht so drückend, ein Palmenhain spendete Schatten.

«Du hast einen neuen Kollegen?»

Hans blickte sie so geschockt an, daß sie jetzt doch lachen mußte.

«Ich weiß, was du denkst. Du vergißt, daß ich in der VIP-Lounge arbeite. Und der schöne Mann, der Horst heißt, hat ihn gestern vom Lufthansa-Flug abgeholt. Und sie haben bei mir einen Drink genommen, dieser Horst hat ihn mir sogar vorgestellt. Ich weiß auch inzwischen, daß der andere, der Nagel, einige Landsleute ein paar Millionen Dollar gekostet hat, weil er erwischt worden ist. Wie du siehst, ist die VIP-Lounge eine Fundgrube für Informationen.»

Hans entspannte sich wieder. «Wie beurteilst du die Tatsache, daß die Reichen ihr Kapital im Ausland in Sicherheit bringen?»

«Unser Land ist sehr chaotisch, wenn sie den Reichtum ehrlich erworben haben, habe ich Verständnis dafür. Aber das ist wohl die Ausnahme. Vaterlandsliebe zeigen sie nicht, auch die Ärzte oder Wissenschaftler nicht, die abhauen.»

Er erzählte ihr die Geschichte von den beiden Schäferhunden. Sie schwieg lange, war mit ihren Gedanken weit weg.

Dann sagte sie: «Hans, du solltest zurück nach Deutschland gehen und dort leben. Du bist doch in einem Alter, wo man aufhören kann, in dem man retired. Geh weg aus Afrika, Afrika ist nicht gut für dich.»

«Warum, Liza?»

Sie schwieg.

«Oder trenn dich von der deutschen Frau, die bei dir wohnt.»

«Ich kann mich nicht in der Art von ihr trennen, wie du das meinst, weil ich mit ihr keine Beziehung habe. Und sie wohnt bei mir nur so lange, bis sie etwas für sich gefunden hat. – Aber warum sagst du das, Liza?»

Sie schwieg erneut, dann drehte sie ihren Kopf zu ihm und küßte ihn.

Sie setzten sich auf die dicke Luftwurzel einer Palme, auf der eine rosa blühende Orchidee schmarotzte. Er steckte ihr eine Blüte ins Haar und fand das gleichzeitig schön und kitschig.

«Schau die großen Palmen hier, soll ich dir das Märchen von den Dattelkernen erzählen?»

Er schloß die Augen und wartete.

Die Geschichte lief in seinem Kopf wie ein Film ab. Er sah den Jungen, Liza nannte ihn Njia, auf den Markt ziehen, den Esel zu verkaufen, der Vater war tot, sie waren arm und hatten sonst nichts mehr. Njia kam zurück und brachte der Mutter als Erlös ein paar Dattelkerne. Sie schimpfte mit ihm, weil er sich hatte betrügen lassen, und warf die Dattelkerne, zornig und traurig zugleich, vor die Hütte. Am nächsten Morgen jedoch sahen sie – Hans verfolgte den Lauf des Stammes, unter dem sie saßen –, daß über Nacht eine riesige Dattelpalme vor ihrer Hütte gewachsen war. Die Palme war so groß, daß sie die Wolken durchstieß, und Njia kletterte bis zu der Krone. Dort konnte man auf die Wolken treten und darauf laufen. Er ging weiter und kam an ein Schloß. Er klopfte, bat um Einlaß, aber die Frau wollte ihn abweisen. Er sagte, daß er Hunger habe, sie ließ ihn hinein und gab ihm zu essen. In dem Schloß wohnte der weiße Riese, ein gefährlicher Bursche. Überraschend kam er zurück, Njia konnte sich gerade noch verstecken. «Ich rieche Nigger-Fleisch», sagte der Riese immer wieder, doch seine Frau konnte ihn ablenken und brachte seine Silberschätze, an denen er sich freute, sie betrachtete und darüber einschlief. Njia kam aus seinem Versteck hervor, nahm ein paar Silbersachen, kletterte die Dattelpalme hinunter und brachte seiner Mutter die Schätze. Das wiederholte sich auch am zweiten und dritten Tag. Njia konnte sich immer rechtzeitig verstecken, wenn der weiße Riese zurückkam. Der sagte jedesmal drohend: «Ich rieche Nigger-Fleisch!», aber die Schätze lenkten ihn ab. Nach dem Silber waren es die Goldschätze und dann die Diamanten. Njia brachte seiner Mutter auch Gold, doch als er sich die Tasche voller Diamanten stopfte, wachte der Riese auf. Njia lief weg, der Riese verfolgte ihn, er hörte sein Schniefen und Schnaufen hinter sich. In Panik kletterte er die Palme hinunter und rief schon von der halben Höhe nach seiner Mutter. Sie solle mit der Axt kommen, schrie er. Die Angst verlieh ihm Bärenkräfte. Er fällte die Palme, der weiße Riese fiel mit ihr aus den Wolken und war tot. Da sagte ihm seine Mutter, daß es der weiße Riese gewesen sei, der seinen Vater getötet habe.»

Liza schüttelte Hans leicht, damit er die Augen wieder öffne. Die Palme über ihm hatte wieder ihre normale Größe angenommen.

«Du glaubst daran, daß die Gerechtigkeit siegen wird?»

«Es ist mein Traum, Hans. Ich träume, wie mein Bruder Martin Luther King geträumt hat.»

«Er mußte sterben.»

Ihre Augen ruhten auf ihm und wurden dunkel und traurig.

VII

Da hatte sich der Foltergeneral gehörig in den Finger geschnitten, wenn er glaubte, auch nur ein einziges wichtiges Papier in meinem Hotelzimmer finden zu können.

Plump, wie es ihre Art ist, haben sie einfach meine beiden Koffer aufgebrochen. Es war ein Fehler von mir, sie abzuschließen, jetzt sind die Schlösser unbrauchbar. Wenn sie wenigstens so clever gewesen wären, etwas zu klauen, um einen Diebstahl vorzutäuschen.

Ich habe inzwischen im Sambesi ausgecheckt und bin in das Haus von Hans Corell gezogen. Mit dem Gedanken habe ich eigentlich schon länger gespielt. Zu wohnen, wo er gewohnt hat, versetzt mich in die Lage, ihn mir ganz leibhaftig vorzustellen.

Mama Sara lebt noch hier und mit ihr der Gärtner Walter. Sie hat Ähnlichkeit mit Frau Grund, beide sind Mutter-Typen wie aus dem Bilderbuch. Fürsorglich, herzlich und meistens gut gelaunt. Jedenfalls ist Mama Sara richtig froh, wieder eine Aufgabe zu haben. Ich muß sagen, es ist sehr verführerisch, einfach die Beine unter den Tisch zu strecken und nicht einmal mit dem Finger schnippen zu müssen, damit eine Zauberfee kommt und das Essen serviert. Oder jeden Morgen ein frisches Hemd aus dem Schrank zu nehmen, in dem Bewußtsein, daß Heinzelmännchen es wieder waschen und bügeln. An den Komfort kann man sich gewöhnen, Teufel noch mal, ich beginne, meine Grundüberzeugungen gegen den Neo-Kolonialismus über Bord zu werfen.

Apropos Ausbeutung. Ich hatte ein Gespräch mit Mister Nyeri, dem Generalsekretär der Gewerkschaft UTU. Ein älterer Herr, klein, dick und listig, sehr sympathisch. Natürlich war er vorsichtig, als es um die Urumbura Resistance Army ging. Er betonte, daß sein Gewerkschaftsverband die gleichen sozialen Ziele verfolge wie die Guerilla, daß aber die UTU ausschließlich politisch kämpfe. Keine Gewalt. Ob und wie die UTU die URA unterstützt, war nicht mein Thema. Er war bis zu einer gewissen Grenze offen, doch müßte man sich länger kennen, um wirkliches Vertrauen aufzubauen.

Ich hatte ihn wegen Marion Klose besucht, wollte wissen, wie das alles aus seiner Sicht gewesen ist.

«Eine solche Frau habe ich noch nie erlebt, Mister Urban», schwärmte er, «sie hat in den wenigen Monaten viel für uns getan. Ein großer Verlust für uns! Eine Frau, die kompetent war, auch ich habe von ihr gelernt. Und sie war zäh, wollte bis zum Schluß nicht aufgeben!»

Er verfluchte Buchta, den er als reaktionäres Schwein bezeichnete. Er sei ein skrupelloser Geschäftsmann, der auch mit kriminellen Methoden Geld mache, selbst mit Giftmüll, mit dem er die rote Erde Urumburas verseuche. An der deutschen Botschaft ließ Nyeri kein gutes Haar. Hätten die sich für Marion Klose verwendet, sagte er, wäre es wohl nicht zu ihrer Ausweisung gekommen.

Zu den beiden Mordfällen konnte oder wollte er nichts sagen.

Ich sitze an dem Tisch, an dem Hans gesessen hat. Ich schlafe auf seiner Bettcouch im Gästezimmer, ich benutze sein Geschirr, ich ruhe mich abends in seiner Hollywood-Schaukel aus. Überall finde ich Hans, so als sei er nur mal eben kurz verreist. Seine Anzüge hängen noch im Schrank, im Bad liegt sein Elektrorasierer mit seinen Bartstoppeln.

Auch von Marion sind Spuren im Bad. Ein Parfümfläschchen, eine Bürste mit langen, blonden Haaren drin, ein Stoß Wäsche, den Mama Sara inzwischen gebügelt hat.

Marions Zimmer, den Sicherheitsraum, haben Polizisten durchsucht, wie mir Mama Sara mit Schrecken im Gesicht erzählte. Dort herrscht ein schlimmes Durcheinander, das Bett ist bis auf die Matratzen ausgeräumt. In der Bibliothek steht eine Reiseschreibmaschine mit ihrem Namensschild. Es war ein überstürzter Aufbruch, zu dem man sie gezwungen hat. Sie wurde direkt zum Flughafen in die Lufthansa-Maschine gebracht. Das beruhigt mich, wenigstens mußte sie nicht noch Tage in einem der schrecklichen Gefängnisse in Abschiebehaft verbringen.

Das rührt mich hier im Haus alles an. Es war die Welt von Hans Corell, sie macht mich mal traurig, mal melancholisch. Sein Tod war furchtbar. Aber trotz alledem bin ich auch sauer auf ihn. Vor allem, weil er genau wußte, was er tat und unterstützte. In seinen Unterlagen habe ich ein Urteil des Verwaltungsgerichts Wiesbaden in einem Asylverfahren gefunden, in dem das Auswärtige Amt wegen seiner Auskünfte über Folter in der Türkei eine Ohrfeige nach der anderen bekommt. Er hat viele Stellen unterstrichen, aus denen eindeutig hervorgeht, daß der Foltervorwurf zur Unterstellung abgestuft wird, obwohl er zigfach bewiesen ist. Das ist Diplomatie! Man geht nicht zu den Schafen, sondern zu den Wölfen.

Aus den Unterlagen geht auch hervor, daß die Berichte des Auswärtigen Dienstes nicht nur vom Verwaltungsgericht Wiesbaden reklamiert worden sind, sondern auch von den Gerichten in Berlin, Hamburg, Saarland, Stade, ja sogar vom Bundesverfassungsgericht!

Dein Brötchengeber ist gerichtsnotorisch, Corell!!! Auch der Petitionsausschuß des Stuttgarter Landtags bezeichnete das AA als einen «Saustall». Und du bist nicht unschuldig gewesen, mein Freund, du hast sehr viel gewußt, und ich frage dich, warum hast du nicht mit der Faust auf den Tisch geschlagen, als Hinzinger einen verharmlosenden Bericht über Urumbura nach Bonn geschickt hat? Du wußtest doch genau, daß es auch urumburische Asylsuchende in Deutschland gibt. Und falls du vielleicht hinter irgendeiner Wolke hervorschaust und mich sehen kannst, dann nimm bitte zur Kenntnis, daß mich das empört und daß ich zornig bin.

Ich muß mich jetzt abregen, das zu bewirken, habe ich meine eigenen Methoden entwickelt. Erstens Duschen, zweitens Schreiben. Also arbeite ich weiter.

20

Mein Flug nach Frankfurt geht morgen um 13.30 Uhr!»

«Bea!»

«Anscheinend nimmst du mich nicht ernst. Ich hatte dir doch deutlich gesagt, daß ich nicht hiersein werde, wenn du diesen Orden empfängst.»

Von Witzke mußte sich setzen.

«Aber das kannst du doch nicht machen!»

«Hör zu, Henning, ich bin gegen diesen Orden, und du weißt auch warum. Wenn du ihn unbedingt haben mußt, bitte, tu, was du nicht lassen kannst, aber rechne nicht mit mir, ich werde fliegen.»

Von Witzke hielt ihr ein Glas mit einer bräunlichen Flüssigkeit hin. «Nun trink doch bitte erst einmal den ‹Chocolate Soldier› aus, den ich dir vorhin gemixt habe.»

Daß sie so ruhig war, signalisierte ihm, wie ernst sie es meinte. Er verlegte sich aufs Bitten.

«Bealein, es wäre doch ein Affront, den Orden auszuschlagen. Es würde der Botschaft schaden und erst recht uns. Hab doch Verständnis, ich muß mein Amt vom Soldaten und diesen vom Privatmann trennen, ich würde die Füße nicht mehr auf den Boden kriegen, weder bei Hinzinger noch bei den Uris, und müßte abgelöst werden, wir würden in wenigen Wochen zurückversetzt nach Deutschland. Und du bist doch meine Frau, Bealein, laß uns das bitte gemeinsam durchstehen.»

«Du tust gerade so, als müßtest du ein Opfer bringen, dabei bist du doch ganz geil auf diesen Stern.»

«Also, Bea!»

Sie lachte bitter. «Du willst ihn haben, bleib also wenigstens ehrlich. Ich habe damit nichts zu schaffen, habe kein Verständnis dafür, wenn sich mein Mann von Folterknechten schmücken läßt.»

«Du bist rücksichtslos!»

«Nicht weniger rücksichtslos als du mir gegenüber. Wenn

diese Polizei und dieses Militär auch nur annähernd demokratische Spielregeln einhalten würden, könntest du auf mich rechnen. Solange das nicht der Fall ist, laß ich mich auch von dir nicht in so was reinziehen.»

«Und was soll ich sagen, und was wird aus dem Empfang?» Es klang hilflos, fast jammernd.

«Es wird dir schon eine Ausrede einfallen. Wenn mich jemand fragen sollte, bleibe ich bei der Wahrheit.»

Er preßte seine Lippen zusammen, straffte sich. «Wann wirst du zurück sein, Beate?»

«Das weiß ich noch nicht, ich besuche alle rundum und organisiere meine Ausstellung in der Galerie Wegenbach.»

«Ist dir klar, daß du einen Bruch herbeiführst? Nur schwer zu kitten, sag ich mal!» Er verfiel jetzt in einen knappen, militärischen Tonfall.

«Lassen wir dahingestellt sein, wer einen Bruch vollzieht. Aber es ist gut, in Ruhe über alles nachdenken zu können.»

«Telefonische Erreichbarkeit, Beate?»

Sie antwortete traurig: «Wenn mein Mann nach Bonn zurückversetzt worden wäre, weil er einen solchen Orden verweigerte, dann hätte ich es allen erzählt und wäre stolz auf ihn gewesen.»

Die etwa hundert Gäste im Kawimbe-Saal des Sambesi bildeten einen festlichen Rahmen, als der stellvertretende Verteidigungsminister Generaloberst Nyati dem Militärattaché Henning von Witzke den militärischen Verdienstorden Star of Urumbura umhängte.

Von Witzke hatte die halbe Nacht an seiner Rede gefeilt, konnte sich nicht konzentrieren, nahm seiner Frau übel, daß er durch ihr Verhalten nervös war und daß wahrscheinlich bei dem Empfang und der Ordensverleihung alles schiefgehen werde.

Als ihn dann der Botschafter persönlich mit dem Durchschlag seiner Rede in seinem Büro aufgesucht und ihm gesagt hatte, daß ihm die Rede gut gefalle und er sich auf den Empfang freue, war er ein klein wenig zuversichtlicher gewesen.

Er war rechtzeitig zum Sambesi gefahren, um zu überwachen, daß das kalte Buffet im Kawimbe-Saal seinen üblichen malerisch-tropischen Aufbau erhielt. Während er noch hektisch zwischen Hotel-Rezeption und dem Saal gependelt war, hatte sich ein Arm um seine Schulter gelegt, und zu seiner totalen Überraschung hatte er in die Augen des Generals geblickt. Hasso Graf Hasenberg war mit ihm auch sofort in die Kichwa-Tembo-Bar gegangen, und sie hatten zusammen mit Hauptmann Schlegel mit einem Kir Royal angestoßen. Also daß ihm sein General die Ehre antat, machte ihn schon mittelprächtig glücklich.

Nach und nach hatte sich der Kawimbe-Saal gefüllt. Fast zur Hälfte waren es Uniformierte, das gab ihm Sicherheit, denn mit seinesgleichen fiel es ihm nie schwer, Konversation zu machen. Und keiner der urumburischen Stabsoffiziere würde nach Beate fragen.

Dann wurde der Champagner gereicht. Nyati klopfte an sein Glas und hielt eine Rede, in der er von Witzke als Freund des Landes, als tadellosen Offizier und als treuen Kameraden des urumburischen Militärs bezeichnete. Er lobte seine Verdienste für die hiesigen Streitkräfte, holte aus einer mit dunkelblauem Samt ausgeschlagenen Kassette den Orden, eine Mischung aus Kreuz und Weihnachtsstern, der an einer Schärpe hing, und legte ihm das alles um den Hals. Dann überreichte er ihm das Kästchen, welches noch ein getrenntes Abteil aufwies, in dem das Ordenskleinod lag, die Spange, die man täglich an der Uniform trug. Anstoßen mit den Gläsern. Applaus. Blitzlichter.

Von Witzke wußte: Niemals durfte er während seiner jetzt fälligen Rede in das Auge seines Chefs schauen, es würde ihn total aus dem Tritt bringen.

Am nächsten Tag war im New Vision unter anderem nachzulesen, daß in des Militärattachés Rede die Aussage vom heldenhaften Kampf des urumburischen Heeres gegen die Rebellen vorkam, und weiter, daß man Terrorismus nur bekämpfen könne, wenn man bestimmte Freiheitsrechte vorübergehend suspendiere. Und daß der Ordensträger bewundere, wie die Helden ihr Leben für das Land aufs Spiel setzen.

Eine Woche später stand das dann auch in etwa so in einem deutschen Nachrichtenmagazin. Dort wurde weiter berichtet, daß der Militärattaché an der deutschen Botschaft in Urumbura den Streitkräften huldige, die noch vor einem Monat in der Dodoma-Kaserne einen Häftling mißhandelt und mit Elektroschocks gefoltert hatten, so daß er an Hirnverletzungen gestorben war. Im Distrikt Bihara, so der Bericht weiter, sollen Soldaten sechzehn Menschen bei lebendigem Leibe verbrannt haben. Im Verlauf von Operationen zur Aufständigenbekämpfung sollen von Regierungstruppen im vergangenen Jahr mehr als hundert extralegale Hinrichtungen verübt worden sein. Der deutsche Botschafter, berichtete das Magazin, habe zwar an der Feier zur Ordensverleihung teilgenommen, nach eigenem Bekunden aber die Rede des Militärattachés vorher nicht gekannt.

Bea schickte ihrem Mann eine Fotokopie des Artikels und schrieb, daß sie vorläufig nicht nach Urumbura zurückkehre.

Wie nennt man das, wenn man jemanden, den man in Verdacht hat, mit Spuren überführen will?» fragte Corell.

«Diebesfalle», kam es fast wie aus einem Mund von Horst und Jens.

«Und wie macht man das?»

«Jo mei», sagte Horst, «da nimmst einen Fangstoff und schmierst den an die Stelle, die der Verdächtige berühren muß. Und das hinterläßt dann Spuren, zum Beispiel an den Händen.»

Corell fragte weiter: «Gibt es einen Fangstoff, den man hier in Urumbura besorgen kann, zum Beispiel in der Pharmazie?»

Die beiden überlegten, dann sagte Horst: «Silbernitrat! Nicht in der Apotheke, aber ganz gewiß beim Fotografen, die benutzen das beim Filmeentwickeln, glaube ich.»

Jens nickte. «Das macht schwarze Flecken.»

«Und wenn der Verdächtige schwarze Haut hat?»

Horst war enttäuscht, dann aber leuchtete sein Gesicht wieder auf. «Moment mal, die Haut bei den Einheimischen ist doch innen an der Handfläche ganz hell, natürlich sieht man die schwarzen Flecken, jedenfalls wenn er was anfaßt.» Horst war wieder froh.

«Und wie lange hält das in der Hand, kann man es abwaschen?»

«Eben nicht», sagte Jens.

«Das hält ewig», glaubte Horst. «Jedenfalls so lange, bis neue Haut nachgewachsen ist.»

«Also, Jungens», ordnete Corell an, «dann organisiert mal in der Stadt Silbernitrat.»

Dr. Boff saß auf der blauen Couch in Buchtas Büro, strahlte Zuversicht aus und musterte die große Landkarte von Urumbura mit ihren Fähnchen. Scheinbar nahm er keine Notiz davon, wie unangenehm sein Besuch Manfred Buchta war.

«Ich will Ihnen ehrlich sagen, Dr. Boff, von mir aus hätte ich mich nicht gemeldet. Sie schickt Pullach hierher, so als wäre ich Luft. Als hätte ich nicht jahrelang für die gearbeitet und dafür immer, wenn ich die Zentrale in Pullach besuchte, höchstes Lob erfahren. Das ist jetzt alles nichts gewesen, ich werde abgelöst, ohne Nennung von Gründen. Das läuft so geheim, wie sich der ganze BND gibt. Tasse Kaffee?»

Buchta wartete die Antwort nicht ab und bestellte bei seiner Sekretärin zwei Kaffee.

Dr. Boff trank gewöhnlich Tee. «Kennen Sie Traugott Dunkel?» fragte er.

«Nee.»

«Der ist auch neu, das ist mein Chef, Gruppenleiter Zentral- und Ostafrika-Referat. Der hat mir mit auf den Weg gegeben: Es bleibt alles so, wie es ist!»

«Von wegen, nichts bleibt so, das kann Pullach nicht mit dem ollen Buchta machen. Ich für meinen Teil werf nämlich den Bettel hin, ich laß mir entpflichten.»

«Aber warum denn, lieber Buchta?»

«Bisher war ich mein eigener Chef, jetzt sind Sie der Boss. Und unter Ihnen werde ich nicht arbeiten, das habe ich nicht nötig. Pullach kann den Buchta abschalten.»

«Sie sollen doch gar nicht unter meine Fuchtel.»

«Das versteh ich nicht.»

«Sie schöpfen weiter Ihre Quellen ab und melden selbständig nach Pullach. Und ich bin Repräsentant unserer Botschaft gegenüber der CIA bei der US-Botschaft. Aber Sie unterliegen nicht meinen Weisungen, brauchen sie auch nicht, Sie haben Ihre Connections, können diesen Teil der Arbeit viel besser leisten als ich.»

«Und das soll klappen?»

«Ich versichere Ihnen, es wird klappen! Es ist im übrigen auch eine politische Entscheidung, Kollege Dunkel steht der CSU nahe, wie man weiß. Unter einem anderen Namen dürften Sie ihn auch kennen, aber das finden Sie besser selber raus, wenn Sie mal in München sind.»

«Also ich weiß nicht.»

«Lieber Buchta, Sie müssen das so sehen: Wir beide arbeiten nebeneinander, jeder mit seinem Auftrag. Wenn was wichtig ist, unterrichte ich Sie, umgekehrt können Sie das auch tun, wenn Sie wollen. Um es nochmals zu sagen, ich bin nur da als Gegengewicht zum CIA.»

«Mit Bedenken zwar, aber ich kann es ja mal versuchen. Einen Armagnac?»

Erneut wartete er die Antwort nicht ab, sondern bemühte über die Gegensprechanlage seine Sekretärin.

«Daß meine Frau … wissen Sie?»

«Ja, und ist auch gut so, Ihre Frau Gemahlin und Sie, eine klassische Geheimdienst-Ehe, zum Wohl.»

Buchta betrachtete ihn etwas freundlicher.

«Ich weiß, jeder, der mich anschaut, hat die Assoziation mit einem Seehund. Das liegt an meinem Bart. Ich versichere Ihnen, man gewöhnt sich daran. Ich sehe mich ja jeden Morgen im Spiegel und denke mir nichts mehr dabei.» Er lachte. «Übrigens, Sie haben doch ein Fax-Gerät, wie funktioniert das hier?»

«Ganz schlecht, wegen der Schwankungen im Stromnetz und wegen des desolaten Telefonnetzes, von zehnmal klappt es achtmal nicht.»

«Ich ärgere mich, daß ich den Kurzwellen-Funk-Lehrgang ausgeschlagen habe», bedauerte Boff. «Sie müssen wissen, ich spekuliere ein klein wenig an der Börse, und Urumbura ist für einen Amateur-Broker etwas weit ab vom Schuß.»

Buchta fuhr mit seinem Mercedes-Geländewagen nach Hause. Er traute keinem Fahrer und steuerte immer selbst. Sein Büro lag in einem zehnstöckigen Geschäftshaus, dem nach seiner Eigentümerin genannten Shell-Building, es war das höchste Gebäude im Stadtteil Sabaki. Die Fahrt ging zunächst durch die großen Straßen stadtauswärts in Richtung Mantana. Die Soldaten an den vier Roadblocks winkten ihn alle durch, ein Privileg, das er seinen regelmäßigen Bierlieferungen verdankte. Dann mußte er durch den Zipfel eines Slumviertels, das war ein Shortcut, eine Abkürzungsstraße, die man nur mit einem Geländewagen nehmen konnte. Eine steile Geröllstrecke und riesige Schlaglöcher ließen jeden langsam fahren, und der kleine Fluß unter der Holzbrücke verwandelte sich in der Regenzeit in ein reißendes Gewässer, das Baumstämme oder schwimmende Büsche transportierte, auf denen manchmal ein Papagei oder andere Vögel saßen. Jetzt hatte sich das erdigrote Wasser beruhigt, floß gemächlich dahin und war stellenweise so tief, daß Frauen bis zum Bauch darinstanden, mit nackten Brüsten, sich und ihre Kinder einseiften oder gewaschene Leinentücher auf den weißen Kieselsteinen des Ufers zum Trocknen ausbreiteten. Zu dieser Jahreszeit fuhr Buchta gern diese Strecke. Bald danach erreichte er das Villenviertel von Mantana, die von Bäumen gesäumten Straßen mit den hohen, weißen Mauern mit pfeilspitzen Gittern oder Stacheldraht, hinter denen sich die Häuser versteckten. Manchmal machte er sich einen Jux daraus, unterwegs den kleinen Sender zu betätigen, der sein automatisches Garagentor öffnete. Wie von Geisterhand klappten dann entlang des Weges die Tore hoch, denn die meisten Anlagen liefen auf derselben Funkfrequenz.

Er suchte Sonja und fand sie im Fitness-Room. «Da staun ich aber Bauklötze», sagte er verwundert, weil Sonja, in Slip und BH zwischen Home-Trainern, in Bauchlage auf einer Liege von Ayub massiert wurde. Der Diener, von Sonja in weiße Leinenhose und weißes Boxer-Shirt eingekleidet, war sichtbar verlegen.

«Ich habe ihm das beigebracht, er macht es schon ganz gut, du kannst ihn auch mal ausprobieren.»

«Nee danke, keinen Bedarf, ich such mir dafür jemand anders.»

«Ich weiß nicht, was du willst, my dear, bei uns zu Hause gibt es doch auch männliche Masseure.» Sie hatte jetzt keine Lust mehr und schickte Ayub weg.

Buchta setzte sich in den Eß-Salon und vertiefte sich in die Financial Times.

Hysterisches Gekreische seiner Frau, das aus der Küche zu kommen schien, ließ ihn emporspringen. Sonja sah entsetzt zu, wie eine etwa zehn Zentimeter lange Kakerlake ihren speckig glänzenden Panzer mit den langen Fühlern und dornigen Beinen durch eine nur millimeterbreite Mauerspalte quetschte und sich dadurch allen gegen sie gerichteten Mordgelüsten entzog.

«Ich weiß nicht, warum du immer wieder einen Tropenkoller kriegst, Kakerlaken gehören zu diesem Land wie Hunde, Palmen oder Bimbos, wenn es mir auch für immer ein Rätsel bleiben wird, wie sie es schaffen, in den geschlossenen Kühlschrank einzudringen. Ein bißchen bewundere ich sie sogar dafür.»

«Hör auf, Manne!» Angeekelt sprayte sie in den Spalt hinter dem Tier her, bis die Dose leer war.

«So wat», meinte er, «das nutzt doch nichts, die sind gegen alles resistent. Kakerlaken werden die Menschheit überleben.»

Als sie sich etwas beruhigt hatte, sagte er ihr, daß ihm Glattmann die Schwarzwälderkirschtorte mitgegeben habe, die sie aus Frankfurt mitgebracht haben wollte. Er habe sie ins Eisfach gelegt.

Dann fuhr er fort: «Kannst deinem CIA-Joe sagen, daß ich

weitermache und daß der Boff nur aus Prestige da ist und sie ihn um die Finger wickeln können, wenn sie sich auf seinen Börsentick einlassen. In meinen Augen ist das ein Zocker.»

Und wenn er jetzt schwarze Flecken an den Fingern hat, Herr Botschafter, gehört er entlassen!»

«Also nochmals, Corell, was ist das, ein Fangstoff?»

«Unsere BGS-Leute haben Türgriff, Türschloß zum VS-Raum und den Griff zum Panzerschrank sowie den Panzerschrank innen mit einem Pulver eingestäubt.»

«Aha.» Der Botschafter war beeindruckt.

«Ich habe im Beisein von Bosaka zu Frau von Linden gesagt: Das Zählwerkschloß zum VS-Raum ist kaputt, wir müssen dringend etwas unternehmen. Das war vor zwei Tagen. Ich habe das Schlüsselgerät in meinen Panzerschrank verschlossen und den Panzerschrank im VS-Raum offengelassen, zum Schein ein paar unwichtige Vorgänge hineingetan.»

«Ja und jetzt?»

«Wenn sich der Bosaka im VS-Raum zu schaffen gemacht hat, müßte er jetzt schwarze Flecken an den Händen haben. Und wenn das so ist, dann ist er ein Mann des hiesigen Geheimdienstes.»

«Das wäre in der Tat ungeheuerlich.» Hinzinger drückte den Klingelknopf, woraufhin Claudia erschien.

«Der Bosaka soll herkommen und die beiden vom BGS ebenfalls.»

«Im Dienst ist der Horst, soll ich...»

«Nein, dann nur der eine.»

Bosaka mußte seine Hände vorzeigen. Die innere Handfläche und die Finger der rechten Hand waren von schwarzen Flecken übersät.

Horst nickte und sagte lediglich: «Eindeutig!»

Der Botschafter wurde rot vor Zorn im Gesicht: «Sie haben die Unverschämtheit und Unverfrorenheit besessen, an Verschlußsachen der Botschaft herankommen zu wollen. Sie sind fristlos entlassen, packen Sie ihre Sachen und verschwinden Sie! Ich erteile Ihnen außerdem für alle Zeiten Hausverbot!»

Bosaka blickte Corell kalt und drohend an, dann verließ er wortlos das Botschaftsbüro.

21

Für die letzte Morgenbesprechung vor Hinzingers Abreise zu seinem Jagdausflug war alles auf die Liste gesetzt worden, was gerade aktuell erschien:

Die GSG 9 fragte an, wie denn ihre Unterbringung gewährleistet sei, falls das Ausbildungsvorhaben genehmigt würde. Da kam nur das Sambesi in Frage.

Der Militärattaché sollte sich mit General Fekesi in Verbindung setzen, um für fünfzig BMW-Krafträder einen Verwendungskatalog zu erstellen. Die Mittel dafür liefen nicht über die Gesellschaft für Technische Zusammenarbeit, sondern über den Haushalt des Innenministeriums, da könne man sie besser verschleiern.

Eine Beschwerde der beiden BGSler wurde behandelt, die sahen sich als Pförtner mißbraucht. Ihre Aufgabe sei, so argumentierten sie, im Eingangsbereich der Kanzlei für Sicherheit zu sorgen, und nicht, die Telefonvermittlung zu übernehmen, Türen aufzuhalten oder Auskünfte zu geben. Der Botschafter hielt das für anmaßend, doch Corell und Kanzler Grund nahmen die BGS-Beamten in Schutz, weil sie in der Tat von ihrer eigentlichen Funktion abgelenkt würden. Das brachte Hinzinger letztendlich auf sein Lieblingsthema, nämlich die Forderung eines entsandten Pförtners in Bonn erneut in Erinnerung zu bringen, sie sogar mit der BGS-Beschwerde zu begründen.

Nach der Morgenbesprechung bat Hinzinger den Kanzler in sein Büro, wo bereits Dackel Konrad jagdfiebrig am Teppich kaute.

«Wissens, lieber Grund, des war nix G'scheits mit dem letzten

Dienstmädchen, wir haben allweil Pech, ich mußte sie entlassen. Im Vertrauen gesagt, meine Tochter, die Isabell, kommt jetzt auf Besuch. Sie ist doch mit dem Paralucci, dem Italiener, verheiratet, dem Kerl aus Pisa, ich hab schon immer gewußt, daß so ein italienischer Schuhfabrikant nichts für mein Kind ist. Also, entre nous, die Ehe geht schief, und sie kommt erst mal zu mir, vorläufig jedenfalls, vielleicht auch auf Dauer. Und dann brauch ich ja kein neues Dienstmädchen, sie hilft meiner Frau, sonst wär's ja langweilig für sie hier darunten. Nun dachte ich, lieber Grund, setzen Sie die Isabell doch einfach auf die Personal-A-Liste, als Ortskraft in der Residenz. Ich mein, Isabell Paralucci, des merkt doch kein Mensch, daß sie meine Tochter ist. Und Italienerin ist sie sowieso von ihrer jetzigen Staatsbürgerschaft her.»

Hinzinger wußte nicht so recht, was er von Grunds undurchsichtigem Gesicht halten sollte. «Also was ist, lieber Grund?»

«Sie sind der Chef, Herr Botschafter.»

«Ja, natürlich», sagte Hinzinger leicht verunsichert, doch die Vorfreude auf die Jagd obsiegte, und so fuhr er aufgeräumt fort: «Und schreibens hinten ein A, also Isabella.»

«Natürlich, Herr Botschafter.» Grund wandte sich zum Gehen, doch Hinzinger war noch nicht ganz fertig, er übergab ihm ein Papier. «Die Stromrechnung ist zu hoch, überprüfens das bitte mal.»

«Aber das haben wir doch schon überprüft, Herr Botschafter. Sie bezahlen bereits weniger als Ihre Sekretärin Claudia.»

«Ich sehe nicht ein, daß ich für meinen Privatbereich mehr als für die Wohnung in Bonn berappen soll.»

«Ich sehe keine Möglichkeit.»

«Wegprüfen sollens das, Herr Kanzler.»

Jetzt stand Grund endgültig auf. «Bis in einer Woche, lieber Grund!» sagte Hinzinger bestens gelaunt.

«Wo geht es eigentlich hin?» fragte Grund lustlos.

«Ich sage nur drei Worte: Südafrika, Transvaal, Albino-Breitmaulnashorn! Servus, lieber Grund!»

Marion hatte neuerdings zu rauchen begonnen. Sie war nervös, Hans führte es auf ihre Arbeit zurück. Am Wochenende hatte sie außerhalb von Urumbura ein Seminar mit Gewerkschaftssekretären veranstaltet.

«Es war schwierig für mich, um es einmal so auszudrücken. Da hängst du mit einem guten Dutzend Männern in einem Hotel, das seinen Namen kaum verdient, und dann die langen Abende. Sie fangen an zu saufen, soll ich da mitmachen, um mir auch in dieser Hinsicht Respekt zu verschaffen? Aber dann hätten sie mit mir schlafen wollen. Also habe ich mich zurückgezogen, das war langweilig und hat mich, fürchte ich, in den Geruch gebracht, als Weiße doch wieder den Abstand zu wahren. Dadurch kriegt man natürlich auch keine Insider-Informationen, was in der Gruppe funktioniert oder nicht, man muß doch Autoritätsstrukturen erkennen und so fort. Wenigstens konnte ich meine Fachkompetenz unter Beweis stellen, ein kleines Erfolgserlebnis.»

«Waren denn Frauen dabei?» wollte Hans wissen.

«Doch, zwei Frauen. Die gingen jede Nacht mit einem anderen ins Bett, es war wie selbstverständlich, sie haben auch gar keinen Hehl daraus gemacht.»

Corell saß mit ihr in der Hollywoodschaukel auf dem Balkon im ersten Stock, jeder in einer Ecke, eine Kerze flackerte im leisen Luftzug und ließ auf dem Tisch bizarre Türme aus heißem Wachs entstehen.

«Weißt du, ein Problem bei der UTU ist, daß die Führer auf den verschiedenen Ebenen verhindern wollen, daß ihnen jemand Konkurrenz machen kann. Deshalb sind sie zwar offiziell für Fortbildung, insgeheim sabotieren sie aber solche Veranstaltungen. Ich habe geackert, um die Sache erst mal zu organisieren. Ehe ich die Referenten hatte. Dann das Lehrmaterial! Der einzige Overhead-Projektor war natürlich in Reparatur, und ich mußte einen bei UNDP ausleihen! Schließlich das Hotel! Wenn du als Frau an die Rezeption kommst, behandeln sie dich, als seist du eine Prostituierte. Dann meldete sich mein Fahrer krank.

Freitagmittag sollte es anfangen, von vier Referenten waren aber nur zwei gekommen, also mußte ich deren Part zusätzlich abdecken.»

Sie seufzte schlapp und gab der Hollywoodschaukel einen zaghaften Schwung.

«Worum ging es denn in deinem Seminar?»

«Gewerkschaftsorganisation, Tarifvertragswesen, Öffentlichkeitsarbeit. Einen Teil der kostbaren Zeit haben wir über die ‹Daily Allowances› diskutiert.»

«Das Tagegeld?»

«Reise und Hotel mit täglich drei Mahlzeiten werden bezahlt und außerdem ein täglicher Zuschuß. Die meinen, ich käme mit einem Geldsack, und es sei weißes Geld. Dann fangen sie an zu feilschen, wollen pro Tag mehr haben, es geht stundenlang um Pfennigbeträge. Schon am Freitag und dann erneut am Samstag. Am Sonntag habe ich es mir verbeten, ich hatte fast den Eindruck, die sind überhaupt nur gekommen, um das tägliche Taschengeld von etwa zehn Mark abzustauben, nach dem Motto: Wir nehmen mit, was wir kriegen können. Es war ja schließlich in der Kolonialzeit auch so, daß die Engländer sie mit Geldgeschenken geködert haben.»

«Daß du dir eine Zigarette nach der anderen ansteckst, soll nicht besonders gesund sein.»

«Hans, ich hätte es dir längst sagen sollen, damals schon, ich werde auch bedroht.»

Er merkte, wie sich etwas in seiner Brust verkrampfte.

«Es sind Drohbriefe, die bei der UTU eingehen, nicht nur gegen mich.»

«Das ist doch wohl so üblich», sagte er möglichst gleichgültig.

«Ja, aber es ist wiederum so konkret, daß sie mich als Unterstützer in der Guerilla bezeichnen, im Auftrag der deutschen Botschaft, du seist mein Führungsoffizier.»

Wieder fühlte er den Krampf in seiner Brust. «Was willst du tun?»

«Nichts. Ich habe Angst und verdränge sie. Man kann nichts machen.»

«Doch, abreisen.»

«Das würde ich mir nie verzeihen, denn genau das wollen die doch erreichen.»

«Du hast recht, am besten, man ignoriert es.» Es klang nicht sehr überzeugend.

Beide schwiegen, der Wind hatte die Kerzenflamme ausgeblasen. Nach einer Weile sagte sie: «Diese Giftmüllgeschichte am Victoria-See, über die gemunkelt wird, die UTU kennt die Namen, willst du sie wissen?»

«Ja.»

Sie steckte mit einem Streichholz erst die Kerze und dann eine weitere Zigarette an und holte einen kleinen Zettel aus der Jeanstasche. «Oberst Mengo, General Fekesi und zwei Ministerielle, einer namens Bamenda und ein Manyoni.»

Er bat sie um den Zettel und steckte ihn ein. Dann nahm er sie in den Arm, sie drückte die Zigarette aus. Als der Wind die Kerze erneut ausgeblasen hatte, glitten sie sanft auf den Boden und liebten sich. Die Marmorfliesen hatten noch immer die Wärme der Sonne gespeichert.

VIII

Heute habe ich endlich Howard Ngara kennengelernt, er war mit Liza und Hans Corell befreundet und ist ein hoher Regierungsbeamter, obwohl er dem Nkole-Stamm angehört. Das ist erstaunlich und läßt vielleicht doch für die Zukunft des Landes ein bißchen hoffen.

Mister Ngara hat mich begeistert. Er war eine Zeitlang im Gesundheitsdienst und hat gerade ein Gesetz durchgepeitscht, mit dem es möglich ist, eine Anzahl Medikamente zu verbieten, auch solche aus Deutschland, die man dort wegen gefährlicher Nebenwirkungen längst aus dem Verkehr gezogen hat. Unsere Pharmaindustrie vertreibt sie aber weiterhin in Entwicklungsländern.

Wenn es überhaupt notwendig gewesen wäre, hätte mir spätestens Ngara die Augen über Manfred Buchta geöffnet: Es steht fest, daß Buchta der urumburischen Geheimpolizei das Material geliefert hat, aufgrund dessen Marion Klose ausgewiesen werden konnte! So ein Schwein. Botschafter Hinzinger habe sich passiv verhalten, nichts für und nichts gegen Frau Klose unternommen.

Von verschiedenen Seiten wird mir seit Wochen zugetragen, daß mich Buchta sprechen will. Ich bin nicht darauf eingegangen, er soll den zutreffenden Eindruck gewinnen, daß ich ihn schneide. Eigentlich wäre ich natürlich verpflichtet, mit ihm zu reden. Zu Fekesi bin ich ja auch gegangen, aber da gibt es einen Unterschied. Bei Buchta hatte ich ein anderes Verhalten erwartet, daher nehme ich seinen Rassismus und seine Geldgier, seine Ränkespiele und Rücksichtslosigkeiten persönlich. Außerdem würde ich jede seiner Informationen bezweifeln, würde immer denken, daß er mich mit seiner Schlitzohrigkeit reinlegen will. Auf solches Material verzichte ich besser. Ich hatte schon einmal überlegt, ihn am Sambesi-Pool zu treffen. In seiner Badehose könnte er ja schlecht ein BND-Gerät für einen verdeckten Lauschangriff verbergen. Aber ich habe keine Lust, daß er auch nur ein Gedächtnisprotokoll über unsere Unterredung nach Pullach schickt. Das allerletzte wäre, wenn es als ominöses non paper über Eva Buchta an die CIA ginge. Und trotzdem – irgendwie lege ich es mir auch als Schwäche aus, nicht mit ihm zu reden. Es wäre doch interessant, wie er sich verhält. Fühle ich mich ihm nicht gewachsen?

Howard Ngara hält es für ausgeschlossen, daß der Botschafter momentan gefährdet ist. Er weiß vom urumburischen Protokoll, daß die Beziehungen zu Hinzinger als normal angesehen werden, weil man ihn nicht ernst nimmt. Vertraulich sagte er, daß einmal Attentatspläne bestanden hätten, er wisse aber keine Einzelheiten, es wäre vor seiner Zeit gewesen. Fekesi bezeichnete er als «son of a witch» (Sohn einer Hexe).

Kriminalrat Nonnenstiel hat schon wieder angerufen und drängt mich, einen Zwischenbericht per Fernschreiben zu fertigen. Er setzte mir sogar eine Frist von einer Woche. Zur Strafe habe ich ihn ein bißchen verarscht und ihm gesagt, daß mein Bericht für ein Fernschreiben zu umfangreich sei, ich hätte schon über 300 Seiten, was ja stimmt, aber doch nicht für ihn.

Bei Hans Corells Papieren befindet sich der Anfang eines weiteren Briefs an seine Tochter Sabine. Da schreibt er offen, daß er Angst habe. «Ich werde bedroht, es wäre besser, ich würde hier verschwinden, mein Bleiben könnte für mich gefährlich werden.» Unbegreiflich, warum er nicht reagiert hat, nicht auf Warnungen geachtet, nicht auf die mystischen Zeichen der Einheimischen, die praktisch einem Todesurteil gleichkamen. Er hat ja selbst notiert, daß er sogar von Liza aufgefordert worden sei, das Land zu verlassen. Er kommt mir vor wie das wehrlos erstarrte Kaninchen angesichts der Schlange. Fast könnte es auch eine Form von Todessehnsucht gewesen sein.

Fekesi will mich ärgern. Heute machen sie das, was wir beim BKA eine offene Observation nennen. Das bedeutet, man beschattet mich so, daß ich es merken soll, ein Mittel der Einschüchterung. Sie verhalten sich dabei ziemlich aggressiv. Claudia hat mir heute morgen ihren Mazda geliehen, weil ich auf dem Mwusito-Market einkaufen wollte. Ich stellte das Auto wie viele andere auf so einer Art Parkplatz ab. Als ich nach einer halben Stunde zurückkehrte, war es weg. Gestohlen, vermutete ich und fluchte. Doch zwei Halbwüchsige grinsten und sagten: «Wrekker!» Also abgeschleppt. Auf der Central Police Station habe ich meine lieben Kollegen von hundert auf zehn Dollar heruntergehandelt und konnte den Wagen wieder in Empfang nehmen. – Wie weit will Fekesi das Spiel treiben? Es wird mir langsam ein bißchen mulmig, ich habe keine Lust, die dritte Leiche abzugeben.

In der Kichwa-Tembo-Bar treffe ich Dr. Boff.

«Hi», sagt er, «was sucht das BKA hier, immer dem Täter auf der Spur?»

Dumme Sprüche ärgern mich. «Ich bin nicht das BKA.»

«Was gibt es Neues in Pullach?» Auch so ein Allerweltsspruch.

Er antwortet mir: «Das Neue ist in Pullach immer geheim, aber man kann es auch im ‹Spiegel› nachlesen.»

Das läßt mich aufhorchen, der Kerl nimmt sich zumindest nicht so schrecklich ernst.

«Der selige Franz-Josef Strauß hat einmal gemeint, Nachrichtendienste produzieren zu 80 % Mist.»

«Deshalb bin ich ja hier, Kollege Urban!» Er lacht. «Viel lieber wäre ich ein Geh-heim-Agent.» Nun lacht auch noch der Barkeeper mit.

Hoppla, denke ich, an den komme ich so plump nicht ran, der ist besser, als ich glaubte.

«Ich heiße übrigens Leo, im feindlichen Ausland müssen wir Agenten zusammenhalten.»

Ich stelle mich als Wolfgang vor.

«Hi, Wolfgang!» Er hebt sein Glas. Whisky on the rocks. «Man sagt, als du hierherkamst, hättest du wie ein richtiger BKA-Mann ausgesehen.»

Ich grinse und finde, daß es ganz unterhaltsam wäre, sich abends erneut zu treffen. Wir verabreden uns für acht wieder hier in der Bar.

Inzwischen muß ich an meinem Bericht weiterschreiben.

22

Pfuideibel, das schmeckt ja saumäßig, ich glaub, das krieg ich nicht runter.»

Zielinsky schmunzelte. «Also, Horst, jetzt führe ich dich extra in den Yacht-Club aus, um dir die schöne Welt der Diplomaten vorzuführen, und du verschmähst Austern.»

«Viel zu salzig, ich schmeck eigentlich nur Salz. Wenn du's

hören willst: wie gesalzene Spucke mit ein bißchen Zitronengeschmack. Und das sollst du auch noch schlürfen – mit Genuß.» Er schüttelte sich.

«Laß es stehen und sei beruhigt, dich erwartet jetzt ein Ripey-Steak, well done, Pommes und Salat. Zufrieden?»

«Nicht daß du jetzt denkst, ich wär unkultiviert.»

«Ich schätze dich sehr, Horst, du bist für mich der Anti-Diplomat, das ist sehr wohltuend. Der Diplomat sucht immer, wenn er sich entscheiden soll, nach etwas, woran er sich glaubt anpassen zu müssen. Du bist genau das Gegenteil.»

«Wenn'st meinst.»

«Schau, da drüben, unter dem Schiff in der Flasche, das ist der Stammplatz unseres Botschafters. Da wird Politik gemacht, da wird dir klargemacht, welche Geschäfte zu laufen haben, oder da wird dein Urlaub gestrichen, wenn der Chef auf Jagd gehen will.»

«Warum läßt du dir das gefallen?»

«Horst, bei meiner Ehre und der meines Parteichefs, ich werde es einmal anders machen.»

«Ja wenn ...»

Zielinsky beugte sich zu ihm. «Heute morgen hat mich mein Personalplaner aus Bonn angerufen, hat mal vorsichtig angefragt, ob für mich Port Moresby in Frage käme, ist zwar nur ein A-15-Botschafter, aber das wäre doch der Anfang. Du siehst, so viel Whisky kann ich gar nicht saufen, daß mich meine Partei hängenließe. Nach Urumbura und Hinzinger hätte ich das verdient, hat der von der Personalabteilung gesagt.»

«Herr Botschafter Dr. Marcel Zielinsky, klingt stark.»

«Und da habe ich gedacht, lädst mal deinen Freund Horst ein, der ist der einzige, dem du es verrätst.»

«Aber eigentlich, wie du zu deinem Minister stehst...»

Zielinsky grinste. «Weiß er ja nicht, weil ich doch ein Hofschranze bin, du kannst nicht alles haben im Leben. Eine andere Devise des AA beherrsche ich auch bis zur Perfektion: Lerne klagen, ohne zu leiden!»

«Du hältst deinen Minister für dumm, das ist gefährlich.»

«Nein, nicht für dumm, aber er setzt seine Intelligenz so ein, daß ein höchstes Maß an Befriedigung seiner Eitelkeit dabei herauskommt. Ich sage dir ein Beispiel der jüngsten Tage: In Somalia werden täglich zwischen acht und zehn Menschen durch Minen verstümmelt. Das Notärztekommitee «Cap Anamur» besorgte zwei Minenräumpanzer, sägte die Kanone ab, entfernte auch sonst alle anderen Waffen, um mit dem Ding nur Minen zu finden. Was macht aber mein Außenminister? Er verbietet den Einsatz in Somalia wegen eines Waffenembargos der UN.»

«Es waren doch gar keine Waffen mehr!» empörte sich Horst.

«Eben, aber das ist nur der willkommene Vorwand. In Wirklichkeit geht es darum, daß Rupert Neudeck, der Chef von «Cap Anamur», seit Jahren deutsche Außenpolitik im humanitären Bereich macht. Das sieht mein Minister nicht gern, denn auf diesem Feld handelt er biblisch: ‹Du sollst keine anderen Götter haben neben mir.› Und wenn der Minister eine Chance sieht, schmeißt er dem Neudeck Knüppel zwischen die Beine.»

«Auf Kosten der Hilfsbedürftigkeit in Somalia?»

«Muß ich dir mehr sagen?»

Der Kellner brachte zwei Pils und sagte, daß das Essen gleich komme. Horst bestellte zusätzlich eine Extraportion Pommes frites. «Wo liegt denn eigentlich Port Moresby?» fragte er.

«Papua Neu Guinea.»

«Und was machst du anders als Botschafter?»

«Für mich ist das Gastland nicht ein Gegenstand der Berichterstattung, sondern eine Herzensangelegenheit.»

«Oweia.» Horst verzog schmerzlich das Gesicht.

«Ich werde es lieben.» Zielinskys Augen lachten.

«Darf ich dich nach deinem heutigen Whisky-Konsum fragen?»

«War nur ein Scherz, nein, ich werde im Gastland das Deutschtum verkörpern.»

«Marcel, jetzt hör doch auf mit dem Quatsch.»

«Ja, was denkst denn du, nicht ohne Grund mußt du spätestens alle vier Jahre deinen Posten wechseln, damit du reinen Herzens deutsch bleibst. Ich bin klein, mein Herz ist rein, soll niemand drin wohnen als Deutschland allein. So naiv lautet die Bonner Devise.»

«Ach, geh!» Horst wischte sich den Bierschaum vom Mund.

«Es funktioniert trotzdem manchmal nicht, wenn du mich anschaust, ich bin total verbuscht.»

«Das stimmt!» Horst stand auf, trat ans Fenster und bewunderte den Ausblick auf den Lake Nebasonko. «Der Chiemsee ist auch schön, nur nicht so exotisch. In Papua wird's bestimmt auch so einen piekfeinen Yacht-Club mit solch einer Aussicht geben. Und da wirst du dann jede Woche einmal dinieren und dabei deinen Wirtschaftssachbearbeiter anweisen, wie die deutschen Geschäfte zu laufen haben.»

Zielinsky lächelte. «Weißt du, so ein Botschafter lebt wie ein kleiner Fürst und kann sich sein Leben so angenehm wie möglich machen. Ist sein Hobby das Tennisspielen, läßt er sich auf Staatskosten einen Tennisplatz auf den Compound bauen.»

«Das glaub ich nicht.» Horst trank sein Glas leer.

«Dann fahr nach Lagos, da kannst du den Tennisplatz neben der Kanzlei besichtigen und an den vom Chef veranstalteten Botschaftsmeisterschaften teilnehmen.»

«Sag nur!»

«Außerdem kannst du deine Spleens ausleben. Ich hatte einen Botschafter, der hat jeden Tag um 17 Uhr seinen Gepard auf dem Residenzgelände spazierengeführt. Wir nannten den Mann ‹Sir Henry› wegen seiner Vornehmheit und Arroganz. Er trug nur weiße Schuhe.»

In diesem Moment wurde Botschafter Hinzinger vom Oberkellner an seinen Stammtisch geführt. Er war in Begleitung eines Kanadiers und grüßte freundlich zu Zielinsky und Horst.

«Jetzt müssen wir etwas leiser lästern, der da bei ihm ist, das ist der IBM-Generalmanager», flüsterte Zielinsky.

«Ist es dir nicht peinlich, ich mein, du als Botschaftsrat und ich als kleiner BGS-Mann?»

«Also genaugenommen bin ich ‹Vortragender Legationsrat›, ist das nicht ein schöner Dienstgrad? Das stammt noch aus Kaisers Zeiten, wie so manches beim AA. Nur schade, adlig müßte man halt sein. Wir haben eine Prinzessin von soundso, ‹Vortragende Legationsrätin erster Klasse›, was sagst du dazu?»

«Ob es dir peinlich ist mit mir?»

«Keine Spur, du bist mein Freund. Und solange ich mit einem Weißen hier sitze, ist es dem Hinzinger egal.»

«Der hat auch seine guten Seiten», sagte Horst.

«Natürlich», bestätigte Zielinsky, «er stellt sich zum Beispiel vor seine Leute, du bist immer von oben gedeckt, auch gegenüber der Zentrale.»

«Müssen wir nicht noch leiser reden?» Horst schaute ängstlich zum Botschafter rüber.

«Nee, keine Sorge, er hört nicht mehr so gut. Wenn ich ihn so vor mir sehe, kann ich noch viel besser über ihn tratschen.»

«Wie lange macht er's eigentlich noch?»

«Das hier ist sein erster Botschafterposten, bisher war er der ewige Zweite, zuletzt in Wien. Jetzt hat er Angst, sie könnten ihn zum Schluß noch irgendwo zum Generalkonsul machen, dann dürfte er sich im Ruhestand nicht Botschafter a. D. nennen.»

Horst blickte Zielinsky prüfend an. «Aber trotz allem bist du gern im Diplomatischen Dienst?»

«Ja, oder genau deswegen. Das AA, das ist eben eine unendliche Geschichte.»

Daß Frau Hinzinger als Treffpunkt den Deutschen Club vorschlug, enttäuschte Liza etwas, aber die Frau des Botschafters hatte zufällig in der Gegend zu tun.

Sie setzten sich auf die überdachte Terrasse. Der Club war ziemlich weit oben in den Hang des höchsten der fünf Hügel gebettet. Ein schwarzes Mädchen brachte ihnen Kaffee, niemand sonst war zu sehen.

Frau Hinzinger erkundigte sich, was aus dem Baby der Maid von Grunds geworden sei.

«Zunächst war Pauline bei den Ngaras, das sind Freunde von mir. Es hat einige Zeit gedauert, bis ich den Kontakt zur Mutter herstellen konnte. Inzwischen ist das Baby wieder bei ihr.»

«Und welches Motiv hatte die Mutter?»

«Sie hat sich so etwas wie eine Adoption durch Grunds vorgestellt, was natürlich naiv war, außerdem kann man das nicht erzwingen.»

Beide Frauen musterten einander freundlich. Sie kannten sich bisher nur vom Trubel der VIP-Lounge, hatten noch nie länger miteinander gesprochen.

«Wissen Sie davon, Frau Hinzinger, daß ich es abgelehnt habe, bei der Tombola mitzuwirken?»

«Nein, das organisiert Frau Buchta, was sollten Sie denn machen?»

«Ich weiß es nicht so genau, aber ich lehne diese Wohltätigkeitsveranstaltungen grundsätzlich wegen ihrer Alibi-Funktion ab.»

Sie beobachteten beim Reden eine Affenfamilie, die sich etwa zehn Meter entfernt unter den Bäumen die Zeit vertrieb, wobei eines der größeren Tiere sich immer wieder bis zur vordersten Tischreihe anschlich und dann aus Angst vor dem eigenen Mut wieder zu seiner Herde zurücksprang.

«Ich denke, ich weiß, wie Sie das sehen, Miss Liza, wirkliche Hilfe ist es nicht, und an den Ursachen wird auch nichts geändert.»

Liza fand die Ansichten dieser Frau wohltuend. «Es beruhigt nur das Gewissen, und dazu möchte ich nicht beitragen.»

«Gut», schränkte Frau Hinzinger ein, «wenn man von alldem absieht, kommt eine gewisse Geldsumme zusammen, mit der man Kleider oder Nahrung kaufen kann, also doch trotzdem irgendwie ein positives Ergebnis.»

«Positiv für den Nestlé-Konzern.»

«Ich verstehe, Miss Liza, aber unter dem Strich auch ein Mehr für Waisenkinder, besser, als würde man gar nichts tun.»

Liza antwortete jetzt nicht und schaute dem Pavian zu, wie er sich von Busch zu Busch schwang, um erneut die Nähe der Terrasse zu suchen.

«Aber Sie bringen mich auf eine gute Idee, Miss Liza. Man sollte für das Geld nur einheimische Sachen kaufen, die sich das Waisenhaus sonst nicht leisten kann, das finde ich gut, ich werde mich dafür einsetzen.»

Liza nickte.

«Aber deshalb wollten Sie mich vermutlich nicht sprechen?»

«Nein, natürlich nicht, ich habe ein anderes Problem, bei dem sie mir vielleicht helfen können. Man hat mich an der UNI zur Sprecherin der Vereinigung weiblicher Studenten gewählt. Und ein wichtiges Thema von uns ist, gegen die traditionelle Klitorisbeschneidung zu kämpfen.»

Frau Hinzingers Gesicht nahm einen bekümmerten Ausdruck an.

«Nein», sagte Liza, »ich selbst bin bisher kein Opfer dieser unseligen Sitte, meine Eltern haben das in unserer Familie nicht zugelassen. Wenn ich bisher sage, dann bringe ich meine Angst zum Ausdruck, daß es doch noch passieren könnte, zum Beispiel bei einem Krankenhausaufenthalt. Es hat Fälle gegeben, da sind Frauen nach einer Blinddarmoperation aus der Narkose aufgewacht, und man hat es ohne ihr Wissen und Einverständnis einfach gemacht.»

«Entsetzlich.»

«Und oft sind es nicht Männer, sondern Frauen, die den Eingriff veranlassen.»

Jetzt sprang der Affe erst auf den Stuhl, dann auf den vordersten Tisch, ergriff die blecherne Zuckerdose, warf den Stuhl polternd um und floh in den Wald.

«Wenn ich etwas für Sie tun kann, Miss Liza, werde ich gerne helfen.»

«Als ersten Schritt wollen wir in die Kindergärten gehen, denn dort erreichen wir die Mütter. Wir wollen das Bewußtsein für das Unwürdige, das Unmenschliche dieser Sache wecken. Dort sind junge Mütter auch am besten ansprechbar, wenn sie die Kinder bringen oder holen, dann kann die Familie keinen Einfluß nehmen.»

«Sehr gut», pflichtete Frau Hinzinger bei.

«Wir wollen uns mit dem Thema einschleichen, sehr behutsam, sonst ist der Widerstand gleich so groß, daß wir uns kaum erwehren können. Aber wir müssen die nächsten Schritte rechtzeitig vorbereiten.»

«Was haben Sie vor?» Frau Hinzinger holte aus ihrer Handtasche ein Notizbuch.

«Da weiterzumachen, wo Frauen bereits organisiert sind, zum Beispiel im Gewerkschaftsverband UTU. Oder bei Krankenschwestern. Dann zu Veranstaltungen einladen, schließlich in die Medien gehen und zum Schluß auf die Straße, nämlich demonstrieren.»

«Miss Liza, Sie haben meine volle Unterstützung, nur, was kann ich tun?»

Der Pavian kletterte jetzt im Geäst einer großen Akazie und erwehrte sich seiner schimpfenden Familienangehörigen, die ihm seine Beute abjagen wollten. Immer wieder sah man sein rotes Hinterteil im dunklen Blattwerk leuchten.

«Wir brauchen die Unterstützung internationaler Organisationen, das würde uns helfen und macht uns nicht so angreifbar.»

«Und Sie brauchen Geld.» Frau Hinzinger schlug ihr Notizbuch auf.

«Ja, das auch, aber die moralische Hilfe ist zunächst wichtiger. Sie schützt uns nach außen, und sie hält uns aufrecht nach innen.»

Okay. Bei den United Nations gibt es die INSTRAW, das internationale Forschungs- und Ausbildungsinstitut zur Förderung der Frau. Diese Organisation ist bisher in Urumbura nicht vertreten. Ich nehme das in Angriff, am besten zusammen mit Madame Bontemps, der Frau des französischen Botschafters.» Sie schrieb etwas in das Notizbuch. «Ich verspreche Ihnen, INSTRAW holen wir hierher nach Urumbura, die werden voll auf Ihrer Seite kämpfen! Was halten Sie davon?»

Ein Scheppern aus dem Baum zeigte an, daß der Pavian die Zuckerdose hatte fallen lassen.

23

Der Major domus konnte sich nicht erinnern, jemals so viele Landsleute auf einmal in der Residenz gesehen zu haben. Es schien ihm nicht recht zu sein. Die Gäste waren lauter und fröhlicher als sonst bei Empfängen, der Major domus mochte das an seinen Stammesbrüdern nicht. Ihm selbst war vornehme Zurückhaltung zur zweiten Natur geworden, jahrzehntelanger Dienst prägte ihn, es war keine Anpassung mehr, sondern vollzogene Wandlung. Sein Herz schlug weiß. Natürlich, er würde heute seine Pflicht wie gewohnt erfüllen, aber er hoffte, der Abend wäre bald vorüber.

Der Botschafter begab sich auf den ersten Treppenabsatz und bat um Aufmerksamkeit. Seine kräftige Stimme hatte keine Mühe, sich in der Eingangshalle durchzusetzen. Im angrenzenden großen Salon und Eßsalon jedoch, wo das noch nicht eröffnete kalte Buffet aufgebaut war, gingen Geplapper und Lachen weiter. Das fand der Major domus höchst peinlich, er selbst hätte ein gesetztes Essen vorgezogen, da sorgte wenigstens die Tischordnung für eine allgemeine Ordnung, aber dafür waren es viel zu viele Gäste. Hinzinger rief dann grob: «Könnens den Zirkus dahinten vielleicht zur Ruhe bringen!» Diese Formulierung war auch nicht gerade nach des Major domus Geschmack, wie ihm der Botschafter überhaupt im Gegensatz zu seinen Vorgängern nicht nobel genug war, was aber durch Güte und Wärme der Frau Botschafter reichlich ausgeglichen wurde. Ein konzertiertes Zischen durch die offenen Flügeltüren brachte schließlich auch Ruhe in die beiden angrenzenden Salons.

«Sehr verehrte Damen, meine Herren Minister, liebe Gäste und Freunde, ich heiße Sie alle herzlich willkommen zu diesem deutsch-urumburischen Freundschaftstreffen.»

Zielinsky lächelte spöttisch, denn es hatte nachmittags einen kleinen Disput zwischen ihm und Hinzinger gegeben, bei dem er die feinsinnige Auffassung vertrat, daß man zu Ehren der Gäste die urumburisch-deutsche Freundschaft und nicht die deutsch-urumburische Freundschaft hervorheben sollte.

Der Botschafter hatte mittlerweile die beiderseitigen Beziehungen gelobt und fuhr fort: «Der besondere Anlaß bereitet mir auch ein besonderes Vergnügen. Ich bitte meinen Fahrer Mike zu mir.»

Niemand hatte Mike vorher gesehen, aber jetzt war er plötzlich da und trug einen Smoking. Mike ging zum Botschafter auf den Treppenabsatz.

«Wer es noch nicht wissen sollte, ich verdanke meinem Fahrer Mike das Leben. Er hat es mir und auch Herrn Corell und Herrn Buchta gerettet, als er uns bei einem Raubüberfall auf das Restaurant George & Dragon in einem selbstlosen Einsatz beschützte. Der Präsident der Bundesrepublik Deutschland ist meinem Vorschlag gefolgt, so daß ich die große Freude habe, Herrn Mike Mitomoni...», er nahm vom breiten Treppengeländer eine Schatulle, «das deutsche Bundesverdienstkreuz zu überreichen.» Unter Applaus der Gäste hängte er seinem Fahrer Mike den Orden um den Hals.

Mike strahlte glücklich und sagte immer wieder, obwohl es vom Händeklatschen übertönt wurde: «Thank you, excellency!»

Dann beendete der Botschafter die Zeremonie mit den Worten: «Als Bayer möcht i sag'n, Mike, du bist a Pfundskerl!»

Dr. Zielinsky stand neben Horst und flüsterte: «Nur gut, daß Mike nicht weiß, welchen Idioten manchmal das Ding verliehen wird.»

Doch Horst ließ sich darauf nicht ein: «Ich will dir mal was sagen, heut ist mir der Botschafter so richtig sympathisch.»

Das Buffet wurde eröffnet. Dr. Boff lief ihnen in die Quere, er sah recht niedergeschlagen aus. «Der DAX fällt, und der REX fällt, dagegen steigt der Nikkei-Index um 168 Punkte, und der Dow-Jones geht ins Plus! Sagt Ihnen das was, meine Herren?»

«Nee», murmelten Horst und Zielinsky: «Sie werden es uns sicher gleich verraten.»

«Umschichten, meine Herren, ganz eindeutig umschichten!»

«Na dann tun Sie das mal», ermunterte ihn Zielinsky.

«Aber das ist doch mein Problem, Kollegen», erwiderte Boff, «bis meine Order von Urumbura nach Frankfurt gelangten, sind dort die ASKO-Vorzüge wieder geklettert, die Lufthansa-Titel nicht mehr unter Druck, dagegen Chase Manhatten und Fujitsu gefallen. Was nun?»

«Ganz einfache Regel, Dr. Boff: antizyklisch!»

Boff sah Zielinsky verblüfft an.

Zielinsky fuhr fort: «Sie setzen immer entgegengesetzt zu dem Stand der Aktienkurse, die Ihnen gerade in Urumbur bekanntgeworden sind.»

Boff blickte beiden mit großen Augen nach, so als hätte ein Börsen-Greenhorn eine revolutionäre Idee gehabt.

«Da drüben liegen Kuku baridi, deine begehrten Brathenderl.» Zielinsky wies Horst die Richtung, dann wurden sie getrennt. Lufthansa-Glattmann und Konrad-Adenauer-Schmohr drängelten sich dazwischen.

«Ich bin der Überzeugung», sagte der eine, «daß der ANC die Weißen aus einer gemischten Regierung ganz schnell rausdrängt und dann auf Robben-Island einsperrt.»

«Und ich bin der Überzeugung, daß der ANC das Land in weniger als vier Jahren zugrunde richtet», meinte der andere. Dabei blickten sie beide Dr. Zielinsky an.

Der antwortete gespielt beiläufig: «Überzeugungen sind gefährlichere Feinde der Wahrheit als Lügen» und wartete eine gewisse Wirkung der Feststellung ab, um fortzufahren:

«Das habe nicht ich erfunden, sondern mein Freund...»

«Nietzsche», brüllten beide einstimmig. Ihr Gelächter verschüttete die Aussage.

Hans Corell hatte seinen Gärtner Walter und Sekretärin Claudia ihre Maid Ndege zum Bedienen ausgeliehen, außerdem half Jesus noch mit. Unter der Regie des Major domus hatte Ndege das Buffet aufzufüllen, die Männer reichten auf Tabletts Getränke. Daß dieses Fest zu Ehren Mikes stattfand, ließ den Botschafter in ihren Augen etwas günstiger als sonst dastehen. Für heute abend war er der positive Tembo, der menschenfreundliche Elefant, der klug und treu sein kann.

Die vier einheimischen Musiker spielten jetzt draußen auf der Terrasse «Kikamba Samburu», woraufhin viele sich mit ihrem gefüllten Teller in Richtung Garten in Bewegung setzten.

CIA-Joe hatte Dr. Boff entdeckt. «Hi, Leo, how are you?»

«Hi, Joe, fine.»

«Where is Manfred, the motherfucker?» Spätestens jetzt wurde Boff klar, daß sein Geheimdienstkollege bereits einige Whisky getrunken haben mußte.

Er gab zwar mit «Manfred Buchta hält sich noch in Old Germany auf» eine korrekte Auskunft, hielt aber gleichzeitig Ausschau nach einem taktisch klugen Rückzug.

Als Zielinsky an Boff vorbeiging, nutzte er die Gelegenheit: «See you later, Joe – was ich noch sagen wollte, Dr. Zielinsky...»

«Das sah nach Flucht vor der CIA aus, Herr Kollege», sagte Zielinsky, «wahrscheinlich der Wunsch vieler Menschen.»

«Foetor ex ore», sagte Boff.

Zielinsky nickte verständnisvoll. Akademiker unter sich.

Der Major domus gab wilde Zeichen. Jesus reagierte darauf. Er stellte sich mit seiner Flöte in der Hand auf das Podest neben die anderen Musiker. Dann fing er an zu blasen, zunächst mit einem langgezogenen Triller, der durch Mark und Bein ging und auf seine Stammesschwestern und -brüder wie elektrisierend wirkte. Die Gespräche flauten ab, so als habe ein Dirigent sein Orchester von Forte auf Pianissimo zurückgenommen.

Eine getragene Melodie zunächst, klagend und traurig. Nicht lange jedoch, dann weckte ein Bongo-Schlag den tristen Klang, lockte ihn, ließ ihn schneller werden. Jetzt wurde das Fell einer großen Trommel angeschlagen, deren Baß den hellen Bongo-Klang ermutigte, dann die zweite tiefe Trommel. Die Flöte ließ sich treiben, fiel in ein Zögern zurück, wurde herausgezogen, animierte, fröhlich zu sein, sich nicht der wehmütigen Stimmung zu überlassen, aufzuhören, Trübsal zu blasen.

Ja, das ist die Hütte der Weißen, eine große Hütte, mit vielen Kostbarkeiten, erzählte die Melodie. Wir, die Schwarzen, sind arm, wir besitzen nicht viel. Sie haben alles, Geld und schöne Kleider, aber sie sehen trotzdem nicht glücklich aus, selbst wenn sie feiern. Wir sind arm, sagte die Melodie weiter, aber trotzdem ist das Leben schön. Und wir wollen tanzen, jetzt und heute. Wir wollen ausgelassen sein, jetzt und heute. Morgen wird vielleicht alles anders, dann wird es uns besser gehn. Morgen wird der weiße Mann nicht mehr da sein, der unseren Reichtum besitzt.

Ein Schwarzer sprang neben Jesus auf das Podest.

«Nakungojea karibu kesho! – Ich erwarte dich morgen!» sang er mit einem kräftigen Bariton.

«Nakungojea karibu kila siku! – Ich erwarte dich jeden Tag!» antwortete die Menge im Chor. Gleichzeitig setzten alle drei Bongo-Trommeln und eine Samba-Rassel ein, die Körper der Einheimischen wurden zu wogenden Wellen, die in diesem Rhythmus gegen das Ufer rollten und zurückbrandeten.

«Nakungojea karibu kesho!» sangen jetzt im Chor alle Frauen.

«Nakungojea karibu kila siku!» antworteten die männlichen Stimmen.

Die Botschaft wurde mit kehligen Jodlern und Trommelwirbeln aufgenommen, der 32stel Takt auf 64stel verdoppelt.

Sonja Buchta nahm BGS-Horst bei der Hand und zog ihn zu den Tanzenden – stampf, stampf, vor, vor und stampf, zurück. Gesa und Jens reihten sich ebenfalls ein.

Der Boden der Residenz dröhnte, die Weißen schienen erstarrt. Es war die Faszination unterschiedlicher Assoziationen: einer Büffelherde in der Savanne bei Hinzinger; drohender Gewalt bei Frau Grund; wehe, wenn sie losgelassen werden, die Untermenschen, bei Glattmann; sexuelle Herausforderung bei Hans Corell; menschliche Urtriebe bei Zielinsky; so etwas wie Endzeitstimmung bei Dr. Boff; undisziplinierte Marschformation bei von Witzke; Untergang der Zivilisation bei Goethe-Schmohr; Neid und Begeisterung bei Sekretärin Claudia.

Dem Major domus war das alles peinlich. Schließlich schwang er sich zum Bandleader auf, indem er auf das Podest stieg und Jesus, dem Bariton sowie den vier Musikern Zeichen gab, die Musik einzustellen.

Er befahl Jesus: «Bia ya nje, wiski na barafu, divai nyeupe, soda, limau!» und sorgte für Nachschub von Bier, Whisky mit Eiswürfeln, Weißwein, Soda und Zitronensaft.

Obwohl Hans Corell den Fahrer des Tank-Lkw mit 400 Shilling geschmiert hatte, blieb gestern die Lieferung aus, und sein Trinkwasser-Vorrat war aufgebraucht.

«Wir können nicht einmal einen Tee trinken», sagte er zu Liza.

«Warum gehen wir nicht einfach zur Wasserstelle wie andere Leute auch?»

«Liza, ich möchte jetzt nicht zu einer Wasserstelle, sondern...»

«Ich bin zu aufgeregt...»

«Ich möchte dich noch ein letztes Mal lieben, zum Abschied.»

Ihr Gesicht verdüsterte sich.

«Ich meine, ein letztes Mal in Afrika.»

«Komm mit mir nach Deutschland», sagte sie, «laß uns beide in Bonn leben. Mach deinen Job dort in irgendeinem Büro, es ist besser für dich, Hans! Afrika ist nichts für dich.»

«Irgendwann werde ich auch wieder nach Bonn versetzt, wie jeder von uns.»

«Ich meine, komm jetzt mit, sofort!»

«Warum?»

«Du bist ein Idiot, Hans. Du kannst doch einen Mann wie Bosaka nicht auf diese Weise rauswerfen. So etwas löst man klüger, man streicht die Stelle, man kann ihn nicht mehr bezahlen, man handelt nicht sofort, sondern wartet ein halbes Jahr. Du bist doch sonst geschickter.»

«Bosaka ist ein Spitzel.»

«Und er ist gefährlich.»

«Was will er schon gegen mich machen?»

«Du mußt weg von hier, Hans!»

«Unsinn, meinst du, ich lasse mich durch so jemanden beeindrucken?» Er holte aus der Küche zwei Kannen. «Also, wo ist die Wasserstelle?»

Sie gingen schweigend nebeneinander her. Der Trampelpfad führte zwischen den Häusern bergab, rechts und links mannshohes gelbes Gras und ein Termitenhügel. Zwei Frauen kamen ihnen entgegen und trugen mit graziösem Gang, als handele es sich um Leichtgewichte, volle Wassereimer auf dem Kopf. Sie schwatzten und warfen erstaunte Blicke auf Hans und Liza.

«Freust du dich?» fragte er.

Sie befreite sich aus ihren düsteren Gedanken. «Es ist wie ein Märchen, und ich frage mich immer wieder, ob du dahintersteckst.»

Er schwieg.

«Es geht alles so schnell, die überraschende Vorladung zum Außenministerium, das Gespräch mit dem stellvertretenden Außenminister, der selbst schon einmal Botschafter in Bonn gewesen ist. Ich habe gesagt, daß ich doch gar keine Ahnung habe, was man als Botschafterin zu tun hat.»

«Die erfahrenen Leute in der Botschaft werden es dir zeigen.»

«Das hat er auch gesagt.»

Corell blieb stehen und versuchte sie zu küssen. Sie drehte ihren Kopf zur Seite. «Nicht hier, die Leute...»

Sie gingen ein Stück weiter, jeder mit seinen Gedanken beschäftigt.

«Also freust du dich doch, oder?» Es schien fast so, als wollte Hans unbedingt eine positive Antwort haben.

«Ich fühle mich wie Cinderella.»

«Aschenputtel heiratete den Königssohn», sagte er.

«Botschafterin werden ist so ähnlich, es ist mir aber etwas unheimlich und macht mir angst. Außerdem gebe ich eine gerade begonnene Arbeit auf. Ich werde die Frauen an der Uni enttäuschen, und ich muß aus zwei, drei Projekten aussteigen, die wir gerade erst begonnen haben und die mir wichtig waren. Willst du etwas davon wissen?»

«Ja, gerne.» Es klang unehrlich, und Liza fühlte das.

«Ich erkläre dir nur das eine: In Urumbura kommt auf 100 000 Menschen ein Arzt, auf 2133 eine Krankenschwester. Ein Hospital versorgt 200 000 Menschen, aber nur jeder sechste hat überhaupt Zugang zu einer medizinischen Einrichtung. Die Säuglingssterblichkeit liegt bei 10,1 %, die Lebenserwartung bei 48 Jahren. Die häufigsten Krankheiten sind Aids, Malaria, Augen- und Darmerkrankungen und Tuberkulose. Diese Daten haben wir von der WHO, ich kann sie schon im Schlaf aufsagen.»

«Und weiter?» Es klang gezwungen freundlich.

Liza schaute ihn prüfend an. «Ich merke schon, es interessiert dich nicht besonders, das ist ja nur Statistik, das Hirn von Diplomaten hat keinen Draht zu den Krüppeln auf der Straße. Um die macht ihr einen Bogen.»

«Sei nicht ungerecht, Liza.»

«Verzeih, Hans, du vielleicht nicht, aber die Hinzingers und wie sie alle heißen.»

Eigentlich war es viel zu heiß, um draußen herumzulaufen. Corell fühlte sich erschöpft.

«Um es kurz zu machen», fuhr Liza fort, «wir wollen von der Uni aus an die Öffentlichkeit gehen, wir wollen die Bevölkerung aufklären, wenn schon nichts darüber im «New Vision» steht. Wir wollen die Regierung auffordern, den idiotischen Verteidigungshaushalt zu reduzieren und das Geld sinnvoll auszugeben. Und wenn wir Frauen auf die Straße gehen, werden sie uns nicht so ohne weiteres niederknüppeln können. Besonders dann nicht, wenn wir viele sind und wenn wir ausländische Fernsehanstalten nach Urumbura holen. BBC London hat schon zugesagt. Es wird ein richtiges Fest werden, wir werden Kochtöpfe und Kochlöffel mitbringen und einen höllischen Lärm machen.

Sie kamen zu den ersten Holzhütten der ersten Siedlung. In der Nähe gackerten Hühner.

Liza seufzte. «Laß uns von etwas anderem reden, wie ist jetzt das Wetter in Bonn?»

«Es ist Frühling, in Bonn wird es mild sein, trotzdem wirst du frieren. Die Bäume blühen, du solltest sonntags einen Ausflug mit einem Rheindampfer bis zur Loreley machen.»

«Was ist das, Loreley?»

«Ein hoher Felsen an einer engen Stelle des Rheins mit gefährlichen Klippen, wo früher oft Schiffe verunglückten. Schuld daran soll ein Mädchen mit langen blonden Haaren gewesen sein, das sich kämmend auf dem Felsen saß und den Schiffsleuten mit seiner Schönheit und seinem bezaubernden Gesang die Köpfe verdrehte.»

Liza zog ihre Schuhe aus, denn rund um die Wasserstelle mit dem in Stein gefaßten Wasserbecken war der Boden zu Schlamm aufgeweicht. In der gegenüberliegenden Hütte wurden unter einem zerschlissenen Bambus-Sonnendach Bettgestelle aus Holz fabriziert. Einige fertige Produkte standen werbewirksam auf dem Rasen.

Sie füllten die beiden Kannen und machten sich auf den Rückweg. Hans Corell trug auf der einen Seite den Wasserbehälter, mit dem anderen Arm hielt er Liza zärtlich umfaßt. Am Himmel türmten sich weiße Wolkenformationen. Hans sagte: «Neben dir, Liza, ist das schönste an ganz Afrika der Himmel mit seinen wunderbaren Wolkenschlössern.»

Auf dem Briefumschlag fehlte der Absender. Die Schrift sah unbeholfen aus und stammte wahrscheinlich nicht von einem Europäer. Der Poststempel wies aus, daß der Brief gestern in Urumbura aufgegeben worden war.

Hans Corell riß den Umschlag auf, las den einzigen Satz auf dem halben Bogen: Sir! W'have the honour and the pleasure, to invite you to your own funeral!

Diese Einladung zu seiner eigenen Beerdigung war doch wohl ein übler Scherz. Er setzte sich, wollte dann wieder aufstehen, um sich einen Sherry Seco zu holen, aber merkwürdigerweise versagten ihm seine Beine den Dienst. Gleichzeitig krochen Schmerzen über seinen Nacken und den Hinterkopf bis in die Stirn und verstärkten sich, dort angekommen, schlagartig.

24

Hans Corell war erstaunt, daß Marion mit zum Flughafen kommen wollte, um Liza zu verabschieden.

«Ich habe heute nichts Besseres zu tun», sagte sie lapidar. Es war ihm zu kompliziert, herauszufinden, welche unausgesprochenen Gefühle zwischen Liza und Marion bestanden, ob sie wußten oder ahnten, daß er mit beiden schlief, wie sie damit umgingen, ob es sie überhaupt interessierte. Ob beide so etwas wie Rivalinnen waren, konnte er überhaupt nicht beurteilen. Auch nicht, was die wirklichen Motive Marions waren, jetzt mitzufahren. Am ehesten tat sie es wohl aus Langeweile.

Sie fuhren mit seinem alten VW-Käfer, beide waren schweigsam, Marion rauchte eine Zigarette nach der anderen. Seine Gedanken kreisten immer noch um die beiden Frauen, ob Lizas Abreise für Marion vielleicht bedeutete, daß ihre Konkurrentin aus dem Feld geschlagen war? Wollte sie triumphierend am Flugzeug stehen? Lizas Abflug hatte ja etwas Unwiderrufliches. Alles Quatsch, dachte er, wahrscheinlich bin ich weder für die eine noch für die andere wichtig.

Er wußte nicht, ob es an der Zündung oder am Vergaser lag, daß der VW immer mal wieder stotterte. Hoffentlich kamen sie überhaupt an. Liza würde es niemals verzeihen, wenn er nicht käme.

«Hat man dich mal wieder bedroht?» fragte er.

«In der letzten Zeit nicht, es ist ruhiger geworden, und wie steht es bei dir?»

«Mich schon.»

«Und?»

«So langsam geht mir der Arsch auf Grundeis.»

Marion drückte ihre Zigarette im überquellenden Aschenbecher aus. «Das ist hier ein komisches Bild, wenn es nicht so ernst wäre. Hat eigentlich die Botschaft Kenntnis, schaltest du die Polizei ein, oder was willst du tun?»

«Ich weiß es noch nicht.»

Liza ist so gut wie weg, schoß es ihm durch den Kopf. Er selbst hatte den Vorschlag gemacht, hatte er gewollt, daß sie das Angebot ablehnte? Er kannte sie, ganz gut sogar, aber was wußte er wirklich von ihr? Er ertappte sich dabei, daß er in der Vergangenheit dachte.

Marion unterbrach seine Gedanken. «Ist mein Brief gestern mit der Kurierpost rausgegangen, oder hast du ihn noch auf deinem Schreibtisch liegen?»

«Stell dir vor, ich habe deinen Brief nicht vergessen.»

«Warum bist du so gereizt?»

«Weil ich Kopfschmerzen habe.»

«Tut mir leid, Hans.» Sie legte ihren Arm auf seine Rücklehne und umfaßte mit der Hand seinen Nacken.

«Würdest du hier gerne weggehen?»

«Willst du etwa wieder nach Fulda?»

«Dorthin bestimmt nicht. Der Erzbischof hat mal wieder zugeschlagen, er meint, daß nach der Abtreibungspille bald auch die Einschläferungspille für Oma und Opa folgen würde.»

«Er ist konsequent in dem, was er glaubt.»

«Ich würde eher sagen, er ist verrückt.»

Diese idiotischen Scheinkontrollen an den Roadblocks, die keinen anderen Sinn hatten, als Staatsmacht zu demonstrieren, irritierten ihn heute mehr als sonst.

Wie oft war er diese Strecke gefahren, um Liza in der VIP-Lounge zu treffen. Einmal hatten sie sich dort sogar geliebt, trotz des Risikos, daß jeden Moment jemand kommen konnte. Aber waren dort nicht überall Abhörwanzen, von denen Liza wußte? Konnte sie die abschalten? Oder hat sie das alles ganz einfach vergessen, so wie er in diesem wunderbaren Moment auch? Hat sie überwacht, oder wurde sie überwacht?

Er nahm sich vor, den VW noch heute in die Werkstatt zu bringen, das zeitweise Aussetzen des Motors deutete wirklich darauf hin, daß sie bald liegenbleiben würden.

«Was macht deine Arbeit?» fragte er.

«Der Generalsekretär der UTU ist drei Tage nicht da, das bedeutet Stillstand, weil niemand sonst Entscheidungen fällen kann, besser gesagt, darf.»

Corell erinnerte sich, daß Liza ihm geraten hatte, sich besser von Marion zu trennen oder nicht mit ihr zusammenzuwohnen oder whatever. War das Eifersucht oder was? Er blickte nicht durch.

Endlich tauchten erst der Tower, dann die anderen Flughafengebäude auf, die Hinfahrt wäre wenigstens geschafft.

Hans parkte den Käfer auf dem öffentlichen Parkplatz, durchquerte mit Marion die Abflughalle, in der Gedränge herrschte, und ging den Schleichweg zur VIP-Lounge.

Die Lounge war überfüllt. Corell nahm sich am Eingang ein Glas Champagner, Liza sprach mit Hinzinger und sah ihn nicht gleich. Hans registrierte einige höhere Beamte des Außenministeriums und auch den stellvertretenden Außenminister.

Liza trug einen weißen Hosenanzug aus feinem Nappaleder. An ihrem Hals erkannte er das Goldkettchen, das er ihr zu Weihnachten geschenkt hatte. Nach der Sitte des Landes hatte sie ein Seidentuch mit Leopardenmuster kunstvoll um den Kopf geschlungen. Er trank das Glas schnell leer.

Hinzinger wurde kurz abgelenkt. Liza entdeckte ihn, nutzte die Gelegenheit und kam zu ihm. Er wollte sie wegen der vielen Leute förmlich begrüßen, doch sie umarmte ihn einfach. Marion stand daneben. Dann umarmte sie auch Marion, nannte sie auf deutsch Schwester und duzte sie.

Hans erstarrte. Mein Gott, die beiden kannten sich ja längst, waren fast intim miteinander. Plötzlich kam er sich wie nackt vor.

Bevor er sich von seinem Schrecken erholen konnte, wurde Liza zu ihrem Minister gerufen. Der begann mit einer Rede, begrüßte die Anwesenden in Englisch, den deutschen Botschafter in Deutsch, sprach dann aber in Kiswahili weiter. Zum Ende erhob er sein Glas auf Liza.

Dann ergriff Hinzinger das Wort:

«Herr Minister, Excellency und Frau Kollegin, liebe Anwesende, zunächst einmal beglückwünsche ich das Außenministerium zu dieser Wahl, die ich für ausgesprochen geschickt und gelungen halte, denn eine bessere Botschafterin Ihres Landes, die Urumbura repräsentiert, wie es kein Mann in der Lage wäre, kann ich mir nicht vorstellen. Aber sie war eigentlich schon immer eine Botschafterin, indem sie ankommenden Fluggästen hier an diesem Ort die Schönheit Urumburas verdeutlichte und abfliegenden Gästen den Abschied erschwerte. Und in Bonn, das kann ich Ihnen versichern, wird man die Botschafterin auch als Symbol für Afrika verstehen und sie mit offenen Armen empfangen. Ich wünsche Ihnen, gnädige Frau, fortune, ein soft landing in Bonn, und grüßen Sie Old Germany!» Er gab ihr erst einen Handkuß und überreichte sodann einen Deutschland-Bildband und einen riesigen Blumenstrauß in durchsichtiger Hülle mit vielen bunten Bändern.

Der Applaus war anhaltend, und Hans leerte ein zweites Glas.

Dann redete Liza. Etwas unsicher, aber gerade dadurch gewinnend. Sie endete damit, daß es ihr nicht genüge, Afrika äußerlich zu repräsentieren, sondern daß sie es auch von innen heraus versuchen würde, mit Herz, aber auch mit Verstand.

Glattmann überreichte ihr eine Bordkarte der 1. Klasse und sagte, sie solle sich als Gast der Lufthansa betrachten.

Hans trank ein drittes Glas Champagner.

Dann setzte sich die Gesellschaft in Bewegung, überquerte das in der Sonne gleißende Vorfeld. An der Gangway umarmte Liza Hans noch einmal, drückte ihm dabei einen kleinen Opal-Stein in die Hand und flüsterte: «See you in Bonn, darling.»

Der deutsche Botschafter wurde von TV-Urumbura gebeten, am Eingang der Boeing seine Rede zu wiederholen und nochmals den Blumenstrauß zu überreichen, was er auch bereitwillig tat.

Eingerahmt von zwei Stewardessen, winkte Liza mit dem Blumenstrauß, dann wurde die Tür geschlossen, der Botschafter stieg die Gangway hinunter und murmelte: «Charmant, charmant.»

Unten traf er auf Dr. Zielinsky, der räsonierte: «Hollywood in Afrika.»

Als dann einige Minuten später die Maschine mit vollem Schub der vier Düsen vorbeidonnerte und das Fahrwerk einzog, blickte Hans nicht nach oben, sondern ging traurig zu seinem in der knalligen Hitze stehenden VW. Er öffnete die Tür, die Innentemperatur mochte bei sechzig Grad liegen, er ging um das Fahrzeug herum, machte auch die Beifahrertür auf.

Marion war mit Dr. Zielinsky hinter ihm hergegangen. In der inzwischen fast leeren Abflughalle blieben sie an der Geschenkboutique stehen, weil ihr eine eigenartige Holzfigur auffiel. Zielinsky sagte, sie sei vor Häßlichkeit schön, und Marion kaufte die Figur für sechs Dollar.

Vor der Abflughalle verabschiedete sich Marion von Zielinsky und sagte: «Vielleicht fahren Sie hinter uns her, mit dem Auto von Hans stimmt irgend etwas nicht.»

Corell hatte in diesem Moment die Türen wieder geschlossen und die Fenster geöffnet. Er saß hinter dem Steuer und legte den Gurt an, entdeckte gleichzeitig Marion, wie sie Marcel Zielinsky die Hand gab. Er drehte den Zündschlüssel.

Marion war etwa zwei Meter von Zielinsky entfernt und fünfzig vom VW, als sie einen grellen Lichtblitz sah. In Sekundenbruchteilen kam ein dünner Faden weißen Rauchs aus dem Auto und stieg senkrecht nach oben. Aus den Fenstern und allen Ritzen des Fahrzeugs quoll eine dicke weiße Wolke, das Dach wurde abgehoben. Etwa gleichzeitig hörte sie einen donnernden dunklen Knall und spürte eine Druckwelle, die sie zurück gegen die Wand des Flughafengebäudes schleuderte. Sie war unfähig, sich zu bewegen. Zielinsky schrie aus Leibeskräften nach einem Arzt. Beide wußten, daß niemand mehr Hans Corell würde helfen können.

IX

Ich sitze an Hinzingers Schreibtisch, weil ich auf seinem Telefonanschluß das Gespräch zum BKA angemeldet habe. Hier kann ich ungestört reden.

Außerdem brauche ich Ruhe, denn ich habe einen Kater. Einen Alkohol-Kater, weil ich gestern abend in der Kichwa-Tembo-Bar mit Boff gesoffen habe, vornehmer kann man es leider nicht ausdrücken. Hinzu kommt ein BKA-Kater.

Als er mich ständig «Kollege Urban» nannte, wollte ich das mal klarstellen: «Du bist der BND-Agent, und ich bin BKA-Beamter.»

Und dann kam der Hammer: «Mann, Wolfgang, du Idiot, ich bin doch auch vom BKA, ich bin ein Verdeckter Ermittler!»

Das hat mich fast umgehauen.

Das ist wieder mal typisch für meine Chefs! Sie haben zur Aufklärung des Degenhardt-Mordes, ich vermute mal auf Betreiben der Atom-Lobby, einen Undercover eingesetzt. Dagegen habe ich grundsätzlich nichts, aber daß sie mich hierherschicken und es mir nicht vorher sagen, ist hanebüchen. Das ist Mißtrauen, so funktioniert die gegenseitige Bespitzelung. Ich bin stocksauer, und Helmut Kohlrabe alias Leo Boff hat sich köstlich amüsiert.

Mein Kinn schmerzt, das war die rechte Gerade des Geheimdienst-Bullen, der gestern abend ganz offensichtlich den Streit provozierte. Das wäre für mich übel ausgegangen, wenn nicht in diesem Augenblick Howard Ngara in die Bar reingeschaut hätte. Ein zorniger Satz in Kiswahili hat den Schläger vertrieben. Auf den Schrecken haben wir einen gehoben. So richtig in Erinnerung ist mir nur eine Aussage von Howard geblieben: «Botschafterin Liza ist oder war stellvertretende Chefin des Geheimdienstes USS!»

Das war die zweite Sensation und auch für Boff eine Neuigkeit. Nun stand eine Flasche Johnnie Walker auf dem Tisch.

Ich merke, daß ich mich wieder in meinen Gedanken verliere, dabei drängt der offizielle BKA-Bericht. Also bringe ich es endlich hinter mich:

1. Mord z. N. Prof. Dr. Degenhardt.
1.1 Tatsache ist, daß das Opfer mittels Beibringung eines in Zentralafrika üblichen Pfeilgiftes, welches die Lähmung der Atemwege zur Folge hat, getötet worden ist.
1.2 Fest steht ferner, daß die Leiche im Auftrag von Geheimdienstchef Fekesi unmittelbar der Deutschen Botschaft überstellt wurde.
1.3 Von der örtlichen Polizei werden widersprüchliche Aussagen zu dem Mordfall gemacht.
1.4 Beweise, daß die Geheimpolizei für den Mord verantwortlich ist, konnten nicht erbracht werden.
2. Mord z. N. Hans Corell.
2.1 Hans Corell wurde durch fremde Hand von einer 20-kg-Autobombe getötet.
2.2 Ermittlungen haben bestätigt, daß er drei Drohanrufe und einen Drohbrief erhielt; die in seinem Haus in Untermiete wohnende Marion Klose wurde ebenfalls bedroht.
2.3 Corell war mit der jetzigen urumburischen Botschafterin in Bonn sowie mit o. a. Klose befreundet. Es liegen keine eindeutigen Indizien vor, die einen Zusammenhang zwischen der Tat und diesen Beziehungen belegen. Auch daß Corell dienstlich mit dem Fall Degenhardt befaßt war, ergibt keine schlüssigen Beweise.
2.4 Es bestehen Anhaltspunkte dafür, daß die jetzige urumburische Botschafterin in Bonn dem hiesigen Geheimdienst Urumbura Secret Service USS angehört. Von geheimdienstlichen Aktivitäten in Deutschland ist mit an Sicherheit grenzender Wahrscheinlichkeit nicht auszugehen.
3. Die urumburische Botschafterin dürfte als Exterritoriale in

Deutschland für die Zeugenvernehmung nicht zur Verfügung stehen. Die Vernehmung von Marion Klose steht noch aus.

Das muß genügen, ich werde mich doch nicht für das BKA aufs Glatteis begeben und meine vertraulichen Informationen preisgeben!

Das Telefon klingelt, aha, das BKA, ging aber schnell heute. «Kriminalrat Nonnenstiel? Tag, Herr Nonnenstiel.» Diesmal komme ich ihm zuvor. «Na, wie ist das Wetter in Wiesbaden? Regen, sagen Sie, tut mir ehrlich leid.»

«Ja, ich schicke Ihnen heute den Zwischenbericht, per Fernschreiben, natürlich verschlüsselt, was denn sonst.»

«Nein, wird ziemlich kurz, etwa eine Seite.»

«Habe ich mal von über 200 Seiten gesprochen? Das muß ein Mißverständnis sein, Herr Nonnenstiel.»

Ich lege den Hörer auf, soll er denken, was er will.

In diesem Moment öffnet sich die Tür. Der Mann ist groß und vierschrötig, trägt einen Trachtenanzug, hellgrünes Hemd und dunkelgrüne Krawatte. Das kann nur Hinzinger sein, fährt es mir durch den Kopf.

Dieser hält erschrocken inne, ein ungläubiges Erstaunen durchzuckt sein Gesicht.

«Jo mei, was ist denn hier los? Was haben Sie hinter meinem Schreibtisch verlor'n?»

Ich quäle mich mit schwerem Schädel aus dem Stuhl hoch.

«Urban, Bundeskriminalamt», höre ich mich sagen. «Kriminaloberkommissar.» Ich drücke die Zigarette in dem überquellenden Aschenbecher aus.

«Bundeskriminalamt?» Hinzinger nähert sich drohend. «Sie wollen vom Bundeskriminalamt sein?» Seine Stimme wird lauter. «So, wie Sie aussehen?»

Ich lasse ihn brüllen. Durch meinen vernebelten Kopf schießen wirre Gedanken. Im Nadelstreifen bin ich hier angekommen, das muß ewig lange her sein. Und in den wenigen Wochen ist viel passiert. Jetzt stehe ich hier in Shorts mit ausgefransten Hosenbeinen und Sandalen. Ich streiche mir durch die Stoppeln meines Vollbarts. So sieht keiner vom BKA aus, genau, dahin wollte ich schon immer kommen.

Der Lärm hat Jesus herbeigelockt. Er schiebt seinen Kopf zwischen angelehnte Tür und Wand, sein Blick wandert vom Botschafter auf mich, in seinen Augen blitzt etwas wie Schadenfreude auf.

«Schon gut, Herr Botschafter», höre ich mich sagen, «machen Sie sich keinen Streß, Sie haben ja recht.»

Ich packe meine Sachen und will gehen.

«Wache!» brüllt Hinzinger. «Wache! Sofort festnehmen, den Kerl! Ein Einbrecher, Hochstapler, Spion!»

Er stellt sich mir in den Weg.

Jesus grinst mich an. Der Botschafter kehrt ihm noch immer den Rücken zu.

«Hi, Jesus», höre ich mich wieder sprechen, «wenn einer die Wahrheit kennt, dann bist du es! Sag sie ihm!»

Rowohlts Amerika

Paul Auster
Die New York-Trilogie *Stadt aus Glas / Schlagschatten / Hinter verschlossenen Türen*
(rororo 12548)
Jeder der drei Romane wirkt zunächst wie ein klassische Kriminalgeschichte, aber bald stimmen die vordergründig logischen Zusammenhänge nicht mehr. Schritt für Schritt wird der Leser in ein Spiel mit seinen eigenen Erwartungen verstrickt. «Eine literarische Sensation!» *Sunday Times*

Nicholson Baker
Vox *Roman*
Deutsch von Eike Schönfeld
192 Seiten. Gebunden
Zwei Menschen sprechen über Sex - am Telefon. «Vox» ist ein erotischer Roman im besten Sinne und eine kunstvoll, lebensfrohe, ebenso ungehemmte wie vorurteilsfreie Auseinandersetzung mit Sexualität heute.

William Boyd
Stars und Bars *Roman*
(rororo 12803)
Mit himmelschreiender Komik erzählt William Boyd die Geschichte von einem feinsinnigen Briten, der nach Amerika kommt und sein blaues Wunder erlebt. «Eine Farce – aber eine raffinierte!» *Nürnberger Nachrichten*

Robert Olmstedt
Jagdsaison *Roman*
Deutsch von Klaus Modick
288 Seiten. Gebunden
«Ein bemerkenswerter Roman, der die prekäre Balance zwischen spannendem Thriller und lyrischer Fabel hält.»
The New York Times Book Review

rororo Literatur

Luanne Rice
Ein Leben für Nick *Roman*
(rororo 12632)
Alles zu haben heißt auch, alles wieder verlieren zu können. Dieser Gedanke beschäftigt Georgina Swift, die in scheinbar behüteten Verhältnissen lebt und ihren Mann Nick, den scheinbar tadellosen, erfolgreichen Wall Street-Anwalt, abgöttisch liebt...

John Irving
Garp und wie er die Welt sah
Roman
(rororo 5042)
«Diese Geschichte ist so absurd, so komisch, so tränentreibend, so kühl und sachlich, so wirklich und genau, daß man das Buch nicht wieder los wird.»
Nürnberger Nachrichten

Tom Robbins
Salomons siebter Schleier
Roman
Deutsch von Pociao
540 Seiten. Gebunden
Der Altmeister des Underground-Romans, läßt die verrücktesten Typen, die schärfsten Sprüche und provokantesten Gedanken über die Seiten tanzen.